R

Collection dirigée par Glenn Tavennec

LES AUTEURS

Récompensé par de nombreux prix prestigieux, Ron Bass est le scénariste d'une vingtaine de films, dont *Rain Man* (oscar du meilleur scénario original), *Le Mariage de mon meilleur ami, Haute Voltige, Et si c'était vrai*... Cela fait plus de dix ans qu'il collabore avec Adrienne Stoltz, elle aussi scénariste. *Lucides* est leur premier roman commun.

adrienne stoltz

ron bass

lucides

Traduit de l'anglais (États-Unis) par Dominique Haas

roman

Titre original : LUCID

ISBN : 978-2-221-13436-8 ISSN 2258-2932
(édition originale : ISBN : 978-1-59514-519-2, Razorbill, an imprint of Penguin Group (USA), Inc., New York)

Pour Christine, ma femme chérie,
qui crée un cocon de bonheur et de sérénité
propice à toutes les autres formes de création.
Et pour mes trésors, mes filles Jennifer et Sasha,
qui m'ont appris la plus fondamentale des vérités humaines :
il existe un amour inconditionnel.

RON

Pour Flutter et B.

ADRIENNE

1

Maggie

Là, je suis Maggie. En vrai, Sloane Margaret Jameson, mais je suis Maggie depuis l'après-midi où la maîtresse du jardin d'enfants a appelé ma maman, Nicole, pour lui raconter que Sloane avait donné à Devin Cruikshank un coup de poing dans les dents. Quand on m'a demandé ce qui m'avait pris, j'ai tout de suite reconnu que c'était Sloane qui avait fait ça. Je l'avais pourtant prévenue que c'était mal, et que j'étais à fond contre son comportement antisocial. Cela dit, si quelqu'un a jamais mérité un coup de poing dans les dents, c'est bien Devin Cruikshank. Il figure encore aujourd'hui en tête de mon hit-parade personnel, toutes catégories confondues. Nicole a répondu qu'elle ne savait pas qu'il y avait deux Sloane dans ma classe. Je lui ai expliqué que Sloane était ma meilleure amie, généralement invisible, et qu'elle apparaissait souvent malicieusement pour m'attirer des ennuis. Dès lors, je me suis toujours et exclusivement appelée Maggie. Et Nicole a marché à fond, malgré toutes les réserves que je peux avoir quant à ses aptitudes parentales.

Au nombre de celles-ci figure le fait qu'elle n'est pas souvent présente pour assumer son rôle de mère. Ça posait moins de problèmes quand papa était encore avec nous. Il se donnait corps et âme à l'écriture de nouvelles et à ses étudiants – il était professeur à l'université Columbia –, et pourtant il était toujours là pour nous, pour ma sœur Jade et moi, en toutes circonstances. Nicole fait de son mieux, mais elle est chef de rubrique à *Elle*, sous les ordres d'une peste de première grandeur, et ses horaires, c'est n'importe quoi. Elle ne rigole pas tous les jours.

Quant à moi, je n'ai carrément pas d'horaires. Je ne vais plus en cours afin d'être libre de me rendre à des auditions. Ce qui explique qu'en ce mardi matin, à 11 h 34, je sois vautrée par terre, dans notre appartement de West Village, seule évidemment, à écouter le silence absolu. Nicole a fait installer ces fenêtres qui étouffent absolument tous les bruits du monde extérieur. À croire qu'elles sont faites d'un verre magique. Dans ce silence, j'imagine ce que les autres êtres vivants font en ce moment : mes anciens copains de lycée sont en classe, des inconnus hèlent des taxis sur Houston Street, les cuisiniers des restaurants chics du centre-ville préparent les entrées en attendant les affamés du déjeuner, des femmes accouchent, des traders transmettent des ordres d'achat et de vente chez Goldman Sachs, des clients paient avec des cartes de crédit, des marchands de hot-dogs garnissent les saucisses de rondelles d'oignons, des promeneurs de chiens promènent des chiens le long de l'Hudson, des livreurs de tulipes arrêtent leur camion en double file.

Et moi, au lieu de m'atteler à ce que je devrais faire, je suis vautrée par terre, à inventorier tout ce que je *ne suis pas* en train de faire : comme, par exemple, étudier la scène pour mon audition de demain, ou les sujets des examens de fin d'année empilés à côté de moi. Emma a beau dire que je ne veux pas voir les choses en face et qu'au fond je suis une sauvage, j'apprécie d'être seule avec moi-même. Je trouve que c'est une chance formidable. La solitude me permet de traîner tant que je veux, en laissant vagabonder mes pensées.

Jusqu'à ce que mon téléphone sonne.

C'est Mme Manoti, l'infirmière de l'école Montessori de Jade. Elle m'explique d'une voix tendue que Nicole est à un shooting dans un endroit où il n'y a pas de réseau, et que c'est son assistant qui lui a donné mon numéro de portable. Elle a l'air de trouver inconcevable que je puisse répondre au téléphone en pleine journée : comment se fait-il que je ne sois pas en cours ? Lorsqu'elle a réussi à encaisser le coup, elle m'explique que ma sœur de sept ans est « tombée dans les pommes » en pleine classe.

La plupart des filles de mon âge sont plus ou moins accro à la tragédie, mais j'ai hérité deux choses de mon père : ses cils, et ce don qu'il avait de garder son calme au milieu des tempêtes. Contrairement à l'infirmière, qui est clairement terrorisée à l'idée qu'une maladie grave puisse se déclarer pendant son service. Je la vois d'ici, à l'autre bout du fil, me refiler ma sœur comme une patate chaude, rejetant toute responsabilité sur moi. Rien de nouveau sous le soleil, décidément.

Je déterre mes chaussures enfouies sous les manuels répandus autour de moi et sors en coup de vent. Dans la rue, le monde se remet en marche et je reçois de plein fouet tous les bruits qui font rage au-dehors : un marteau-piqueur, le métro sous mes pieds, les voitures royalement indifférentes à l'interdiction de klaxonner. C'est une belle et fraîche journée. Et pourtant, focalisée comme je le suis sur ce qui est arrivé à ma petite sœur, je me sens extérieure à tout ce qui se passe.

L'infirmière, une véritable armoire à glace, me chuchote que Jade dort dans la pièce voisine. Mais j'entends de curieux petits bruits furtifs derrière la porte. Je l'ouvre lentement et j'aperçois ma sœur qui se rallonge précipitamment sur la table de consultation, faisant crisser le papier étalé sur le vinyle. Elle fait semblant de dormir. Je m'assieds à côté d'elle et pose la main sur son front. Pas de fièvre. Elle ne bouge pas d'un poil. Quel numéro, vraiment ! Je suce alors le bout de mon petit doigt et le lui fourre dans l'oreille.

Elle ne peut s'empêcher d'entrouvrir un œil.

— Oh, je croyais que c'était le Mainate, dit-elle en se redressant.

Le mainate... Ah, Mme Manoti ! C'est assez bien vu.

— Tu l'imagines en train de glisser son doigt dans ton oreille ?

— Avec cette femme, c'est possible, décrète Jade.

Elle a l'air en pleine forme. Elle a les joues bien roses sous ses taches de rousseur ; ses bras minces s'enroulent autour de mon cou avec la force et l'enthousiasme habituels. Elle renvoie en arrière, d'un mouvement de tête, ses épais cheveux roux, lève les yeux au ciel et me souffle :

— Je me suis endormie pendant quoi, dix secondes ? Pas plus. Je me demande vraiment pourquoi tout le monde s'affole comme ça.

Elle sort une poignée d'abaisse-langue de la poche de son blouson et commence à les tripoter.

— Tu les as fauchés ?

Elle hoche la tête comme si c'était on ne peut plus normal. J'attends patiemment qu'elle m'explique le pourquoi du comment.

Elle saute de la table et attrape son sac à dos.

— Je veux faire des esquimaux. Et peut-être une cabane en bois. Bon, allez, on va dévaliser la baraque à fruits !

Sur quoi elle se précipite vers la porte.

Une heure plus tard, je suis dans la salle d'attente du pédiatre, le cœur cognant contre mes côtes comme un animal secouant les barreaux de sa cage, bref, pas si calme que ça dans la tempête. Des visions de tumeur au cerveau me tournicotent dans la tête lorsque toubib et gamine émergent tout sourire de la salle d'examen. Le docteur Edelstein a aussi été mon pédiatre. Je ne sais combien de fois je lui ai vomi dessus.

— Ce n'est qu'une petite crise d'hypoglycémie, annonce-t-il. Ça arrive parfois quand les enfants font des poussées de croissance.

Il me tend une ordonnance. Il a griffonné quelques mots que je serais incapable de déchiffrer quand bien même ma vie en dépendrait, mais je crois distinguer en dessous « taille mini ».

Il hoche la tête, confirmant le diagnostic.

— Oui. Jade doit toujours avoir sur elle un Snickers d'urgence. Ordre de la faculté.

Et, chose stupéfiante, ladite Jade consent au traitement.

Après le docteur, je ne la ramène pas à l'école. Nous passons l'après-midi affalées dans l'herbe, le long du fleuve, à faire des guirlandes de pissenlits pendant que Boris, son microscopique york, terrorise des molosses. Jade consacre l'intégralité de cet après-midi parfait à me remplir les oreilles de son bavardage délicieusement rasoir. Me faisant partager, dans cet ordre, sa phobie des escargots, le comportement et les secrets d'hygiène de diverses copines de classe, ses commentaires sur l'émission de la veille au soir, qu'elle semble plus ou moins comprendre – info qui a la vertu d'expliquer enfin pourquoi elle s'est endormie en classe –, des spéculations pittoresques et infondées sur ma vie sentimentale, et une démonstration endiablée de sa dernière chorégraphie originale, « la danse du popotin », dont elle fait profiter la galerie.

Elle se retourne pour regarder son petit derrière osseux se trémousser.

— C'est magique, Maggie. Ce truc, ça s'apprend pas, je suis née avec !

Vers 7 heures, le ciel se teinte d'une sorte de rose doré au-dessus du fleuve. En allant à mon cours d'art dramatique, je largue Jade au bureau de Nicole. Elles vont manger indien. Enfin, tandoori ; qu'on n'aille pas imaginer une sombre affaire de cannibalisme. Les bureaux de *Elle* se trouvent au quarante-troisième étage du Time-Life

Building. La rédaction du journal est moins glamour que les filles ne l'imaginent généralement dans leurs rêves : des couloirs lugubres, éclairés au néon, dont les murs disparaissent sous les photos spectrales de mannequins du passé.

— Hé, mais c'est mon rayon de soleil ! me lance ironiquement Jerome.

Il fronce les sourcils, singeant ma mine préoccupée, et me claque deux bises sur les joues, ou plutôt dans le vide, avant d'embarquer Jade dans quelques pas de salsa. Ce qui m'arrache un sourire.

Jerome est l'assistant de ma mère. D'une beauté insensée, prématurément chauve, une peau de bébé, le corps délié d'un danseur, et l'arc de ses lèvres qui évoque une chaîne de montagnes au nom inconnu. Il a fui le manque d'ouverture d'esprit de Podunk, une petite ville de l'Oklahoma, pour s'installer à Chelsea, où il compte plus de potes qui se la pètent dans les travées du magasin bio que je n'en ai eu dans toute ma vie. Nous avons une relation compliquée. Je l'idolâtre, mais quand ça commence à barder, il prend invariablement le parti de maman (que voulez-vous ? ses chaussures Prada ne sont pas données), dont il gère le planning d'enfer avec la jalousie d'un doberman. Le jour où maman a suggéré que nous suivions quelques séances avec Emma, toutes les deux, c'est Jerome que j'y ai emmené parce que j'ai plus d'échanges avec lui.

Pendant que Jade essaie des chaussures trop grandes de douze pointures, je fais un point avec Nicole sur les conversations que nous avons eues, chacune de notre côté, avec le docteur. Elle, évidemment, affecte d'être tout à fait rassurée, et expédie Jerome à l'épicerie du coin, dévaliser le rayon Snickers. Je constate avec soulagement que, mine de rien, elle pétait de trouille – mais elle n'est pas du genre à me le dire – et qu'elle m'est reconnaissante d'avoir pris l'initiative et joué à nouveau les mamans.

C'est drôle tout ce qu'on peut lire entre les lignes. L'actrice que je suis se demande si un public comprendrait sans sous-titres ce qui se passe en réalité entre ma mère et moi. La façon dont elle enlève ses lunettes quand nous entrons, dont elle redresse les épaules et soupire en me voyant, le petit tapotement de plus quand elle serre Jade dans ses bras. Je remarque les ridules de ses paupières, la crispation de ses sourcils, sa voix altérée. De tout cela, je déduis la complexité des sentiments qu'elle éprouve. Cette faculté que j'ai de lire en elle fait de moi sa doublure, m'emplit de compassion et j'en oublie mon agacement. Pour le moment.

Jerome apprend à Jade à se pavaner comme un mannequin avec des Louboutin à talons de douze centimètres. Je regarde ses petites pattes d'araignée pomper, j'entends les semelles rouges faire *clomp-clomp* sur le plancher, et je résiste à la tentation de la cueillir dans mes bras et de la cajoliner. (Cajoliner : verbe. Un mot-valise étincelant que Jade a inventé quand elle avait deux ans et qui est un cocktail de « cajoler » et « câliner » ; exemple : « Hé, Maggie, on se cajoline ? ») Normalement, j'aurais peur qu'elle se casse une cheville avec ces escarpins, mais vu la journée que nous avons passée, je n'ai même plus la force de me faire de la bile.

Nicole se pointe dans mon dos et me dépose un baiser sur le sommet du crâne, ce que je déteste.

— Elle va bien, Maggie, dit-elle.

Essayant de s'en convaincre elle-même autant que moi.

J'ouvre la bouche pour répondre, et me ravise. Nicole a raison : Jade va bien. J'aurais pu lui dire qu'à mon avis une mère devrait s'impliquer davantage, que c'est elle qui devrait débouler dans le bureau de l'infirmière et tenir la main de sa fille chez le docteur, même si ladite fille n'a rien de grave. Mais à quoi bon gaspiller ma salive ? Alors je la boucle, et je m'en vais.

Ce soir-là, le cours est frustrant parce que nous travaillons en groupe alors que j'espérais que l'on s'intéresserait un peu à mon cas personnel avant la grande audition de demain. D'autant que l'aventure de l'après-midi avec Jade a absorbé tout le temps que j'aurais voulu consacrer à me préparer. Je suis plus nerveuse que d'habitude, et je me donne beaucoup de mal pour faire comme si de rien n'était.

Après le cours, je décline une invitation pressante d'Andrea et de Jason à aller au Rose Bar. Ils ont tous les deux plus de vingt et un ans, et je ne leur ai jamais dit que je ne les avais pas. Afficher son âge paraît toujours ajouter à la nature déjà compétitive de l'amitié entre futurs monstres sacrés. Non qu'entrer au Rose Bar me poserait un problème. Je ne sais pas si c'est mon visage qui est prématurément marqué, ou si c'est le fait de marcher comme si j'avais acheté tout l'endroit, mais on ne me demande jamais ma carte d'identité.

À la place, je mets le cap sur l'Union Square Café, mon refuge quand Nicole travaille tard. Nicole ne dînant presque jamais à la maison, on m'y connaît, depuis le temps. L'endroit est blindé, comme toujours, mais Jimmy me donne une table dans un coin tranquille et je commande ma salade César au poulet sans poulet habituelle, sans croûtons ni anchois, la sauce à part, et une théière de thé vert. Inutile de préciser « pas de pain », je sais résister à la corbeille, que Jimmy aime déposer sur le set de table en face de moi quand il débarrasse le couvert de la place vide. Comme si Le Pain était un copain avec qui je cassais la croûte.

Je m'installe et j'observe la foule. C'est drôle. J'ai toujours ma liseuse avec moi, juste au cas où, mais il ne me viendrait pas à l'idée de la sortir. D'aussi loin que remontent mes souvenirs, mon jeu favori quand je suis seule est d'imaginer la vie des inconnus. Quand j'étais plus jeune, le restaurant chinois était fréquenté par des altesses déchues, des agents secrets et autres artistes de cirque entre deux représentations. Maintenant, je suis moins créative.

Par exemple, le couple qui en est à sa seconde bouteille de vin s'est rencontré cet après-midi même. Elle est ventriloque, et elle lit sur les lèvres de son vis-à-vis, qui est muet de naissance. Ils sont tous les deux emballés à la perspective d'unir leur destin, mais elle pleure la perte de Chester, sa marionnette bien-aimée, qui a récemment sauté d'un camion et a été écrasée par un énorme 4 × 4, conduit par un quarterback en fin de carrière. Elle a son doigt dans la poche. Celui de Chester, pas du quarterback. Malheureusement, le muet est allergique au parfum de la blonde sur le retour assise à la table voisine, et qui ne sait pas manger proprement les spaghettis. Elle pense que son parfum attire le détective à la retraite qu'elle a rencontré sur eDarling, lequel est assis en face d'elle, et triture ses pâtes en essayant de se rappeler s'il n'a pas vu sa photo sur l'affiche des personnes les plus recherchées des États-Unis. En attendant, leur serveur est tellement obnubilé par la maladie d'Alzheimer de sa mère que... Bref, vous comprenez le principe.

Je remarque que très peu de gens sont seuls à table, et que ceux-là ont tous quelque chose à lire. Un livre de poche, un magazine, un journal. Un truc pour les aider à oublier qu'ils dînent en solo. Moi, je trouve ça triste.

Parfois, quelqu'un s'approche et me demande : « Vous ne seriez pas la fille qui jouait dans tel ou tel truc ? » Ce soir, c'est un gentil gars, peut-être dix ans de trop pour moi.

— Hé, salut ! Je ne flashe absolument pas sur vous...

Mais bien sûr que non. C'est pour ça que tu es debout beaucoup trop près de moi et que tu m'as collé ta main sur l'épaule.

— ... mais je jurerais vous avoir vue l'automne dernier dans une pièce d'Ibsen. Vous étiez bouleversante. Vous voulez bien me signer ça ? Je sais que ça vaudra son pesant d'or un de ces jours.

Une fois, un type m'a dit quelque chose dans ce goût-là, et puis, ayant appris mon nom, il m'a harcelée sur Facebook, ce qui finissait par devenir inquiétant. Je ne suis plus sur Facebook, mais quand celui-ci me tend sa serviette en papier, je signe Julia Roberts.

— Votre petite amie sera plus impressionnée quand vous lui montrerez ça et que vous lui direz que vous avez rencontré une grande actrice. Elle a de la chance d'avoir un chéri aussi séduisant et aussi poli.

Il rigole et ouvre la bouche, peut-être pour me dire que c'est moi qui ai de la chance, parce qu'il n'a pas de petite amie. Je coupe court.

— Je vous souhaite une bonne soirée.

Il replie la serviette et s'éloigne.

Emma est convaincue que je suis secrètement une créature solitaire. Elle ne veut pas en démordre. Ça finit par être la seule chose dont on arrive à parler. En rentrant chez moi dans l'air nocturne, je me demande comment on peut se sentir seul à New York. Quand on se promène avec quelqu'un, on est coincé avec cet unique individu, alors que quand on marche sans personne dans les rues de New York, on est avec tout le monde. Il se peut qu'Emma se sente seule et qu'elle projette ses sentiments sur moi. Ce qui est sûr, en tout cas, c'est que ça l'obsède. Elle est en quête d'une réponse facile. Une théorie toute faite. Ça fera 100 dollars, SVP.

Mais la vérité, c'est que je crois qu'elle n'a pas idée de la façon dont les rêves ont commencé.

L'un de mes jeux favoris, en marchant, surtout la nuit, consiste à me demander ce que différentes personnes penseraient si elles connaissaient mon secret. Emma est la seule au monde à être au courant, et j'ai la certitude qu'elle n'a pas vendu la mèche, secret médical oblige. Nicole, par exemple, ne saurait pas comment réagir. Elle essaierait d'être mon amie au lieu d'être ma mère. Elle est plus à l'aise dans ce rôle-là, de toute façon. Ça figure sur la liste non exhaustive des reproches que j'ai envers elle en tant que mère. Elle aurait peur. Elle vit dans une bulle de réalité étonnamment limitée pour quelqu'un d'aussi intelligent. Pour elle, la vie n'a pas intérêt à être plus vaste ou plus compliquée que les problèmes qu'elle règle pour son magazine. Que se passerait-il en cas de véritable crise, si l'une de nous avait un cancer, une tumeur au cerveau ou je ne sais quoi ? Je pense qu'elle gérerait la situation en réduisant le problème aux proportions d'un article de son fichu journal. Elle refuserait de voir son ampleur et ses conséquences, et s'imaginerait faire preuve d'esprit pratique en ne se laissant pas submerger. Mais les choses les plus importantes de la vie vous submergent, la voilà, la vérité. C'est parfois terrifiant, parfois tragique ; ce n'est pas forcément mauvais. En tout cas, la fuite n'est sûrement pas une solution.

Alors que Jade serait tout excitée d'apprendre que les contes de fées sont réels, et elle voudrait absolument entrer dedans, elle aussi. Elle serait jalouse, elle exigerait de faire partie de la magie ; jamais il ne lui viendrait à l'idée de dire que ce n'est pas vrai. Et ça figure assez haut sur la liste des raisons pour lesquelles je l'aime.

Papa. Papa m'aurait dit de ne pas avoir peur. De considérer la situation comme un cadeau, comme un objet précieux, qui n'appartient qu'à moi. Et s'il m'arrivait de me sentir esseulée, je savais pouvoir compter sur lui.

J'avais l'habitude de lui raconter mes rêves. Ceux que j'avais faits, et d'autres, parfois, que je n'avais pas faits. Je mentais en espérant plus ou moins qu'il verrait la différence, mais il ne s'en rendait jamais compte. Il faut croire que je suis bonne menteuse. Ou bonne actrice. Ou alors, il voyait la différence et c'est lui qui était bon menteur. Dommage que je ne puisse plus le lui demander.

Je tourne dans Horatio Street, où les cerisiers en fleur illuminés par les lampadaires font comme une neige rose. C'est notre premier printemps dans cette rue. Nous avons beaucoup déménagé, toujours dans les limites de Greenwich Village, pour que Jade puisse rester dans la même école. Nicole a toujours réussi à dégoter de super appartements. Mes amis pensent que ça doit être déstabilisant, mais cette vie nomade présente des avantages : personne ne redécore sa chambre aussi souvent que moi. Avec Jade, nous faisons équipe pour nous recréer un environnement personnel, de boutiques et de restaurants que nous choisissons ensemble. Et surtout, changer souvent de quartier comme ça vous donne une conscience aiguë de l'immensité du monde, et de l'immensité des choix qui s'offrent à vous.

Pensant que Nicole et Jade doivent déjà dormir, j'entre sur la pointe des pieds dans l'appartement où tout est éteint. Une fois dans ma chambre, je reste un long moment devant la fenêtre, à regarder l'Hudson. Tout à coup, je sens une présence derrière moi. Je sais qui c'est et ce que je vais dire. Je me fabrique une expression, me retourne et tends le doigt en hurlant :

— Putain, mais qui tu regardes comme ça ?

Nicole me dévisage en ouvrant de grands yeux. La tête qu'elle fait est indescriptible.

J'enchaîne :

— La ferme ! Tu n'as rien à dire !

— Euh, en réalité, si. Baisse d'un ton, ou tu vas tirer du lit une gamine de sept ans qui va se demander quelle est cette sorcière délirante.

Je me détourne de mon image dans le miroir en pied et vois le sourire amusé de Nicole.

— Alors, je fais une sorcière délirante convaincante, hein ? Waouh ! Je n'étais pas sûre d'avoir ça en moi.

— Mon chou, crois-moi, tu l'as. Tu vas tout casser, à cette audition.

Elle entre et se jette sur mon lit.

— Tu veux que je te donne la réplique pour cette scène ?

Nicole est toujours un peu déçue que j'aie besoin de répéter seule. Ce n'est pas que je refuse ses critiques et ses commentaires, loin de là ; c'est plutôt que je tiens à garder dans la tête un espace où je suis chez moi, bien à l'abri de toute autre réalité. Le moyen de décliner en douceur ? Changer de sujet :

— Comment va Jade ?

— À merveille. Cette petite est un vrai moulin à paroles, tu as remarqué ?

— Ah bon ? Elle n'est pas comme ça avec moi. Ça doit être de ta faute.

— Non, tu crois ?

Une atmosphère de franche cordialité ainsi établie, Nicole se sent autorisée à poursuivre, en se donnant un mal fou pour ne pas avoir l'air préoccupée par mon look, qui ne serait pas à la hauteur de l'enjeu.

— Et sinon, tu dors bien, en ce moment ?

La question n'est pas anodine.

— Est-ce que ça veut dire que j'ai les yeux cernés ? Autre chose qui ne serait pas assez joli pour remporter le rôle demain ?

— Oh, oh ! Ravie que tu ne sois pas sur la défensive. Un bon point pour Emma.

Maintenant j'ai le choix. Nicole n'est que Nicole, qui essaie de communiquer avec moi de la seule façon dont, parfois, je la crois capable. Vais-je laisser glisser ou relever ? Toujours égale à moi-même, je fais le mauvais choix.

— Désolée, mais tu ne peux pas adopter un comportement passif-agressif en prenant prétexte de mon look, pour me le reprocher ensuite. Ou alors, il faut que tu en assumes les conséquences.

Nicole se redresse, tend les bras pour que je me blottisse contre elle. Ce que je fais, évidemment. C'est notre truc, à toutes les deux. On se chamaille, puis on se rabiboche. On est amies, puis elle veut être ma mère.

— Mon bébé, c'est normal pour une actrice en herbe de ne pas être sûre de soi et de son aspect physique. Si tu l'étais, je penserais que tu viens d'une autre planète. L'ennui, c'est que tu as choisi une carrière où tu seras regardée sous toutes les coutures au quotidien, et il faut que tu t'y fasses.

Elle se lève, m'attire vers le miroir et passe ses bras autour de ma taille. Son visage élégant vient se percher sur mon épaule, et elle regarde notre reflet.

— Maintenant, dis-moi ce que tu vois.

Je vois une fille ordinaire qui pourrait, je suppose, être jolie, les bons jours et sous le bon éclairage. Assez jolie pour que son aspect physique ne joue pas contre elle. Mais ce qui est sûr et certain, c'est que ça ne compensera pas une éventuelle absence de talent. Je détaille mon image : un corps de ballerine, un peu trop mince, qui ne conviendrait sûrement pas à un rôle de femme sensuelle. Une chevelure noire, épaisse, qui pourrait être un élément de séduction lors d'une séance de photos, à condition qu'un bon styliste l'ait apprivoisée, mais qui est une vraie plaie à coiffer, et qui me donne dans la chaleur de l'été l'impression de me promener avec une capuche d'anorak sur la tête. De toute façon, j'ai horreur de me promener en plein soleil, d'où ma peau claire. Je manque peut-être de vitamine D, mais au moins j'ai un teint de lys et de rose. Mon visage a les courbes qu'il faut pour accrocher la lumière, et mes yeux passent bien à l'écran : deux lacs bleu glacé enclos par un lagon outremer. J'ai les lèvres trop fines pour certains directeurs de casting. Deux m'ont recommandé des chirurgiens esthétiques, mais pas question que je sombre dans la folie du collagène. Ce que j'aime le plus chez moi, tous les maquilleurs des spectacles et des émissions auxquels j'ai participé le considèrent comme un défaut : il y a un espace entre les cils de ma paupière droite, à l'endroit où un minuscule bouton de varicelle à peine grattouillé a laissé sa cicatrice.

Tout cela me passe par la tête en un dixième de seconde. En réalité, je réponds :

— Angelina Jolie avec de plus gros seins, et de beaucoup plus jolies lèvres.

Ce trait d'ironie amène Nicole à lever les yeux au ciel. Angelina me surpasse considérablement dans les deux registres.

— Quand as-tu vu les seins d'Angelina ?

— Maman, faut sortir tes poubelles ! Dans le journal.

Je ne ressemble absolument pas à Angelina Jolie, à aucun point de vue, bien sûr, ce qui n'empêche pas Nicole de se croire obligée de me dire combien je suis plus jolie, plus naturelle et plus authentique (le mot préféré de toute fille digne de ce nom). Après avoir subi un quart d'heure de louanges maternelles, Nicole encensant chaque centimètre carré de ma personne, je la pousse vers la porte de ma chambre, lance un dernier regard noir à mon reflet dans le miroir et m'apprête à me coucher.

Une fois les lumières éteintes, le petit vélo que j'ai dans la tête se met à tourner. Je déteste quand ça arrive.

Dans le noir, la nuit, avant de m'endormir, mon mantra est « super bien ». Je me répète encore et encore que Jade va *super bien*, évidemment, et que les Snickers sont un remède miracle contre la narcolepsie. Je me répète que le rappel se passera *super bien*. C'est un rôle *super bien* dans un film indépendant énigmatique, mais travailler avec le réalisateur sera un rêve devenu réalité – et ça vaut pour la jeune première étincelante qui a déjà décroché le rôle principal. Comme bien souvent, mon personnage a vingt-deux ans (j'ai un look qui peut facilement me faire paraître plus âgée – dans la vie comme à l'écran –, raison probable pour laquelle on ne me demande jamais ma carte d'identité dans les bars), et le responsable du casting a commenté lors de ma première lecture que le fait que je n'aie pas l'âge du personnage pourrait « poser un petit problème pour une scène, mais rien de rédhibitoire ». Et donc, je reste allongée une heure dans le noir à ruminer, en me répétant que tout ira *super bien.* Nicole me dirait : « Pas de pudeur, n'aie pas peur de ton corps, mais définis tes propres limites. » Quant à papa, il dirait : « Ne me pose pas de questions auxquelles tu ne veux pas de réponse. » Ce qui serait en réalité me donner la réponse que je n'ai pas envie d'entendre.

Comme d'habitude, Sloane traverse mes pensées alors que je commence à m'endormir. Je ferme les yeux.

2

Sloane

L'instant d'après, je les rouvre et je vois le même arbre derrière la même fenêtre face à laquelle je me réveille depuis toujours. Mon arbre est un orme. Il est d'une nature changeante, comme le temps, et je me dis qu'il doit souffrir de dépression saisonnière. Aujourd'hui, malgré le soleil printanier qui filtre à travers ses premières feuilles, je lui trouve un petit air abattu. On dirait qu'il éprouve la même chose que moi. J'ai dormi, mais je ne suis pas reposée. Comme chaque nuit, j'ai entièrement rêvé la journée de Maggie à Manhattan. J'ai dans les os une sensation de lourdeur, de lassitude.

Je m'appelle Sloane Margaret Jameson. Je n'ai jamais donné un coup de poing dans la bouche d'un gamin appelé Devin Cruikshank. D'abord, je n'ai jamais rencontré de Devin Cruikshank. Ensuite, je ne balance pas des coups de poing comme ça. Je serais plutôt du genre à donner des coups de boule.

Je me retourne dans mon lit et je regarde les étoiles au plafond. C'est le genre d'étoiles qui brillent dans le noir, et quand il ne fait pas noir ce ne sont que des autocollants jaunâtres. Je les ai achetées, ainsi qu'un sachet de glace pour cosmonautes, lors d'une sortie scolaire au musée des Sciences de Boston. Où d'éminents astrophysiciens sont-ils allés pêcher l'idée de déshydrater de la crème glacée ?

En rentrant à la maison, après la sortie scolaire, j'avais bien étudié la carte du ciel et tenté de recréer Orion. Puis décidé que ce serait plus amusant d'inventer mes propres constellations. Il y a Stella la Jument. C'est une langue de vipère, et on ne peut pas lui faire confiance. Il y a El Delicioso, la Grande Crêpe Céleste au Nutella. J'étais en train de faire un éléphant quand je suis tombée à court d'étoiles, si bien qu'on dirait plutôt une tasse à thé. Enfin, je l'appelle Rooibos (c'est mon thé africain préféré), et j'imagine que les étoiles de sa trompe ont disparu il y a un trillion d'années, quand elles se sont changées en supernova.

Le bruit que fait la famille au rez-de-chaussée m'agace un peu, de la même façon qu'un moustique peut être plus exaspérant qu'un marteau-piqueur. Ces temps-ci, je suis toujours la dernière à descendre, le matin. Il y a longtemps que plus rien ne me donne envie de me lever. Un an, pour être précise.

Je ne suis pas déprimée. Du moins, pas cliniquement, d'après mes recherches sur Internet. Mais il est clair que j'ai quelques problèmes. Le fait de receler un secret aussi lourd que le mien me condamne à une vie un peu solitaire. D'autant plus solitaire que je suis constamment entourée de gens, des gens merveilleux, très proches, et que je ne peux pas leur parler. Je suppose qu'être un agent double, une femme adultère ou un résistant du placard est aussi solitaire et épuisant.

Contrairement à la Maggie de mon rêve, je ne suis pas actrice, mais je crois que j'arrive assez bien à faire croire à tout le monde que ça va. Et de fait, ça va. Vraiment. Les jours ne sont pas tous aussi lourds et pénibles à vivre.

L'anniversaire de la mort de Bill, mon meilleur ami, approche. Il coïncide fort opportunément avec mon dix-septième anniversaire. N'importe comment, je déteste attirer l'attention. Je ne suis pas à l'aise quand je suis le centre de l'attention générale, quand je me retrouve sous les feux des projecteurs. Je me recroqueville sur moi-même. Je préfère être derrière la caméra.

Bon, d'un autre côté, le brouhaha crispant de ma famille m'empêche de m'apitoyer sur mon sort. Je finis par mettre les pieds par terre et je me retrouve dans la salle de bains à laisser couler l'eau en attendant qu'elle chauffe.

En bas, ça sent le café, les crêpes, et les cheveux encore mouillés de ma mère. J'imagine qu'elle a tiré toute l'eau chaude avant moi. Puis je distingue une odeur d'animaux marins en décomposition. Mon frère de sept ans, Max, a réquisitionné la table de cuisine pour son « projet scientifique ». A priori, un échantillonnage de notre côte locale (laissons-lui le bénéfice du doute). C'est un assemblage de bric et de broc où voisinent des moules crevées, du varech, les débris d'un nid d'oiseau et la coquille épouvantablement moche d'une limule estropiée. L'étalage, plus ou moins aggloméré à grand renfort de colle à bois, défigure maintenant toute la cuisine.

J'adore Max. Il est remuant, malicieux et capricieux. Il a une imagination phénoménale. Avant, il me laissait jouer à ses jeux bizarres avec lui. Il entrait dans une pièce, entrelaçait ses petits doigts avec les miens et m'entraînait dans des heures de course effrénée. Une fois à bout de forces, il fourrait sa tête hirsute au creux de mon cou, je sentais son petit corps tout chaud contre le mien, et on lisait tel ou tel livre.

Et puis, il y a un an, ses copains et lui ont décrété que les filles avaient des morpions. Et maintenant, je ne suis plus sa sœur, je suis *une fille.*

Ma mère a fait à manger pour douze, c'est-à-dire un peu moins que d'habitude. Elle en fait toujours trop dans tous les domaines de la vie quotidienne. Par exemple, elle attache une attention méticuleuse, ridicule, à l'hygiène. Je n'ai rien contre la propreté, mais il ne faut pas que ça devienne une manie détestable et que ça serve d'alibi à autre chose. Du genre, elle peut passer la moitié de la matinée à nettoyer derrière Max, ce à quoi elle ne serait pas obligée si elle l'habituait une bonne fois pour toutes à ne pas faire autant de bazar. Je parie que s'il y avait des sanctions liées aux jeux vidéo ou à la bouffe, il ferait plus attention. Je me demande parfois si elle ne le laisse pas semer son bordel pour se donner encore plus de boulot. C'est la femme la plus débordée de tous les habitants du sud-est du Connecticut, pour ne pas dire du Monde libre. On ne m'ôtera pas de l'idée qu'elle se démène comme ça pour compenser le fait d'avoir renoncé « temporairement » à une carrière prometteuse dans la biologie marine à la naissance de Tyler, mon frère aîné. Elle travaillait à l'Institut océanographique de Woods Hole. Elle étudiait la dynamique qui régit le déplacement des sédiments à grain fin dans les eaux du bord de mer et de l'estuaire. D'après mon père, elle aimait vraiment ce boulot. Mais elle ne l'a jamais repris. Après Tyler, elle est tombée enceinte de moi sans avoir le temps de dire ouf. Et une fois qu'on a lâché, il n'y a pas une tonne de postes disponibles dans ce domaine. Disons que notre famille s'est enracinée, profondément enracinée dans la terre de Mystic, Connecticut.

Il fut un temps où nous étions beaucoup plus proches, maman et moi. Ce n'est pas qu'elle ait subitement attrapé des morpions, c'est juste que, cette année, les choses se sont beaucoup gâtées entre nous. Je sais que ça lui fait vraiment mal. Mais je ne sais pas comment arranger la situation.

Sans se détourner de la cuisinière, elle me lance de sa voix la plus innocente, la plus ensoleillée :

— Bonjour, ma puce. Tu sais ce que j'étais en train de me dire ?

Oh-oh. Traduction de cette périphrase : « Je m'apprête à te balancer un truc qui va probablement te mettre en rogne. » Et le ton artificiel sur lequel elle me parle me le confirme : elle est bien consciente de marcher sur des œufs.

— Ce serait peut-être le moment, samedi, de faire un saut à Providence et commencer à chercher ta robe pour le bal de fin d'année. Qu'est-ce que tu en penses ?

J'en pense qu'on dirait que tu fais exprès de m'énerver. Voilà ce que j'en pense. Et la réplique fuse :

— Je me demande bien ce qu'on ferait d'une robe, vu que je préférerais crever plutôt que de me pointer à un truc appelé « bal ».

— Hum, voilà ce qui s'appelle avoir le sens de la repartie, intervient mon père, qui a pénétré dans la cuisine et qui met son grain de sel, à sa façon habituelle, à la fois cash et accommodant.

Mais ce matin-là, sa franchise désarmante, je ne veux pas en entendre parler.

— Papa, maman sait ce que je pense de cette histoire de bal de fin d'année. Et au lieu d'aborder carrément la question avec moi, elle nie complètement le problème et tente une manœuvre passive-agressive pour retourner la situation. C'est le syndrome du « tu sais ce que j'étais en train de me dire », qui consiste à éviter de prendre la responsabilité de balancer les choses qu'on ne devrait pas.

— C'est fascinant…

Papa s'octroie une gorgée de café avec un calme affolant.

— Une étudiante d'anglais première de sa classe, qui ne comprend rien au terme passif-agressif ! Lequel caractérise davantage ton attitude que celle de ta mère.

En dehors du fait qu'il a absolument raison, il est complètement à côté de la plaque.

— Sloane, reprend ma mère, la bouche en cul de poule. Tu veux bien sortir avec moi une minute ?

Elle n'a pas l'air vraiment en colère. Ni blessée. Elle paraît plutôt déterminée, sûre d'elle. Pour une fois, on aura peut-être une vraie conversation.

— Sloane, commence-t-elle, tu as absolument raison, j'avais peur d'aborder cette question avec toi, parce que je me doutais de ta réaction. Mais ne tournons pas autour du pot. Nous savons bien, toutes les deux, que le problème dépasse largement le cadre du bal de fin d'année.

J'en reste plus ou moins sans voix. Je croyais souhaiter cette combinaison de fermeté et de réelle préoccupation, mais maintenant que nous avons cet échange, je me rends compte que nous ne pouvons évidemment pas aborder les sujets que j'aurais voulu évoquer.

— Quand tu as eu quinze ans, tu m'as tannée pour sortir avec des garçons. J'ai insisté pour que tu attendes ton seizième anniversaire. Tu as eu cette patience. Maintenant, une année entière a passé et je n'ai pas l'impression que tu aies eu un petit ami digne de ce nom pendant toute cette période. Alors, qu'est-ce qui se passe ?

Je regarde mes pieds. Je me déteste de me sentir tellement empotée et incapable d'inventer un mensonge lisse et convaincant.

— Il ne se passe absolument rien. Il n'y a pas un seul garçon avec qui j'ai eu envie de sortir. Disons que je n'arrivais pas à comprendre ta règle idiote et que je voulais voir si j'arriverais à te faire changer d'avis.

J'ai les yeux brûlants et, tout en prononçant ces paroles, je me concentre sur l'herbe. Je sens que ma mère m'observe, et je veux juste échapper au rayon laser de son regard. Je relève les yeux et, m'étonnant moi-même, j'ai la grâce d'ajouter :

— Et je suis vraiment désolée d'être une petite morveuse insolente.

— Non, tu crois ? fait-elle en se penchant pour arracher une mauvaise herbe du massif de jonquilles.

Qui eût cru qu'elle avait le sens de l'humour ?

Je m'apprête à prendre le bus pour le lycée quand Gordy m'envoie un texto pour me proposer de passer me chercher. C'est vraiment gentil, et inhabituel, parce que je n'habite pas sur son chemin. Puis je reçois un deuxième texto sollicitant un peu de rab du petit déj de ma mother. Tout s'explique : il doit avoir faim et être fauché. Gordy est mon meilleur ami d'enfance. Nos parents sont amis ; ils nous obligeaient à jouer ensemble quand on était petits, et cette amitié forcée est devenue un vrai lien entre nous.

Donc, un McMuffin façon Jameson emballé dans du papier alu à la main, j'attends mon chevalier servant au coin de la rue. Nous habitons une vieille maison sur Gravel Street. Elle a été construite en 1834 par un dénommé Daniel R. Williams, qui vendait des filets de pêche dans son sous-sol. Lequel sous-sol, de plus de trois mètres de hauteur, a été ensuite une station du métro, ce que j'adore. Quant à Matilda Appleman Williams, l'épouse de ce bon vieux Danny, elle tenait des séances de spiritisme hebdomadaires dans le salon, au rez-de-chaussée. J'ai un peu joué avec une planche de oui-ja en son honneur.

La maison est plantée de biais par rapport au trottoir, et je suis sûre que lors de sa construction il n'y avait pas d'autres demeures à proximité pour boucher la vue sur la Mystic River. Aujourd'hui, on n'en distingue plus qu'un petit bout depuis le perron. Enfin, on peut voir les dériveurs avec leurs voiles multicolores tournoyer devant le port. Des couchers de soleil pastel caressent les eaux mouvantes. Nous regardons les aigrettes, les hérons, les mouettes rieuses et les doux petits pluviers vaquer à leurs occupations d'oiseaux.

Le pick-up de Gordy s'arrête devant moi. Avant même d'être assise dans la cabine, je peux dire que le trajet jusqu'au lycée me coûtera plus qu'un petit déjeuner. Il y a anguille sous roche. Gordy ne me laisse pas le temps de lui poser de questions. De sa voix grave, il commence :

— Sloane, le coach Manard m'a annoncé hier soir que le lycée voulait organiser une cérémonie en souvenir de Bill. Une grande cérémonie sur le terrain de foot, pour que tout le monde puisse y assister. Il m'a demandé ton numéro, parce qu'il voudrait que tu dises quelque chose. Comme je savais que tu trouverais ça foireux et que tu lui raccrocherais probablement au nez ou que tu lâcherais une de ces vannes dont tu as le secret, je lui ai dit que je t'en parlerais moi-même.

Il se tourne vers moi.

— Tu voudras bien le faire, s'il te plaît ?

J'ai envie de vomir.

— Tu veux dire, me planter sur le terrain de foot, devant tout le lycée – sans parler de la famille de Bill ? Et pour dire quoi ? Que Bill était quelqu'un d'extraordinaire, même si la plupart des élèves ne l'ont même pas connu, et que virtuellement personne ne l'a vraiment *bien* connu ?

Gordy est habitué à mes sorties, mais ça doit être pénible pour lui aussi.

— Tu ne serais pas toute seule, là, reprend-il en lâchant le volant pour me poser gentiment la main sur l'épaule. Je dirai quelque chose, et ton frère aussi rentre de son école pour l'occasion.

— *Tyler* ? Il rentre à la maison pour ça ?

Comment Gordy peut-il croire que ça va me remonter le moral ? Tyler me rend dingue. Et depuis toujours. Rien de ce qu'il pourrait dire sur la mort de Bill ne me remontera le moral. Un mètre quatre-vingt-treize, et plutôt pas mal, quand on aime les garçons d'une « beauté » conventionnelle au point d'en être fadasse. Beaucoup de mes amies le trouvent mignon. Il s'en fiche pas mal. D'ailleurs, il ne s'en fait jamais. Ça a toujours plané pour lui, au moins en ce qui concerne les attentes conventionnelles et fastidieuses de la vie, et il semble toujours content de tout d'une façon qui m'affole. Une moyenne de 13 ? Aucun problème. Il s'en vantait comme s'il était major de promotion au MIT. Quarterback vedette de la troisième pire équipe de notre ligue ? Il avait adoré ça.

Il tombait toutes les pom-pom girls d'un battement de cils. Sans blague.

— C'est Tyler qui tient à en être. Sloane, ils étaient proches, Bill et lui. Pas comme toi, Bill et moi, évidemment.

Il me coule un regard en biais et ajoute tout doucement :

— Tu n'étais pas sa seule amie.

Et j'ai l'impression qu'un piano s'écrase sur mon cœur.

Nous formions un trio inséparable, Bill, Gordy et moi. Mais j'ai parfois l'impression que ce chagrin que nous éprouvons tous est le mien, à moi seule. Ce n'est pas juste de ma part, je le reconnais. Depuis un an, nous sommes déséquilibrés, Gordy et moi, comme un tricycle auquel il manquerait une roue. Nous n'avons pas trouvé le moyen de nous transformer en tandem.

J'inspire profondément et je regarde les arbres vert vif défiler dans une sorte de brouillard. Peut-être faut-il, en effet, que quelqu'un se lève et dise à tout le monde qu'une vie humaine irremplaçable a disparu. Sauf que les expressions creuses comme « je compatis à votre douleur » me donnent envie de distribuer des baffes. Quelle bande de faux culs ! Le pire, c'est ceux qui prétendent souffrir eux-mêmes de cette « perte cruelle ». Comme si être assis à côté de Bill pendant un cours et ne lui adresser la parole que pour lui demander sa gomme leur donnait le droit de prétendre connaître le garçon qu'il était. Je ne plaisante pas : j'ai bel et bien entendu Mia Wallace se targuer d'avoir été « proche » de lui parce qu'il l'avait embrassée une fois au cours d'une soirée bien arrosée, deux ans plus tôt. Elle racontait l'histoire de ce baiser avec des sanglots dans la voix – une vraie comédie musicale –, et il fallait voir ses copines gober avidement ses salades, agglutinées autour d'elle pour la réconforter. Bill m'avait raconté qu'en réalité c'était elle qui lui avait sauté dessus et lui avait enfoncé sa langue jusqu'à la glotte. Évidemment, il avait ajouté que c'était une gentille fille, parce qu'il était fondamentalement incapable de débiner quelqu'un.

Enfin, Gordy ne fait pas partie des faux culs. Et c'est injuste de ma part de m'en prendre à lui. Je lui dis que j'y réfléchirai, merci de m'avoir accompagnée, et je raconte un bobard comme quoi il faut que j'y aille pour cause de devoir sur table en première heure de cours.

Au déjeuner avec Lila et Kelly, je décide de ne même pas faire allusion à la cérémonie. J'adore mes copines, ce n'est pas la question, mais le fait est que je ne peux vraiment pas leur parler de Bill. Je n'y suis jamais arrivée.

Lila ne peut s'empêcher de me demander indirectement, de façon répétée, de la brancher avec Gordy, ce qu'elle sait pertinemment être une voie sans issue, alors qu'entre nous c'est à la vie à la mort, et que Gordy serait bien mieux avec l'adorable Lila plutôt qu'avec les minables pom-pom girls d'occasion que mon crétin de frère Tyler a abandonnées dans son sillage.

Gordy est également sportif – il joue au foot comme receveur éloigné et il est champion de quatre cents mètres –, et donc malheureusement copain avec Tyler. Il est plutôt craquant et, pour être franche, il est lui aussi d'une beauté conventionnelle et fadasse. Sauf que chez lui, ce n'est pas grave parce que c'est un gentleman. Il est assis en bas de la colline avec son équipe. On dirait des mannequins pour le catalogue Abercrombie & Fitch. Je vais tantôt m'asseoir avec eux, tantôt avec Lila et Kelly, ou encore avec la troupe de bosseurs qui constituent le gros de ma classe. Le plus souvent, je m'installe en haut de la colline et j'attends de voir qui va venir me rejoindre. Je suis plutôt fluctuante sur le plan social. Je n'appartiens vraiment à aucun groupe, mais je m'entends bien avec la plupart de mes camarades (en dehors peut-être des irréductibles fans de heavy metal).

Kelly s'est fixé pour mission d'obtenir que je les accompagne, Chuck et elle, au bal de fin d'année, qui approche si vite que je ne veux même pas y penser. Elle me révèle aujourd'hui que Chuck a présélectionné plusieurs candidats dignes de l'insigne honneur et du privilège rare de me servir de cavaliers. Il est vrai que Chuck n'est pas un sportif (oh, que non) ; c'est un fumeur de joints qui remet toujours tout au dernier moment, et qui ne mérite pas la lumineuse Kelly, en dehors du fait qu'il est charmant et vraiment marrant. Quant à ses potes, ils sont complètement perchés. Ils se traînent ou plutôt ils roulent généralement un peu en retard à l'heure du déjeuner, dans un nuage d'odeurs comme s'ils sortaient du van de Scoubidou. J'ai droit à vingt minutes d'envolées lyriques sur la profondeur de leur personnalité, et je fais comme si la seule idée d'échanger un baiser avec Brad « la Beuh » Wilcox ne me donnait pas envie de vomir mon déjeuner.

Pendant toute la journée, des gens m'interrogent sur la cérémonie du souvenir, ou me disent combien ils partagent ma peine. D'accord. Je réussis à tenir le coup jusqu'à la dernière sonnerie – puis je file ventre à terre vers la chambre noire du labo photo.

La chambre noire, mon éternel refuge. J'aime sa tranquille obscurité. Et le fait que la porte fermée, la lumière rouge allumée, personne n'osera entrer, de crainte de voiler les négatifs et autres surfaces sensibles. Auxquelles je m'identifie.

Je verse du révélateur dans le bac et je déclenche la minuterie. Le rythme répétitif du processus me plaît : incliner quatre fois le bac, tapoter pour chasser les bulles d'air. Opération à recommencer au début de chaque minute. Vider le révélateur, verser le bain d'arrêt, refermer le couvercle, basculer le bac d'avant en arrière. Le schéma ressemble à une prière, ou à un mantra, et aide mon cerveau en ébullition à se calmer.

Je me suis mise sérieusement à la photo depuis que mon père m'a donné un Lomo, un de ces appareils jouets qui prennent des photos carrées dans le style cool des années 1970. Il m'emmenait en balade sur Bluff Point, on faisait le tour des îles Fisher en bateau, ou on se promenait le long de la Napatree. C'était censé me permettre de développer mon sens de la lumière et de la composition. Il y a longtemps que nous n'avons pas fait ça ensemble, mais je continue.

Je ne veux pas en faire un métier, ou je ne sais quoi. J'aime observer, c'est tout. Je pense que ça m'aide pour l'écriture, or c'est ça que je veux vraiment faire, écrire. Et peut-être enseigner la littérature en fac, comme le faisait Benjamin, le père de Maggie. Sauf que je ne me limiterais pas à la littérature américaine. Trop de Blancs alcooliques. Je veux vivre à New York, ça, c'est sûr. Aller à l'université Columbia. C'est ce que je déclare obstinément, malgré ma terreur de la mince enveloppe qui arrivera par le courrier au printemps prochain. Entrer à Columbia, c'est la trappe vers mon plan d'évasion.

Juste avant 6 heures, Gordy frappe à la porte de la chambre noire. Je ne lui avais pas dit que j'y serais, mais il sait où me trouver. Il m'emmène prendre un café au Green Marble, mon repaire favori.

Depuis toujours, Gordy est mon vrai frère, et je suis sa vraie confidente. J'ai été sa planche de salut dans pas mal de tempêtes, une brochette de petites amies pas du tout son genre, la rupture de ligament qui a failli torpiller sa carrière de footballeur universitaire (l'horreur !), ses diverses incursions dans les domaines littéraires, philosophiques, ou tout ce qui touchait au sens de la vie. C'est une crème, jusqu'à la moelle des os, et je ferais n'importe quoi pour lui épargner les souffrances, le malheur et les échecs.

Cela dit, est-ce que je lui livre mon cœur ? Non. Et pourquoi pas ? Parce que, à tort ou à raison, j'aurais peur qu'il ne comprenne pas tout à fait. Et ça nous briserait le cœur en mille morceaux à tous les deux.

Quand nous avions huit ou neuf ans, une nuit, alors que nous dormions sous la tente, dans le jardin derrière chez moi, nous nous sommes plus ou moins juré, ou promis, ou du moins nous nous sommes dit que si nous n'étions pas mariés lorsque nous serions vieux (ce qui, à l'époque, voulait plus ou moins dire à la fin du lycée), ça signifierait probablement que nous étions destinés à être ensemble « comme ça ». Pendant des années, après cela, Gordy a souvent commencé ses phrases par « quand nous serons mariés ». Préludant généralement à une blague, du genre « j'arrêterai de péter dans la maison ». Complètement puéril. Je percevais ça comme un truc qu'il avait trouvé pour n'exclure aucune option entre nous. Style, si la vie voulait que nous vivions ensemble, la porte n'était pas fermée. Et j'en faisais parfois autant, pour ne pas lui donner l'impression d'être en reste. Il recommence parfois, et j'avoue que ça ne me déplaît pas. En réalité, j'épouserai un grand génie méconnu, un équivalent moderne de Salvador Dalí, de Liszt, ou peut-être de Gengis Khan.

En même temps, ça me réconforte de penser qu'il y a, en ce monde, quelqu'un de solide et d'honnête sur qui je peux compter.

Au café, tout à coup, Gordy fixe sur moi ce regard spécial qui présage une grande déclaration.

— Sloane, ne me laisse pas faire cet hommage tout seul. Je t'en prie. Je sais que tu trouves ça ridicule et lourdingue, mais ce n'est pas pour eux qu'on le fait. C'est pour Bill. Il le mérite. Tu auras beau dire que tu es agnostique et tout ça, tu ne peux pas savoir s'il n'est pas quelque part en train d'écouter.

Je rectifie :

— Je suis athée, Gordy. Ce n'est pas pareil.

Et puis je m'en veux d'avoir blagué avec ça, je lui dis que je vais le faire, et que je l'aime.

Ce qu'il sait déjà, bien sûr.

Au lit, la lumière éteinte, mille pensées tournent frénétiquement dans ma tête. Je voudrais que Maggie soit réelle, qu'elle puisse venir ici, à Mystic, en voiture, et

« dire quelque chose » pour Bill. Elle réglerait le problème en un éclair.

Et puis une panique froide s'empare de moi à l'idée de ces rêves que je fais. C'est de la folie, je deviens folle, et c'est Maggie qui voit un psy, c'est ça le plus dingue. Ma grande crainte, c'est qu'un jour je sois normale, que je m'endorme, et que Maggie ne soit pas là. Je ne ferais plus que des rêves normaux, je dormirais bien la nuit. Et elle aurait disparu.

Mais ce qui me fait le plus peur – et j'ai beau me dire et me répéter que non, ça n'arrivera jamais, cette seule idée me glace les sangs – c'est qu'un jour Maggie s'endorme, et que ce soit moi qui disparaisse.

3

Maggie

Je me réveille par un de ces matins gris et pluvieux dont West Village a le secret. J'ai une horrible sensation de malaise au creux de l'estomac, comme toujours lorsque je dois passer une seconde audition. Jouer et être jugée. C'est pire qu'une simple audition : certes, ils m'ont suffisamment appréciée pour souhaiter me revoir, ce qui est une raison d'espérer, mais cette fois, leur jugement sera plus focalisé, et aucun de mes défauts, aucune de mes limites n'a de chance de leur échapper.

Si je ne suis pas retenue, je m'en remettrai, bien sûr ; c'est ce qui arrive la plupart du temps, et ça ne m'empêche pas de vivre. Mais quand un rôle m'échappe, à mon retour à la maison, c'est le réconfort inepte de Nicole qui m'attend, et je suis bonne pour repasser une audition devant elle, et lui offrir le spectacle d'une déception acceptable selon ses critères. Pour elle, il n'y a pas de différence entre la réussite et l'échec, l'important c'est de bien le prendre. Sinon ce serait signe d'un mauvais environnement parental, car dans toute situation il y a toujours un aspect qui dépend complètement des parents, quand bien même ils seraient les meilleurs du monde. Je n'agirai pas de cette façon quand j'aurai des enfants. Je commettrai d'autres erreurs, évidemment.

J'observe mon reflet dans les vitres du métro qui remonte vers le nord, et je me dis que pour incarner Jolene, le personnage dont j'essaie de décrocher le rôle, Sloane serait mieux équipée que moi avec ses seins et ses cheveux soyeux, d'un blond de rêve. Sans parler de ses yeux verts. Vraiment verts. Alors que moi, quel que soit le talent avec lequel je dirai mon texte, je ne ressemble qu'à moi-même.

À Columbus Circle, je grimpe les marches quatre à quatre, et je me retrouve sous une averse. Je n'arrive pas à ouvrir mon parapluie à temps – l'horreur, pour mes cheveux ! Nicole dirait que c'est signe de chance, mais je ne me sens pas très en veine aujourd'hui. Je ne devrais pas penser à elle ce matin, je ferais mieux de me concentrer sur mon personnage, Jolene, et sur ce qu'elle ressentirait, penserait et dirait de la pluie, de ses cheveux et de son rendez-vous chez sa psy deux heures avant de devenir quelqu'un d'autre. Ce qui, quand j'y réfléchis, est une spécialité maison.

Je monte l'escalier qui mène au cabinet d'Emma. Le décor de la minuscule salle d'attente est d'une féminité exacerbée, complètement décalée, et je me demande si c'est Emma qui a pris le temps de choisir ces fausses fleurs fromageuses, ou si elles lui ont été livrées en bonus avec le mobilier. En les voyant, la première fois que j'étais venue là, parler de mes parents, j'avais bien failli faire demi-tour. Puis j'étais entrée dans son cabinet et, je ne sais pas pourquoi, les murs m'avaient fait l'impression d'être en acier massif, assez costauds pour garder mon plus gros secret, et j'avais tout déballé dès les cinq premières minutes. Peut-être que c'était une façon d'éviter de parler de mes parents, ou peut-être que je voulais m'en débarrasser. Quoi qu'il en soit, cette décision prise d'entrée de jeu m'a liée à Emma. Elle est la seule au monde à savoir que, toutes les nuits, je rêve que je suis une autre.

J'allume la lumière qui signale ma présence et j'attends. Je sais pertinemment qu'elle n'a personne avant moi, mais qu'elle laissera quand même passer juste un peu moins de trois minutes avant de venir me chercher. En effet : deux minutes quarante-deux secondes plus tard, d'après la montre que mon père m'a donnée, Emma ouvre la porte avec une énergie et une chaleur fabriquées qui m'amènent toujours à me demander pourquoi je dois être avec elle d'une parfaite sincérité alors qu'elle-même me joue toujours la comédie.

Elle commence systématiquement par parler de la pluie et du beau temps, comme si ça devait me mettre à l'aise.

— On dirait qu'il pleut, remarque-t-elle dans sa grande sagesse.

— Ça oui.

Je joue le jeu parce que c'est toujours ça de gagné – quelques minutes de rab où je ne serai pas obligée de parler de Sloane. Par bonheur, Jade me fournit de quoi alimenter la conversation avec la panique que j'ai éprouvée en apprenant qu'elle était tombée dans les pommes en classe, la peur qu'elle ait une tumeur au cerveau et notre après-midi d'échange affectif dans le parc. Je vais jusqu'à rejouer la danse du popotin de Jade. Et ainsi de suite jusqu'à ce qu'Emma me demande pourquoi je rechigne tellement à parler de Sloane, aujourd'hui.

— Comme tous les autres jours, je rétorque en me rasseyant sur le canapé.

Et c'est parti. Est-ce que j'en veux à Sloane, ce matin ? Comment pourrais-je en vouloir à un fantasme ? Du calme – c'est sans enjeu, et tu ne réussis qu'à être en rogne contre toi-même d'une façon déguisée et donc plus sûre.

Emma avance l'argument éculé selon lequel Sloane est un fantasme que je crée parce que je veux de bons amis, la stabilité, une vie familiale normale avec mon papa qui m'aime, une vie dans laquelle il n'y ait pas d'auditions, de refus, de régimes, de fixation perpétuelle sur mon aspect physique, ma technique, etc. Bref, sans rien de tout ce qui peuple mon univers, et qui est loin de former un monde idéal. Des soi-disant amis acteurs, en réalité des faux jetons, des rivaux, des adversaires. Des hommes qui ne se rendent pas compte que je suis beaucoup plus jeune qu'eux, ou qui s'en fichent, qui veulent de moi des choses que je ne leur donnerai évidemment pas, ce qui m'amène à craindre les conséquences de mon refus. Une vie tellement solitaire que j'en suis réduite à me fabriquer des amis en inventant des histoires sur tous les inconnus que je croise. Manger toute seule. Marcher toute seule. Aller au cinéma toute seule (pour voir les films interdits aux enfants, du moins). Sans petit ami. Et pour finir, cerise sur le gâteau, après l'interminable litanie, le mot tant redouté de *solitude.* Emma est intarissable sur la façon dont je m'abuse moi-même en faisant semblant d'être bien dans ma peau, et même heureuse.

Là, elle me met vraiment la rage. J'entreprends de réfuter ses arguments et de démonter sa petite théorie fumeuse. Pourquoi ne serais-je pas, *moi,* le fantasme de Sloane ? Je suis actrice ; toutes les lycéennes en rêvent, non ? Je n'habite pas Mystic, dans le Connecticut, mais Manhattan. Qu'est-ce qui est le plus glamour ? J'ai une petite sœur adorable, c'est ma meilleure amie, et côté poux, on a tout ce qu'il faut, merci. Maman ne me flique pas en permanence, je dirais même qu'elle me laisse très libre en toutes circonstances. Et, ce qui prime tout, le monde entier m'est littéralement ouvert. Je pourrais choisir de vivre à Londres, à Paris, à Rio ou en Chine, sans avoir besoin de me concocter un plan d'évasion. Oui, je serais le fantasme idéal pour une fille coincée dans sa petite ville, sa maison confortable, sa vie banale, et qui voudrait désespérément voir un éventail de possibles s'offrir à elle.

— La vie de Sloane est un bourbier géant, et elle est malheureuse. Alors, dites-moi un peu, dites-moi pourquoi je pourrais bien vouloir m'inventer ça ?

— Vous aimez parler de tout ce que votre vie comporte de libertés diverses et variées, me rétorque Emma, mais ces libertés sont toutes extérieures. Sur le plan émotionnel, vous êtes tout le temps obligée de refouler. Vous jouez la comédie pour vos employeurs, vous soutenez le moral de votre sœur, vous ne pouvez pas vraiment vous confier à votre mère, et vous n'avez pas d'amis réellement proches. Sloane vous permet d'être égoïste, colérique, et même injuste. Et tout ça s'incarne dans une personne raisonnablement bien, pourvue d'un environnement réconfortant. Mais vous vous refusez à le voir. Je ne comprends pas pourquoi.

» Ou plutôt si, poursuit-elle avec un sourire. La réponse, c'est que vous ne voulez pas renoncer à elle.

— Pas plus qu'elle ne veut renoncer à moi.

— Réponse obligée, terrifiée que vous êtes à l'idée de la perdre si l'équilibre venait à se fissurer. D'un certain point de vue, Sloane est une fiction saine. C'est vous, sous la forme de votre amie la plus intime. Plus encore que si vous étiez des vraies jumelles. Chacune connaît tous les secrets du cœur de l'autre. Tant que Sloane sera dans votre vie, vous aurez l'impression de ne jamais être vraiment seule.

— Ça fera 100 dollars, s'il vous plaît, dis-je, et ça la fait rigoler.

— Maggie, le problème, c'est qu'il s'agit ici d'un détachement de la réalité. Que vous défendez bec et ongles. Mais ce genre d'état ne peut rester stable éternellement – même si j'admets n'avoir jamais rencontré de cas tout à fait semblable. Quelque chose va changer. Cette fiction peut tout simplement disparaître, vite ou lentement. Ou se transformer en une sorte de déréalisation différente à laquelle vous vous cramponnez désespérément. Je parle là de schizophrénie, de trouble de personnalité multiple. Maggie, il n'y a pas de remède aux maladies mentales de ce genre. Une fois qu'elles se sont installées, il n'y a pas de retour en arrière possible.

C'est la première fois qu'elle aborde ce sujet. Je suis tellement effrayée que je n'arrive même pas à trouver une réplique finaude. C'est qu'elle a l'air d'y croire. Elle s'en fait vraiment. S'en fait vraiment pour moi. Et voilà : encore une chose à laquelle je n'avais jamais pensé. Emma se soucie réellement de ce qui m'arrive.

— Maggie, même s'il ne tenait qu'à moi d'agiter une baguette magique pour que vous restiez éternellement dans ce fantasme, ce serait très, très, très mauvais pour vous. Vous voyez pourquoi ?

Non, je ne vois pas. Et en dépit de mon scepticisme habituel, j'ai vraiment envie de le savoir.

— Essayer de vivre deux vies vous empêche de vous engager complètement dans l'une ou dans l'autre. Imaginez que vous vous mariiez, Sloane et vous, que chacune de vous deux ait des enfants. Imaginez que vous deviez expliquer un jour le genre de bigamie surréaliste dans laquelle vous vivez. L'endroit où vous avez ces autres enfants, qui sont imaginaires...

— Arrêtez !

Je mets une bonne seconde à me rendre compte que je suis en larmes. Emma se lève et s'approche de moi, me prend par les épaules, étanche bel et bien mes larmes avec le bout de ses doigts. Je la laisse faire.

Génial, voilà que je pleure juste avant une audition importante. La séance terminée, je m'enferme dans la salle de bains d'Emma pendant dix bonnes minutes. Je lisse mes cheveux et j'arrange mon maquillage. Prête pour mon gros plan, monsieur Spielberg.

Ma seconde audition a lieu dans les bureaux de June Weitzmann, une directrice de casting vraiment merveilleuse. En réalité, il est beaucoup plus important de lui faire bonne impression que de décrocher le rôle. C'est ce que je me dis chaque fois que je me prends à revoir mes prétentions à la baisse. Dès que je mets les pieds dans le bureau, on me juge. Même la réceptionniste me toise du regard et ne peut retenir un commentaire critique.

— Bonjour, je m'appelle Maggie Jameson. Je suis un peu en avance.

— Pardon ? fait-elle en fronçant les sourcils.

— Je suis en avance. J'ai rendez-vous à 3 heures. Je peux attendre ici, ou...

— Oh ! s'exclame-t-elle avec un rire forcé. J'avais cru entendre que vous étiez en vacances. Prenez garde à bien articuler, pour Tucker.

Génial. Merci pour le tuyau.

Elle finit par me conduire vers un vaste *open space*, une sorte de loft, meublé en tout et pour tout de deux chaises et, le long d'un mur, d'une longue table qui croule à moitié sous des pages de scénarios et des piles de storyboards. Chose étonnante, le réalisateur est là en personne. Le dernier film de Tucker Martin a été primé au festival de TriBeCa. C'est lui le vrai décideur. Je me retrouve plantée devant June et Tucker, le cœur au bord des lèvres. Et plus ils me parlent gentiment, plus je me rends compte que ma panique se voit, et plus mon trac augmente. Je veux dire, sérieusement, j'ai envie de m'enfuir en courant.

Tucker choisit une scène différente de celle que j'ai répétée, et me permet de lire le « script », c'est-à-dire le texte de la scène. Il se trouve que j'ai déjà mémorisé tous les dialogues de Jolene, et j'arrive plus ou moins à garder le contact visuel. Il faut croire que j'ai vraiment envie de ce rôle. La veille au soir, je me suis raconté que ce n'était pas si important. Mais en regardant Tucker Martin dans les yeux, les choses deviennent différentes. Peut-être que je suis juste aussi pugnace que n'importe quel autre acteur.

Quand j'ai fini, il y a un silence. June jette un coup d'œil interrogateur à Tucker. Il me regarde encore avec une expression indéchiffrable. June me dit que c'était très bien et qu'elle me rappellera. Puis elle me remercie d'être venue. Mon cœur pèse une tonne dans ma poitrine.

Tucker se tourne vers elle et lui demande s'il peut me parler en privé. J'ai fait je ne sais combien de lectures et passé des centaines d'auditions. On m'a parfois rappelée, mais c'est la première fois qu'une telle chose m'arrive. June me serre chaleureusement l'épaule avant de quitter la pièce.

— Je ne vous donnerai pas le rôle, commence-t-il le plus gentiment possible, sur un ton posé, me traitant en professionnelle et non comme la fille au cœur brisé que je suis. Quel âge avez-vous ?

Je me vieillis de dix jours.

— Si vous voulez faire carrière dans ce métier, et si vous travaillez assez dur, vous y parviendrez. Je ne dis pas que vous avez une chance ; je dis que vous y arriverez. Je crois que vous y arriverez, et sans tarder. Vous avez une élégance, un raffinement qui ne correspondent pas à l'âme du personnage. Le jour viendra où vous aurez la technique pour surmonter ce léger travers.

J'ai envie de me rouler par terre en poussant des petits cris d'extase. Avec élégance et raffinement, bien sûr.

— Nous travaillerons ensemble un jour, Maggie. Et ce sera un plaisir pour moi.

Je marche pendant près de deux heures sous la pluie en imaginant la trentaine ou la quarantaine de films que nous ferons ensemble, Tucker et moi, au cours de notre relation de mentor et de protégée. Mes préférés sont une version étonnamment revisitée du *Roi Lear*, où je tiens le rôle de Cordelia et Tucker celui du roi (allant jusqu'à imaginer qu'il m'entraîne hors cadre dans la dernière scène), et une création personnelle, très originale, dans laquelle j'incarne une alcoolique, aveugle, et amputée d'une jambe (ou des deux, selon le niveau de technique que j'aurai atteint). Et – ah oui, amoureuse d'une ballerine, par-dessus le marché. Passion qui n'est pas payée de retour.

Je finis par débouler à *Elle* dans l'intention d'emprunter une tenue dans l'inépuisable pièce magique remplie d'articles à la pointe de la mode. Parmi les avantages d'avoir une mère esclave d'un magazine féminin figurent l'accès à toutes sortes de produits de soin du visage et de maquillage gratuits, des rencontres privilégiées avec certains top models célèbres (souvent aussi mal compris par la postérité que Gengis Khan), l'entrée à d'innombrables soirées, parfois vraiment cool, des invitations à la Fashion Week, et un passe pour récupérer des trucs et des machins autrement inabordables. Il se trouve que j'ai besoin de deux ou trois choses pour le vernissage d'une exposition de photos, ce soir.

Jerome, dont le goût se situe quelque part entre cosmique et impeccable, m'aide à choisir une robe effet bandage griffée Hervé Léger et une paire de McQueen mortelle. Résultat, quand je me regarde dans la glace, j'oublie complètement l'audition.

Pendant que je m'habille, Nicole me demande avec toute la décontraction dont elle est capable (comprendre : minime) si je suis déçue de ne pas avoir décroché le rôle. Mais non, penses-tu, pas déçue du tout. Je n'en avais même pas envie. J'ai passé toutes ces heures à me préparer juste pour le plaisir.

Je lui dis que je manque encore de technique, mais qu'on m'a dit des choses assez encourageantes, et que ça va, merci. Si je commence à lui raconter qu'en réalité je plane sur un petit nuage rose, je n'en sortirai jamais.

Il n'y a jamais assez d'amuse-gueule dans les vernissages d'exposition, mais les buffets sont toujours incroyablement raffinés. J'ai l'impression de ne pas avoir mangé depuis plusieurs jours tellement je suis énervée. Mon estomac a tout de la plante carnivore géante.

Flowers Gallery, me voilà. Mon nom est bien sur la liste, et dans ma tenue empruntée à *Elle*, je me sens parfaitement à l'aise. La plupart des *people* ne sont pas arrivés, ce qui sert mon plan maléfique de faire main basse sur toutes les bouchées au crabe qui passent à ma portée. La soirée est consacrée à la nouvelle série de Mona Kuhn, photographiée sur la Côte d'Azur. Le propriétaire du théâtre où j'ai joué dans *La Ménagerie de verre* quand j'avais quatorze ans est le petit ami du type qui représente Mona, ma photographe préférée, et c'est moi qui lui ai demandé de m'inviter. Je me doute que Sloane sera folle de jalousie, demain matin. Enfin, elle pourrait quand même traîner ses fesses jusqu'ici. En train, ça ne coûte que 60 dollars pour venir du Connecticut.

En réalité, ça ne pourra jamais arriver. J'ai essayé de trouver Sloane, à Mystic. Elle n'existe pas. Mon père nous y a emmenés tout un mois, un été, et je suis passée à vélo devant la maison où je croyais qu'elle habitait. Une gentille famille vivait là, mais pas la sienne. Et je suis absolument sûre que Sloane en a fait autant pour moi.

Après cinq canapés au crabe et deux brochettes d'agneau braisé, me voilà gavée, ce qui ne donne pas le look idéal quand on porte une robe fourreau moulante. Je bois du vin rouge dans un verre qui semble ne jamais se vider, grâce aux bons offices de serveurs virtuoses. Je refuse plusieurs cocktails proposés par divers mâles qui adorent mater les endroits de votre robe bandage où il n'y a pas de robe. S'imaginent-ils qu'on ne voit pas où ils baladent leur regard ? Ça me stupéfiera toujours. Nicole dit qu'ils le savent, évidemment, et qu'ils s'en fichent. Pff. Ces types se croient à l'épreuve des balles. Et, comble de l'ironie, juste au moment où je me mets à détester tous les hommes de l'assistance, entre... euh... eh bien...

Il est grand, ce qui – honte à moi, et désolée les petits gabarits, mais c'est comme ça ! – est plus ou moins une condition *sine qua non* en ce qui me concerne. Il a des cheveux incroyables, style d'or et d'ambre, longs, et qui restent merveilleusement en place. Une chevelure magique. Il a des yeux presque noirs, qui m'hypnotisent littéralement, au point que j'en oublie de me dire que cette couleur de cheveux pourrait ne pas être naturelle. Et alors ? Alors je tiens bon. Mon regard le traverse. J'attends de voir venir.

Ça commence par un lent sourire. Que je ne lui rends pas, mais je ne cille pas. Et le voilà devant moi. Surprise, surprise, la première chose qu'il me dit est...

— Vous ne seriez pas Maggie Jameson ?

Je suis à court de réplique spirituelle. Je ne trouve rien de mieux à répondre que :

— Eh bien, oui, en effet, c'est moi.

Ce qui doit être la façon la plus stupide du monde de revendiquer son identité.

— Je vous cherchais. En réalité, c'est une légère exagération. Je cherchais une jeune femme capable de jouer un rôle dans lequel vous crèveriez l'écran. J'ai effectué une présélection. Neuf noms. Je dois préciser, par souci d'honnêteté, que vous étiez en septième position. Mais maintenant que je vous vois, j'espère que j'arriverai à vous convaincre de m'écouter…

Telle est la vie d'une aspirante ingénue. Devrais-je plutôt a) me sentir frustrée que ce type (« Thomas Randazzo, né Tomaso, bien sûr », dit-il) ne me drague pas, b) exulter à l'idée qu'il pense à me confier un rôle, ou c) soupçonner qu'il prétende avoir un rôle pour moi dans le seul but de me draguer ? Je décide qu'avec des cheveux pareils, il n'a pas besoin de prétexte. Et comme je suis trop jeune (d'un an et dix jours) pour incarner son fantasme, j'espère donc qu'il me donnera le rôle.

— Je travaille pour Rosalie Woods. Nous recherchons les interprètes d'une série destinée à passer en prime time sur ABC.

Rosalie est la directrice de casting *number one* sur la planète Terre et les galaxies environnantes. ABC est une chaîne de télévision terrestre. Je me pince le bras en me demandant si ce ne serait pas, par je ne sais quel sortilège, un rêve à l'intérieur d'un rêve.

— C'est l'adaptation d'*Insinuations.* Je suis sûr que vous connaissez.

Pour ceux qui viendraient de sortir d'un coma prolongé, la série *Insinuations* (cinq tomes à ce jour) a définitivement ringardisé les vampires auprès des jeunes. Je l'ai dévorée en entier en un seul week-end. C'est bien écrit, il y a du fond et c'est *chaud bouillant.* Les droits pour le film ont fait l'objet d'une surenchère amplement relatée par les médias.

— Et il ne vous reste plus qu'à trouver la Lara idéale.

— Pour ça oui. Et ce n'est pas vous. Vous, vous êtes faite pour jouer Ruby.

Ruby est peut-être le quatrième rôle, la nana torturée, non conventionnelle, à l'esprit libre. Une Lisbeth Salander élégante et raffinée.

Thomas me tend sa carte. Bon, il y a des gars qui iraient jusqu'à se faire imprimer des cartes comme ça rien que pour faire des conquêtes. Mais, encore une fois, pas avec ces cheveux-là.

— Nous n'avons pas encore arrêté notre choix. Nous attendons que Macauley Evans finisse son film en Afrique du Sud. C'est lui qui doit réaliser le pilote, et il est évident qu'il aura son mot à dire sur le casting.

Je reprends mes esprits.

— Thomas, j'en reste sans voix. Passer une audition pour le rôle de Ruby serait une chance inimaginable.

— Ne soyez pas si modeste. Surtout dans cette tenue.

Drapeau rouge. Peut-être s'agit-il plus d'une affaire de robe bandage que de rôle. À moins qu'il ne veuille dire que je ne donne pas spécialement l'impression de vouloir passer pour une timide ce soir. Il ne louche pas sur mes avantages naturels. En réalité, c'est probablement moi qui louche sur lui. Comme s'il entendait mon débat intérieur, il nous remet sur des rails professionnels...

— Je vous ai vue dans *The Mamet*, sur HBO.

Une scène. Quinze répliques. Si vous avez éternué un peu fort, vous m'avez loupée.

— À côté de vous, on ne voyait plus Andy Garcia. Je me suis dit, voilà à quoi Emmy Rossum aurait dû ressembler dans *Phantom*. Et puis je me suis rappelé vous avoir vue dans le rôle de Holly Golightly dans la reprise estivale de *Petit déjeuner chez Tiffany*. Vous étiez incandescente. Audrey Hepburn à seize ans.

Quinze. Enfin, presque.

— J'ai de l'instinct pour ça. Vous savez, c'est comme ça que ça marche dans mon boulot. On détecte cette étincelle et on sait, c'est tout. Mais vous allez me prendre pour un agent de casting ou je ne sais quoi. Il ne faut pas m'en vouloir.

Un sourire aussi séduisant que ses cheveux. Il me regarde. Un regard agréable, qui met à l'aise.

— Il y a des choses pour lesquelles vous seriez idéale. Il faudrait qu'on se rencontre un de ces jours pour en parler.

Un de ces jours. Quand ça, au juste ?

— Mais d'abord, il faut absolument qu'on voie ça pour Ruby. C'est drôle de tomber sur vous ce soir ; je n'avais pas l'intention de venir. En réalité, j'étais juste passé faire une bise à Mona avant de filer au Standard.

J'aime bien le Standard. J'aimerais bien aller au Standard. Invitez-moi au Standard. Il me tend la main. Sa main ! Un gentleman, pro jusqu'au bout des ongles.

— Un vrai plaisir de vous rencontrer, Maggie. On reste en contact.

Je lui serre la main. Il s'attarde juste une seconde de plus que nécessaire. Puis il me fait un petit signe. Et disparaît.

Soit ce type est vraiment fort et il m'a sorti un truc de Jedi pour m'amener à croire qu'il ne me draguait pas, et regretter qu'il ne le fasse pas, soit j'ai craqué pour un type qui pourrait m'ouvrir la porte vers de grands horizons…

La robe bandage n'a pas de poches. Moyennant quoi, je me cramponne à sa carte jusqu'à la fin de la soirée. Comme si j'allais l'appeler un jour.

4

Sloane

Quand j'arrive, juste avant la sonnerie, dans la salle principale où la classe se réunit avant de partir pour les différents cours, mes camarades sont dans tous leurs états : un moineau s'est laissé enfermer dans la pièce et se cogne contre les vitres d'une fenêtre entrouverte en essayant désespérément de s'échapper. Personne ne sait quoi faire. Il y en a qui lui lancent des cahiers, beaucoup crient, achevant de paniquer la pauvre petite bête.

— Stop, dit une voix calme, dans mon dos.

Je ne vois d'abord que son profil, parce qu'il se détache en ombre chinoise dans l'ouverture de la porte, puis il entre dans la pièce. Un visage d'une beauté unique, tellement frappante que j'en ai le souffle coupé. Une beauté qui s'impose si bien à moi que je l'admire en tant que telle, sans même rêver de l'approcher un jour. J'étouffe un petit soupir, qui passe complètement inaperçu. C'est dire combien il captive l'attention générale.

Il s'approche de la fenêtre avec tant d'assurance que toute la classe recule. À ce stade, le moineau bat des ailes hystériquement contre la vitre. Le garçon tend les mains et les referme doucement autour de la petite créature terrifiée. Qui paraît un peu se calmer à son contact. Il passe simplement les mains par l'entrebâillement de la fenêtre et libère le moineau qui s'enfuit à tire-d'aile, sans demander son reste. Le garçon demeure planté là un moment, me tournant le dos. Indifférent aux autres élèves, il regarde simplement l'oiseau s'éloigner et va s'asseoir au fond de la salle.

Tous les regards sont maintenant braqués sur lui, le « nouveau » de la classe qui vient de se livrer au Miracle du Moineau. Il prend un exemplaire bien fatigué du *Procès* de Kafka. Le hasard fait que c'est l'un de mes livres préférés, mais ce n'est pas le choix de cet ouvrage qui m'hypnotise, c'est quelque chose de plus mystérieux, peut-être même de plus noir que ce roman.

Il lit comme s'il était seul au monde. Il semble n'avoir pas conscience de notre présence, et encore moins s'intéresser à l'un d'entre nous. Son beau visage d'un calme absolu n'évoque ni arrogance ni prétention. Il irradie au contraire une aura de puissance intérieure infinie. Et, oui, quelque chose de sombre. De dangereux. Bien que je ne voie pas trop de quoi il pourrait s'agir.

Je ne suis pas actrice, comme Maggie. Ma seule expérience théâtrale est un stage d'été de camp de vacances, dans les Catskills. J'y étais allée en me disant que des études de théâtre pourraient m'aider à définir des personnages. J'écris des nouvelles depuis l'âge de six ans (d'accord, les premières étaient vraiment courtes). Et à huit ans, j'ai trouvé le courage d'en écrire une sur ma plus grande peur. Ce n'était pas un cauchemar ; c'était le genre de terreur qui vous réveille en sursaut, et qui m'empêchait souvent de dormir. Je rêvais qu'un sorcier flottait devant ma fenêtre, au premier étage. Il était invisible, et en même temps je savais exactement à quoi il ressemblait. Parce qu'il voulait que je le sache.

Il ressemblait au garçon qui est maintenant assis dans la même salle que moi, en train de lire Kafka. Je m'en rends compte en cet instant, et j'en ai la chair de poule. Je savais que si je baissais la garde, le sorcier pourrait entrer par la fenêtre, se glisser dans mon lit et me contrôler.

J'avais des rituels, le soir, pour l'empêcher d'entrer. Dans les histoires que j'écrivais, ces rituels marchaient toujours. Il y en a onze en tout. Je me suis souvent demandé si j'aurais le courage d'écrire une histoire dans laquelle ils ne marcheraient pas.

Je ne le connais pas, et en même temps, si, très bien. Suffisamment en tout cas pour ne pas l'aimer, et savoir que je ne l'aimerai jamais. Ça n'a rien à voir avec lui, ce n'est pas un jugement personnel. C'est un état de fait. Aussi réel et immuable que la gravité universelle.

M. Sanchez nous présente le sublime « nouveau », qui s'appelle James Waters, puis il commence à lire la note d'information la plus nulle jamais concoctée par un professeur principal. En guise de perspectives d'avenir à court terme nous sont offerts, dans cet ordre : un exercice d'incendie, une vente de gâteaux (l'horreur !), l'affichage du règlement de cette crétinerie de mathématon (un marathon de mathématiques), l'inscription aux cours de soutien pour le bac, le retrait définitif de la polenta au menu de la cafétéria, le personnel ayant eu trop de mal à nettoyer les murs après l'« incident » de jeudi dernier. Et pendant toute cette énumération, chaque cellule de mon être demeure concentrée sur le beau garçon qui se trouve six rangées derrière moi. J'ai l'impression que ses yeux gris clair forent un trou dans ma nuque, tout en étant rigoureusement certaine qu'il n'a pas remarqué mon existence. Et puis ce cher M. Sanchez efface James Waters de mon esprit.

— Je sais que vous attendez tous avec impatience, selon la formule consacrée, d'honorer la mémoire de William Rainey, vendredi après-midi, dans le stade. Je n'ai pas eu le plaisir de connaître Bill personnellement, mais beaucoup d'élèves et de membres du personnel enseignant m'ont parlé de son intelligence et de ses qualités humaines, de sa gentillesse, de sa grandeur d'âme, et, bien sûr, de ses prouesses sportives. Maintenant, vous savez certainement tous que votre camarade de classe, Sloane Jameson, ici présente, sera l'une des principales intervenantes à cette occasion...

Tout le monde se tourne pour me regarder. Il y en a même qui poussent leur chaise pour mieux me voir. Je ne sais ce que je donnerais pour que le sol s'ouvre sous mon bureau et que je tombe en enfer.

— En réalité, je n'en ai pas vraiment parlé à Sloane...

Oui, eh bien, continuez comme ça, surtout.

— ... mais je vais prendre la liberté...

Oh-oh. Ce n'est pas bon signe.

— ... de suggérer que si certains d'entre vous ont un souvenir personnel ou une anecdote à raconter sur notre Bill – peut-être amusante, peut-être touchante, mais assurément révélatrice...

Par quel miracle, par quel effort de volonté personnelle, rien qu'en le voulant, pourrais-je faire en sorte de mourir en cet instant précis ? Une rupture d'anévrisme, peut-être ?

— ... qu'ils m'envoient un mail, un texto, un tweet, ou qu'ils prennent rendez-vous avec moi, ou qu'ils téléphonent à Sloane pour lui raconter leur histoire, au cas où elle aimerait la relater. Cette cérémonie est destinée à tout le monde. Et pour ne pas mettre la pauvre Sloane dans l'embarras...

Il est bien temps d'y penser.

— ... je sais que vous ne lui en voudrez pas si votre anecdote n'est pas reprise. Sloane, as-tu déjà préparé ton intervention ?

— Et si on revenait plutôt sur l'affaire de la polenta ?

Une voix, au fond de la salle, fait entendre un rire. Pas franchement cruel, mais moqueur. Pitoyable tentative d'humour, j'en suis bien consciente, n'empêche que je suis humiliée au-delà de toute expression. Je ne savais pas qu'un être humain pouvait rougir pendant treize minutes. Ma peau ne retrouve sa couleur et sa température normales que bien longtemps après la sonnerie, quand je me précipite hors de la salle vers les toilettes des filles pour m'asperger le visage à l'eau froide.

C'est gênant de se laisser aussi facilement décontenancer, mais cet incident était insupportable, surtout compte tenu du sujet. James Waters a été le seul à rigoler tout haut, mais j'ai l'impression d'avoir été enduite de goudron et de plumes par toute la classe, qui a ricané de mon embarras.

En entrant dans chaque salle de cours, ce matin-là, je prie pour que James ne soit pas là. Il n'est ni en français, ni en maths, ni en histoire européenne niveau universitaire, ni en physique. Toute la journée, je rase les murs dans les couloirs, en essayant de devenir invisible. À la pause déjeuner, je me rends compte qu'en cinquième heure on n'a pas cours mais étude, donc le seul danger qui reste est la sixième heure : littérature. Il y a un joker, c'est le déjeuner. Je n'ai qu'à faire en sorte d'éviter de le voir, ou que lui me voie.

Lila et Kelly sont en haut de la colline. Je les rejoins et me laisse tomber sur l'herbe comme si j'atteignais mon camp dans un jeu de l'épervier auquel je serais seule à jouer. Allons, je n'ai quand même pas une cible peinte dans le dos. Personne, ni lui ni les autres, ne pense plus à l'incident de la première heure de cours. Reprends-toi, Sloane. Chasse-le de ton esprit, c'est tout.

Ç'aurait été trop beau.

— Tu l'as vu ? demande Lila, l'écume à la bouche.

— Qui ça ?

— L'enfant né des amours de Johnny Depp et de la plus belle femme qui soit. Ou qui ait été.

— Allez, ne fais pas durer le suspense.

Kelly me tapote l'épaule. Tend le doigt. Il est à moins de sept mètres de là. Il n'est pas assis tout seul et isolé sur un trône démoniaque comme je l'aurais imaginé mais à une table de pique-nique avec un groupe, apparemment plongé dans une conversation amicale.

— Ah oui, le nouveau. Et alors, qu'est-ce qu'il a ?

Kelly ne se laisse pas bluffer par mon ton indifférent.

— Arrête de nous la jouer. Ça ne prend pas. Si tu ne veux pas admettre que ce mec est une œuvre d'art, ça ne peut vouloir dire qu'une chose, c'est que tu as déjà flashé sur lui, et que tu es tellement atteinte que tu n'arrives même plus à donner le change de façon convaincante.

Je fais mine de procéder à un examen prolongé, technique, lucide, de l'œuvre d'art en question.

— Eh bien, par rapport à Wilcox la Beuh...

— Ça, c'est bas. Il est très gentil, et pas si mal.

— Hum, ne le place pas à côté du nouveau pour la photo de classe si tu veux en convaincre qui que ce soit.

— Alors, tu admets qu'il est à tomber, fait Lila, pour me taquiner.

— Bon. Enfin, disons qu'il est plus... inhabituel que vraiment à tomber. Dans le genre vaguement James Franco décalé. Ou Leonardo DiCaprio, peut-être. En plus beau. Peut-être un peu trop mignon. Il a le genre de look qui doit changer selon l'angle de vue et l'éclairage, ce qui pourrait le rendre intéressant à photographier.

— À poil, de préférence, ajoute Lila. Et encore mieux : moi tenant l'appareil.

— L'appareil, comme tu dis ! susurre Kelly.

Kelly est la seule d'entre nous à avoir des relations sexuelles réelles. Par opposition, j'imagine, au sexe virtuel. Lila est très jolie, et très croyante. Et parfaitement obsédée. S'il y avait un club Tout Mais Pas Ça, elle en serait présidente. Elle est bel et bien décidée à se garder pour le mariage. Définition intéressante que « se garder », puisqu'il s'agit pour elle de ne garder qu'une seule chose.

Quant à moi, je suis vierge pour une raison personnelle.

Kelly remet une mèche de cheveux de Lila derrière son oreille et lui dit :

— Désolée d'étouffer le buzz dans l'œuf. Il appartient – roulements de tonnerre, s'il vous plaît – à... Amanda Porcella !

— Ce n'est pas possible, rétorque Lila. Parce que, en tant que catholique, je sais que Dieu existe et qu'il est amour.

— Ils ont passé un été ensemble dans un camp de vacances sportives, avant d'entrer en troisième. Leurs pères travaillent tous les deux chez Pfizer. Ses parents à lui sont divorcés. Il vivait avec sa mère, à San Francisco, mais maintenant qu'elle se remarie, c'est au tour de son père de le prendre avec lui.

— Bon, je ne suis jamais allée dans un camp de vacances sportives, reprend Lila, mais à mon avis il en faut un peu plus que de construire une cabane avec des branches pour « s'appartenir » l'un à l'autre.

— Ça dépend de ce qu'on fait dans la cabane après l'avoir construite.

— Alors là, je peux te dire que tu te trompes complètement. Figure-toi qu'Amanda fait le catéchisme avec moi depuis qu'on a six ans, et je sais qu'elle n'irait jamais de sa vie jusqu'au bout avant le mariage, à aucun prix.

Kelly se tourne vers le garçon et esquisse un geste vague :

— Mesdames et messieurs les jurés, voici la pièce à conviction A.

Je regarde James. Et, sans raison particulière, je dis :

— Je ne le vois pas avec Amanda Porcella. La reine du bal de fin d'année. Elle est populaire, chaleureuse, amicale. Je ne vois pas comment il pourrait s'intéresser à elle.

— Sloane, permets-moi de te présenter une espèce appelée « mâle ». Espèce pas inintéressante, crois-moi.

— Oui, eh bien, lui, il fait exception.

Et puis, sans réfléchir, j'ajoute :

— Je ne dis pas ça pour avoir l'air cool, ou pour cracher dans la soupe, mais il y a chez ce garçon quelque chose qui...

Kelly dresse l'oreille. Elle m'observe en train de le dévisager.

— Tu écris une nouvelle sur lui tout en parlant, là ?

— Bien sûr que non.

Kelly éclate de rire.

— Tu parles ! D'accord, alors si tu brodais une histoire autour de lui, qui serait-il ?

Je réfléchis un instant. Je le regarde manger son sandwich en bavardant avec le groupe, et je suis tellement absorbée que je ne me rends pas compte qu'Amanda s'est tournée vers lui dans l'espoir d'attirer son attention.

— C'est un garçon qui ne se donnera jamais à qui que ce soit. Et il n'apportera jamais le bonheur à personne.

— Ouah..., fait Lila, à la fois pour Kelly et pour elle, et je me sens gênée d'avoir proféré un jugement aussi arrogant, définitif et même mesquin. Enfin, ce qu'il y a de bien, c'est que je ne suis pas en concurrence avec vous. Et personnellement, je n'aurais rien contre un peu de malheur. Pourvu qu'il ait la bonne saveur.

Kelly se tourne vers moi.

— Il se peut que tu sois seulement en train de fabriquer une de tes histoires, mais je pense que tu as raison.

À cet instant, le garçon, qui n'a pas pu entendre un mot de ce que nous nous disions, se retourne lentement. Et me regarde droit dans les yeux. Pendant exactement deux secondes. Sur quoi il s'éloigne.

Il a des yeux de sniper, ou même d'assassin. D'un autre côté, nous venons de lire *L'Étranger*. Et de toute façon, qu'est-ce que ça veut dire, des yeux de sniper ? Cela veut-il dire qu'il a quelque chose d'analytique ? Qu'il garde son sang-froid, même sous la pression ? Qu'il a le sang froid ? Le cœur froid ? Je pense que les yeux gris n'accrochent pas la lumière, ne renvoient pas de vie, pas de couleur. Ils ont quelque chose de fermé. Ils se moquent pas mal de vous. Et c'est ce qui les rend fascinants. Après tout, on ne peut pas s'empêcher d'essayer de déchiffrer l'indéchiffrable, non ?

Sixième heure de cours de la journée. La chaise à ma gauche est inexplicablement vide. Je me rends compte que je me livre à l'un de mes onze rituels.

Je pianote avec mon pouce sur mes autres doigts selon un schéma complexe que j'ai mémorisé. Index, annulaire, auriculaire, majeur, auriculaire, auriculaire, annulaire, et ainsi de suite. La sonnerie retentit comme une délivrance. Je m'arrête, me penche pour prendre mon livre...

C'est alors qu'il entre dans la salle. Et s'assied à côté de moi.

— Cet après-midi, nous accueillons James Waters, qui nous vient de Californie, annonce Mme Lambert. James, nous venons de finir d'étudier la pertinence de *Gatsby le Magnifique* sous l'angle de la dynamique moderne homme-femme, du point de vue du romantisme, de la classe sociale et du statut, des relations de pouvoir et des armes employées par les deux sexes. Et donc, pendant le week-end, si vous pouviez lire, dans *Le Bruit et la Fureur*, le monologue de Benjy, nous commencerons à en parler lundi.

James hoche la tête comme s'il l'avait déjà lu, et je me hérisse immédiatement.

— Alors, tout le monde, que pensez-vous du personnage de Daisy ? A-t-elle une existence aujourd'hui ?

Elle parcourt la pièce du regard. Aucune main ne se lève. Pas une seule. Comme d'habitude. Ils attendent que je le fasse. Aujourd'hui, ils peuvent courir.

— Sloane ? Tu es dans le coma ? Je pense que tout le monde sera perdu si nous devons attendre que quelqu'un d'autre prenne la parole en premier. Daisy existe-t-elle aujourd'hui ?

J'aimais bien Mme Lambert. Jusqu'à ce moment précis. Pas question que je reprenne jamais la parole dans cette classe. C'est alors que, de ma gauche...

— Bien sûr qu'elle existe. Je suis sorti avec elle.

Un rugissement de rire. Y compris celui de notre professeur, apparemment conquise. Qu'elle aille se faire voir. Et, sans me rendre compte que mon cerveau s'est déconnecté de ma bouche, je rétorque :

— Tant que les garçons préféreront la compagnie de filles qu'ils considèrent comme inférieures à eux sur le plan intellectuel, Daisy aura de beaux jours devant elle.

— Dieu soit loué, nous avons un débat ! Et le point de vue de la défense ?

James se tourne vers moi, mais je garde les yeux fixés sur Mme Lambert.

— Mademoiselle... euh...

Diabolique. Il est clair qu'il ne se rappelle pas m'avoir vue ce matin, dans la salle principale, ou en tout cas il a oublié mon nom. Je suis maintenant obligée de le regarder pour répondre. Le sorcier boit le premier sang. Je me tourne vers les yeux gris, en essayant d'avoir l'air complètement naturelle et détachée, deux choses qu'en réalité on ne peut pas « essayer » d'avoir.

— Jameson. Et je ne vois pas le rapport avec la question à laquelle vous n'avez pas commencé à répondre.

Et *bim.*

— En réalité, mademoiselle Jameson, on ne m'a pas posé de question, on m'a demandé de défendre le point de vue d'un personnage féminin complexe. Et moi, je me demande pourquoi vous trouvez que Daisy est intellectuellement inférieure à n'importe quel autre personnage du livre.

— Vous l'avez vraiment lu ?

— Non seulement je l'ai lu, mais je sais faire la différence entre une idiote et une évaporée.

Il y a bel et bien des applaudissements. Je ne m'étais jamais rendu compte qu'en réalité cette classe me détestait. Je n'aurais pas pu le découvrir à un plus mauvais moment.

— Alors ? relance Mme Lambert, qui se régale.

— Si vous le dites, monsieur Waters. Eh bien, tant que les hommes préféreront la compagnie de filles évaporées, il y aura de beaux jours pour les Daisy.

— Une stratégie de débat intéressante, mademoiselle Jameson. On dirait que vous espérez convaincre tout le monde que la qualité que vous détestez le plus chez le personnage est celle qui attire les hommes vers elle. J'aimerais entendre la liste des qualités qui attirent les hommes vers vous.

C'est suivi par une cacophonie de cris d'animaux si vulgaires et prolongés que Mme Lambert, la traîtresse, est obligée de rappeler la classe à l'ordre. La colère m'enhardit au point de me pousser à lancer :

— Eh bien... disons, les yeux verts. Les cheveux blonds. La peau de satin. Des parties du corps standard emballées dans un emballage serré.

Les bruits de zoo reprennent, mais maintenant ils sont de mon côté. Je conclus :

— Tout ce qui ne veut rien dire.

— Et qu'y a-t-il en vous qui veuille dire quelque chose ?

— Stratégie intéressante, déplacer l'argument du débat sur le sujet de votre adversaire. Malheureusement, je n'ai pas été l'objet de la fascination de Fitzgerald.

— D'accord. Argument retenu, mademoiselle Jameson. L'impression que me fait Daisy, c'est qu'elle poursuit ses priorités et qu'elle n'estime pas avoir à se justifier. Il se peut que Fitzgerald l'ait dotée de nombreux traits de caractère qu'il n'apprécie pas. Elle est insouciante, sans scrupules, outrageusement séductrice et manipulatrice, superficielle, et elle préfère une vision prosaïque des choses à l'amour romantique. Mais elle se contrôle. Le fait d'être fofolle n'est peut-être qu'un numéro brillant pour parvenir à ses fins.

La classe attend ma réponse. Malheureusement, je sais qu'il a raison. J'ai trop réduit le champ du débat.

— Je n'avais jamais vu les choses sous cet angle, mais le fait de ne s'intéresser à rien en dehors de soi-même est peut-être une force, finalement, il se peut que ça nous rende plus intéressantes, mais ça nous rend aussi d'une compagnie moins agréable.

Je le regarde réfléchir à ce que j'ai dit.

— C'est possible. Mais pourquoi le fait d'être d'une compagnie agréable serait-il une qualité admirable ? Parce qu'il est important que les autres veuillent être avec nous ? Je pense que c'est un chemin dangereux, mademoiselle Jameson. Je ne juge pas la valeur des gens à leur popularité.

— L'égoïsme de Daisy fait qu'il lui est impossible d'avoir un vrai lien avec autrui. Le fait que vous la défendiez, que vous l'admiriez, que vous sortiez avec elle, ou ce que vous voudrez, signifie peut-être que vous n'attachez pas beaucoup de valeur à la relation humaine ?

Je sens que la classe se retourne à nouveau contre moi, comme si je détournais une discussion intéressante pour en faire une attaque personnelle. Comme si. D'accord. C'est plus ou moins ce que j'ai fait. Mais c'est lui qui a commencé, il me semble. Et même s'il ne l'a pas fait, quoi, suis-je censée me laisser malmener en cours de littérature renforcé ?

— C'est probablement le vrai sujet du débat. La raison fondamentale pour laquelle le lien romantique est si compliqué est que les hommes réduisent les femmes à des objets sexuels. Pour Tom, Gatsby et Nick, et probablement pour la gent masculine dans son ensemble, tout tourne autour d'eux. La femme remplit une place dans leur vie, c'est sa seule valeur. À la base, elle fait seulement partie de la relation de l'homme avec lui-même.

— Et donc, la faute vous en incombe entièrement, à vous et à vos frères.

— Sauf que nous ne pourrions pas être les cochons que nous sommes si les femmes ne se prêtaient pas au jeu. Ce sont les femmes qui ont permis cette situation depuis le commencement des temps. En réalité, l'homme du livre, c'est Daisy. Elle utilise Tom pour avoir l'argent, le statut social, la sécurité. Elle utilise Jay pour se sentir aimée. Et elle utilise Nick pour se sentir adulée et valorisée.

Et tout ça, c'est Amanda Porcella ?

— Et vous, monsieur Waters, pour quoi vous utiliserait-elle ?

Je n'ai pas pu résister.

— Sloane...

Mme Lambert tente d'intervenir, mais James se contente de me regarder comme si le reste de la classe n'existait pas et répond :

— J'imagine que nous nous utilisons mutuellement, tous autant que nous sommes. Lisez Rilke, le poème sur les deux êtres qui vivent côte à côte, qui peuvent se développer s'ils réussissent à aimer la distance qui les sépare, ce qui leur permet à chacun de voir l'autre en entier sur le fond de ciel.

— Je l'ai lu. En CM1.

Beaucoup de rires bon enfant. Venant même, chose affolante, en partie - une petite partie - de lui.

— Alors vous savez que Rilke dit aussi que le fait de brouiller les contours de l'individualité dans une tentative désespérée pour maintenir le lien est, paradoxalement, le plus grand ennemi du vrai lien.

Tous les regards se portent sur moi.

— Là, je dois avouer que je suis d'accord.

Il se tourne vers Mme Lambert.

— Quelqu'un tient le score, dans ce cours ?

Elle rit.

— À partir d'aujourd'hui, oui.

Elle se tourne vers le tableau, écrit J et S, et trace un trait sous le J. Applaudissements enthousiastes. Je devrais avoir l'impression d'avoir essuyé une défaite cuisante. Mais bizarrement, je suis excitée parce que j'ai l'impression d'avoir plus ou moins établi un lien avec lui, alors qu'il y a quelques instants à peine c'était la dernière chose que je souhaitais.

Malgré ses airs supérieurs, et le fait qu'il vienne de me moucher, il m'a affrontée sur un pied d'égalité. Peut-être que nous établirons une relation épineuse, mais empreinte de respect mutuel. Pendant le reste du cours, que Mme Lambert passe à interroger les autres élèves, je scénarise plusieurs débats sur lesquels le lancer dès la fin des cours. Il est très pratique que ce soit la sixième et dernière heure de cours de la journée. Peut-être que nous pourrons nous retrouver au Marble, à siroter des *latte* à la vanille en disséquant les aspects chef-d'œuvresques du *Procès*. En réalité, il préfère probablement les expressos. Ou juste le café noir. Rien de sucré et mousseux.

La sonnerie retentit.

Il se lève sans même me regarder. S'arrête au bureau de Mme Lambert. Dit quelque chose qui la fait rire, et elle me jette involontairement un coup d'œil.

Puis il s'en va. Quitte la classe. Sort de mes bonnes grâces. De notre avenir épineux, empreint de respect mutuel. De tout univers que je pourrais habiter un jour.

5

Maggie

En rentrant à la maison, je suis accueillie par la sonnerie du téléphone. Je reviens d'une audition libre pour un spot publicitaire destiné à passer sur les chaînes de télévision nationales. Décrocher le rôle de la Femme migraineuse ou de la Buveuse de Coca n'est pas du grand art, mais c'est très bien payé. Je suis une actrice qui travaille. Et assez futée pour savoir qu'il n'est pas idiot de mettre un peu d'argent de côté, au cas où je voudrais aller à l'université.

Quand j'ai laissé tomber le collège afin d'être disponible pour me rendre à des castings et des tournages, c'est mon père qui s'est occupé de mes devoirs. Il a créé toute une bibliothèque de cours, afin de m'amener au « diplôme ». Des cours personnels, amusants, conçus spécialement pour moi par quelqu'un qui avait vraiment compris le fonctionnement de mon cerveau. Il y en a des classeurs entiers. Je les ai tous parcourus avant mon seizième anniversaire. Depuis un an, je traîne les pieds pour passer le bac afin d'en être débarrassée. Pour la deuxième fois, j'ai une vraie date d'examen, alors j'essaie de m'obliger à butiner les manuels un peu tous les jours. Il est facile de trouver des prétextes pour ne pas rester assise à potasser mes cours. Par exemple, cette satanée sonnerie de téléphone.

— Non, elle n'est pas à la maison. C'est sa fille.

La voix, à l'autre bout de la ligne, demande sur un ton incrédule :

— Jade ?

— Non, Maggie. La sœur aînée de Jade. Que puis-je faire pour vous ?

— Il faut que nous trouvions une autre date pour l'IRM de votre sœur...

La *quoi* de ma sœur ? !

— ... le Dr Strong a une opération dans l'après-midi, et il doit la voir le matin.

Je ravale en silence ma terreur et ma colère envers Nicole, tout en remettant de l'ordre dans mes idées.

— Euh... ma mère ne m'en avait pas parlé. Vous pouvez m'expliquer pourquoi cette IRM ?

— Je suis désolée, je voudrais bien. Il y a un autre numéro où je peux joindre votre mère ?

Quand j'arrive à la rédaction de *Elle* pour dire à Nicole ma façon de penser, je la trouve en train de pinailler sur un article intitulé « Électricité faciale, la nouvelle meilleure amie du Botox », parce que les soins esthétiques et le Botox sont beaucoup plus importants que de consacrer un peu de temps à ses enfants. Le bureau paysagé offre un décor privilégié à notre prise de bec. Jerome va jusqu'à se remplir un bol de pop-corn dans la kitchenette avant de s'installer confortablement, les pieds sur son bureau, pour profiter du spectacle.

Nicole, quant à elle, adopte la position suivante : si elle ne m'a pas mise au courant, c'était pour que « je ne m'inquiète pas ». Ou que je n'aie pas une réaction dramatique inappropriée, exactement, souligne-t-elle, comme celle que j'ai actuellement. Je lui demande ce qui ne va pas chez elle. Je lui demande aussi de m'avancer de quoi prendre un ticket de bus afin d'emmener Jade assez loin d'elle pour que nous ne la revoyions jamais. J'entends un ricanement depuis le bureau du chef de la rubrique beauté assis à trois mètres de là.

Je pense qu'une bonne partie de mon indignation vient de ce que je fais office de mère pour Jade plus de la moitié du temps. J'ai d'énormes responsabilités, or j'ai été tenue à l'écart d'une information cruciale et de décisions qui affectent sa vie même.

Nicole rétorque sur le ton supérieur qu'elle qualifie de « patient » que c'est pure routine. Le protocole médical préconise un scanner pour éliminer toute « cause organique » avant de prescrire définitivement le régime à base de Snickers.

La goutte d'eau qui fait déborder le vase, c'est quand je demande à Nicole comment nous allons l'annoncer à Jade. Elle me répond qu'elle l'a déjà mise au courant du rendez-vous il y a quelques jours et a ajouté : « N'en parle pas à ta sœur. Tu sais comme elle fait une montagne de tout. »

Les bras m'en tombent. Là-dessus, Nicole a le culot de me rappeler qu'elle est ma mère (considérant sa façon d'agir, ce rappel n'est pas superflu, en effet), ainsi que la mère de Jade (d'accord), et qu'elle n'apprécie ni les termes que j'emploie ni le ton sur lequel je m'adresse à elle.

Puisque c'est comme ça, je prends mes termes, le ton de ma voix, le pop-corn de Jerome et je quitte la pièce tel un vent de tempête. Ne voulant pas me retrouver sous le même toit que cette femme, j'appelle quelques anciens copains du collège et je débarque chez Jason, parce qu'il dort la plupart du temps chez son petit ami, et que de toute façon il a besoin de quelqu'un pour donner à manger à sa chatte. Dorothy m'écoute attentivement lui expliquer la situation. Elle répond en ronronnant, blottie contre moi. J'envisage sérieusement de commencer à raconter ma vie à cet animal plutôt qu'à Emma.

Nous ignorons, Dorothy et moi, les appels de ma mère. Mais nous écoutons ses messages vocaux. Dans mon préféré, celui que je sauvegarde, au lieu de l'effacer rageusement, pour le cas où j'aurais un jour besoin d'entamer une procédure de demande de garde à temps-plein, elle veut savoir si je pourrais amener Jade à l'hôpital pour son IRM, car elle a une réunion de direction à la même heure. Elle nous retrouvera là-bas après. Venant de la femme qui ne voulait pas m'en parler, je trouve que ça ne manque pas de sel. Si quelqu'un cherche un exemple de dissonance cognitive, je serais ravie de lui présenter ma mère.

Eh bien, qu'elle la loupe, sa putain de réunion.

Tout à coup, mon regard tombe sur la table de nuit de Jason et je repère le tome 2 de la série *Insinuations*, posé là, tel un signe du destin. Ivre de la rage que m'inspire Nicole, et encouragée par ma nouvelle amie à fourrure, j'appelle Thomas. Soulagée qu'il ne réponde pas, je laisse un message disant que j'aimerais le voir pour parler des opportunités auxquelles il avait fait allusion. Je conclus le message en bafouillant : « C'était Maggie Jameson. Nous nous sommes rencontrés au vernissage de l'expo de Mona Kuhn », me rendant compte trop tard que c'est ce que j'ai dit au début. J'appuie sur la touche 3, espérant que la voix féminine de l'opérateur interviendra pour me demander si je veux supprimer mon message et le réenregistrer, mais apparemment non. Et donc, il a maintenant un tas de bips conclus, cerise sur le gâteau, par un « et merde » de moi. Je ne vais pas retenir mon souffle en attendant que M. Chevelure Magique me rappelle.

Je me pointe à l'hôpital avec une heure d'avance. Quand elles arrivent, je pêche Jade et l'emmène discuter en affectant soigneusement d'ignorer l'existence de Nicole. Jade me confie qu'elle a peur de rester coincée dans le tunnel de l'IRM, mais elle n'en a pas parlé à Nicole « parce que tu sais, elle s'affole pour rien ». Voilà ce qui arrive quand des parents demandent à des enfants de sept ans de faire des cachotteries à d'autres adultes. Je lui explique comment on va procéder : je vais y aller avec elle et je la tiendrai par le pied pendant qu'elle sera dans le tunnel, et comme ça on pourra communiquer secrètement toutes les deux par ses orteils et mes doigts. Cette idée lui plaît, mais quand même, elle préférerait que j'entre avec elle dans le tunnel.

Elle s'en sort génialement. Ses petits orteils tout doux et mes doigts tiennent une conversation en morse tout en écoutant les coups de la machine, à peine plus forts que les battements de mon cœur angoissé.

Jade va très bien, évidemment. C'était un examen de routine, mais je suis tout de même rassurée qu'il n'y ait aucune raison de s'en faire. Nous mettons le cliché IRM de son cerveau sur le frigo, et j'écris dessus avec un feutre : *RAS de ce côté-là.* Jade trouve ça drôle. Je pardonne à Nicole. Le Snickers devient le cinquième groupe d'aliments de ma sœur. Et tout revient à la normale. Sauf que ça me fait penser encore plus que jamais à notre mortalité à tous.

— Que voulez-vous dire par là ? me demande Emma lors de notre séance suivante.

— Eh bien, la question n'est plus seulement de savoir si nous n'allons pas disparaître, Sloane ou moi. Jade est également en danger.

— Renoncez à Sloane, laissez-la partir, et vous n'aurez plus à vous en faire pour Jade.

Elle s'appuie au dossier de son fauteuil et me lâche :

— C'est un fantasme qui risque de vous coûter cher. Vous commencez à en découvrir le vrai prix, et ce n'est pas fini.

Ce qui me fait juste l'impression d'être énigmatique et menaçant. Mais... et si elle avait raison ?

J'emmène ma mauvaise humeur et ma dépression en promenade au parc pour chiens de Washington Square avec Boris, le york de Jade. Celle-ci dort chez sa meilleure amie, Tomiko, alors je suis promue doggy sitter.

Je n'aime pas Boris. Et ce n'est pas près de s'arranger. Ce n'est qu'un chien microscopique, il ne m'a jamais fait de mal. Mais je n'aime pas ses grands airs – si grands qu'ils tiendraient à peine dans un hangar d'avion –, je le trouve moche, bien que – circonstance aggravante – toutes les filles que je croise, et les garçons, ces minables dragueurs qui croient malin d'adresser leurs belles paroles au chien de leur proie, bref, tout le monde raffole de l'adorable Boris. Qui est tout sauf adorable.

J'aime les gros chiens. Les gros chiens pleins de poils à qui on peut flanquer de grandes baffes parce qu'ils les sentent à peine. Qui vous bavent dessus, sont absolument répugnants et confortables, et font mine de laisser des crétins de chiens comme Boris les faire tourner en bourrique. Parce qu'ils ont ce que j'admire le plus chez les chiens et les hommes : confiance en eux.

Et donc quand je vois un type parfaitement agréable à regarder se faire mener par le bout du nez par une insupportable peste qui frime comme pas possible, je ne sais pas ce qui me retient de faire demi-tour. Il y a un couple, de l'autre côté de la pelouse, sans chien en vue, qui tourne une espèce de vidéo personnelle ou je ne sais quoi. Ils ont réquisitionné un banc bien placé sous un chêne feuillu. Il installe des éclairages et des écrans pour diriger la lumière naturelle selon l'angle voulu. Et elle le houspille non-stop, comme si elle savait de quoi elle parle. J'ai suffisamment fréquenté les plateaux pour savoir que lui il le sait, et pas elle. Mais elle est absolument magnifique, ce qui achève de me mettre en rogne. Chaque fois que je vois une actrice dotée d'un look plus affirmé que le mien, je tente de résister à la pulsion de me changer en tigresse, mais c'est peine perdue. Bien convaincue qu'elle doit être dépourvue de talent, je m'aventure vers eux, espérant perdre Boris au passage, tout en me disant que ce ne sont pas mes affaires. Je suis sûre que le type retire quelque chose de ce harcèlement.

Je m'assieds sur un banc, absurdement près. À portée de voix, ça va de soi. Elle se plaint de l'éclairage. Elle a des idées bien arrêtées de l'effet qu'il devrait rechercher, compte tenu des courbes de son visage. Le type ne fait absolument pas attention à ce qu'elle raconte. Du coup, il me plaît bien. Mais elle est incroyablement sexy quand même.

En tendant l'oreille avec une grande maîtrise, je réussis à comprendre qu'Andrew fait des études de cinéma à l'université de New York, ce qui est assez prestigieux. Et, chose assez étonnante, Carmen est sa copine d'amphi. Il réalise un film d'étudiant, et je me rends compte que ça ne doit pas être un couple du tout. Je déteste reconnaître que j'en suis quelque peu rassérénée. Il est trop bien pour elle.

Une fois qu'il commence à la diriger dans sa scène, leur dynamique change radicalement. Il prend bel et bien le dessus. Elle suit avec zèle toutes les suggestions qu'il lui fait, sur un ton calme et respectueux. Elle se laisse même conseiller sur son jeu, ce qui me rend toujours dingue. Elle est vraiment bonne. Pas seulement bonne pour une étudiante de cinéma, mais excellente actrice tout court. Quand la scène est terminée, ils font une deuxième prise, et il dit que c'est dans la boîte. Elle le regarde comme un chiot qui attend un compliment. Et lui de lancer :

— Pas mal.

Elle lui saute dans les bras, genre guenon apprivoisée, lui fourre sa langue dans la bouche jusqu'au fond de la gorge et je revois mon jugement : ils doivent être ensemble malgré tout. À ce stade, je n'essaie même plus de faire comme si je ne les observais pas.

Ensuite, elle dit qu'elle s'est efforcée de « faire penser » à Audrey Hepburn dans *Indiscrétions*. Je lis dans son regard à lui qu'il sait. S'il prononce le mot *Katharine*, elle va lui faire la gueule.

— Katharine, lâche-t-il doucement.

— Quoi, Katharine ?

— Dans *Indiscrétions*, c'était Katharine Hepburn. Tu t'es inspirée d'Audrey Hepburn dans *Au risque de se perdre.*

— Je te demande pardon ?

— Eh bien, je pensais à la pureté, l'aspect spirituel, la grâce...

— Alors voilà que tu me fais ton numéro de dico sur pattes, c'est ça ?

Elle met une main sur sa hanche.

Il se fend d'un sourire.

— Je te taquinais parce que tu me faisais ton numéro de prétentieuse.

— Sauf que c'est vous, le prétentieux, dis-je tout haut.

Ils se tournent tous les deux vers moi.

— Merci, s'étonne l'actrice.

— C'est pas faux, répond le réalisateur.

Et ils entreprennent de m'ignorer poliment tandis qu'il commence à préparer la prochaine scène. Nous restons donc assis à les regarder, Boris et moi. Nous ne discutons pas de nos réactions, mais je devine que, malgré nos dissensions, il approuve la façon dont je juge leurs techniques individuelles. J'aurais bien du mal à expliquer pourquoi, mais je commence à apprécier le couple qu'ils forment. Même quand ils se disputent. Ça me donne envie de trouver un garçon avec lequel me disputer. Ce n'est pas aussi facile qu'il y paraît.

Quand ils ont fini, pendant que le jeune homme commence à remballer, elle vient droit vers moi et s'assied sur le banc.

— J'ai un chien chez moi, à Barcelone. Mais c'est un gros chien. Je préfère les gros chiens.

— Je vous présente Boris. Vous le détestez, admettez-le.

— Eh bien, détester est un mot trop fort. Disons plutôt qu'il me répugne à tous points de vue. Au fond, c'est peut-être un animal doux et aimant, mais je ne sais pas pourquoi, j'en doute.

— Ouah, vous avez un jugement très affûté sur les chiens !

— Sur les hommes aussi, précise-t-elle avec un coup d'œil vers Andrew.

Il est clair qu'il n'a pas perdu une miette de notre échange, parce qu'il se retourne et hoche la tête en signe d'acquiescement. Boris se contente d'un jappement. L'actrice tend la main, me dit qu'elle s'appelle Carmen (ce que j'avais déjà compris en tendant l'oreille), et que son petit ami (c'est dans ces termes qu'elle le présente) s'appelle Andrew, et ne l'appelez pas Andy.

Alors, juste pour voir sa réaction, je lui demande :

— Que se passera-t-il si je le fais ?

— Dis-le-lui, Andy ! ordonne-t-elle sans une ébauche de sourire.

La réponse fuse :

— Je me sentirai marginalisé, diminué, et ça me rappellera mon infériorité sur tous les plans par rapport à Andy Bachman, qui a été mon tortionnaire en cours préparatoire.

Carmen m'observe.

— Vous êtes actrice.

— Qu'est-ce qui vous fait dire ça ?

— Le fait que je lui ai confié qu'à mon avis, vous êtes actrice, s'amuse Andrew sans relever les yeux.

Carmen hoche la tête.

— Vous prononciez mes répliques, après la première prise. Vous voulez essayer de jouer la scène ?

Je ris. Les acteurs sont vraiment une espèce perpétuellement dans le jeu.

— C'est son court métrage pour l'atelier. Je me contente de lui donner un coup de main tout en travaillant sur un film indépendant. Croyez-moi, il me ferait une fleur en vous choisissant à ma place.

Il rappelle à Carmen qu'elle est attendue dans une heure, lui donne de l'argent pour le taxi, et à ma grande surprise elle me prend par les épaules, puis m'embrasse sur les deux joues avant de partir.

En attendant, son petit ami a remballé et est prêt à s'en aller, lui aussi. Il me jette un coup d'œil.

— Non seulement vous articuliez les répliques, mais votre visage exprimait les sentiments du personnage.

Il me regarde bien en face. Il a des yeux marron, profonds, avec de beaux cils que je n'avais pas encore remarqués. Et puis un sourire timide, un peu en biais. J'ai instantanément envie d'être son amie.

— J'essayais de faire comme si je ne vous regardais pas, reprend-il, mais je vous observais. Vous étiez vraiment bonne. Je veux dire, au moment où elle répond : « Ça faisait longtemps », votre regard a aussitôt traduit la colère, ce qui était la meilleure réaction, je crois.

— Alors pourquoi avez-vous attendu de tourner pour le suggérer ?

— Je voulais voir si elle s'en apercevrait toute seule.

L'espace d'une seconde, il semble craindre de s'être montré discourtois, et il ajoute très vite :

— Elle a beaucoup d'expérience. Elle a fait huit films en Espagne, dont deux avec Almodóvar.

J'opine du chef, impressionnée. Il continue à me regarder comme s'il avait quelque chose à ajouter, mais il se contente de dire :

— Ravi de vous avoir rencontrée.

— Je m'appelle Maggie.

Il sourit.

— Ravi de vous connaître, Maggie.

Et il repart vaquer à ses occupations.

En attendant, Boris fait subir les derniers outrages à une sorte de labradoroïde de sexe indéterminé, qui n'a même pas l'air de s'en apercevoir. Je sors mon téléphone afin de prendre une photo porno canine pour Jade et je remarque un texto de, oh mon Dieu ! Thomas. Qui dit : *Un verre à 6 h ?*

Allons bon. C'est tout un art. Que malheureusement je ne maîtrise pas encore. Boris ne m'aidera pas. Andrew ne m'aurait sans doute pas aidée non plus. Où est Carmen, quand on a besoin d'elle ? Si je réponds *Oui*, est-ce que ça ne risque pas de paraître trop laconique, ou, au contraire, trop avide ? Et pourquoi pas *Pourquoi pas ?* Non. Trop ostensiblement fait pour avoir l'air désinvolte. D'accord. Alors c'est parti pour *Bien sûr.* Incroyablement banal, mais ça évite toutes les formulations négatives qui me viennent à l'esprit. Attendez un peu. Et si j'essayais *Avec plaisir, mais je dois me libérer* ? Moins disponible, mais malhonnête. Autant dire que je considère ça comme tellement important que je suis prête à annuler autre chose. Est-ce embêtant ? Après tout, je veux qu'il sache que j'ai désespérément envie de ce rôle. Peut-être *6 heures, pas possible, mais 6 h 30 OK.* Sauf que s'il a un rendez-vous à 7 heures, il va annuler, et qui sait si j'aurai jamais une seconde chance.

C'est alors qu'un autre débat s'impose à moi. De quel genre de « verre » s'agit-il ? Professionnel, ou personnel ? Est-ce un rencard ?

Si je continue à tergiverser comme ça jusqu'à 6 heures, je n'aurai plus à me poser la question.

Et donc j'écris *Ça devrait pouvoir se faire. Avec plaisir.* Un peu de tout. Appuie sur envoi. Appuie sur envoi.

— Boris ? Qu'est-ce que tu en penses ? demandé-je.

Thomas choisit un endroit où il est notoirement impossible d'entrer. Non que les portes soient trop petites, mais elles sont gardées par des hôtesses chiantes au possible, dont le seul plaisir dans la vie est de vous faire sentir leur supériorité en vous refusant l'accès à un restaurant où on ne les laisserait pas entrer non plus.

Sauf que je suis déjà passée devant les sphinx qui gardent l'endroit. Crystal, une « célébutante » de mon cours de théâtre, aime nous emmener, Andrea et moi, dans des endroits chics. Je dirais que l'histoire a été tristement injuste avec Crystal, comme avec Gengis Khan, mais que la page people du *New York Post* a été tristement juste avec elle. Enfin, je l'aime bien. Et j'aime les macaronis au fromage et aux truffes de cet endroit.

Je retrouve Thomas à une bonne table, dans le jardin. Il est habillé décontracté, mais impeccable avec un pull en cachemire, et je ne peux m'empêcher d'admirer son look, ses cheveux soyeux et parfaits, son visage détendu et beau. Le jardin est baigné d'une lumière particulière, et j'ai l'impression d'entrer dans un film romantique dont Thomas serait le magnifique jeune premier.

En me voyant, il empoche son BlackBerry, se lève, me dépose un baiser sur la joue et recule ma chaise. Il sent bon. Il me demande ce que je veux boire. Je lui demande quel sera l'objet de l'entretien afin de pouvoir choisir en conséquence. Ça lui plaît. Il répond :

— Vous, partant à la conquête du monde, chapitre premier. Ou de New York, au moins.

Je commande du champagne et j'éprouve aussitôt un pincement de crainte au creux de l'estomac à l'idée qu'on pourrait me demander ma carte d'identité. Et puis je me souviens qu'il connaît déjà mon âge. La serveuse ne pose pas de questions et nous laisse parler affaires.

Dans ce genre de situation, une actrice effectuera certains gestes, soit mûrement pesés, soit machinalement, par réflexe. Doit-on se toucher les cheveux ? Croiser les jambes, afin de révéler, sans en avoir l'air, le genou ou un bout de cuisse ? Se pencher en avant tout en effleurant (mais sans le déboutonner, bien sûr) le bouton du haut de son chemisier ? Qu'attend-on de nous ? Comment une attitude ou une autre sera-t-elle interprétée ? Le langage corporel lors d'un entretien avec un directeur de casting s'apparente à ce que l'on pourrait appeler des préliminaires non sexuels. Cela dit, compte tenu de mon âge, je pense que toutes les sortes de préliminaires sont risquées. Par conséquent, je dois prendre garde à les éviter. Ce qui est moins facile qu'on ne pourrait le penser. Surtout quand on a affaire à un tombeur comme Thomas.

— Je suis un peu nerveux, commence-t-il, ce qui me met à l'aise.

— Ne vous en faites pas, réponds-je avec mon plus beau sourire. Je vous promets d'accepter le rôle.

Il a bel et bien l'air crispé. Il n'arrête pas de déplier et replier sa serviette sur ses genoux.

— J'aimerais vous voir décrocher un vrai bout d'essai pour le rôle. La vérité, c'est que Rosalie ou l'une des deux autres actrices pourraient vous rayer de la liste d'entrée de jeu. La production mise beaucoup sur cette série, et les chaînes n'aiment pas prendre de risques, ce qui veut dire qu'elles privilégient des têtes connues. Cela dit, avec le quatrième rôle, il se pourrait qu'elles acceptent de courir le risque, surtout si nous arrivons à obtenir la vedette que nous voulons pour Lara. Je tiens à être parfaitement honnête, je ne sais pas encore si vous êtes la meilleure pour le rôle ou non.

— Sachez-le, j'apprécie que vous m'épargniez les gamineries habituelles. Et j'apprécie le bout d'essai.

— Je serai honnête aussi sur un autre point. Je voudrais apprendre à mieux vous connaître, reprend-il, et mon cœur fait un bond dans ma poitrine. Il y a neuf ans de différence entre nous, et si ça ne vous effraie pas, je vous assure que moi, ça me terrifie. Mais je détesterais jouer au petit jeu qui consiste à faire comme si je n'étais pas vraiment intéressé. Toutes ces gamineries qui font notre quotidien, pour reprendre votre propre terme.

À ce stade, c'est moi qui dois avoir l'air nerveuse, parce qu'il ajoute :

— Je jure que rien de tout ça n'affectera vos chances le moins du monde.

Première gaminerie. Même s'il ne voulait pas que c'en soit une. Il a juste fait sonner une alarme, et je ne peux pas appuyer sur le bouton pour la faire taire. Non seulement ma réaction affectera mes chances, mais encore il se pourrait qu'elle les détermine complètement. J'ai déjà vécu tout ça, même si l'enjeu n'a jamais été aussi important. Et je me suis fixé une règle il y a longtemps, une règle que je me suis promis de ne jamais réévaluer sur un coup de tête. La règle est de répondre avec une parfaite honnêteté sur le plan personnel, en faisant abstraction du plan professionnel.

— D'accord. Moi aussi, je serai franche avec vous. Vous êtes très séduisant, c'est évident. J'aimerais apprendre à vous connaître. Mais je ne suis pas du tout intéressée par une relation sans lendemain. Pour le moment, je n'ai envie que d'être avec quelqu'un qui compte pour moi. Et ça, ça prend du temps.

Je sais que ce que je dis est complètement crétin, mais je continue bille en tête.

— Sincèrement, avec moi, un temps considérable. Si tout cela vous convient, j'aimerais mieux vous connaître.

Il me regarde dans les yeux, et je fais de mon mieux pour ne pas rougir. Je me sens vraiment très nerveuse, et un peu excitée.

— Vous seriez libre à dîner, samedi soir ? demande-t-il.

— C'est mon anniversaire, dis-je au lieu de répondre.

— Merci mon Dieu, enfin quatorze ans !

Et j'éclate de rire. Il explique qu'à cause du boulot, il ne peut venir me chercher avant 20 h 30, mais que si ça me convient, il serait « terriblement honoré » de dîner avec moi le soir de mon anniversaire.

Ensuite, pendant une heure, nous parlons travail. Il évoque plusieurs stratégies, et finit par suggérer un moyen de me faire rencontrer Rosalie dans un cadre professionnel, proposition qu'il n'aurait peut-être jamais faite si je n'avais pas accepté de sortir avec lui. Il parle aussi d'un pilote et de deux films dans le casting duquel il est impliqué, et dit qu'on pourrait envisager de m'y confier un rôle. J'ai une âme d'idéaliste, mais elle s'accompagne d'un esprit pratique. Si bien que j'écoute Thomas sans illusions sur la relation platonique idéale entre l'agent de casting mentor et ma petite personne. Même s'il ne voulait pas ce qu'il veut déjà (or il le veut), il finira par le vouloir. Et je ferais aussi bien de commencer à me demander ce que je ressentirai.

Le problème c'est que je n'en sais rien.

L'autre problème, c'est que j'y réfléchis si longtemps que je perds le fil de son discours, et comme je fais mon numéro d'actrice en train de passer une audition – je le regarde au fond des yeux, légèrement penchée en avant –, j'ai un souci.

— Alors, qu'en pensez-vous ? demande-t-il.

Que c'est pratique.

— En réalité, je suis partagée.

Je t'en prie, remplis les blancs. S'il te plaît. S'il te plaît.

— Eh bien, c'est plus ou moins un choix de carrière fondamental.

— C'est exactement ce que je pense. La route bifurque dans un bois, et tout ce qui s'ensuit. Quel chemin emprunter ?

— Je vous conseillerais de suivre votre instinct.

— Merci. Mon instinct me dit de suivre votre conseil.

Ma parole, il adore ça. Il change de sujet (là, j'ai du mal à le suivre), et je ne saurai jamais de quoi j'ai protégé mes arrières. Avant que j'aie le temps de décider s'il est un pervers déguisé en agneau ou le futur père de mes futurs enfants, il se lève. J'en fais autant.

Il m'embrasse sur les deux joues, me demande s'il peut me déposer quelque part, et quand je lui dis que ça ira, il me répond bel et bien :

— Ça va même mieux que bien.

Argh. D'accord, nul n'est parfait.

Quand il me propose de me mettre dans un taxi, je réprime l'instinct de préciser que je ne suis qu'à quelques rues de là et que je peux marcher, de peur qu'il me raccompagne chez moi à pied et tente de m'embrasser ou je ne sais quoi. Je ne sais quoi. Alors je monte dans le taxi, fais le tour du pâté de maisons, refile un pourboire exorbitant au chauffeur, par culpabilité. Et me couche en pensant à Thomas.

Hélas, je sais que je ne pourrai pas rêver de lui.

6

Sloane

J'étais tellement à côté de mes pompes, ce matin, que j'ai oublié d'emporter mon déjeuner. Me voilà donc condamnée à essayer de digérer la pizza visqueuse de la cafétéria. En faisant la queue à la caisse, je parcours les tables du regard, à la recherche du seul visage que j'espère voir. Néant. Je sors avec mon misérable plateau. Au cours de la semaine passée, je n'ai pas eu l'occasion de parler avec lui. Plus exactement : non seulement il ne m'a pas dit un mot, mais encore il ne m'a pas jeté un regard, me semble-t-il. D'accord, vu de l'extérieur, ça ne paraît pas du tout dirigé contre moi, je ne suis jamais qu'une gamine comme tant d'autres dans un monde de gamines qui ne présentent aucun intérêt à ses yeux. Mais j'ai la faiblesse d'en faire une affaire personnelle. En d'autres termes, j'aurais préféré qu'il m'évite au lieu d'oublier mon existence. Après tout, n'avons-nous pas eu cette joute littéraire de titans ? Nous nous sommes bien révélés être deux authentiques intellectuels dans un lycée médiocre, non ?

J'imagine que ce genre de pensées traduit davantage mon sentiment d'insécurité et mon besoin de renforcer mon estime de moi que la qualité de notre établissement. L'université Columbia m'inspire une véritable panique. Je crève de trouille à l'idée que mes notes excellentes, que des A, obtenues dans notre petit bahut, ne fassent rigoler mes concurrents sortis des lycées les plus prestigieux des plus grandes villes. Les faits sont là : seuls neuf pour cent des candidats seront pris, et quatre-vingt-dix-sept pour cent des candidats sont les dix pour cent des meilleurs de leurs lycées. Ce genre d'idées peut me trotter dans la tête comme ça pendant des heures. Ou plutôt des jours.

Rien que pour épuiser définitivement le sujet au point qu'il ne puisse jamais s'en relever, il faudrait être une athlète, faire du théâtre, participer aux débats politiques, jouer aux échecs, soutenir une équipe, faire partie d'une chorale, bref, toutes choses que je ne fais pas. Je fais seulement du bénévolat chez un vétérinaire. Je me contente de travailler d'arrache-pied et de prendre des photos pour l'annuaire de l'année. En réalité, je suis transparente. Je me suis plus d'une fois endormie en pleurant tellement je suis sans épines et sans parfum, et cruellement à court du genre d'exploits qui me permettraient de trancher sur la masse.

J'imagine que c'est pour ça que l'indifférence du Garçon Oiseau me déprime autant. Il a fait spontanément quelque chose de plus mémorable que je n'en ferai de toute ma vie. Et j'imagine que s'il reconnaissait un lien spécial entre nous, ça m'environnerait d'un peu de glamour. Et donc, je ne suis pas vraiment ennuyée de rechercher son attention ; je n'y vois que la confirmation écrasante de ma propre insignifiance. Ce n'est pas que j'aime quoi que ce soit chez lui. Ce type a le chic pour se rendre odieux sans lever le petit doigt. Par exemple, on peut dire qu'ayant remporté – de peu – notre première joute verbale, il s'en est sorti auréolé de gloire. Et tout à coup, il ne dit plus rien en classe et ne répond que quand on l'interroge, fournissant alors une réplique aussi percutante que brillamment élaborée, après quoi il rentre dans sa coquille, abandonnant le terrain à des êtres inférieurs. Hélas, maintenant, ça m'inclut.

Pire encore, il est assis au fond de la classe, jamais près de moi, et encore moins à côté. Alors je ne peux pas voir ce qu'il mijote.

En récupérant mon commentaire sur Faulkner sur le bureau de Mme Lambert, je tombe – tu parles, je fouille dans les copies afin de jeter un coup d'œil – sur la sienne, et à côté de son A+, mon A tout seul prend des allures de C-. Après le cours, je m'arrête donc comme si de rien n'était pour demander à Mme Lambert ce qui manquait dans ma copie pour qu'elle ne me mette pas un A+. J'ai le déplaisir de l'entendre me répondre de ne pas être si dure avec moi-même, qu'elle n'a donné qu'un seul A+ dans sa vie. Je décide de ne pas la prévenir qu'elle a un bout d'épinard coincé entre les dents, et je lui demande innocemment :

— À quelqu'un que je connais ?

Elle me lance un regard qui confirme qu'elle sait que je sais de qui elle veut parler. Ensuite, elle me confie que c'est elle qui a demandé à James de la mettre en sourdine en classe. Avant, c'était moi qui parlais tout le temps, ce qui était génial pour le cours, une sorte de tableau noir sur lequel les autres élèves pouvaient faire rebondir leurs idées. Avec James, elle a peur que ça tourne au match de tennis entre nous deux, ce qui aurait inévitablement pour résultat de paralyser les autres.

— Je comprends très bien la théorie. Seulement, pourquoi vous ne m'avez pas demandé à moi de la mettre en sourdine ? À moins que ce ne soit une exigence réservée à la caste des A+ ? lançé-je avec un sourire dont j'espère qu'il n'a pas l'air trop sarcastique.

Elle me regarde un long moment et décide de me dire la vérité. En prenant la précaution de commencer par : « Ce n'est pas une critique », ce qui signifie toujours « Prends ça dans les dents », elle me lâche que James n'est pas un élève qui a besoin de se mettre en avant tout le temps.

Dorénavant, elle peut toujours se brosser pour que je prenne la parole en cours. Ça lui apprendra.

Au bout de deux jours, il a repris mon rôle. Il répond aux questions sur tous les sujets en faisant des remarques originales et pleines de profondeur, avançant des opinions personnelles qui paraissent complètement à côté de la plaque jusqu'à ce qu'il résume sa pensée dans une synthèse que je pense vraiment être la seule à pouvoir apprécier. Et Mme Lambert, un peu. C'est aussi bien. De toute façon, je ne pourrais pas entrer dans la discussion, parce que je n'arrive à penser qu'à lui.

Peut-être qu'il est le sorcier devant ma fenêtre. Et cette faculté qu'il a de me pétrifier en cours de littérature dissimule un pouvoir plus profond, plus terrifiant, et tellement plus enivrant que je ne veux même pas y réfléchir. Sauf que je ne peux pas m'empêcher d'y penser pendant quinze secondes.

Il passe parfois la pause déjeuner à lire sous le chêne, et j'essaie toujours de me positionner avec Lila et Kelly de façon à voir le coin où il se trouve sans le regarder directement. Mais aujourd'hui, quand je me laisse tomber sur la pelouse avec ma pizza, il n'est pas là non plus. Alors, j'attends avec impatience la fin de la pause, sans parler de la cinquième heure. Le cours de littérature renforcé est le seul moment de la journée où je suis sûre de le voir. Il n'a apparemment pas de programme fixe, donc il est impossible de tomber sur lui alors que nous passons d'une classe à l'autre. Le fait de ne pas savoir quand je le verrai, et de finir par ne jamais le voir, me met les nerfs en boule.

Peut-être que je cherche juste une diversion pour ne plus penser au discours que je vais devoir faire à la cérémonie en l'honneur de Bill. Franchement, je préférerais m'arracher toutes les dents avec des pinces rouillées plutôt que de faire ça. Je n'en ai même pas écrit une ligne, ce qui ne me ressemble pas du tout.

Kelly aborde le sujet, ce midi-là. Elle se demande comment je m'en sors. J'apprécie qu'elle me pose la question, mais il n'y a pas grand-chose à répondre. Et, dans un moment d'émotion rare, Lila lâche :

— Bill me manque. Il avait un sourire tellement craquant.

En effet. C'était un sourire un peu inégal, légèrement incliné à gauche, comme s'il dissimulait un secret. Alors que Bill était d'une nature franche, directe, ouverte. Il mettait tout le monde à l'aise. Il aurait probablement réussi à me faire aborder sans stress la perspective de cette journée du souvenir, et trouvé quelque chose de simple et de vrai à dire.

Au moment précis où je savoure le fait que penser au discours a détourné mes pensées de machin, il s'impose à nouveau à moi par l'intermédiaire de la plus belle fille qui ait jamais mis les pieds dans ce bahut. Amanda Porcella entre simplement dans notre cercle et s'assied avec son déjeuner comme si elle faisait ça tous les jours.

— Hé, les filles, ça ne vous ennuie pas que je me joigne à vous ?

Et, sans attendre la réponse, elle commence à déballer son sandwich.

J'aime bien Amanda. C'est le genre de fille dont les garçons apprécient la compagnie, et dont les filles adorent dire du mal, mais je l'ai toujours trouvée agréable et amusante. C'est probablement la plus belle créature de sexe féminin qui ait jamais vécu dans notre ville, une fille bien, une bûcheuse et une brillante élève. Mais sa beauté est forcément devenue la caractéristique qui la définit le mieux. Elle n'est pas prétentieuse, elle ne se croit pas supérieure aux autres, elle est juste, naturellement, au-dessus du lot. Elle était pom-pom girl au collège (un exploit inédit), elle est vice-présidente des élèves (et elle sera présidente cette année, c'est garanti), et la moitié des filles du lycée la traitent comme la garce nombriliste pour laquelle elles prennent inévitablement ce genre de fille.

Je ne peux prétendre la connaître vraiment, mais on se voit parfois en dehors, et dans ces cas-là on s'amuse bien et on apprécie d'être ensemble. Elle n'a pas besoin de ma pitié, mais je déplore l'injustice avec laquelle les filles la jugent, et la façon dont les garçons lui courent après pour de mauvaises raisons. Elle mérite mieux.

Cela dit, c'est bien la première fois qu'elle s'assied avec nous pour déjeuner.

Malgré l'opinion positive que j'ai d'elle, je suis un peu étonnée que ce garçon entre tous soit assez intéressé pour faire d'elle sa copine. Enfin, encore une fois, je ne sais absolument rien de lui.

— Écoutez, commence-t-elle d'un ton hésitant, ça me fait un peu drôle de faire ça, mais je le lui ai promis, alors...

Lui ? Oh mon Dieu... Est-ce qu'elle veut dire « lui » ?

— Qu'est-ce que vous pensez de Matt Fields ?

Oh.

— Je le trouve super sexy, répond Lila.

— Il ne parle pas beaucoup, ajoute Kelly.

— Il est sympa, dis-je.

— Il t'aime bien, Sloane. Il m'a demandé de tâter le terrain.

Matt est super sexy, c'est un mec sympa, et un vraiment bon ami de Gordy. Si j'étais à la recherche d'un copain, je ne suis pas sûre qu'il figurerait en haut de la liste. Mais surtout, je connais Matt depuis la sixième, et il n'y a jamais eu entre nous le moindre intérêt romantique. Nous n'avons même pas flirté dans les soirées, ni nulle part ailleurs. Ça ne tient pas debout.

— Matt Fields ? je demande, en essayant de ne pas avoir l'air aussi déconcertée que je le suis. Vraiment ? Je n'aurais jamais cru qu'il s'intéresserait à moi comme ça…

— Peut-être qu'il n'a jamais pensé avoir ses chances avec toi. Si tu veux, on pourrait faire une sortie à quatre, ou je ne sais quoi.

— Sortir à quatre ? je relève innocemment, sachant très bien où tout ça va mener.

— James et moi, on va manger un burger au Seahorse, demain soir. Je pourrais vous proposer de venir, à Matt et à toi, et on verra bien ce que ça donne.

Il faut réfléchir vite.

— J'adorerais sortir avec vous, mais je pense que je préférerais venir avec Gordy. Matt n'est pas désagréable, mais il ne m'intéresse pas de cette façon, et je ne voudrais pas qu'il se fasse des idées.

Je la regarde réfléchir à la perche que je lui tends, et revoir sa position.

— Cool. Ça pourrait être amusant. Alors... 7 heures ? J'apporte les Twizzlers.

Je rigole. On a tous vu *Twilight* en bande, quand il est sorti, et c'est moi qui lui ai appris à utiliser un tube de réglisse en guise de paille pour son Coca. Un petit truc raffiné.

— J'ai hâte d'y être. Ça fait trop longtemps.

Elle se lève et s'apprête à repartir, mais pas assez vite pour Lila.

— Alors, vous êtes ensemble depuis longtemps, James et toi ?

— On a commencé à sortir il y a deux ans. On avait passé l'été dans un camp de vacances sportives.

Puis elle me regarde en souriant.

— Non qu'il soit nécessairement flatteur d'être comparée à Daisy Buchanan dans *Gatsby*.

Je lui rends son sourire.

— La façon dont il nous l'a présentée en classe était extrêmement flatteuse.

Elle le sait déjà. Dans le silence, persuadée par avance que je vais me détester de lui avoir posé cette question, je ne résiste pas à la tentation de lui demander :

— Alors il t'a tout raconté, hein ?

— Ouais.

Il est difficile de dire, d'après son ton, ce qu'elle en pense.

— Il a dit que tu étais super intelligente.

Elle fait au revoir de la main aux filles et redescend vers le bas de la colline.

— Waouh ! Je ne savais pas que ce genre de chose arrivait dans la vraie vie, fait Lila en ouvrant de grands yeux.

— Les plans burgers-Twizzlers ?

— Non. La reine des abeilles de notre école qui monte des faux plans pour t'empêcher de mettre le grappin sur son petit ami.

Si ridicule que ça paraisse, et ça l'est probablement, mon cœur fait un petit bond d'excitation rien qu'à l'idée délirante que cette éventualité puisse se présenter.

— Moi ? Le grappin sur James ?

— Évidemment. D'abord, elle essaie de te retirer de la circulation en te trouvant un autre mec, et elle choisit le garçon encore seul le plus séduisant à la ronde. Je parie n'importe quoi qu'elle a raconté à Matt que tu avais flashé sur lui. Tu demanderas à Gordy. Il devrait pouvoir te le dire.

— D'accord. Bon, mais pourquoi elle irait s'imaginer que je suis dans la course ? Je veux dire, le seul et unique échange que j'aie jamais eu avec ce mec, c'était un débat en littérature.

— Lila a peut-être mis le doigt sur quelque chose, fait Kelly. Et s'il avait aussi mentionné que tu étais très mignonne ?

— Genre il lui a avoué qu'il craquait pour ta paire !

Lila est présidente du fan-club de mes seins.

— Du calme, Lila, reprend Kelly.

— D'accord, je dis. D'abord, et avant tout, combien de mecs racontent à leur petite amie qu'ils craquent pour une autre fille ? Surtout quand leur petite amie est Amanda Porcella. Deuxièmement, il n'y a pas de faux plan ou de conspiration. Elle m'a juste invitée à sortir avec eux.

— Pas exactement, me rappelle Kelly. Elle t'a invitée à sortir à quatre avec un autre garçon.

— Arrêtez ça, les filles ! Amanda est une fille bien. Ça me débecte que vous la critiquiez. Je crois que le problème, quand on a tout pour soi, c'est que les gens sont forcément jaloux.

— Aïe ! j'ai mal, fait Kelly en se prenant le ventre à deux mains comme si je l'avais harponnée.

— Cass-ssée ! renchérit Lila avec le geste approprié. Écoute, je suis trop jalouse de toi. Alors, si tu ne flashes pas sur Matt, laisse la place aux autres.

— Matt n'a rien à envier à la Beuh, tente Kelly, sans trop y croire.

Je reste ferme.

— Amanda est la fille la plus désirable de cette ville, alors on peut comprendre qu'il ait envie d'être avec elle. J'espère seulement qu'elle y trouve son compte.

À ce stade, les filles miment leur célèbre plus petit concerto de violon du monde en l'honneur de ma sincère compassion pour la pauvre Amanda Porcella.

— Fais une chose pour moi, dit Lila avec une soudaine gravité. Demain soir, reste ouverte à tout, d'accord ? Si James Waters s'intéresse à toi, je veux que ton radar soit complètement opérationnel. Ne te ferme pas comme une huître, comme tu as parfois le don pour le faire avec les garçons. Et je veux tous les détails, dès le lendemain, ajoute-t-elle avec un sourire.

Cet après-midi-là, je me rends à vélo à la clinique vétérinaire de Mystic et Noank, où je travaille après les cours depuis la troisième. Mon amour pour les pauvres animaux malades, abandonnés ou maltraités – qui me vaudrait probablement un nouveau concert de violon miniature – me touche au point de jouer parfois sur mon appétit, mon sommeil et mes pensées. J'ai eu des tas d'animaux quand j'étais petite, deux chats appelés Schmulie et Sharona, un golden retriever appelé Riggins, une portée de poussins qui me suivaient dans toute la maison comme si j'étais leur mère même après être devenus des poulets répugnants, dix poissons tropicaux, un troupeau de hamsters, cochons d'Inde, gerbilles, une grenouille verte, qui squattait ma salle de bains, et un furet appelé Fedora.

Et puis Tyler s'est mis à avoir des éruptions cutanées presque aussi volcaniques que son caractère, et tous les animaux vivants ont été relégués dans la ferme de mon oncle (où je vais encore les voir le plus souvent possible). Ils ont été remplacés par un chiot, un coton de Tuléar hypoallergénique, appelé Mishka. Une petite créature magnifique, assez dingue, d'une empathie extraordinaire, qui est morte juste après mon seizième anniversaire. Je reconnais que ma mère m'a tannée pour que je remplace Mishka. Mais je n'ai pas encore eu le cœur de le faire à ce jour.

Le vétérinaire de la ville est le docteur French. Il frise les quatre-vingts ans, mais il est encore séduisant et distingué. Il me traite toujours comme une grande dame, et non comme une gamine qui pourrait être sa petite-fille, ce que j'apprécie. C'est un être parfait, physiquement et moralement, et c'est un bonheur de le connaître et de travailler pour lui. J'ai commencé par nettoyer les cages, remplir les écuelles de nourriture et d'eau, toiletter les animaux et critiquer les gens qui ne les respectent visiblement pas comme ils devraient. Je fais encore tout cela, mais en plus, maintenant, j'assiste aux opérations, et je lui donne même un coup de main, je réponds au téléphone, m'occupe de la facturation, et on m'a récemment confié la responsabilité de recommander les adoptions. J'aime aider les bêtes errantes et abandonnées à trouver de bons maîtres. Ça me redonne plus ou moins confiance dans l'espèce humaine.

Tout en nettoyant les cages, je me dis que je suis peut-être fascinée par James parce qu'il est exotique. Comme si dans l'une de ces cages, entre les bâtards et les chats de gouttière, je tombais sur un puma. Il débarque en ville, ruisselant de mystère, avec cette brillante cervelle cultivée au cours de ses voyages et à force de fréquenter d'autres êtres exotiques. Le contraste est criant dans l'environnement morne, banal, de notre petite ville. Sans parler de son visage. Je veux dire, je n'avais jamais vu dans la vraie vie un être doté d'un visage dont on ne pouvait absolument pas détacher le regard, même en cas d'absolue nécessité.

— Hé, salut.

Cette voix. Elle appartient très précisément à ce visage. Je me fige. Mes mains gantées ne veulent pas lâcher les saletés que j'enlève du domicile temporaire d'un schnauzer. Ça me picote partout, j'ai inexplicablement chaud, une boule au ventre, et le monde entier semble trembler légèrement.

Je reprends le contrôle de mes facultés motrices, laisse tomber le caca, retire mes gants et me retourne.

C'est vraiment lui. Il faut que je m'asseye. Je réussis à atteindre la chaise derrière le bureau, et je fais mine de ne pas avoir été en train de nettoyer la merde.

Il m'a suivi jusque-là. Comment savait-il ? Que vient-il faire ici ? Et, putain, quelle conduite adopter ? Et moi qui pensais qu'il n'avait même pas conscience de mon existence.

— Tu travailles ici ? me demande-t-il.

D'accord, alors il ne m'a pas suivie ici. Alors il ne sait pas que j'existe. Et ses yeux sont juste d'un gris pâle hypnotique, avec des points violets (que je n'avais pas encore remarqués), et je m'humilie en n'arrivant même pas à ciller. Il va dire :

— Attention, Sloane, tu as les yeux qui te sortent de la tête.

Si seulement il connaissait mon nom. Ce qui, grâce au ciel, n'est apparemment pas le cas. Oh, mon Dieu ! Il a posé une question, non ? Vite, mon cerveau, allez, allez...

— Non, je suis juste assise derrière ce bureau parce que la personne qui travaille vraiment ici aime que je garde son fauteuil au chaud pendant son absence.

Non, mais qu'est-ce qui m'a pris de lâcher ça ? Il va me prendre pour une vraie débile.

— C'est très gentil à toi. Peut-être qu'un jour tu feras la même chose pour moi.

Pourquoi a-t-il dit ça ? Et qu'est-ce que ça signifie ? D'un autre garçon, ça pourrait définitivement être une tentative de drague. Dans mon esprit défilent des images de moi tenant son siège au chaud.

— Je voudrais adopter.

On ne pourrait pas essayer d'avoir des enfants naturellement d'abord ?

— Qu'est-ce que tu cherches ?

— Un chat et un chien. J'ai laissé les miens à ma petite sœur, à San Francisco. Et ils me manquent vraiment, vraiment.

Incroyable. Il aime les animaux. Il n'est absolument pas comme je l'imaginais. C'est un être doux, gentil, attentif, adorable, parfait, parfait, parfait...

— Eh bien, ici, ce n'est pas San Francisco, on n'a qu'une sélection limitée. Mais on va regarder voir.

Regarder voir ? J'ai vraiment dit « regarder voir » ? Je suis une mémère à chat de quarante-sept ans contre qui aucun jeune homme atrocement désirable ne songerait jamais à se frotter. Ce qui est assurément une chance, compte tenu du fait que c'est le copain d'une amie. Bien plus qu'une simple connaissance. Ce qui est exactement la mauvaise façon de penser. Les filles ne piquent pas les petits amis des autres filles. D'accord, comme si c'était seulement d'actualité.

— Et tu avais quoi comme chien ?

— Une sorte de bâtard bizarre, un croisement mexicain de je ne sais pas quoi. Je faisais du surf à Baja, et c'est là que j'ai trouvé cette pauvre bête. Je l'ai caché dans le coffre de la voiture et j'ai passé la frontière avec, en contrebande, sans me rendre compte que c'était vraiment stupide de faire un truc pareil. Churro s'est formidablement bien entendu avec Beckett, mon berger. Je pense que quand Beck est mort, il lui a manqué encore plus qu'à moi.

Pendant qu'il faisait du surf à Baja ? Il a sauvé un bâtard ? Et il l'a fait entrer clandestinement dans le pays ? Et il l'aimait tellement qu'il ne peut plus attendre pour adopter un autre chien abandonné ? Waouh.

— Et le chat ? je demande en tendant la main pour caresser Baily, un vieux beagle.

Il s'arrête un instant. Je relève les yeux, pensant qu'il a trouvé un animal à adopter. Mais ce n'est pas dans une cage qu'il regarde, c'est droit vers moi. Il m'étudie.

— C'est un peu personnel, mais tant pis. On est des FDS.

— FD quoi ?

— Fans de Scott. Fitzgerald, voyons ? Bref, au départ, le chat était à une petite amie. Et Pitchoun, euh, il dormait avec nous. Ce qui a fini par devenir dormir sur moi. Quand on a rompu, la fille et moi – pas le chat et moi –, j'en ai eu la garde parce que, apparemment, Pitchoun a passé la première semaine de mon absence à me chercher, et à pisser sur l'oreiller de la fille. Comme si c'était sa faute. Ce qui était le cas.

Dormir avec une petite amie alors qu'il était au lycée ou, mon Dieu, encore plus jeune. Mon esprit s'emplit de toutes sortes de possibilités : les parents de cette fille étaient très compréhensifs. Même à San Francisco : peu probable. Ils étaient moniteurs de colonie de vacances. Ben voyons. Comme si on tolérait ce genre de comportement dans les colonies de vacances. Il ne reste qu'une possibilité. Une femme plus vieille qui avait son propre appartement. Berk.

— En réalité, je l'aurais bien emmené avec moi...

— Pitchoun est donc un mâle ?

— Oui, et nous assumons parfaitement notre masculinité, lui et moi. Mais quand il a vu que je faisais mes paquets, il a commencé à dormir avec ma sœur, et elle s'y est attachée.

— Pitchoun est nympho ?

— Techniquement, c'est plutôt un Don Juan…

Ce type va-t-il me renvoyer la balle jusqu'à la fin de nos jours ? Mouais. Comme si nous devions finir nos jours ensemble, de toute façon.

Il choisit un chaton roux de la portée abandonnée par la chatte de la bibliothèque. Fidèle à sa perfection, il choisit l'avorton le moins susceptible de trouver une famille d'adoption. Ensuite, il jette son dévolu sur le roquet le plus laid en notre possession, et – oui – ce cabot qui ne m'a jamais accordé une seconde d'attention manque lui arracher la figure à grands coups de langue.

— Il a tes yeux, observe-t-il.

— C'est gentil de ta part de sélectionner l'animal le plus laid de l'État du Connecticut pour faire cette réflexion.

Il me regarde un instant. Je sais que je rougis jusqu'à la racine des cheveux, mais il n'y a nulle part où se terrer dans cet endroit.

— D'abord, je commentais leur couleur. Tu as les yeux verts, couleur qu'on ne voit pratiquement jamais chez les chiens. Il doit avoir du sang de berger australien. Ensuite, il n'est pas vilain du tout. C'est juste qu'il ne ressemble à aucun autre chien parce que c'est un croisement. Et donc il ne répond pas aux critères de la beauté canine. Enfin, puisque tu as l'air de le prendre personnellement, sois assurée que tu satisfais aux canons de la beauté féminine.

Je sens que j'ai les joues brûlantes, mais je ne peux pas dire si c'est parce que je suis flattée – ou énervée.

— Waouh, tu as le chic pour les compliments ! Sois assuré que point de vue tact, tu décroches le pompon.

Il rit, et pendant une minute je me demande s'il ne se moque pas de moi.

— Allons, la dernière chose qui mérite que tu sois sur la défensive, c'est ton aspect physique. Tu es vraiment jolie selon tous les critères.

Je sais que je devrais être flattée, je sais que je devrais défaillir, mais je suis trop contrariée.

— Alors quelle est la première chose qui mériterait que je sois sur la défensive ?

— Oh, je dirais les trente-sept premières rubriques concernent ton attitude.

— Je devrais être sur la défensive à cause de mon attitude ?

Il a un nouveau petit rire. Le crétin.

— Défensive. Absolument.

Et puis...

— Écoute, on est partis du mauvais pied, encore une fois, et je suis désolé. D'autant qu'on va être amenés à travailler ensemble.

Le chat ronronne alors que James pétrit sa fourrure rousse et lui fourre son nez dans le cou.

— Pardon ? On va faire quoi, ensemble ?

Je lui reprends le chat et essaie de lui mettre un collier.

— Le docteur French ne t'a pas dit que je m'étais inscrit comme volontaire ?

— Pardon ?

Le chat se tortille, cherche à retrouver James, visiblement avide de continuer à se faire peloter par lui.

— Hé, tu fais partie du personnel rémunéré ; tu auras le droit de me faire marcher à la baguette.

— Je ne suis pas sûre que ce soit une bonne idée.

Je réussis finalement à dompter le minuscule félin en lui grattouillant le ventre d'une main tout en lui glissant le collier de l'autre.

James a un sourire authentiquement charmant et réussit à dire, sans un poil d'ironie :

— Tu n'as pas à en être sûre. Tu n'auras qu'à t'y habituer.

Il prend la laisse de son bâtard de berger australien sans nom, récupère sa crevette de chat roux rachitique et, en retournant vers la porte, me lance :

— On se voit vendredi soir.

Je devrais être soulagée. Toutes mes réflexions stupides, mon attitude défensive, n'ont pas réussi à le dresser contre moi. Il se sent à l'évidence tout ce qu'il y a de plus à l'aise, et même amical avec moi. Alors pourquoi ai-je l'impression d'avoir un trou noir à la place du cœur ?

Je veux être spéciale pour lui.

7

Maggie

J'accompagne Jade à l'école, avec Boris, et je vois bien que quelque chose la tracasse. Nous partageons un muffin aux myrtilles, et je commence à être étonnamment rassasiée. Normalement, elle a dévoré tout le dessus bien cuit avant que j'aie eu le temps de plonger les doigts dans le sachet, mais lorsque j'y jette un coup d'œil, je constate que c'est à peine si elle l'a grignoté. Je lui demande ce qui ne va pas.

— Tu pourrais pas comprendre, soupire-t-elle. C'est à cause d'un garçon.

Cette franchise me prend tellement de court que je m'étouffe avec ma bouchée de muffin.

Elle me jette un regard en coin et me prend le sachet des mains. La conversation semble réveiller son appétit, ce dont je me réjouis. Les chevilles de cette gamine ne sont pas plus grosses que mes poignets. Tout en épluchant les myrtilles du muffin pour les manger à part, elle me rappelle sans prendre trop de gants que je n'ai jamais eu un vrai de vrai petit ami. Et j'ai l'impression de ne pas avoir beaucoup d'amis qui ne préfèrent pas les autres garçons. Je réussis à la convaincre que je peux quand même lui donner de bons conseils relatifs à son problème.

Apparemment, Josh Hinkle, un de ses copains, un gosse constellé de taches de rousseur que j'ai rencontré plusieurs fois, s'est mis à flasher sur elle. Il la « kiffe ». Elle emploie bel et bien ces termes. Or elle n'est pas chaude pour faire passer leur relation de juste amis à petits amis (ne me demandez pas ce que ça peut bien vouloir dire en CE1, je sais seulement que c'est inoffensif, et que ça implique des tonnes de petits mots avec des petits cœurs et des stickers en forme d'étoiles). Elle ne veut pas le perdre comme ami, ou laisser les choses devenir bizarres.

Je lui conseille simplement d'être honnête. D'avoir une conversation avec lui et de lui expliquer ce qu'elle en pense.

Elle lève les yeux au ciel et glousse :

— Maaagggie ! Tu comprends vraiment rien.

— Qu'en dit Nicole ? je demande.

Jade reste silencieuse pendant la moitié d'un pâté de maisons et je n'insiste pas. Elle ne répond pas à ma question. À la place, elle m'en pose une autre :

— Pourquoi tu crois que maman n'a trouvé personne après papa ?

— C'est une sacrée pointure ; elle a du mal à trouver chaussure à son pied.

C'est tout ce que je trouve à répondre. Débile.

Le temps que nous arrivions à l'école, elle a décidé qu'elle allait amener Josh à se rendre compte que Tomiko était la fille qu'il lui fallait. Problème résolu. Très Jane Austen de sa part. Elle me serre fort fort fort dans ses bras et me largue avec son clébard galeux.

Je me dirige vers la promenade canine près de Washington Square pour que Boris puisse faire son boulot de cabot. D'accord. Il se peut que j'aie une arrière-pensée. Si j'ai choisi cette promenade pour chiens ce n'est pas par souci de commodité, mais parce que c'est là – et à peu près à la même heure – que je suis tombée sur Andrew et Carmen. Non dans l'intention précise de les revoir ou je ne sais quoi, mais je n'arrive pas à chasser l'idée que nous pourrions être de grands amis, Andrew et moi.

Je me demande comment se passe la matinée de Jade à l'école, et je dois admettre qu'Emma a peut-être raison. Je n'ai pas une vie sociale très mouvementée. Surtout par rapport à ma très courtisée petite sœur de sept ans. Cela dit, je ne me sens assurément jamais seule. Je ne sais pas où Emma est allée pêcher ça.

Des choses comme ça n'arrivent que dans les mauvais films. Sitôt la clôture grillagée franchie, je vois Andrew assis sur un banc, tout seul. L'impression que j'éprouve à cet instant ressemble à ce que doit ressentir Jade quand nous jouons au Uno, qu'elle prend une carte sur la pioche et se met à hurler :

— Juste celle que je voulais !

Il lit *Catch-22*, l'un des livres préférés de mon père, et qui fait donc partie de mon programme scolaire à la maison. Pas de chiens, de Carmen ou de caméras en vue. Il donne juste l'impression de traîner là. Je me dirige vers lui et il lève les yeux.

— Je t'attendais, dit-il avec un sourire agréable, et cette charmante inclinaison de tête.

Qui le fait paraître honnête et gentil, tout en exprimant une nuance, comme si nous étions déjà des conspirateurs. Ça m'est arrivé dans certains rôles. De rencontrer quelqu'un et d'avoir instantanément ce sentiment qu'on allait être sur la même longueur d'onde et partager la même vision de la vie. J'aurais bien besoin d'un ami de plus. Ce mec en ferait un bon.

— Je comptais bien que tu m'attendes, réponds-je. C'est pour ça que je suis venue. En tout cas, ce n'est sûrement pas parce que c'est l'endroit préféré de Boris pour faire sa crotte.

— Bien sûr que non. À le voir, Boris opterait plutôt pour une chose que tu serais obligée de laver, ou mieux, de remplacer. Peut-être un objet auquel tu tiens beaucoup, comme le jeté de lit élimé que ta grand-mère avait crocheté spécialement pour toi, et t'avait envoyé par FedEx de son village du sud-est de l'Arménie, avec lequel tu dors depuis, et que tu as trempé de larmes lorsque ton second mari a tragiquement péri de la main d'un buffle enragé, dans la province du Cap. Figure de style, tu me comprends, les buffles n'ayant pas de mains. Ou sinon, au lieu de ton jeté de lit, Boris choisirait une chaussure affreusement chère.

Comme s'il guettait le signal, Boris aboie. De cette façon hargneuse, misanthropique qui est la sienne.

— Moi aussi, je fais ça.

— Intéressant. Et pourquoi choisis-tu les plus chères ? Personnellement, je préférerais chier dans une vieille basket.

— Voilà qui donne à réfléchir. Non, ce que je veux dire, c'est que moi aussi j'invente des histoires sur tout. C'est pour ainsi dire compulsif. Mais mes histoires sont meilleures que les tiennes, ajouté-je en lui donnant un coup de coude.

Il a un froncement de sourcils théâtral.

— Et c'était ma meilleure histoire. Je vais vraiment avoir du mal à t'impressionner.

— Tu n'en auras que plus de mérite.

— Serais-tu déjà suffisamment conquise pour me faire une faveur ?

Il apparaît que lorsqu'il a présenté son court métrage à l'éminent et lunatique professeur Duncan, ledit prof a trouvé que sa vedette avait un accent espagnol trop prononcé pour incarner une Inuit crédible. Andrew a commis l'erreur de rétorquer « et alors ? », et de fil en aiguille Duncan a décrété que le diplôme était en jeu. La solution devrait s'imposer par sa simplicité dans une école bourrée d'actrices en herbe : il lui suffirait d'en envoyer une passer une demi-heure sur un plateau de doublage pour réenregistrer le texte de Carmen.

Le problème avec la solution préconisée, c'est qu'Andrew sort avec Carmen, n'a pas envie d'arrêter, qu'en réquisitionnant une copine d'amphi, il court le risque qu'elle découvre que son petit ami n'a pas retenu sa prestation et s'en offusque. Autre problème, son petit doigt lui dit que le professeur Duncan se fout pas mal du problème numéro un.

— Tu saurais prendre l'accent inuit ? demande-t-il, plein d'espoir.

— Ça dépend à qui.

Ce qui me vaut un franc éclat de rire de sa part.

Le centre de postproduction de l'Institut Kanbar, l'école de cinéma et de télévision de l'université de New York, dispose du matériel, des logiciels et généralement de tout l'environnement opérationnel et technique de pointe indispensable à une communauté de jeunes réalisateurs qui produit près de huit mille projets étudiants par an. On n'a pas l'impression d'être sur un vrai campus – l'université de New York n'est qu'un groupe de bâtiments éparpillés autour de Washington Square –, mais le fait de me trouver dans cet endroit stupéfiant, cette ruche grouillante de jeunes bouillonnants de créativité, ravive l'éternel débat qui fait rage en moi : aimerais-je ou non passer quatre ans en fac ?

La demi-heure dure plutôt largement trois heures. Pendant tout le film, Carmen parle face caméra. Chaque syllabe doit être parfaitement synchronisée. Un accent aussi extrême que celui de Penelope Cruz ne se contente pas de sonner différemment, il fait remuer les lèvres différemment selon un rythme différent. Et puis Andrew a un réel potentiel de réalisateur, mais c'est un piètre preneur de son. Il s'excuse abondamment pour avoir accumulé les plantages ; il n'en a pas loupé un. Boris n'est à blâmer que pour la seconde prise.

Je fais un boulot parfait. En partie par orgueil professionnel, et en partie parce que je veux vraiment l'impressionner à mort. Et pas parce que j'espère tenir la vedette dans ses futurs projets pour l'école ou quoi que ce soit.

— Tu veux que je te dise ? demande-t-il. Eh bien, ça marche !

— En effet, jeune cinéaste Jedi. Maintenant tu as l'espoir de recevoir un C– pour ce projet.

Il insiste pour m'inviter à déjeuner, ce qui me fait tout drôle, parce qu'il est étudiant alors que je travaille et que j'ai certainement plus de moyens que lui. Et, bien que j'aime vraiment beaucoup ce garçon, c'est à peine si je le connais, or il se trouve que je n'ai pas pour habitude d'accepter de faveurs de gens que je ne connais pas. Ni de gens que je connais. Ce que je lui dis, et il rétorque que c'est moi qui viens de lui faire une fleur, alors, pitié, Maggie, ne me sers pas ce putain de trip de culpabilité.

Il finit par m'emmener dans un chouette endroit, près de son appartement de SoHo, où on mange des moules-frites avec une sauce au beurre délicieuse. Boris est le bienvenu, et nous nous asseyons en terrasse, à regarder les gens faire du lèche-vitrine en jouant des coudes sur les trottoirs. Boris jappe après quelques talons, et nous échangeons, Andrew et moi, à peu près quatre cent mille histoires imaginaires sur tous les convives, serveurs, passants qui se bousculent autour de notre table et dans notre imagination. Il fait preuve d'un certain potentiel.

Il m'indique une vieille femme en chapeau mou qui traîne un panier à roulettes violet. Eh bien, elle vend des champignons hallucinogènes qu'elle stocke dans des boîtes en métal, mais ce n'est pas tout : c'est la grand-mère d'Aaron Jerome, dont elle ne rate pas un spectacle. Je n'ai pas idée de qui est Aaron Jerome. Andrew ouvre de grand yeux incrédules. Quoi, Aaron Jerome, SBTRKT ? Je ne percute pas. Il m'explique qu'Aaron, ou sub-je ne sais quoi, trakt, c'est ça, est un grand DJ londonien. Andrew me révèle qu'il a une émission radio (de minuit à 3 heures du matin, le mardi, pas une heure de très grande écoute, mais quand même), et qu'il est accro à la musique. Ce qui, dans certains cas, peut se traduire par trop hype pour être vraiment cool. Mais avec Andrew, ça marche, parce qu'il en est complètement dingue.

Cela dit, la perfection n'est pas de ce monde. Juste au moment où, mes frites s'étant évaporées, je tends la main vers son assiette, Carmen fait son apparition. Elle le cherchait désespérément dans ses repaires préférés parce qu'elle a perdu la clé de son appartement et qu'elle a besoin de récupérer ses diapos pour répéter. Or il semblerait que l'iPhone d'Andrew soit mystérieusement tombé dans un coma aussi subit qu'inexpliqué depuis ce matin. Je le dévisage, mais il fait mine de ne rien remarquer.

Au début, elle ignore superbement ma présence. Puis, sans me regarder :

— Merci d'avoir servi de baby-sitter à mon mec. J'aime bien ce petit haut, ajoute-t-elle en se tournant vers moi.

Et, avec un sourire moelleux :

— Tu l'as mis juste pour lui ?

— En réalité, rien que pour toi, répliqué-je sans prendre le temps de réfléchir. Imagine comme j'ai eu le cœur brisé en constatant que tu n'étais pas dans le coin.

Elle me foudroie du regard.

— En tant que collègue actrice moi-même, j'imagine encore plus que ça.

— Devrais-je avoir peur de toi ? Parce que si tu as l'intention de me lacérer, évite le visage, s'il te plaît.

À ce stade, elle éclate d'un grand et long rire parfaitement faux. Andrew suit l'échange comme à un match de tennis, avec une expression étrangement neutre. Ce qui est intéressant.

Elle empoche les clés d'Andrew, et demande :

— Alors, qu'est-ce que vous mijotez ?

— Mijoter ? répète Andrew d'une voix juste un tout petit peu couinante. On est tombés l'un sur l'autre au parc, et...

— Je l'invite à déjeuner pour lui rendre une faveur.

— J'espère qu'il a été à la hauteur, rétorque automatiquement Carmen.

— Je verrai bien ce soir, pas vrai, Andy ?

Oui, c'est un test. J'espère qu'il aura l'estomac de la faire un peu marcher.

— J'ai hâte d'y être, répond-il vivement.

Je pousse intérieurement un soupir d'aise. Ouf, il a réussi le test. Je n'ai vraiment pas envie d'être déçue par ce garçon. Maintenant, c'est l'actrice qui est inquiète. Alors je dis :

— Ce soir a lieu l'audition qu'il m'a aidée à répéter.

Son soulagement est pathétiquement transparent. Non, cette gamine maigrichonne ne lui pique pas son petit ami. Comme si elle avait vraiment de quoi s'inquiéter. Ce qu'on apprend assez vite dans la vie, c'est que les bombes exotiques ont toujours un atout dans la manche, dès que les hommes sont concernés.

Elle gratifie Andrew du baiser de trois quarts d'heure auquel je m'attendais à assister. J'ai vu des mariages qui duraient moins longtemps. Et plus classieux, aussi. Quand elle est sûre d'avoir fait passer le message, elle me choque en me prenant la figure à deux mains et en m'embrassant pour me dire au revoir. Sur la bouche. Un quart d'heure après sa disparition, j'en ai encore les paupières papillotantes.

Il sourit. On s'entend bien, alors pourquoi ai-je cette impression désagréable au creux de l'estomac ?

— C'est un sacré personnage, fait-il avec un sourire. Et ce n'est rien de le dire.

Et puis...

— Pourquoi est-ce qu'on aime ceux qu'on aime ? C'est vraiment inexplicable, hein ?

— Tu me l'enlèves de la bouche.

J'ai à peine prononcé ces mots que je comprends l'origine de cette drôle de sensation. Je veux qu'Andrew ait envie d'être avec moi. Je ne sais pas ce que je ferais dans ce cas, mais je suis sûre de ne pas avoir envie de l'entendre me raconter combien il aime Carmen. Je suis une fille. Et je veux que le jeune homme qui est assis de l'autre côté de la table veuille de moi à chaque battement de son cœur.

Il y a un Apple Store juste un peu plus loin dans la rue, alors je poireaute avec lui scandaleusement longtemps en attendant qu'un vendeur nous annonce que le téléphone est mort. Une fois la cause du décès officiellement établie, nous devons attendre qu'un iSpécialiste mette le nouvel iPhone en route. Nous passons donc au rayon ordinateur, nous regardons sur YouTube péter divers chats, dont l'un arrive bel et bien à avoir le hoquet en même temps. C'est mon préféré (ou ma préférée, je n'ai pas bien vu).

Andrew me tapote le bras pour attirer mon attention, pour ponctuer une phrase ou une plaisanterie, ou pour exprimer sa jubilation, comme quand je l'empêche de cliquer sur « Pourquoi je suis devenue call-girl » (je lui explique que c'est le clip le plus court du web – juste une pétasse qui dit « Devine, ducon ».) Au passage, il me prend bel et bien par la taille, et honnêtement, je ne pense pas qu'il s'en rende seulement compte. C'est un peu la façon dont Gordy traite Sloane, et en tant que fille qui n'a jamais vraiment eu un ami très proche, je trouve ça tout à fait sympa, et même un peu excitant.

C'est le moment que Jerome choisit pour m'appeler, à bout de souffle à l'autre bout du fil, et me raconter que Nicole est « convoquée en réunion » (la pauvre chérie) et ne peut plus aller chercher ma petite sœur qui est déjà sortie de l'école depuis dix minutes, temps depuis lequel elle est assise au bord du trottoir, se sentant comme une pauvre petite gosse perdue et oubliée. Ce qu'elle n'est absolument pas, même si c'est absolument le cas.

Il est 16 h 30, heure du changement d'équipe des chauffeurs de taxi, et Wall Street se remplit de gens qui quittent leur boulot, de sorte qu'il est impossible d'en trouver un.

Miracle, Andrew me propose de me déposer. Il se trouve qu'il a une de ces adorable petites voitures de geek – imaginez un croisement d'ULM et de voiturette de golf sophistiquée pour six –, et il n'habite qu'à quatre rues de là.

Je suis super curieuse de voir son antre, mais je ne veux pas que Jade reste abandonnée sur le trottoir plus longtemps que nécessaire. Sa voiture est dans la rue, garée en épi comme une Smart. Nous débranchons la prise, et c'est parti. Ça irait plus vite si nous avancions avec les pieds par en dessous, comme dans la voiture des Pierrafeu, mais Andrew compense le manque de puissance moteur en louvoyant comme un champion de formule 1 dans une circulation véritablement épouvantable. C'est la chose la plus virile que je lui aie vu faire jusque-là, ce qui n'est pas anodin quand on réfléchit qu'il conduit une voiture-jouet.

Jade est au bord du trottoir, les genoux cagneux remontés sous le menton, avec son mignon petit sac à dos, et à l'instant où elle nous voit elle se fend d'un immense sourire radieux : tout va bien. Pour parfaire son ravissement, il la laisse conduire. Sur un pâté de maisons seulement, mais elle est mûre pour un mariage arrangé.

En arrivant chez nous, il nous suit exactement comme s'il habitait là. Son invitation va de soi. Je suis complètement et adorablement ignorée. Ils commencent par une partie de Guitar Hero vintage sur sa PS3, partie qu'il gagne haut la main.

— Tu sais, souligne-t-elle, un vrai petit ami ne me laisserait peut-être pas gagner, mais au moins il ne ferait pas ces bruits de cochon ni la danse de la victoire !

— Gaël Monfils n'a qu'à se rhabiller, répond-il en refaisant son numéro de break dance, au cas où on l'aurait loupé la première fois.

— Gaël *qui* ? je demande, complètement perdue.

— Monfils. Le tennisman français. Il fait le show en dansant le shuffle histoire de chauffer le public avant d'enflammer le court. En réalité, il a tout piqué à Soulja Boy.

Il me tend cette succession de perches comme si je devais avoir le déclic. C'est peine perdue.

— Il fait plutôt comme ça, rectifie Jade en se levant.

Elle tortille du croupion tout en enchaînant les entrechats. Ces Français ont vraiment le sens du rythme. Mais, plus sérieusement : merde alors, comment sait-elle qui est Gaël Monfils ?

Andrew applaudit respectueusement et tente d'imiter le déhanchement de Jade. Ils sont ridicules et adorables. Ils échangent des sourires en banane, se donnent des coups de derrière et haussent les épaules exactement de la même façon.

Andrew relance le jeu, et Jade me fait un clin d'œil. Je comprends qu'elle n'a aucune idée de qui peut bien être Gaël Monfils, sans parler de Soulja Boy. Elle fait juste semblant pour l'épater. Vas-y, Jade !

Jade lui propose de lui faire faire le tour du propriétaire. Je ne suis pas invitée. Je ne vois pas très bien comment le tour d'un appartement de trois chambres peut prendre une heure et quart, qui paraissent durer soixante-douze heures quand vous essayez de vous occuper en attendant que ça finisse. J'aurais eu le temps d'écrire une thèse sur les petites sœurs casse-pieds, avec bibliographie et cent pages de notes. Finalement, après m'être limé une vingtaine d'ongles et avoir lu *Vogue* de la première à la dernière page, deux fois, je me faufile vers la porte de sa chambre et je colle l'oreille au panneau. J'entends mon fléau de petite sœur demander :

— Alors, tu l'aimes bien ? Style, tu l'aimes bien-*bien* ?

— J'ai une petite amie.

— Mais elle est mieux, hein, plus mignonne ?

— C'est toi qui es plus mignonne.

— Je suis trop jeune pour toi.

— Tu accepterais de t'installer au fin fond de l'Arkansas ?

Là, je pense qu'il blague.

— Ce serait un plus ?

— Non, c'était juste une blague pourrie. Et ta sœur a plus de plus que je ne saurais les compter, dont le plus merveilleux est qu'elle est rigoureusement folle de toi.

— D'accord, mais tu l'aimes vraiment bien-bien ?

Je fonce dans sa chambre comme un boulet de canon et je les découvre en train de jouer aux cartes dans le fort qu'ils ont construit avec des trucs que Nicole interdit formellement d'utiliser pour cet usage. Loin de s'excuser, Andrew me distribue des cartes et me flanque une branlée à la dame de pique.

Finalement, Jade me demande (non, en réalité, elle m'ordonne) de leur préparer à dîner. Des *capellini all'arrabbiata*, et ne gâche pas tout, hein : *al dente*. Andrew dit qu'il se sent offensé que Jade n'ait pas deviné que, côté cuisine, je ne fais pas le poids à côté de lui. Et il se met en devoir de me le démontrer.

Il parachève notre succulent festin à l'aide d'une montagne de parmesan quand son nouvel iPhone se met à sonner. La sonnerie ressemble de façon suspecte à une chanson de Lady Gaga. Avant que j'aie le temps de lui ôter un point de virilité, il m'assure que c'est la chanson spéciale de Carmen. Donc je lui ôte douze points.

Je l'observe aussi discrètement que j'ai observé tout le reste tandis qu'il écoute un délire à peine audible à l'autre bout de la ligne. Est-il amoureux d'elle ? C'est à ça que ressemble l'amour ? Je ne sais pas, mais ce n'est pas comme ça que j'ai envie d'être aimée. D'un autre côté, qu'est-ce que j'y connais ?

J'éprouve un pincement désagréable quand je l'entends s'engager à être « à la maison » dans vingt minutes.

— Je croyais qu'elle travaillait, mais elle est rentrée me préparer un dîner surprise. Désolé de, euh, ne pas rester, mais je dois filer.

Il n'a pas l'air assez désolé pour moi, absolument pas. On dirait qu'il a hâte d'être « à la maison ».

Il remercie Jade pour son hospitalité et l'embrasse en la serrant très fort dans ses bras. Je le raccompagne en bas, dans la rue, et le regarde reprendre sa voiture.

— Qu'est-ce que tu fais demain ? lui demandé-je tout à coup en me penchant par la vitre.

— Ce que tu veux.

Il me sourit comme s'il se demandait pourquoi j'ai mis tant de temps à lui poser la question.

Et voilà. C'est aussi simple que ça. J'ai un nouvel ami.

— On se retrouve à 8 h 30, au coin de la Cinquième Avenue et de la Cinquante-septième Rue, réponds-je. Ne prends pas de petit déjeuner avant.

Il se penche par la vitre ouverte et m'embrasse impulsivement sur la joue. Puis il s'éloigne sur sa tondeuse à gazon modèle géant.

Plus tard, en allant me coucher, je pense à mon père. À la façon dont il venait me border, le soir avant mon anniversaire, et me parlait de tous les endroits où il allait m'emmener le lendemain. Il omettait toujours le meilleur pour me faire la surprise.

Et je m'endors en pleurant.

8

Sloane

Je me réveille baignée de sueur glacée. Je ne suis pas prête pour cette journée. Je voudrais dormir, dormir, dormir jusqu'à ce qu'elle soit passée. C'est aujourd'hui qu'a lieu la cérémonie du souvenir, sauf que pour moi, c'est comme si Bill était mort la veille. J'aurais préféré rester à rêver de Maggie plutôt qu'affronter un monde où des choses comme l'accident de Bill peuvent se produire.

Je suis sûre qu'elle éprouve la même chose au sujet de son père, lui aussi disparu.

Le ciel commence juste à s'éclaircir, annonçant le lever du soleil. Je me lève d'un bond et fonce au rez-de-chaussée en pyjama, espérant saisir papa au vol avant qu'il aille courir. Il est sur le perron, en train de lacer ses chaussures de sport.

Je m'assieds à côté de lui et pose ma tête sur son épaule. Il sourit, heureux de cette marque d'affection, mais aussi conscient qu'il y a un truc qui cloche. L'une des choses que j'aime chez lui, c'est qu'il me laisse le temps de vider mon sac. Il se contente de me déposer un baiser sur le haut du crâne, et me regarde patiemment en attendant que je dise...

— J'ai fait un rêve affreux, et ce n'est pas la première fois. On habite à Manhattan, et tu es mort. Je veux dire, tu ne meurs pas dans le rêve ; tu es mort depuis des années. Cette nuit, dans mon rêve, c'était la veille de mon anniversaire, j'étais au lit, je repensais à toi et à toutes les choses qu'on avait faites ensemble, et tu me manquais terriblement. Ça paraissait tellement réel... Quand je me suis réveillée, tu me manquais encore.

Il me regarde dans les yeux. Je vois qu'il fait tout ce qu'il peut pour avoir l'air calme et pas impressionné du tout. Moi, si ma fille devait un jour me raconter qu'elle a un rêve récurrent dans lequel je suis morte, je crois que ça me ferait quelque chose.

— Je suis désolé, sauterelle, dit-il en me serrant tout fort contre lui. Tu le fais souvent, ce rêve ?

Je ne réponds pas, je me contente de me cramponner à lui, incrustée au creux de son épaule. Il y a un trou dans la manche de son sweat-shirt. Je mets le doigt dedans.

— Des tas de fois ? insiste-t-il.

— Pourquoi ? Ce serait mauvais signe ? Je veux dire, ce n'est pas toujours triste.

— Alors, c'est comment ?

Je le serre un peu plus fort, et puis je le lâche.

— Je ne peux pas en parler ce matin. Il faut que j'écrive mon truc sur Bill. Tu viendras, hein ?

— Tu sais bien que oui. Et demain, c'est ton anniversaire, et je serai encore là. Pas question que je m'en aille.

Mais un jour, évidemment, un jour, il s'en ira. Comme Bill. Comme tous ceux qu'on aime, à moins qu'on ne parte avant eux. La seule chose que j'ai en moi et que les autres n'ont pas c'est Maggie. Comment ce sera, le jour où je cesserai de rêver d'elle, de sa petite sœur et de ce chien grognon ? Et puis la pensée qui est la voiture-balai de cet enchaînement d'idées : il se pourrait qu'un jour Maggie s'endorme et que j'aie tout simplement disparu, avec tout ce qui m'entoure, et qu'elle se mette à faire des rêves normaux, dans sa vie normale à elle. C'est la réflexion la plus dingue qu'un être humain puisse avoir.

Mon seul réconfort : savoir que Maggie y pense aussi.

Je remonte dans ma chambre et ferme la porte derrière moi. Une montagne de feuilles chiffonnées jonche le sol autour de mon bureau. Je jette un coup d'œil à une photo encadrée de Bill, Gordy et moi à la plage, l'été, il y a deux ans. Ce n'est pas une photo posée. Kelly l'a prise au vol alors que nous allions nager. Le dos puissant de Gordy plonge sous une grosse vague comme s'il était un dauphin. Et Bill est juste devant moi, il tourne le dos aux rouleaux pour briser leur force afin qu'ils ne me renversent pas. Je suis de profil, la tête levée vers le soleil, et j'ai un sourire tellement énorme qu'il semble me manger tout le visage.

Je prends l'iPod de Bill (on se le repasse, Gordy et moi, quand il nous manque trop), et j'écoute la dernière playlist que Bill avait faite pour moi. Je l'ai sur mon iPod aussi, bien sûr, mais aujourd'hui, j'ai envie de l'écouter sur le sien. L'une des chansons est de Jabberwocky. C'était la préférée de Bill.

Je m'assieds devant mon ordinateur portable, et je me sens envahie par une vague de détestation de moi familière. Je suis une loque humaine. Une occasion unique m'est donnée de balancer enfin à la face du monde ce que représentent pour moi Bill, sa disparition, mon chagrin, et la solitude dans laquelle la vie peut vous plonger, et je me retrouve en train de traînasser en ruminant cette stupide sortie à quatre, ce soir, au Seahorse. Serait-ce que je n'ai rien à dire sur la seule personne qui connaissait toutes mes constellations ? À moins que je n'aie justement trop à dire.

Comment puis-je seulement effleurer la surface de l'hommage à Bill dans des circonstances pareilles ? Le monde adulte qui dirige le lycée considère que c'est un *moment pédagogique* (le nouveau terme à la mode) : les élèves sont censés apprendre à gérer le chagrin, le deuil et la solitude, rien que ça, en s'asseyant dans les gradins d'un stade de foot pour s'entendre présenter la réalité de la mortalité. Comme si ça pouvait s'enseigner. Ça se ressent, c'est tout. Et je vous jure que personne n'a besoin d'aller s'asseoir dans un stade de foot pour l'éprouver.

Pour couronner la matinée, j'ai franchi aux deux tiers la porte d'entrée quand une grosse voix beugle :

— Hé, Limaçonne !

Tyler ne m'a jamais appelée autrement. Apparemment, il est rentré la veille au soir de son université dans le Vermont.

Je ne me sens pas la force de l'affronter ce matin. Je fais mine de ne pas l'avoir entendu et continue mes petites affaires comme si de rien n'était. Mais l'un des avantages de mesurer un mètre quatre-vingt-treize, c'est qu'on a de très grandes jambes et qu'on rattrape en trois pas les petites femelles comme moi.

— Moi aussi, je suis content de te voir ! fait-il, l'air ravi de se montrer aussi spirituel. Je n'ai pas droit à une bise ?

Je regarde mon frère et je me rends compte que je ne le déteste évidemment pas. C'est un mec bien, il y a de la bonté en lui, et c'est tout le problème ; j'envie l'aisance avec laquelle il mène sa barque dans la vie.

Et je l'embrasse, bien sûr. En y mettant tout mon cœur. Il le sent. Et il me rend mon embrassade.

— Je suis content de te voir. Je voulais vraiment te parler du truc de Bill, aujourd'hui.

De sa poche, il tire quelques feuilles de papier pliées, quatre ou cinq, apparemment. Il les regarde avec nervosité, en secouant la tête.

— J'ai écrit quelque chose, tu vois, comme quoi j'étais plus ou moins le mentor de Billy, et tout ça, tu vois, en tant que quarterback et, plus généralement, pour tous ces trucs de garçons.

— Je suis sûre que c'est éloquent.

Il me regarde un bref instant. Esquisse un petit sourire.

— Ne change jamais, gamine. Je ne te reconnaîtrais pas.

— Désolée. Vraiment désolée. C'est juste que c'est une dure journée.

— Eh bien, c'est pour ça qu'on en discute. Je me demandais s'il ne vaudrait pas mieux que je ne dise rien et que je vous laisse parler, Gordy et toi.

C'est une proposition extrêmement généreuse et délicate, et pourtant il a l'air mal à l'aise. Je crois que c'est la première fois que je le vois mal à l'aise.

— Merci, Ty. C'est vraiment gentil de ta part. Mais Bill était aussi ton ami, et tu mérites de prendre la parole en son honneur.

— Ouais, c'était mon ami. Et on était vraiment proches. Mais pas comme vous deux.

Je manque m'étrangler. Impossible de dire ce qu'il entend par là.

— Billy était quelqu'un de spécial pour toi. Vraiment spécial, je veux dire. Je suis ton frère, et sans être d'une intelligence supérieure, je sais au moins ça.

— Merci, dis-je en rougissant sans raison.

D'accord. Donc, il a compris, ou du moins remarqué qu'entre Bill et moi, il y avait un lien spécial. C'est un fait établi. Pas de quoi piquer un fard pour ça.

Il y a un silence.

— Euh, alors, comment ça va ?

Il est clair qu'il a oublié notre numéro à la Joey dans *Friends*, un petit gimmick que nous étions seuls à comprendre. Alors je réponds :

— Non, comment ça va toi ? en prenant l'accent new-yorkais.

— Non, comment ça va toi ?

Maintenant, il sourit, allégé du fardeau de la gentillesse et libre de plaisanter. Il faut encore dix « comment ça va toi ? » avant que le perdant se fende d'un sourire et que le gagnant – celui qui est resté impassible (la gagnante, en l'occurrence) – ait le droit de donner un coup de poing dans le bras du perdant.

Un coup de klaxon. C'est Gordy, venu me chercher avec sa vieille Land Rover, ce qui est inattendu, et tombe on ne peut mieux. Nous quittons la maison ensemble, Tyler et moi. Gordy et lui font ce truc crétin de garçons qui consiste à se frapper les poings ; ils échangent des blagues crétines de garçons et commentent les résultats sportifs comme les crétins de garçons qu'ils sont. Enfin, juste avant que mon cerveau se liquéfie, je me retrouve seule avec Gordy à naviguer dans les rues.

— Merci d'être passé me chercher.

— Comment tu te sens ?

C'est une question sérieuse. Je hausse les épaules, parce qu'il sait que je ne me sens pas bien du tout. Il opine du chef. Gordy a de beaux yeux clairs, et aujourd'hui, je ne sais pas pourquoi, ils me rappellent le temps où nous avions six ans. Il me regarde, puis il se tourne à nouveau vers la route.

— Je sais que je t'ai dit que tu ne serais pas toute seule là-bas, mais ça t'ennuierait que je ne prenne pas la parole, aujourd'hui ? J'ai écrit mon discours, je l'ai répété je ne sais combien de fois, et chaque fois je fonds en larmes. Je n'y arrive pas, c'est tout.

J'entrecroise mes doigts avec ceux de sa main libre, et je les serre fort.

— On fera comme tu veux. Mais si c'est pour ça, je crois qu'on devrait relire ton texte ensemble. Et peut-être qu'on changera une ligne ou deux.

— J'ai déjà essayé, Sloane.

— Et d'avaler vraiment fort, juste avant d'arriver à l'endroit où tu craques ? Ça marche toujours.

— Ça ne marchera pas. Ça ne marchera pas.

Une grosse larme roule sur sa joue.

Je ne l'ai pas vu pleurer depuis le soir où il a foncé chez moi pour m'annoncer que Bill avait été tué dans un accident de voiture. La police avait prévenu les parents de Bill et son père avait appelé Gordy en sanglotant pour lui demander s'il voulait bien l'annoncer aux amis de Bill. Gordy avait aussitôt sauté dans sa voiture, en larmes, et il était arrivé chez moi à cent cinquante à l'heure pour que je ne l'apprenne pas de quelqu'un d'autre. Voilà le genre de garçon que c'est, Gordy. Et en plus, il est beau. Tout le monde vous le dira.

— Arrête-toi, je dis doucement. Et voyons ce discours.

Il se range sur le bas-côté et me tend un papier. Il l'a plié et replié au moins vingt-cinq fois, et comme c'est écrit au crayon, le texte est quasiment illisible. Je le parcours. Absolument adorable, ça vient vraiment du cœur. Je suis fière qu'il ait eu envie de dire quelque chose d'aussi plein d'émotion devant les autres garçons.

— C'est merveilleux, Gordy. Il faut vraiment que tu le lises toi-même. Alors on va rester ici tous les deux et on va le répéter et le répéter jusqu'à ce que tu sois content de toi. Et tant pis si on rate quelques cours.

Il faut près de huit lectures pour qu'il arrive au bout sans fondre en larmes. Il me remercie pour le truc d'avaler, qui semble l'aider, finalement. Je ne parierais pas qu'il n'éclatera pas en sanglots, mais au moins, il va le lire. Je l'ai peut-être vu pleurer cinq ou six fois. En dehors de ça, il me jure toujours que personne d'autre ne l'a vu en larmes, même pas sa mère. Les garçons sont spéciaux.

On arrive au lycée à temps pour le premier cours. On a juste manqué l'appel. À l'heure du déjeuner, je monte la colline, le cœur battant. Je meurs de honte d'oser seulement penser à vous-savez-qui alors que je ne devrais avoir que Bill en tête. Mais la vérité, c'est que je n'arrive pas à penser à grand-chose d'autre. Non seulement il n'est pas à sa place habituelle sous l'arbre, mais Kelly laisse tomber d'un petit ton indifférent :

— Ne te donne pas la peine de chercher M. ou Mme Porcella. Ils ont tous les deux séché le deuxième cours de ce matin.

Elle a un haussement de sourcils lubrique.

— Tu penses qu'ils font des trucs quelque part au lieu de déjeuner ?

Lila est plus directe.

— J'espère pour elle que oui, ajoute Kelly. Elle a l'air d'en avoir plutôt besoin.

Alors je les engueule de se moquer de mon amie, et je passe le reste du déjeuner à espérer que les filles n'entendent pas mon cœur cogner contre mes côtes. Évidemment qu'ils sont ensemble, Amanda et lui. Pourquoi en serait-il autrement ?

Je fais un effort sur moi-même pour penser à Bill, qui mérite toute mon attention et ma loyauté, aujourd'hui. Je ne réussis qu'à me sentir encore plus mal, parce que je n'y arrive pas. Toutes les cellules de mon corps brûlent de jalousie pour un garçon que je ne connais pas et qui ne m'aime pas. Voilà comment je fonctionne.

Près d'un millier de gens ont eu le temps de remplir les gradins quand j'en suis encore à essayer de dompter mon esprit. Je me sens complètement anesthésiée. Je ne cesse de chercher James du regard. L'équipe de pom-pom girls en uniforme défile à la queue leu leu, Amanda en tête. Pas de James. Pas de James nulle part. Et puis, juste au moment où Gordy se lève pour prendre la parole, en me serrant le genou dans le mouvement...

Je le vois. Il entre, à l'autre bout des gradins, portant dans ses bras Pablo, le chien qu'il a adopté mercredi. Il gravit simplement les marches et trouve une place. Il serre toujours son cabot sur son cœur et lui embrasse la tête comme s'ils étaient seuls au monde.

Perdue dans les dangereux méandres de mon esprit obsédé, je me rends compte tout à coup que Gordy a commencé son discours. Il est au milieu et il me regarde, et moi j'étais concentrée sur Pablo et son maître. Je ne peux pas croire que j'ai laissé Gordy aller aussi loin. Je finis par me reprendre, et me concentre sur son hommage à notre ami mort.

— Je ne peux pas m'empêcher de penser à la vie qu'il avait encore devant lui, à toutes les choses que nous allions être amenés à faire et dont il sera exclu : profiter à nouveau de l'été, recevoir notre diplôme, aller à l'université, tomber amoureux pour de vrai...

Le contact visuel entre nous paraît déclencher quelque chose chez lui, et je vois des larmes rouler sur ses joues. Tout le monde, autour de moi, est profondément ému et touché, et plus Gordy s'efforce de déglutir et de se reprendre, plus l'échange entre la foule et lui s'intensifie. À cet instant, je veux croire que nous sommes encore davantage connectés à la mémoire de Bill. Peut-être que cette cérémonie du souvenir n'est pas une idée aussi horrible que je l'avais cru.

Et puis, tout à coup, il a fini. La foule applaudit Gordy pour lui témoigner sa sympathie, et rendre hommage à Bill. Je me lève et vais à la rencontre de Gordy. Je lui donne la plus énorme des accolades, devant tout le monde. Il me la rend. C'est comme si nous étions tout seuls, alors que tous les regards sont rivés sur nous.

Il retourne s'asseoir. Et me voilà plantée devant le micro.

— Je n'ai pas écrit de texte. Comme beaucoup d'entre nous, j'adorais, j'adore tellement Bill qu'il n'y a pas de mots pour le dire. Permettez-moi de partager une seule histoire avec vous.

Je parcours la foule du regard, et je vois ma famille dans son coin. Mon père, avec son regard calme, venu me soutenir. Ma mère, les larmes aux yeux, ce qui me touche tellement que pour un peu je me mettrais à pleurer aussi. Tyler est là, et même son sourire standard, affolant, paraît m'être destiné, pour une fois. Il tient Max par la main. Je me souviens combien Max adorait Bill, et je me demande si cette histoire de morpions qu'il m'accuse d'avoir n'aurait pas quelque chose à voir avec sa disparition. Bill jouait toujours avec lui, il lui apportait des bonbons, et, chose plus importante, il lui parlait d'égal à égal. Max a l'air dévasté et perdu, sa menotte dans la grosse patte de Tyler. Et puis je croise le regard de mon petit frère, et je me sens pleine d'amour pour lui.

— Il y a une chose que je voulais comme je n'avais jamais rien voulu à ce point-là. Comme je n'ai jamais rien voulu depuis. Il y avait une bonne raison au fait que je ne puisse l'obtenir. Et j'étais inconsolable. Je pleurais. Je pensais que j'étais la personne la plus malheureuse, la plus malchanceuse de la planète, et que ça ne s'arrangerait jamais. J'essayais de le cacher à ma famille, à mes amies, à Gordy. Mais je ne pouvais pas le cacher à Bill.

« Alors, Bill m'a serrée dans ses bras. Il m'a soutenue. Nous sommes restés ainsi sans parler pendant ce qui m'a paru durer une journée et demie. Et quand il a pensé que j'arriverais à l'entendre, il m'a dit qu'il était important de m'autoriser à me sentir mal aussi longtemps que je voudrais. Mais qu'il était aussi important de penser à la chance que j'avais d'avoir eu tout ce qui m'avait rendue heureuse dans ma vie. Et de savoir que j'éprouverais à nouveau ce bonheur, un jour.

« Alors j'ai essayé. Et je me suis cramponnée à la chance que j'avais d'avoir Bill dans ma vie. Et puis il est mort. Alors j'ai repensé à ce jour où il m'avait serrée sur son cœur, et je me suis rendu compte que je l'avais encore pour me cramponner à lui, et que je l'aurai toujours. »

Me sentant vidée, me disant que j'aurais dû faire mieux, je baisse la tête, et je regarde vers les gradins dans un silence absolu. Tout à coup, il y a un vrai tonnerre d'applaudissements et, je ne saurais dire comment, mon regard tombe sur James. Il a ce vilain chien moche comme tout sur les genoux, et il me rend mon sourire.

Je ne sais pourquoi, ça me réconforte. Ma mère me serre dans ses bras, Tyler me dit que j'ai « déchiré grave », Max me contemple avec de grands yeux admiratifs, et mon père attend son tour pour me donner une accolade chaleureuse...

Et pendant tout ce temps, je ne peux détacher mes pensées de James.

Ils sont déjà là, Amanda et lui, quand j'arrive, avec Gordy, au Seahorse. Le Poney, comme tout le monde l'appelle familièrement – *seahorse* voulant dire « hippocampe », ou « cheval de mer » –, se trouve dans le parking de la marina. On y mange les meilleurs burgers de la ville, et quand j'étais petite j'adorais leurs tartelettes vertes à la menthe, que j'appelais « tartes à la sauterelle », et la borne d'arcade Miss Pac-Man. Ce soir, Amanda et James sont installés dans un box près de l'aquarium et se dévorent du regard.

Amanda dit une chose qui le fait rire et je lève les yeux au ciel. Ce qu'un type ne ferait pas pour coucher ! Depuis toutes les années que je la connais, Amanda n'a pas articulé une phrase drôle. D'accord, il est moins important d'avoir de l'humour que d'être une fille bien, jolie et intelligente (bon, ça, peut-être). Mais pour moi, ça compte, et je me projette. Et du coup, tous les espoirs que je fondais sur l'espèce de lien personnel promis par ce sourire s'évaporent complètement. Peut-être que c'est juste un garçon comme il y en a tant.

Nous nous asseyons. Amanda se lève d'un bond et m'embrasse, ce qui me paraît au premier abord hypocrite et uniquement destiné à James, avant de réaliser que nous ne nous sommes pas vues depuis que j'ai prononcé mon discours. C'est une fille bien, Amanda Porcella. Sans les regarder, j'entends Gordy et James échanger des grognements amicaux. Je reprends mes esprits, lève les yeux, et croise le regard de James.

— J'ai beaucoup aimé ce que vous avez dit aujourd'hui. Tous les deux.

Il a dit « tous les deux », mais c'est à moi qu'il s'adresse.

— Bill devait vraiment être quelqu'un de bien pour avoir des amis qui l'aimaient tant. Pardon, qui l'aiment tant, comme vous l'avez dit vous-mêmes.

— Merci.

C'est tout ce que je trouve à répondre. Décidément, je me surpasse.

Immédiatement, Gordy se lance sur l'équipe des Celtics et les playoffs, rituel sacré auquel Gordy est persuadé que tous les hommes sacrifient. Il est sur le point de faire le bide du siècle auprès d'un type qui est bien trop intéressant pour consacrer deux minutes de sa précieuse existence à de telles futilités. Il y a gros à parier que James préférerait discuter du jeu de décapitation de la tradition celtique, comme dans *Sire Gauvain et le chevalier vert,* plutôt que des playoffs de basket.

Chose stupéfiante, James en connaît un rayon sur la question. Plus que Gordy, même, qu'il abreuve de détails fastidieux sur les membres de l'équipe, où ils sont allés à l'école, le nombre de passes décisives et de rebonds qui figurent au palmarès de chacun. Cet individu est une énigme vivante.

Je cite :

— KG a semé la terreur sur le parquet en enchaînant les dunks, les assists et les tirs en switch. Il a quatre poumons, ce mec.

Et Gordy de hocher la tête, comme si c'était un langage intelligible.

On est en plein show NBA quand Amanda passe son bras sous celui de James et pose sa tête sur son épaule. Normalement, je trouverais une telle démonstration d'affection en public soit attendrissante, soit à gerber, selon le couple. Mais là, il est clair qu'elle fait simplement acte de possession. Instantanément, ça me rappelle la façon dont Carmen a embrassé Andrew, au déjeuner.

Pourquoi Amanda se donne-t-elle cette peine ? D'accord, c'est agréable, et il ne faut probablement pas chercher plus loin. À moins que mon attirance pour lui ne se voie, que je me ridiculise en bavant devant son petit ami, et qu'elle fasse juste, de manière instinctive, ce que les filles font en pareil cas.

Comment ai-je pu penser une seconde que ce serait une bonne idée ? Quand est-ce que ça va finir ? Je jette un coup d'œil vers la porte. Quand je regarde à nouveau vers lui, il me dévisage. Encore.

— Que lis-tu en ce moment ? demande-t-il.

Et pas pour faire la conversation. Comme si ça l'intéressait vraiment.

— *Decoded.* L'autobiographie de Jay-Z.

Il hoche la tête.

— Je l'ai lu. Je regrette qu'il ne se soit pas davantage étendu sur ses années de délinquance au lieu de se justifier de continuer à faire le hold-up en rappant, dit-il.

Amanda y va de son grain de sel :

— Ils forment un couple tellement mignon, Beyoncé et lui. Et la petite Blue Ivy... Une vraie princesse du hip-hop.

— Ce qui me déçoit, réponds-je en le regardant, c'est que jusque-là, il ne dit rien de personnel sur Biggie[1], juste qu'il porte encore sa chaîne de platine avec le médaillon de Jésus chaque fois qu'il enregistre.

— Je pense qu'il pouvait avouer son amour pour Biggie et se dispenser de fournir des détails croustillants pour vendre des livres.

Puis il a un sourire vraiment craquant en ajoutant :

— Un peu comme toi aujourd'hui. Tu n'avais pas besoin de dire quelle était la chose que tu voulais si fort. Il nous suffisait de savoir que tu l'aimais et qu'il t'a réconfortée. J'ai trouvé ça vraiment cool.

J'ai l'impression que mon cœur va éclater. Je pense que jamais un compliment ne m'a fait aussi chaud au cœur. Il a entendu ce que j'ai dit sur Bill exactement comme

1. The Notorious B.I.G, de son vrai nom Christopher Wallace (1972-1997), rappeur East Coast mythique. (*N.d.É.*)

je voulais que ce soit compris. Et du coup, je me sens comprise, moi aussi.

À ce moment-là, nos compagnons, ennuyés à mort par le monde du hip-hop, discutent de leur côté d'une bagarre qui a éclaté au gymnase, dans le vestiaire des filles.

Nous passons les deux heures suivantes à parler presque uniquement tous les deux. Nous avons beaucoup de points communs. Il est davantage branché politique. Je suis plus férue d'histoire. Il joue de la guitare flamenco. J'adorerais sortir avec un garçon qui joue de la guitare flamenco. Il aime les animaux. J'apprends qu'il a séché les cours, aujourd'hui, parce qu'il voulait que Pablo s'adapte bien à sa nouvelle maison. Nous sommes tous les deux de grands fans de cinéma. Quand il habitait San Francisco, il pouvait aller voir tous les films indépendants que je suis obligée de me faire mettre de côté par Derek, de Mystic Video. Il aime les grands films d'action et les effets spéciaux, que je ne supporte pas, mais on adore tous les deux les comédies débiles.

Le grand sujet semble être les voyages. Parce qu'il en a beaucoup fait, et moi pas. Pas encore. J'insiste pour qu'il me raconte par le menu tout ce qu'il a vu et fait en France, en Chine, en Écosse, et même en Afrique de l'Est.

Je me sens totalement détendue. Je pensais, en arrivant, que je n'arriverais pas à avaler une bouchée. Mais j'ai englouti mon hamburger sans même m'en rendre compte, et Gordy m'essuie gentiment une traînée de ketchup sur la joue. J'interroge James sur le safari qu'il a fait avec son père. Normalement, le fait de m'être barbouillée de ketchup aurait dû me rendre hystérique tellement j'aurais été gênée, mais là je m'amuse beaucoup trop pour m'en soucier.

Quand nous avons tous fini nos tartes vertes à la menthe et payé l'addition, j'ai un pincement au cœur. Je me sens comme Cendrillon après le bal. Je peux avoir avec lui une conversation qui le captive pendant tout un dîner, mais c'est une fille comme Amanda qui a son cœur. Nous nous disons au revoir, je le regarde s'éloigner avec elle vers sa voiture et j'ai envie de pleurer.

En me ramenant chez moi, Gordy voit bien que je suis triste. Évidemment, il pense que c'est à cause de Bill. Il fait de son mieux pour me remonter le moral, ce qui consiste essentiellement à se moquer de moi jusqu'à me faire rire. Il me dit que je ressemble à Tiller, son labrador, le jour où il avait avalé une balle de tennis. Je vérifie en me regardant dans le rétroviseur. Il n'a pas tort.

Gordy me promet que nous fêterons mon anniversaire et celui de Bill demain. Et il m'assure que ce ne sera pas glauque. J'ai vraiment de la chance d'avoir Gordy.

Cette nuit-là, je me tourne et me retourne dans mon lit en inventant des scénarios dans lesquels j'arrive à revoir James comme ce soir. Je finis par me rendre compte que je ne réussis qu'à me torturer. Parce que même si je pouvais dîner avec lui comme ça tous les soirs, chaque moment recèlerait le crève-cœur de savoir que j'en veux davantage.

Et, bien sûr, il y a la malédiction ultime. Maggie est la seule à pouvoir rêver de lui.

9

Maggie

Je regarde la fille dans la vitrine. Les cheveux relevés sur le haut de la tête, d'énormes lunettes noires, elle déguste un café et une viennoiserie parmi une profusion de diamants et d'émeraudes qui ferait une belle rançon pour un émir. Elle prend son petit déjeuner chez Tiffany, le célèbre joaillier. Une fois par an, le jour de mon anniversaire, je suis Holly Golightly[1]. Le temps d'un petit déjeuner, au moins.

Un reflet apparaît auprès du mien et, sans me retourner, je dis :

— *Eu acredito que você está na liga com o carniceiro.*

Du tac au tac, il traduit :

— Je crois que vous êtes de mèche avec le boucher.

Étudiant en cinéma ou non, le fait qu'il connaisse suffisamment mon film préféré pour avoir mémorisé cette réplique ne peut vouloir dire qu'une chose : ça va être une bonne journée.

J'indique à Andrew le trottoir. Son petit déjeuner est arrivé : un croissant aux amandes joliment emballé et un grand café. J'avais remarqué, au déjeuner, qu'il le prend

1. Personnage principal de *Petit déjeuner chez Tiffany*, une nouvelle de Truman Capote. Audrey Hepburn incarne Holly Golightly dans l'adaptation cinématographique, *Diamants sur canapé*. (*N.d.É.*)

avec de la crème et pas de sucre. Il reste planté à côté de moi et commence à manger. Nous restons ainsi, sans parler, pendant un moment.

— Tu penses que si je t'offrais une bague trouvée dans un sachet de pop-corn, ils la graveraient pour nous ?

C'est ce qui se passe dans le film, et c'est extrêmement romantique.

— Non. Tu comprends, c'était un film. Et ça, c'est Tiffany. L'acteur ne travaillait pas là pour de vrai. Ni nulle part ailleurs, hélas…

Je me retourne vers lui.

— Mais merci de connaître ce film, et de l'aimer.

— Tout le plaisir est pour moi.

— Je t'emmène en promenade dans New York, aujourd'hui. Visiter des endroits où on a tourné des films, ou qu'on a reconstitués en studio de façon crédible.

— Terrible ! Une raison particulière ?

— Oui. On y va ?

— Dès que tu m'auras dit quelle est ta scène préférée, et pourquoi.

— Toi d'abord.

— J'aime beaucoup la fin. Ils sont debout sous la pluie dans une ruelle, ils viennent de retrouver son chat perdu, et ils font trois choses en même temps, ils s'enlacent et ils pleurent, bien que certains cyniques aient suggéré que ce qui ruisselait sur le visage de Cat n'était pas des larmes mais des gouttes de pluie.

— Tu ne m'as pas dit pourquoi.

— Parce que j'ai vu le film quand j'avais seize ans, et que cette scène était la synthèse de tout ce qu'il y avait de plus romantique à mes yeux. Un jour, je trouverais une femme qui me laisserait courir après son chat perdu et me serrerait dans ses bras comme ça, sous une pluie battante.

Il est tellement authentique et désarmé que j'ai honte de mon silence calculateur.

— À ton tour, insiste-t-il.

— À vrai dire, j'essaie de décider quelle scène choisir, sur la base de ce que tu veux savoir de moi.

— Parfait.

— J'aime bien la scène où elle reçoit le télégramme du riche Brésilien qui la laisse tomber. Elle dévaste son appartement dans une crise de rage hystérique, et décide d'utiliser quand même son billet gratuit parfaitement valable pour aller à Rio.

Je le regarde réfléchir, puis je demande :

— Qu'est-ce que ça t'apprend sur moi ?

— Ça me dit que tu as eu le cœur brisé une fois, et que tu n'as pas oublié.

— En réalité, je n'ai jamais eu le cœur brisé, mais en la regardant jouer, je me suis dit : « Alors, voilà ce que ça fait. » Et je me suis demandé comment je gérerais ça quand ça m'arriverait.

— Ah bon. Et tu géreras comment ?

— Je filerai à Rio.

— Non, tu ne feras pas ça. Tu n'es pas du genre à fuir tes problèmes.

— Tu as beaucoup à apprendre sur moi, et ça pourrait prendre un moment.

Je passe mon bras sous le sien et l'emmène, mon compagnon pour cette journée, l'unique journée de l'année que je ne supporte pas d'affronter seule.

Nous entrons chez FAO Schwarz, le grand magasin de jouets, et je fais un numéro de claquettes sur ce merveilleux clavier de piano. Grâce à mon entraînement de danseuse, j'arrive à improviser un petit air appelé « Chopsticks ». Ce qui n'est pas aussi facile que ça en a l'air dans *Big*, avec Tom Hanks.

Devant le Plaza, il chante « Memories », la chanson de *Nos plus belles années*. Vous savez bien :

Memories
Light the corners of my mind

Misty watercolor memories
Of the way we were[1].

Il a une voix étonnamment douce, et il chante en me regardant comme si j'étais Robert Redford, et que c'était notre dernière chance de trouver l'amour, le vrai, ensemble. Nous provoquons un petit attroupement. Quelque part, à une trentaine de secondes de la fin, j'ai peur qu'il aille jusqu'au bout de son rôle et qu'il tente de m'embrasser. En tant qu'actrice qui a embrassé des dizaines de garçons (pour les besoins de mes rôles, pas parce que je suis une fille facile), je ne vois pas ce que cela devrait avoir de terrifiant. Mais il ne va pas jusque-là. Une gamine de douze ans, dans la foule, lance : « Embrasse-la ! », comme si c'était important pour elle. Mignon.

Nous traversons la Cinquante-neuvième Rue pour entrer dans Central Park, alors évidemment j'enlève mes chaussures en hommage à un autre film de Redford, *Pieds nus dans le parc.*

— C'est à toi qu'ils auraient dû donner le rôle, dit-il. Jane Fonda est une vraie casse-couilles.

— Tu as vu comment elle était sexy, à l'époque ?

— Difficile de le rater. Elle était sensationnelle. Mais être une bombe, ce n'est pas le plus important.

— Carmen est canon.

— Oui. Mais ce n'est pas pour ça que nous sommes ensemble. Tu as tant à découvrir sur moi que ça pourrait prendre un moment.

Nous sommes allongés sur l'herbe dans Sheep Meadow, indifférents aux touristes qui lézardent au soleil. Je voudrais le faire parler de Carmen, mais il n'en a pas envie. Il pianote sur sa poitrine en fredonnant un petit air ringard qui l'obsède en ce moment. Décidément, je n'arrive pas à comprendre sa passion pour la musique d'ascenseur des années 1970.

---

1. « Les souvenirs / Éclairent les recoins de mon esprit / Les souvenirs, aquarelles brumeuses / De ce que nous étions. » (*N.d.T.*)

Je lui raconte que je suis pressentie pour le quatrième rôle du pilote d'*Insinuations*, dans l'espoir qu'il pourrait être de bon conseil. Mon agent, Cindy, n'est pas encore au courant, et de toute manière, elle se fait toujours une telle fête de tout que nous n'avons pas de véritable échange. Quant à en parler à Nicole, ça m'obligerait à supporter ses conseils en matière de coiffure et de tenue vestimentaire plus inutiles les uns que les autres pour obtenir le rôle. Mes amis ont tous des projets professionnels personnels, et la jalousie n'y est pas étrangère.

Et d'ailleurs, je me fie à Andrew pour me dire la vérité. Ce qu'il fait, malheureusement.

— J'espère que tu ne le décrocheras pas.

— Pardon ?

— Tu vas me manquer.

Je n'ai pas encore réfléchi au fait que le film a quatre-vingt-dix pour cent de chances d'être tourné à Los Angeles. Ce qui signifie : m'installer seule là-bas, sans Nicole, et donc sans Jade.

Sloane a hâte d'aller à Columbia, de quitter le nid familial et de se retrouver seule. Seule, je l'ai déjà été. Mais pas comme je le serais à Los Angeles. Je n'y ai jamais mis les pieds, mais je me représente l'endroit comme bourré de gens superficiels, envahissants, et en compétition perpétuelle, au moins dans mon métier. Il y a longtemps que je ne me suis sentie aussi petite et vulnérable.

— Alors tu as intérêt à donner mon numéro de portable à ta mère, pour la prochaine fois où Jade aura besoin qu'on la récupère quelque part au bord d'un trottoir…

Andrew a l'air de regretter sa phrase à l'instant où il referme la bouche. Je me contente de le regarder.

— Quoi ? demande-t-il.

— Je suis juste assise ici à avoir peur. Comme une petite gamine qui pense à fuguer pour suivre le cirque.

— D'accord, m'dame. Décortiquons le problème. Quelles sont tes chances de décrocher le rôle ?

Je pousse un profond soupir. Une question futée pour un début.

— Inférieures à zéro.

— Quel âge as-tu ?

— Je viens d'avoir dix-sept ans.

Il a un doux sourire.

— C'est normal d'avoir un peu peur. Il y a deux ans, j'étais un peu terrorisé à l'idée de venir à New York pour aller à l'université, et là-bas, tu n'auras même pas la structure éducative. Mais si tu décroches le rôle, il faudrait que tu sois absolument cliniquement dingue pour refuser cette chance. Fais tout ce qui est en ton pouvoir pour réussir.

— Vraiment tout ?

— À quoi penses-tu ? À coucher pour y arriver ?

Je ne réponds pas.

— Voilà un conseil que je sais être vrai. Pas de promotion canapé pour toi. Jamais.

Nous allons vers le sud en passant par Times Square. Andrew s'avance devant un taxi qui ne s'arrête pas tout à fait et il flanque un coup de poing sur l'avant du capot. Je sais exactement ce qu'il mijote avant même qu'il nous fasse un numéro à la Ratso Rizzo en s'écriant : « Je marche ici ! Je marche ici ! » Dustin Hoffman aurait dû décrocher l'oscar pour *Macadam Cowboy*. En réalité, il aurait dû le remporter pour la moitié des films qu'il a tournés.

Du haut de l'Empire State Building, où Cary Grant attendait en vain le grand amour dans *Elle et lui*, nous observons la ville. Nous regardons par les jumelles à fort grossissement. Quand j'étais petite, elles m'obsédaient. J'imaginais qu'on pouvait zoomer partout dans la ville, plonger par les fenêtres dans les vies des gens, et scruter un moment dans le temps.

— Nous avions l'habitude de faire ça tous les ans, mon père et moi. Passer la journée ensemble, à visiter les endroits qui avaient servi de décor aux films. Depuis qu'il est mort, je ne l'ai jamais fait seule. Alors merci, ajouté-je sans le regarder.

— Je suis vraiment désolé.

Je sens son regard posé sur moi.

— C'était un être brillant, intuitif et aimant.

Je me tourne vers lui avant de poursuivre :

— Il allait à Chicago en avion, et il a fait un infarctus en traversant le terminal. Il est mort avant d'arriver à destination. Il n'a pas souffert. C'était aussi bien pour lui. Il n'a pas eu peur. Pas de regrets.

Je dois avoir l'air affreusement triste, parce que Andrew me souffle :

— Mais il n'a pas eu l'occasion de te dire au revoir.

Je secoue la tête. Non. Et je me mets à pleurer. Il m'entoure de ses bras et je me laisse faire.

— C'est lui qui m'a emmenée voir mon premier film. Tout ce que j'ai fait en premier, c'est avec lui que je l'ai fait. Et quand Nicole s'est opposée à l'idée que je puisse être actrice, il l'a vraiment engueulée. Il a dit que ce n'était pas seulement grossier et décourageant, que c'était aussi une preuve d'ignorance. Il était absolument persuadé que je pouvais réussir.

— Je pense juste à ce qui arriverait si mon père traitait un jour ma mère d'inculte.

— Eh bien, que se passerait-il ?

— Elle lui botterait le cul.

— C'est lui qui m'a appris à inventer des histoires sur les passants. Il gagnait sa vie en écrivant des histoires, et il disait toujours qu'elles étaient un moyen de se dissimuler tout en révélant les autres, mais qu'en réalité on ne faisait que se révéler soi-même. Alors, on décortiquait les histoires qu'on inventait et on réfléchissait à ce qu'elles disaient sur nous.

— Maintenant, ça fait deux personnes qui racontent de meilleures histoires que moi.

— Au moins.

Andrew a réussi à me faire sourire, ce qui était évidemment son plan maléfique depuis que je m'étais mise à pleurer.

— Merci de m'avoir parlé de ton père. J'aurais bien voulu le rencontrer.

— Je ne parle jamais de lui. Je pense que tu es la première personne avec qui je fais ça, en dehors de ma psy.

Il secoue la tête.

— De toutes les personnes que j'ai rencontrées dans ma vie, tu es bien celle qui a le moins besoin d'un psy.

— Eh bien, comme je disais, tu as encore beaucoup à apprendre sur moi. Je détesterais avoir l'air de ne pas te faire confiance, ou me montrer inamicale, je te dirai juste que j'ai commencé à la voir à la mort de mon père. Maintenant, nous nous contentons fondamentalement de parler de mes rêves.

Un peu plus d'une heure après, nous sommes sur le pont du Staten Island Ferry. Le soleil vient de se coucher, et l'eau est violette. Là, je l'ai collé. Je lui souffle *Working Girl.* Il hoche la tête, comme si ça lui disait vaguement quelque chose. J'essaie de l'aider...

— Alec Baldwin demande : « Tess, voulez-vous m'épouser ? » et Melanie Griffith répond : « Peut-être. » Il insiste : « Vous appelez ça une réponse ? » Et elle de rétorquer : « Si vous voulez une autre réponse, adressez-vous à une autre fille. »

— Waouh. Super réplique. Je la replacerai.

— Je t'en prie. Et donc, la journée ne devrait pas être complètement perdue.

— La journée ne fait que commencer.

J'aime la complicité et la promesse d'amusement induite par sa suggestion. Mais je suis vraiment excitée de voir Thomas.

— Pas pour moi. Ce soir, j'ai un rendez-vous.

Il me regarde droit dans les yeux.

— Annule-le, et j'annule le mien.

— C'est à propos de la série. J'ai rendez-vous avec le directeur de casting.

Je vois une lueur briller dans son regard. Cette fois, il sourit à contrecœur.

— Tant qu'il n'y a pas de canapé…

Je réfléchis. Me retrouver sur un canapé avec Thomas et ce qu'il pourrait vouloir y faire. Et ce que je pourrais, moi, vouloir y faire. Et comment toute cette histoire de canapé pourrait affecter ou non mes chances pour *Insinuations.*

— Eh bien...

J'ai assurément réussi à capter son attention.

— Le directeur de casting est plutôt vieux. Au moins vingt-cinq ans. Et il veut sortir avec moi. Il me l'a dit. Il a joué cartes sur table. Et il m'a assuré que ça n'interférerait pas avec mes chances d'auditionner pour le rôle. Et il a d'autres projets qui paraissent faits pour moi. Et, bien sûr, le fait que j'accepte ou non de le voir n'y changera rien.

— Tu es attirée par lui ?

— Très.

J'essaie de voir s'il a l'air déçu, mais dans la lumière déclinante son expression est difficile à déchiffrer.

— Je suis navré de te dire que tu connais déjà la réponse à ta question. Si tu noues une relation avec ce type, et par là je n'entends pas le faire marcher en lui donnant un bisou avant de lui souhaiter bonne nuit, mais coucher avec lui, il t'offrira la possibilité d'auditionner pour le rôle. Et tu continueras à coucher avec lui. Et ça ne fera pas de lui quelqu'un de mauvais. Et ça ne fera pas de toi une opportuniste. Et je ne veux pas que tu fasses ça.

— Ce qui est trop nul, c'est que s'il avait été seulement avocat ou je ne sais quoi, ça aurait pu m'intéresser de sortir avec lui. Il n'a pas encore prouvé qu'il avait le sens de l'humour, et c'est plus ou moins la dernière épreuve. Mais étant ce qu'il est, je m'interroge : et si je sortais avec lui pour les mauvaises raisons ? Tu vois ce que je veux dire ?

— Ouais, je vois ce que tu veux dire. Mais je pense que tu devrais absolument avoir davantage confiance en toi. Si ce gars est fait pour toi, ne laisse pas son boulot se dresser en travers de ton chemin. En fait, ne laisse rien se dresser en travers de ton chemin.

Puis il ajoute :

— Trouve le bon. Celui à qui tu appartiendras. C'est la chose la plus importante au monde.

— Aujourd'hui, c'est mon anniversaire, lui dis-je. Mon dix-septième anniversaire.

— Pas possible ? Ton anniversaire, vraiment ?

— Toute la journée.

J'ai vraiment le sens de la formule.

— Annule cette stupide affaire de casting et laisse-moi t'emmener chez Katz, t'offrir une tarte à la mode et un orgasme simulé.

J'éclate de rire. C'est la scène préférée de tout le monde dans *Quand Harry rencontre Sally*. Je me demande combien d'orgasmes simulés ces pauvres serveuses doivent subir tous les soirs. Je me demande à quoi ça ressemblerait de simuler un orgasme avec lui.

Plus tard, en jetant un coup d'œil dans ma penderie, je me rends compte que je n'ai pas idée de l'endroit où Thomas va m'emmener dîner. Gros problème. J'ai beau lui envoyer un texto, l'appeler. *Nada*. Bon, je pourrais choisir une tenue passe-partout, mais qu'est-ce que ça peut bien vouloir dire ? Et quoi de plus gênant ? Trop habillée, ou pas assez habillée ? La réponse qui s'impose est trop habillée, parce que pas assez habillée, ça fait celle qui se la joue, style qu'est-ce que j'en ai à fiche de l'opinion des autres. Mon instinct me dit de me mettre sur mon trente et un, et tant pis si je donne l'impression de vouloir en mettre plein la vue. Je plais à ce type, il sait que c'est mon anniversaire, il ne va pas m'emmener à la pizzeria du coin. On commence par une petite robe noire. Petite, jusqu'où ? Peut-être pas si petite que ça. Moulante et courte, ça rajeunit ; ce n'est pas l'effet que je recherche. Moulante et un peu plus longue fait plus sophistiqué, ce qui peut être un piège en soi ; je ne veux pas avoir l'air d'être une gamine qui veut se vieillir. J'opte quand même pour celle-là, parce qu'elle me va mieux. Des talons de dix centimètres ; ceux-là, pas moyen de les cacher, je pars juste du principe qu'on ne va pas au bowling. Je fais un raid dans la boîte à bijoux de Nicole à la recherche d'une parure à la fois cool et qui en jette un peu. Je relève mes cheveux et laisse une mèche vagabonde caresser mon épaule nue.

Je me sens sûre de moi, ce qui me fait penser que ce type ne m'intéresse pas tant que ça. Allons bon, que se passe-t-il ? Je croyais être intéressée. J'avais dit à Andrew que je l'étais. Il m'a même encouragée à l'être. Voilà pourquoi. Je ne veux pas qu'un mâle séduisant me dise d'aller en voir un autre. Ce que je veux vraiment, c'est que tous les mâles séduisants veuillent que je sois à eux. D'accord. C'est très simple. Rien de mal à ça. Je suis juste un peu égocentrique.

Quand il apparaît à ma porte, je résiste à la tentation de courir me changer. Ça ne servirait à rien, à moins de me téléporter dans le placard magique de *Elle.* Je suis sur mon trente et un, et ce n'est pas suffisant, et de loin. Il est carrément en smoking. Et il a aussi fière allure qu'un mannequin pour une pub de Tom Ford. Il fait amende honorable et m'explique qu'après dîner, nous devons assister à une projection privée chez Donna Karan, sur Central Park Ouest, après quoi nous avons une obligation, « une apparition à la soirée d'après ». Apparemment, le film serait aussi projeté en avant-première dans une salle quelque part et, bien que la manifestation soit trop prolo pour les privilégiés que nous sommes, les petites gens s'attendent à ce que nous les honorions de notre présence.

Ses remarques suivantes font clairement apparaître qu'il ne veut pas être catalogué comme un individu impressionné par l'argent, la célébrité et le pouvoir. Ce que je suis, assurément. J'ai des étoiles plein les yeux. Il est probable que parmi ces gens, il y en a des tas qui sont de foutus crétins, et plein d'autres qui sont beaucoup plus agréables et intéressants que les prolos de mon espèce ne veulent bien le penser. J'ai hâte de découvrir ce qu'il en est. Croyez-moi, si j'avais des pantoufles de vair, je les enfilerais à l'instant.

Il me fait monter dans une Lincoln. Rien de cosmique, mais pour moi, c'est un carrosse royal. Tout le long du chemin qui nous emmène au restaurant, il n'arrête pas de me dire que je suis stupéfiante. C'est répétitif, mais je ne m'en lasse pas. Il a l'air de le penser, et de penser aussi que j'ai en quelque sorte dépassé ses espérances. Tout cela m'inspire un plaisir sans mélange.

Nous dînons au Jean-Georges, qui est à distance de marche de chez Donna, et l'un des six meilleurs restaurants de Manhattan. Apparemment, Thomas y vient souvent ; tout le monde le connaît. Ce qui me plaît aussi. J'aime bien me demander si le jour viendra où tout le monde me connaîtra aussi, ici. Assise là avec lui, j'ai l'impression qu'il ne faudrait pas grand-chose pour que ça devienne ma vraie vie. Ce qui n'implique pas le canapé, mais veut dire que je suis prête à travailler très dur pour que les premières et les dîners élégants fassent partie de mon quotidien.

Ce soir, il commande du champagne. Comme s'il lisait dans mes pensées, il me dit en souriant que si on contrôlait mon âge, ce serait bien la première fois que ça arriverait dans cet endroit. Le personnel ne tient pas à ce que les autres clients sachent à quel point la plus belle femme de l'assistance est jeune. De fait, la question ne se pose pas.

Pendant tout le dîner, il se montre d'une distinction irréprochable, ne paraît à aucun moment impatient d'aller à la projection, me consacre toute son attention. J'en viendrais presque à croire qu'il serait ravi de rester assis là, à parler avec moi et à me regarder jusqu'à la fin de ses jours.

Il n'y a jamais un blanc dans la conversation, et pas un instant il n'aborde les questions de travail. Je suis l'unique objet de son empressement. Ma vie, mes goûts, mes aspirations. Il n'a pas encore fait preuve d'humour. Mais il pense que j'en ai. Alors j'essaie d'imaginer à quoi ressemblerait ma vie avec un gars que je ferais rire, mais qui n'arriverait jamais à me faire rire. J'aime bien avoir un public.

À 21 h 45, ils apportent une énorme omelette norvégienne, avec un cierge magique. Je le souffle en souhaitant tout bas que le rencard de Sloane avec James soit aussi parfait que le mien.

Nous faisons à pied les six pâtés de maisons qui nous séparent d'un bâtiment que je reconnais : c'est celui de *Ghostbusters*. Je souris intérieurement en me disant que c'est complètement dans la continuité du thème de ma journée d'anniversaire. Il faut que j'amène Andrew ici, un jour. Je regarde Thomas qui marche à côté de moi ; il est plus grand que dans mes souvenirs. C'est bien. Ses cheveux sont toujours aussi spectaculaires, mais le reste de sa personne s'est comme magiquement élevé à leur niveau. Et c'est encore mieux.

L'appartement est à couper le souffle. Je n'ai jamais vu un endroit aussi raffiné. Des zones envahies de lumière coulent l'une dans l'autre d'une façon très lounge, totalement glamour. Tout est décoré dans une palette noir et blanc, classique, composée de tissus somptueux et de surfaces caressantes. Les baies vitrées s'ouvrent sur des terrasses qui donnent sur le parc. Des gens éblouissants vibrionnent, se mélangent.

On me présente une vingtaine de personnes influentes ; plusieurs dont je connais le nom, et surtout Rosalie Woods, qui est super gentille et me traite comme si j'étais là chez moi. À un moment où nous sommes seules, elle va jusqu'à me confier que Thomas lui a dit que je ferais une merveilleuse Ruby ; elle comprend maintenant pourquoi, et elle a hâte de me voir auditionner pour le rôle. Et puis on nous demande d'aller nous asseoir.

Pendant toute la projection, je suis en proie à un profond trouble. C'est à peine si je vois le film que nous regardons. Une seule chose m'occupe l'esprit : Est-ce que c'est le grand jour ? Est-ce que c'est ma chance ?

Thomas est assis entre Rosalie et moi. Il ne me prend pas la main, ni rien d'aussi ostensible. Nos cuisses s'effleurent occasionnellement ; j'éprouve alors une décharge de chaleur.

À la fin de la projection, au moment de prendre congé, tout le monde me dévisage. Un producteur me donne sa carte, un agent artistique propose que nous déjeunions, Rosalie me serre la main et me dit :

— À bientôt.

C'est excitant, et j'ai l'impression de faire un rêve – comme si je pouvais rêver de ma propre vie.

Avant que nous sortions, je prie Thomas de m'excuser un instant pour aller faire un petit tour aux toilettes. En cours de route, je tombe sur l'une des actrices du film, elle est superbe, magnifique. Je commence à la complimenter pour son jeu lorsqu'elle me foudroie du regard et m'interrompt d'un :

— Alors, depuis combien de temps tu connais Thomas ?

Cela sur un ton agressif qui me fait l'effet d'une gifle.

Je marmonne maladroitement que c'est à peine si je le connais et qu'il ne s'intéresse à moi que pour un film en cours de casting.

— Mais bien sûr, fait-elle en me bousculant au passage. Jolies chaussures.

Du coup, je ne sais absolument plus quoi penser de mes chaussures. Et dans la Lincoln qui nous emmène vers l'*after*, je replie mes pieds sous ma robe. Je décide de parler à Thomas de ma rencontre avec la starlette désagréable.

Il y a un instant de silence. Puis il me dit sur un ton un peu trop désinvolte qu'ils sont sortis ensemble.

— Ce n'était pas très important, et c'est fini depuis un moment, mais les actrices sont toujours dans la rivalité. Enfin, il ne faut pas mal le prendre. C'est le genre de petits trucs idiots qui arrivent dans le métier, conclut-il.

Je ne gobe pas trop son histoire. Et tout à coup je me demande si le jeune homme que j'ai vu comme un prince toute la soirée n'est pas, en réalité, un loup dans un joli costume.

Puis il se tourne vers moi :

— Tu sors avec quelqu'un ?

— Non. Et toi ?

— Non. Je t'ai dit que je voulais sortir avec toi. Pourquoi te dirais-je ça si j'avais déjà une compagne ?

Voilà qui est assez direct. Ma confiance en lui restaurée, je me détends. Mais je ne trouve pas mieux à répondre que :

— Bon, puisque je suis là, avec toi, ce soir, pourquoi me poser cette question ?

— Parce que tu n'as pas dit que tu voulais sortir avec moi. Parce qu'il arrive que des femmes passent du temps avec moi parce que j'ai quelque chose à leur proposer, comme la fille que tu viens de rencontrer. Et si c'était la seule raison pour laquelle nous avons passé la soirée ensemble, tu n'as rien dit d'ambigu ou de malhonnête.

— C'est une sacrée déclaration. Qu'est-ce que ça signifie ?

— Ça signifie que j'ai envie de t'embrasser.

Au cours de la nanoseconde suivante, mes pensées filent de : Est-ce que moi j'ai envie de l'embrasser ? Fondamentalement, oui et non, selon ma bonne habitude. À : Quelles sont les conséquences si je ne l'embrasse pas ? Il sera blessé ; il a abattu son jeu. Qui sait si j'aurai une seconde chance ? D'un autre côté, ça vaudrait peut-être mieux. Tirer un trait tout de suite sur cette histoire. Il ne pourra pas dire que je l'ai fait marcher. En réalité, il vient de reconnaître que ce n'était pas le cas. Il se pourrait que le rôle m'échappe. Ou qu'il prenne comme un défi le fait que je le repousse, ce qui aurait pour effet d'attiser son intérêt. Mon dernier éclair de pensée est : Qu'en dirait Andrew ?

Puis je me penche et je l'embrasse. J'essaie d'y mettre de la tendresse, de la douceur et de la sincérité. Il a des lèvres de satin ; sa peau a un parfum que je n'arrive pas à identifier mais qui me plaît vraiment. Pourtant, je sens que ce baiser nous entraîne tous les deux vers le bas. Car à cet instant, je ne peux m'empêcher de me demander pourquoi je l'embrasse. Je sais que je veux cette vie, la vie que promet cette soirée, mais je ne suis pas aussi sûre de le vouloir lui. Si c'est moche, au moins c'est honnête. Par bonheur, il ne lit pas dans mes pensées et paraît beaucoup apprécier notre baiser.

La réception se déroule dans un club à la mode, un brouillard de gens qu'il veut me faire rencontrer, et ce baiser m'inspire des sentiments tellement conflictuels que je ne fais pas attention à grand-chose, sinon à la déception que je m'occasionne à moi-même. Alors, évidemment, la soirée dure dix ans.

Ensuite, devant la porte de chez moi, tout à coup, il me serre contre lui et m'embrasse fougueusement, et j'éprouve la secousse que je veux avoir dans un moment pareil. Alors je lui rends son baiser avec joie. Il le sent, et ça lui fait plaisir aussi. Il dit qu'il m'appellera. Je réponds qu'il a intérêt.

Dans l'appartement, il fait sombre. J'ai reçu un texto de Nicole me disant qu'elle rentrerait tard. Jade m'a laissé un mot pour me rappeler qu'elle dormait chez Tomiko avec Boris. Il y a un P.-S. pour me souhaiter un bon anniversaire. Elle a fait un dessin de Boris et elle tenant un gros gâteau avec des bougies, et des étoiles à la place des flammes. Ce n'est pas une omelette norvégienne, mais il a l'air assez délectable.

Je mets mon pyjama en pensant à ce baiser, sur le seuil de la porte. Et je me couche en souriant.

Mon meilleur anniversaire depuis très, très longtemps.

10

Sloane

J'ouvre les yeux et je suis aveuglée par le soleil. De mémoire de Sloane, c'est le plus ensoleillé, le plus lumineux des matins. Mon orme donne l'impression de danser. Et moi j'ai envie de pleurer. C'est mon anniversaire.

L'absence de Bill pèse sur moi comme un fardeau, c'est tout ce que je ressens. Maggie vient de passer une journée formidable, alors qu'elle était triste à cause de son père. Elle se débrouille toujours pour positiver ; moi, j'ai beau faire, je ne vois que le noir. Il y a des moments où je voudrais être vraiment Maggie. Seulement Maggie.

Et c'est peut-être le cas.

On frappe un coup sec à ma porte, qui s'ouvre en coup de vent. Kelly fait irruption dans ma chambre et saute sur mon lit, et sur moi.

— Joyeux anniversaire, Chaton. Ouaah, tu as une sale gueule !

— On se connaît ?

Elle tire un petit sac de cuir de sa poche.

— Gordy m'a dit qu'il t'enlevait pour la journée, alors j'ai voulu te voir avant que tu sortes. Tiens, ouvre ça. Et tu es priée de t'enthousiasmer convenablement.

Kelly est une incroyable artiste. Elle m'a fait un pendentif avec deux délicieux fragments de malachite. Il est unique, et vraiment merveilleux. Elle voit combien je les apprécie, le pendentif et elle. Elle m'embrasse.

— Alors, comment s'est passé le double rencard du siècle ? Tu comprends, Lila meurt d'envie d'avoir tous les détails.

— Bof, il ne s'est rien passé de spécial. À la seconde où nos regards se sont croisés, nous avons su que nous étions faits l'un pour l'autre et, ignorant nos partenaires, nous avons grimpé sur la table, nous nous sommes arraché nos vêtements et nous avons comblé tous les fantasmes de Lila.

Elle me regarde d'un drôle d'air.

— Tu es sûre que ce ne sont que les fantasmes de Lila ?

— Qu'est-ce que je dois comprendre ?

— Tu n'arrives pas si bien que ça à dissimuler les sentiments qu'il t'inspire, dit-elle en se glissant à côté de moi. Et je crois que tu ne focalises sur lui que parce qu'il ne peut pas être à toi.

Elle fronce le nez et ajoute :

— Tu ne peux pas l'avoir, et c'est tant mieux. Tu avais raison de dire qu'il ne fera jamais le bonheur de personne. C'est un briseur de cœurs. Sortir avec lui, ce serait vivre dans l'angoisse en permanence, avec un ulcère à l'estomac en bonus. Tu as eu assez de raisons de broyer du noir toute l'année.

Je souris, un peu ennuyée qu'elle voie si clair en moi. Elle ne se gêne pas pour me dire que je me fourvoie complètement, et souligner que je me suis enfermée dans ma tour d'ivoire. Résultat : je me dérobe.

— Mais qu'est-ce que tu racontes ?

— Je dis que tu préfères te morfondre pour un fantasme inaccessible plutôt que de courir le risque d'avoir une vraie relation avec le gars que tu as juste sous le nez.

Je cille.

— Tu veux parler de Gordy ?

Kelly lève les yeux au ciel.

— Merci de confirmer que j'ai vu juste. Ouais, je suis trop bête de penser que tu devrais t'intéresser au garçon le plus séduisant de la ville, qui se trouve aussi être le plus doux et le plus gentil que la terre ait porté, et absolument parfait pour toi selon tous les critères, et ça depuis la maternelle. C'est vraiment dingue !

Je ris.

— Kel, Gordy est comme...

— Ne le dis pas. Ne dis pas qu'il est comme ton frère. C'est ce que tu veux, toi. C'est toi qui décides ça. C'est comme ça que tu t'empêches de te jeter à l'eau. Et je pense que c'est dingue.

Elle descend de mon lit, prend mes mains entre les siennes.

— Sloanie, tu as dix-sept ans ! ce qui veut dire que tu n'es officiellement, légalement, trop jeune que d'un an. On peut t'embrasser avec la langue. Enfin, avec modération. Donne la primeur à Gordy, que je sois fière de toi.

Elle m'embrasse – sans la langue – et disparaît.

Je me lève et je m'habille. J'ai décidé de mettre mon plus beau jean et un petit haut ample en coton qui dénude mes épaules. Je porte mon nouveau collier. Et je prends le temps d'arranger mes cheveux. D'accord, ce n'est qu'un petit déjeuner avec mes parents. Puis une journée de balade avec Gordy. Mais c'est mon anniversaire, alors autant faire un minimum d'effort.

Je sens que les crêpes spéciales de papa ont pris un coup de chaud, j'entends les cris d'excitation de Max et la voix apaisante de maman, et je mesure la chance que j'ai. La famille de Maggie ne s'est pas fendue pour son anniversaire. Jade lui a fait un dessin et un gros bisou. Nicole lui a envoyé une carte électronique et un bon d'achat pour une marque de luxe (tous les deux depuis l'adresse mail de Jerome, comme si une alarme avait sonné sur son agenda à lui, ce matin-là).

J'ai un petit frisson. Pourquoi irais-je m'imaginer que je suis une fille solitaire avec une mère inattentive et un père tragiquement mort, et sans vrais amis à qui parler en dehors de ma petite sœur ? Est-ce qu'il ne serait pas plus logique que je sois Maggie, et que je rêve d'une vie où je m'apprêterais à engloutir des crêpes brûlées avec amour ? C'est dingue, je sais. Mais peut-être que j'ai besoin de penser que ma vie est la vie de rêve. Peut-être que ça m'aidera à l'apprécier et à en profiter davantage.

En bas, le commando d'anniversaire a décoré la cuisine avec des ballons et une grande banderole kitsch, tout le monde porte des petits chapeaux pointus, brillants, et papa a empilé une dizaine de crêpes sur lesquelles il a planté une énorme bougie déjà allumée. Je fais mon entrée et tout le monde applaudit. Je m'incline comme la reine que je suis ce matin. Tyler est le premier à m'embrasser ; Max vient en deuxième et me fourre son nez dans le cou. Il ne s'essuie même pas la figure après. Maman me serre très fort dans ses bras et me berce un peu.

— Je ne suis pas très sûre d'avoir envie de t'abandonner à Gordy pendant toute ta journée d'anniversaire. Il est vraiment trop possessif.

La dernière embrassade vient du seul papa que nous avons encore, Maggie et moi. C'est donc le plus spécial de tous. Il me murmure à l'oreille :

— Tu as bien dormi ?

— Très bien. J'ai fait de beaux rêves.

Je sens son soulagement. Momentané, mais c'est toujours ça. Et ça me soulage, moi aussi. Il y a des moments où je suis épuisée de protéger mon secret. Des moments, comme hier matin, où je me tâte : et si je leur disais la vérité ? Mais la peur que le barrage cède et que le tsunami de ma folie nous engloutisse tous est bien plus forte que le fardeau du secret.

Ils attendent, en rond autour de moi, que je souffle la bougie de mon gâteau de crêpes. Mon vœu silencieux est qu'ils soient pour toujours en sécurité et ensemble. Même si je disparais un jour. Je ne supporte pas l'idée que si je disparaissais, je pourrais tous les entraîner avec moi.

Je m'empiffre de crêpes. J'en mange près de la moitié à moi toute seule. Pris de pitié pour moi, Tyler prétexte une faim dévorante, en chipe quelques-unes dans mon assiette et je fais semblant de lui en vouloir.

Gordy arrive. Il s'intègre en douceur dans le tableau du petit déjeuner familial. Il se sert une solide portion de crêpes et admire le présent que me fait Max : un cadre en argile qu'il a fait tout seul. Dedans, il y a une photo de Max, Bill et moi prise il y a juste un peu plus d'un an. Nous grimpons dans l'orme. Les bras forts de Bill soutiennent Max sur une branche basse de telle sorte qu'il a l'impression d'être grimpé tout seul. Moi, je fais le cochon pendu.

Max me montre que, derrière le cadre, il y a un compartiment secret dans lequel il a caché un mot plié, avec un message d'anniversaire. Je le lis, et je ne peux retenir mes larmes. Tout le monde veut voir ce que ça dit, mais Max insiste : c'est personnel. De toute façon, je ne voudrais le partager avec personne.

Mon petit déjeuner d'anniversaire de l'an dernier était très semblable, sauf que Bill était là. Il m'avait fait le cadeau le plus cool que j'aie jamais reçu. C'était un Viewfinder rouge vintage, un de ces vieux jouets en forme de jumelles dans lequel on met des diapos. Il avait créé une roue de diapos personnelles. Des images de tous les endroits du monde où on avait toujours dit qu'on voulait aller ensemble. Et sur chacune, il avait superposé des photos de nous. Il y avait Bill et moi dans un souk au Maroc, sur un pont de Paris, avec des sherpas sur une piste embrumée, dans l'Himalaya. Je surprends parfois Max dans ma chambre en train de les regarder.

Gordy ne m'a pas donné un seul indice de ce qu'il a en réserve pour aujourd'hui, si ce n'est que « ce sera de la balle ». Après avoir englouti le reste des crêpes, il me dit de prendre mes affaires pour aller faire un tour sur son bateau. Je prépare un petit sac lorsque je reçois un texto. C'est Amanda. *Joyeux anniv ! G adoré sortir avec vs 2. On est à NY ce WE, mais on se voit lundi.*

On.

Ainsi s'évanouissent les rêves. Ma journée, ma vie sont gâchées. J'ai beau me répéter toute la journée que « on » n'est que sa famille, une image d'Amanda et James habillés en Daisy et Gatsby s'embrassant dans une barque sur le lac de Central Park me traverse l'esprit. Je suis contente pour eux. Vraiment. Le monde est comme il est censé être. Et je m'y ferai. Il le faudra bien.

Le bateau de Gordy est amarré au chantier naval Maxwell. C'est un Seacraft de sept mètres avec d'énormes moteurs jumeaux à l'arrière qui lui permettent des pointes de vitesse très agréables. Gordy est un pilote génial, et avec lui je me sens en sécurité. Nous traversons le canal jusqu'à Fishers Island, qui est l'endroit le plus incroyablement beau et calme que je connaisse. Après avoir mouillé au poste de gardes-côtes abandonné, nous traversons le terrain de golf pas encore ouvert. Des faisans passent juste devant nous dans un éclair de couleurs éclatantes.

Gordy me prend par la main et m'indique en silence trois bébés cerfs avec leurs petites pattes tremblantes de faons nouveau-nés. Et pendant que je suis là, sa main tenant la mienne, la petite théorie absurde de Kelly me revient à l'esprit. Je regarde le profil de Gordy en essayant de le voir d'un œil neuf. Et je vois exactement le garçon qu'elle m'a décrit. À la fois viril et beau. Doux et fort. Nous sommes liés l'un à l'autre d'une façon qui ne ressemble à aucune autre.

Nous allons à Isabella Beach, qui est ma plage préférée, et pas seulement à cause des dunes et du sable doux. Quand on regarde vers le large, on ne distingue qu'une étendue d'Atlantique ininterrompue jusqu'à l'horizon, et le ciel au-dessus.

Il a préparé un déjeuner avec tout ce que je préfère. Des œufs farcis avec plein de moutarde chinoise piquante qu'il a cuisinés lui-même, des rouleaux de printemps au crabe (qu'il est allé chercher au New London, un petit restaurant vietnamien), et le plat de résistance qui s'impose : un sandwich aux boulettes de viande, visqueux et dégoulinant. En guise de dessert, des brownies maison, et des Joe Froggers, des biscuits au gingembre que les chasseurs de baleine emportaient avec eux parce qu'ils protégeaient du mal de mer et se conservaient longtemps, étant sans produits laitiers. Il a apporté un pack de six Stella, une bière que j'aime particulièrement, mais qui est hors de notre budget habituel (en général, nous nous contentons de Budweiser).

Nous dégustons notre festin, assis sur la nappe qu'il a apportée, et nous faisons quelques parties de notre compétition de mots croisés. Ça consiste à acheter deux livrets de mots croisés à un dollar, à en choisir un au hasard, à faire chacun le sien, frénétiquement, pour voir qui finira en premier. C'est toujours lui qui gagne. Il connaît plus de mots que moi ; c'est juste qu'il ne ressent pas le besoin de les utiliser. Après tout, c'est un sportif. N'empêche qu'il a fait un (légèrement) meilleur score à son bac blanc, sauf en maths où je l'ai battu à plate couture. Il m'en veut encore.

Je fais la course contre lui, en soulignant que s'il était bien élevé, il me laisserait gagner parce que c'est mon anniversaire.

— Et aussi, dit-il, parce que tu n'es qu'une fille.

Sur ce, il me flanque une raclée.

Après ça, nous nous allongeons côte à côte et nous somnolons dans la brise ensoleillée. Je me suis toujours sentie en sécurité et à l'aise avec lui. Je me demande de quoi il rêve ; je me demande s'il rêve de moi. On peut dormir dans la journée, Maggie ou moi, apparemment ça ne compte pas. On ne rêve jamais en plein jour.

Quand je me réveille de mon somme sans rêve, Gordy regarde la maison blanche sur la falaise, un peu plus loin sur la plage.

— Tu voudrais qu'on habite là quand on sera mariés ? demande-t-il.

— Oh, absolument. Mais il y aura beaucoup de travaux à faire. Abattre des cloisons et l'agrandir considérablement, pour que les enfants aient la place de courir.

Il me regarde ; je suis incapable de dire à quoi il pense.

— Les enfants ont besoin de place.

C'est tout ce qu'il répond.

En revenant, nous nous arrêtons à l'abri de Mouse Island où Gordy remonte un de ses casiers à homards. Il récupère deux bestioles d'un kilo pour le dîner. Le soleil se couche derrière la petite île, constellant la mer de pépites d'or. Je prends la barre et je maintiens le bateau sous le vent alors qu'il remonte le casier sur le pont. Il a les bras forts. Je le regarde sortir les bêtes de leur piège sans aucune appréhension, et leur mettre des élastiques autour des pinces.

Nous allons chez lui. Nous sommes seuls dans la maison. Ses parents sont partis voir son grand-père maternel dans le Maine. Le grand-père Tuck se bat depuis un moment contre le cancer. Il vit seul. Je l'ai rencontré un paquet de fois, j'ai même passé une semaine en été dans le Maine avec Gordy quand nous avions neuf ans. Son grand-père nous avait appris à sculpter au couteau, et j'avais sculpté un phoque dans un bout de bois flotté qui s'était échoué sur les rochers de la petite île où il habite. Une méduse m'avait piqué la jambe, et j'avais demandé à Gordy de me faire pipi dessus ; c'est la seule façon de neutraliser la brûlure. Il m'avait dit de fermer les yeux, mais j'avais regardé en douce.

Et maintenant, je l'observe jeter les créatures vivantes dans de l'eau bouillante où elles mourront brûlées vives. Il n'estime pas ça plus cruel que de manger un hamburger et il me trouve irrationnelle de me sentir un peu mal à l'aise au spectacle de l'exécution. Je ne sais pas si les vaches mugissent quand on les abat, mais j'imagine que oui. Moi, je sais que je hurlerais. Alors j'écoute couiner les homards (en réalité, ce n'est que le sifflement des bulles d'eau qui remontent le long de leur carapace, parce qu'ils n'ont pas de cordes vocales, toutes mes excuses à la Petite Sirène), et je me demande si je pourrais vivre jusqu'à la fin de mes jours avec un homme que ce bruit n'affecte pas.

La théorie de Kelly est devenue un débat intérieur. Pourrais-je en effet passer le restant de ma vie avec Gordy ? Bien sûr. Pourrais-je coucher avec Gordy ? Hum. Ça, je ne sais pas. Mais je ne fais sûrement pas « berk ». Alors, quelle conclusion faut-il en tirer ? Probablement aucune.

Pendant que nous mangeons, je me rends compte que ce serait incroyablement romantique ou impressionnant avec n'importe quel autre garçon. Maggie, elle, ne se laisse jamais impressionner. Elle entre dans le plus chic des restaurants au bras de ce type plus âgé qu'elle et ne se sent pas nerveuse du tout. Je suis rarement aussi sûre de moi. Avec Gordy dans sa cuisine, je me sens en confiance, à l'aise. Comme si le seul fait d'être moi-même était suffisant.

Gordy me regarde détacher un bout de homard de la carcasse. Je vois bien qu'il voudrait me parler de Melissa, cette pom-pom girl avec qui il sort quand il a besoin d'une cavalière. Son principal trait de caractère est qu'elle craint. C'est la garce classique après laquelle tous les garçons courent parce qu'ils la trouvent trop bonne pour eux. Sauf qu'elle n'est pas trop bonne pour la Beuh, et encore moins pour Gordy. Elle le traite comme de la merde, et lui, il prend ça à la rigolade, il me raconte qu'elle fait ça parce qu'il ne veut pas vraiment en faire sa petite amie.

Mais ce soir, il me demande s'il ne devrait pas lui laisser une chance de devenir sa petite amie pour de bon, vu qu'il doit trouver une fille pour le bal de fin d'année et tout ce qui s'ensuit.

— Tu plaisantes ! C'est une salope de chez salope. Elle ne vaut pas les quinze secondes qu'on perd à parler d'elle en ce moment.

Il sourit.

— Tu dis toujours ça. Personne n'est assez bon pour moi. C'est pour ça que tu es toujours obligée de sortir avec moi. En attendant que tu trouves la perle rare et que tu me pousses dans ses bras.

Je l'étudie, espérant voir s'il se demande ce que je me demande. Pas moyen de savoir, alors je fais le premier pas.

— Tu ne te demandes jamais ce que ça aurait donné si on était sortis ensemble ?

— Nan. Je n'aime pas suffisamment prendre des râteaux pour fantasmer ça.

Et il éclate de rire.

— Non, sérieux. Parce que moi, j'y pense parfois.

— Tout dépendrait comment ça aurait commencé. Si ça s'était passé naturellement, avec un peu de chance, ce serait plus ou moins comme tout de suite. Avec une dimension sexuelle en plus.

Et il me fait un clin d'œil pour que je n'aille pas m'imaginer qu'il a cette idée en tête pour de vrai. Ce que je m'imagine maintenant, bien sûr. Enfin, il n'y a rien de mal à ça.

— Et si ça n'avait pas été naturel ? je lui demande. Et si on avait voulu voir si on n'était pas faits l'un pour l'autre, en réalité ?

— La vérité – Gordy inspire profondément – c'est que je crois que tu te serais rendu compte que je n'ai pas assez de richesse en moi pour t'intéresser de cette façon.

Et peut-être que ça aurait tout cassé entre nous, ou que ça aurait rendu les choses bizarres.

Je le regarde dans les yeux. Je me sens affreusement mal.

— C'est une conversation idiote. Je vais y mettre fin dans une seconde et revenir à mon anniversaire avec toi. Mais avant ça, il faut que tu entendes que tu as une richesse suffisante pour intéresser n'importe quelle fille en ce monde jusqu'à la fin des temps.

Il y a un silence.

— Je t'ai fait un gâteau d'anniversaire, dit-il. C'était une préparation en boîte, mais quand même. J'ai vraiment peur d'y goûter.

— On le noiera sous la glace Häagen-Dazs et le coulis de caramel. On a du coulis de caramel ?

Il sourit.

— Et des caramels au beurre salé. C'est ton anniversaire, quand même !

On parle et on mange et on regarde mon film préféré, *Diamants sur canapé.*

Il me ramène chez moi à plus de 1 h 30 du matin.

Posé sur mon lit, il y a un petit paquet bien emballé, visiblement un livre de poche. Un joli ruban, quand même. Mais il n'y a pas de carte. Je l'ouvre et je trouve...

Un exemplaire de *Siddhartha* de Hermann Hesse. Je l'ai lu à douze ans, évidemment. Le livre était tout usé et corné. À l'intérieur de la page de titre est joliment calligraphié :

C'est le premier exemplaire que j'ai lu, et les notes sont un peu gênantes, mais les premières impressions le sont souvent. Je suis frappé par toutes les pensées qu'il y a dedans. J'aimerais t'en parler un jour. Joyeux anniversaire. – J.

11

Maggie

Emma me tend un livre intitulé *Explorer le monde du rêve lucide.*

— J'espère que vous le lirez. Il y a dedans des idées dont j'aimerais parler avec vous, dit-elle, puis elle commence à me lire le résumé de la quatrième de couverture.

Évidemment, j'ai effectué assez de recherches sur mon, disons, état pour savoir que l'on appelle « rêve lucide » le fait d'avoir conscience qu'on est en train de rêver. Les yogis tibétains excellent à cet exercice. Ce n'est pas vraiment une réponse toute prête à notre situation particulière, parce que je sais que je rêve quand Sloane est réveillée, tout comme elle sait qu'elle rêve en ce moment précis.

— Je pense que vous avez construit un environnement de rêve lucide extrêmement complexe, récurrent, contrôlé. Et je pense que vous l'avez fait par nécessité, pour essayer de comprendre quelque chose à votre vie et à vous-même dans un monde que votre père a quitté.

Elle parle très lentement, en me regardant dans les yeux. Je l'écoute sans indulgence, d'abord parce que son discours me paraît vraiment fabriqué, et aussi parce qu'il ne tient pas debout. Malheureusement.

— Merci d'avoir pris le temps d'échafauder cette théorie. Mais elle comporte deux failles. D'abord, aussi loin que remontent mes souvenirs, j'ai toujours rêvé de Sloane, avant même la mort de mon père. Je sais tout de sa vie, depuis sa plus tendre enfance.

Emma, qui avait prévu cette objection, m'interrompt et me sert la réponse qu'elle tenait en réserve :

— C'est ce que vous croyez maintenant. Mais il se pourrait très bien que ça ait commencé à la mort de votre père, et que votre inconscient ait créé la conviction que vous avez toujours rêvé de Sloane, et les souvenirs qui vont avec. Votre esprit aurait rempli les détails de son passé.

— D'accord. Eh bien, je ne contrôle pas Sloane.

— Vous n'avez peut-être pas l'impression de contrôler ce qu'elle fait dans votre rêve, mais vous l'utilisez quand même. Il y a des parties de vous que vous n'êtes pas prête à regarder en face, et vous les maintenez dans le noir en les vivant par l'intermédiaire de Sloane. Si nous arrivions à vous faire comprendre ça, alors vous pourriez utiliser consciemment votre rêve de Sloane pour acquérir une vision claire de votre propre vie, et vous n'auriez plus besoin d'elle. Il est temps que nous commencions à faire ça. Maintenant.

Sa voix devient grave, presque menaçante.

— Pour le moment vous avez encore au moins le contrôle de votre monde, le monde réel. Si nous laissons cela se poursuivre trop longtemps, il est à craindre que la situation vous échappe...

Je commence à imaginer à quoi ça pourrait ressembler, et c'est tellement terrifiant que je suis obligée de fermer les yeux.

— Merci pour le livre.

Je ne peux en dire davantage.

Tout à coup, cet après-midi-là, je suis motivée pour réviser mon bac. Je laisse le livre sur les rêves lucides à côté de mon lit. Peut-être que j'en retirerai quelque chose par osmose.

Je suis tellement absorbée par le Congrès de Vienne – à la base, parce que cette histoire se dévore comme une formidable pièce de théâtre. Les personnages (Metternich, Talleyrand et compagnie) sont de la bombe. Bref, le temps que je relève le nez, il est 4 heures de l'après-midi, et comme toute maman digne de ce nom je me rends compte avec une heure de retard que Jade n'est pas là.

Je sais qu'elle n'est pas chez une copine parce qu'il était prévu que je l'emmène à son cours de danse. Miss Petit Rat ne le rate jamais. Peut-être qu'elle m'a juste oubliée et qu'elle est allée directement au studio de Mme Jeffries avec une copine. Mais quand j'appelle le studio, ils sont inquiets parce qu'ils ne l'ont pas vue.

J'essaie de joindre Nicole, avant tout parce que j'adore perdre mon temps quand je suis stressée, et accessoirement parce que c'est un bon prétexte pour parler à Jerome. Il me sert une nouvelle excuse sur le thème « ta mère est la personne la plus occupée du monde ». Non, ce n'est pas elle qui a emmené Jade au cours de danse, elle n'en a pas parlé, et elle est en réunion de budget depuis quatre heures.

J'appelle l'école. Personne ne décroche, tous ceux qui pourraient répondre au téléphone sont rentrés chez eux. Bravo, les gars.

Je reprends mes esprits et j'appelle Jade sur son portable Hello Kitty. Pas de réponse, ce qui est inquiétant parce qu'elle ne l'éteint jamais. Et donc, la personne mûre et rationnelle que je suis a la certitude qu'elle a une tumeur au cerveau et qu'elle gît quelque part, dans la rue, un attroupement de New-Yorkais compatissants massés autour d'elle.

Je rappelle Jerome.

— Jade a disparu, elle est en danger, et c'est juste un tout petit peu plus important que de risquer de te faire engueuler pour apporter un mot à Nicole pendant une réunion bidon. Si tu n'y vas pas, ce qui arrivera sera de ta faute !

Et puis je raccroche, très vite. Et je ne décroche pas quand il rappelle, aussitôt. La balle est dans son camp. Qu'il prenne ses responsabilités.

J'attrape mon blouson et me précipite dans la rue pour refaire les trois différents itinéraires que Jade peut emprunter pour rentrer à la maison. Et bien sûr, huit minutes de totale panique plus tard, Nicole me rappelle. En réalité, elle rigole et reconnaissons-lui ça, elle ne me reproche pas d'avoir interrompu sa connerie de réunion. Quelle paranoïaque je fais pour m'être angoissée alors que Jade prend simplement un cours de patin à glace au Chelsea Piers.

Je ravale ma colère et lui demande quand elle a inscrit Jade au patin à glace, et pourquoi elle n'a pas pris la peine de prévenir Mme Jeffries, du cours de danse. Je m'entends répondre que Jade était censée appeler Mme Jeffries elle-même. Ah, les enfants d'aujourd'hui... Aveuglée par des pensées matricides (mais peut-on encore parler de matricide quand le mode opératoire de la personne visée est tout sauf celui d'une mère ?), j'ai droit à la cerise sur ce gâteau d'horreur : Jade n'est pas inscrite à des leçons de patin à glace. C'est son nouvel ami Andrew qui lui donne un cours. C'est lui qui l'y a emmenée dans sa voiture électrique naine, et l'idée de m'en parler la veille ne l'a pas seulement effleurée. Stupéfiant. Et moi qui commençais à bien aimer ce mec.

Je remonte le West Side Highway, battant le record du monde du mille mètres. Et surprise, surprise ! Ils sont là, au Sky Rink, un jeune homme apprenant à une petite fille à faire du patin à glace. Pourquoi suis-je tellement énervée ?

Jane m'aperçoit et agite les bras comme une folle. Allez savoir pourquoi, je ne lui renvoie pas ses signaux. Andrew me sourit comme s'il n'avait absolument rien à se reprocher, et quand je ne lui rends pas son sourire, il recommence simplement à s'occuper de Jade en m'ignorant pendant vingt minutes. Il est, chose aussi exaspérante que prévisible, merveilleux avec elle. Elle rit, elle flirte, et elle apprend plus ou moins à patiner.

Je m'assieds sur un banc et je réfléchis aux options qui s'offrent à moi. Je peux toujours espérer contrôler le monde de Sloane ; dans le mien, personne ne fait les choses comme il faudrait et je suis irritée au-delà de toute expression. Pourquoi personne n'a-t-il pensé à me prévenir de ce rendez-vous d'après l'école pour que je ne m'inquiète pas ? Au bout d'un moment, Andrew la laisse s'exercer toute seule et s'approche de moi en patinant.

— Alors, qu'est-ce qui s'est passé ? Tu as perdu le rôle ou ton petit copain ?

— Ni l'un ni l'autre. Plutôt ma confiance en l'humanité.

— Et comment se fait-il que tu me regardes, moi, en disant ça ?

— Oh, je ne sais pas, fais-je en battant des cils. Peut-être parce que nous avons passé toute une journée ensemble et que tu n'as jamais parlé de ça !

— Et pourquoi aurais-je dû en parler ?

Il n'y a rien de pire que ce genre de question. N'importe quelle réponse honnête révélerait que je suis en colère parce que je me sens laissée pour compte, et follement jalouse de l'amitié de ma sœur de sept ans pour un type avec qui j'ai une relation rigoureusement platonique de toute façon. Comme si ça avait la moindre importance. C'est tellement injuste de voir ces sentiments humiliants exposés ainsi à l'occasion d'une question aussi banale et innocente que je ne peux vraiment pas en vouloir sérieusement à cet individu de me la poser.

— Eh bien, premièrement, je t'ai dit que, côté responsabilités parentales, Nicole avait un encéphalogramme plat, alors tu aurais dû prévoir qu'elle pouvait oublier de me prévenir, or j'ai tendance à m'inquiéter lorsque je constate la disparition de ma petite sœur.

— J'y ai bien pensé. J'ai même dit à Jade de s'assurer que tu étais au courant. Si elle ne l'a pas fait, elle me déçoit beaucoup. Votre mère est tête en l'air. Cela dit, elle est aussi incroyablement sexy.

— Comment le sais-tu ?

— Jade m'a montré une photo d'elle sur son téléphone.

— Comment en sommes-nous arrivés à avoir cette conversation ?

— Nous essayons de dévier le cours de tes pensées de telle sorte que tu cesses de m'en vouloir. Et que tu commences à féliciter Jade pour ses progrès en patin à glace afin qu'elle ait suffisamment confiance en elle pour aller à la fête organisée par Ashley. Elle m'a demandé de lui concocter un mensonge qui lui permettrait de se défiler parce qu'elle était gênée de ne pas savoir faire de patin. Alors je lui ai proposé mes services, ce qui est le moins que je pouvais faire pour une amie qui m'a invité à une soirée pyjama avec trois de ses copines. Ne t'en fais pas, j'ai décliné, pour des raisons évidentes. Cela dit, j'aurais beaucoup apprécié la chose.

Là-dessus, je commence à acclamer Jade. Et j'arrête de lui en vouloir.

Peut-être aussi suis-je furieuse parce que j'ai l'impression que nous sommes devenues, Jade et moi, ses petites sœurs avec qui il passe un moment amusant avant de rentrer chez lui, retrouver la bombe anatomique qui lui sert de petite amie.

Je lui demande s'il veut manger un morceau. Il demande à Jade si ça lui dit, et je rappelle à la gamine qu'elle a un rendez-vous sushis avec Nicole. Il ne serait pas compliqué de l'annuler, mais – bien que je ne sois plus en colère – je n'ai vraiment pas envie d'être rangée dans la catégorie petite sœur. D'ailleurs, dis-je à Andrew, j'ai besoin de son avis sur une certaine question.

— Malheureusement, ajouté-je, je n'ai pas deux autres amies disposées à participer à notre soirée pyjama.

Il éclate de rire et me répond :

— S'il n'y a pas de bataille de polochons, je ne suis pas sûr de te rendre ce service. Nous réfléchirons en dînant à la façon dont tu me revaudras ça.

J'accompagne Jade aux vestiaires pour qu'elle se change avant d'aller retrouver Nicole au Nobu. Ma sœur me fait ses confidences. Andrew l'aime vraiment beaucoup, beaucoup. Elle le sait, parce qu'il lui a acheté les patins bleu ciel à paillettes qu'elle avait aux pieds, pour qu'elle n'aille pas à la fête comme une pauvre gamine fauchée avec de moches patins de location. Et elle pourra les garder pour toujours et éternellement. Ensuite, elle me demande quel âge Andrew aura quand elle aura seize ans. Je lui dis qu'il aura vingt-huit ans, et qu'à ce moment-là elle le trouvera très vieux et très casse-pieds. Enfin, il pourra encore être son ami.

J'emmène Andrew dans un restaurant qui fait une cuisine familiale et traditionnelle, surtout la tarte maison, celle aux myrtilles. Je lui dis que c'est moi qui invite, et il essaie de commander un kilo de caviar.

Je me borne à parler de la pluie et du beau temps pendant la soupe aux boulettes de pain azyme et les beignets de polenta. Avant la viande, j'amène subtilement sur le tapis mon principal sujet de conversation. Je veux parler à Andrew de Thomas, avant tout parce que je n'ai personne d'autre à qui en parler, mais aussi parce que, en tant qu'homme, il doit comprendre ce que Thomas a dans la tête. Les filles qui croient en être capables se fourrent le doigt dans l'œil jusqu'au coude. En tant qu'ami, il me parlera franchement.

— Comment as-tu trouvé le baiser ? Pas celui dans la voiture, celui à la porte.

Je suis un peu prise de court. Mais c'est une question légitime.

— J'étais assez excitée. Et je crois que j'étais soulagée d'être sincèrement excitée.

— Parce que tu avais peur de profiter de lui ?

— Oui.

Il pousse un soupir. Et me regarde d'une façon si tendre et si merveilleuse que, paradoxalement, je commence à avoir peur de ce qu'il va me dire.

— Il ne faut pas. On ne peut pas profiter de quelqu'un qui profite de soi.

— Tu le penses vraiment, ou bien tu es juste...

Je m'arrête à temps. J'allais prononcer le mot *jaloux*. Et je me rends compte à cet instant que c'est exactement pour ça que je lui ai proposé de dîner, et que je lui raconte toute cette histoire. Je veux le rendre jaloux. Cette soudaine prise de conscience me choque au point que je mets quelques secondes à inventer un bobard pour finir ma phrase.

— Ou tu es juste le genre de garçon qui pense que tous les hommes sont pareils, et que toutes les filles ont besoin d'être protégées contre eux.

Il me regarde longuement, sans ciller. Et sans l'ombre d'un sourire.

— Non, je ne suis pas ce genre de garçon. Je suis du genre à penser que ce garçon entre tous est le larbin d'une importante directrice de casting, et oui, je me suis renseigné sur lui, oui, c'est un larbin, et non, il ne cherche pas à te faire obtenir le moindre rôle. Parce qu'il n'a pas le pouvoir de le faire.

— Parfait. Alors, je lui plais, tout simplement. Je préfère ça.

Il ne répond pas. Mange un morceau de pain de viande tout en commençant de façon fort ennuyeuse à fredonner un petit air que j'ai l'impression de reconnaître. Comme si notre conversation était terminée.

— Qu'est-ce qui te permet de l'affirmer ? reprends-je. Qu'il n'en a pas le pouvoir ?

— Oh, ce n'est pas tout, et de loin. Je pense que tu lui plais et qu'il a envie de toi. Très envie. Il va se donner beaucoup de mal, prendre beaucoup de risques, même celui que tu l'envoies paître, et je parie que ce gars n'a pas l'habitude de se faire rembarrer.

Maintenant, je suis vraiment perplexe.

Ce que je lui dis :

— Maintenant, je suis vraiment perplexe. Admettons que je veuille lui plaire, et que je lui plaise vraiment ; est-ce que tu me dis de ne pas sortir avec lui rien que parce que c'est un larbin ?

Il me regarde comme si j'étais vraiment longue à la détente.

— Personne ne te dit de ne pas sortir avec ce type. En réalité, mon conseil, pour ce qu'il vaut, est que ça ressemble exactement au genre de relation que tu devrais cultiver.

C'est drôle, mais c'est vraiment la dernière chose que j'ai envie d'entendre.

— Tu as dit que ce type essaie de profiter de moi !

— Je me suis mal exprimé. Ce type te fait miroiter des perspectives professionnelles en pensant que c'est le meilleur moyen de t'intéresser. Alors qu'en réalité, tu es soulagée qu'il ne s'agisse pas de décrocher un rôle, et que tu puisses sortir simplement parce que vous en pincez l'un pour l'autre. Tant que c'est clair pour toi, que tu sais à quoi t'en tenir sur lui, et sur ce qu'il peut faire ou ne pas faire pour ta carrière, eh bien, tu es intelligente, tu es prudente, et tu agiras au mieux pour toi.

— Mais tu ne l'aimes pas. Je veux dire, tu penses qu'il n'est pas assez bien pour moi.

— Je ne l'ai jamais rencontré, et la seule question est de savoir ce qui est bien pour toi. Écoute, on a toujours du mal à faire la différence entre ce qu'on voudrait que quelqu'un éprouve pour soi et ce qu'on ressent vraiment pour lui. Si l'autre est séduisant, on veut toujours être désiré, et parfois on se donne tellement de mal pour ça qu'on en oublie de se demander si on veut vraiment de lui ou non. Et puis on veut toujours ce qu'on a peur de ne pouvoir obtenir...

— Mais tu me dis que je peux faire sa conquête.

— Bien sûr. Enfin, la seule chose qui compte, c'est que tu me dises que toi, tu le veux vraiment.

Ce qui me plonge dans une tornade de sentiments contradictoires. D'un côté, est-ce que je veux vraiment Thomas, ou est-ce que je veux seulement qu'il veuille de moi ? D'un autre côté, ça explique le trouble que m'inspire Andrew : comme il le dit si justement, nous voulons tous les candidats raisonnables à qui nous plaisons. En réalité, je rencontre très peu de garçons avec qui j'arrive seulement à imaginer vouloir être, et celui-ci me tombe du ciel avec toute la panoplie, et notamment la plus sexy et la plus possessive des petites amies, alors évidemment j'ai envie de le voir au garde-à-vous devant moi, juste derrière Thomas.

— Comment as-tu su que Carmen te plaisait vraiment, et que tu ne voulais pas seulement lui plaire ?

— Je ne le sais pas encore. Elle me fascine, ça au moins, je le sais.

Naturellement, je suis submergée par le désir d'apprendre absolument tout sur leur relation.

— Eh bien, je ne ferai pas de commentaire, commenté-je, parce que tu ne m'as pas vraiment demandé de conseil là-dessus.

— Merci.

Ce qui, rayon Andrew, me refroidit plutôt. Nous achevons assez agréablement notre dîner. Nous parlons encore cinéma français et italien. Nous inventons quelques-unes de nos histoires amusantes sur les serveurs, les autres convives, et surtout l'hôtesse, qui est habillée d'une façon stupéfiante.

Dans la rue, je lance :

— Je vais prendre un taxi ; tu dois probablement rentrer chez toi.

— J'ai le temps de te déposer.

Ce qui veut dire qu'il doit bel et bien rentrer chez lui.

À cet instant, un taxi s'arrête, déposant une dame qui prouve que, si on n'est jamais trop riche, on peut du moins être trop mince. Je lui adresse un au revoir amical, saute dans le taxi et m'en vais sans vraiment ajouter un mot.

Sur le chemin du retour, j'éprouve quelques remords. Un peu comme si j'avais rompu avec un petit ami ou je ne sais quoi. Ça montre bien à quel point mon expérience avec les vrais petits amis est limitée. J'appellerai Andrew, demain, et je serai très amicale et tout ça.

En rentrant dans l'appartement, je tombe sur une Nicole radieuse. Je pense ne l'avoir jamais vue aussi heureuse. Elle brûle positivement d'envie de savoir...

— Qui - est - Thomas ?

Oh mon Dieu.

— Thomas qui ça ?

— Le Thomas qui t'a envoyé cinquante roses jaunes. Cinquante ! Avec un mot si romantique.

Je prends une profonde inspiration en m'apprêtant à la tuer avec le poison qui bouillonne sur le bout de ma langue...

— Que je n'ai ni lu ni ouvert. Je me contente de te taquiner parce que tu m'as fait des cachotteries.

Les roses sont incroyablement belles, et disposées dans un vase en cristal qui couvre de honte tout notre appartement. Le mot dit : *Je pense à toi.* Et il ajoute : *Au lieu de travailler, de dormir, ou de faire quoi que ce soit d'autre...*

Dois-je l'appeler ? Non. Bien sûr, je devrais. En même temps, il serait plus intelligent de ne pas le faire. Mais ce serait malpoli, aussi. Regarde-t-il par la fenêtre de son appartement, regarde-t-il la ville en se demandant quelle petite lumière scintillante est la mienne ? C'est la première fois qu'un garçon fait quelque chose comme ça pour moi.

Andrew a raison : Thomas est vraiment amoureux. Et tout bien réfléchi, il frise la perfection. Allongée là, dans mon lit, je n'arrive pas à lui trouver un seul défaut. Il se peut que ce soit un larbin, mais il faut bien commencer quelque part. Il est certain qu'il a ses entrées dans un monde plein d'introductions exaltantes, de premières et de dîners dans des grands restaurants. Quel mal y a-t-il à succomber au charme d'un garçon qui pourrait aussi être en mesure de m'aider à réaliser mes rêves ?

J'attrape mon téléphone et, avant d'avoir eu le temps de changer d'avis, je compose son numéro. Il décroche dès la première sonnerie.

— Salut, dit-il d'une voix soyeuse.

Il est tout doux et chaud, et excité de m'entendre. Tout ça en un seul mot. Sans que j'aie eu le temps de répondre quoi que ce soit, il continue :

— Il faut que tu te reposes pour rester belle comme ça.

Et avant que j'aie eu le temps de demander pourquoi, il ajoute :

— Parce que tu auditionnes demain pour le rôle de Ruby.

Mon cœur loupe un battement et bat la chamade, tout ça en même temps. Andrew se trompait. Thomas n'est absolument pas un sous-fifre. Mon homme, livré à mes pieds.

— Rosalie sera là. Et cramponne-toi à ton pyjama en pilou, notre réalisateur aussi. Il est rentré d'Afrique. Je lui avais envoyé ton bout d'essai. Je ne voudrais pas vendre la peau de l'ours, mais il est très bien disposé à ton endroit. C'est une opportunité, une vraie.

— Je ne sais comment te remercier.

— Crois-moi, je suis encore plus heureux que toi.

Pas possible. J'effectue la danse du popotin de Jade toute seule dans ma chambre, parce que je n'arrive pas à contenir mon excitation. Nous parlons encore vingt minutes pendant que je m'apprête à me coucher. Il m'écoute me brosser les dents ; puis, quand j'éteins la lumière et me glisse sous les draps, il dit :

— Bonne nuit, ma beauté. J'espère que tu rêveras de moi.

Et j'ai l'audace de répondre :

— D'une curieuse façon, c'est déjà le cas.

12

Sloane

Je me réveille la joue sur l'exemplaire de *Siddhartha.* J'ai passé toute la journée de la veille à le lire et à le relire en entier, deux fois et demie. Il faut croire que j'ai fini par m'endormir. J'adore les notes de James en marge, et les choses qu'il a soulignées. Et j'aime la façon dont sa lèvre inférieure avance, comme un objet sculpté dans une matière que j'aimerais caresser.

Dans la salle de bains, je décide de me maquiller un peu, en m'arrangeant pour qu'aucune des filles ne le remarque, et James non plus, mais qu'il me trouve juste séduisante, sans savoir pourquoi. Je suis obsédée par le mascara, et je vérifie qu'il n'y a pas de grumeaux révélateurs quand Max entre dans la salle de bains sans frapper.

— Désolé ! s'écrie-t-il, et il ferme aussitôt les yeux.

Mais il ne ferme pas la porte. Il reste planté là, les paupières closes.

— Je suis habillée, Max. Tu peux ouvrir les yeux, lui dis-je.

Il entrouvre une paupière. Ainsi rassuré, il entre et me pousse sur le côté du lavabo afin de se brosser les dents. Dans la glace, il étudie mon reflet alors que je m'efforce de perfectionner mon look « naturel ».

Je voudrais lui dire quelque chose pour sa lettre d'anniversaire, mais je ne veux pas le gêner, ou que ma présence féminine lui répugne encore davantage. Et puis, comme s'il lisait dans mes pensées – je ne serais pas vraiment surprise qu'il ait ce don –, il lâche :

— Pour ta carte, j'ai emprunté les paroles de Bill. C'est lui qui avait dit ça. Le jour où on était grimpés dans l'arbre.

Il me dévisage dans la glace. J'ai peur de me mettre à pleurer si je lui rends son regard, alors je continue à m'occuper de mes cils.

— C'est une carte magnifique, Max. Ce sont des mots magnifiques.

Il hoche la tête. Il le sait.

— C'est pour ça qu'il les avait prononcés.

Il crache et commence à se rincer la bouche. Je regarde sa tête et voudrais enfouir mon visage dans ses cheveux pour me réconforter, mais j'ai peur de gâcher cet instant. Alors qu'il boit l'eau à même le robinet, ce qui est une de ses nouvelles habitudes « de garçon », il m'avoue :

— J'ai trouvé Bill dans le ciel. Dans les étoiles. Comme sur ton plafond.

Il ferme le robinet et me fixe. Il a un visage tellement ouvert, clair et innocent.

— Je te montrerai, un soir.

Et il sort de la salle de bains.

Je savoure ce moment partagé. Mais pas question de m'y habituer. Il me crie depuis le couloir :

— Tu sais, Sloane, tu es beaucoup plus jolie sans toutes ces saletés sur la figure.

Je m'inspecte dans la glace. J'ai encore sur la joue la marque du livre de James sur lequel je me suis endormie. Je pense à la ligne que j'étais en train de lire, celle qu'il a soulignée et à côté de laquelle il a mis un astérisque : « Siddhartha se leva, seul comme une étoile dans les cieux... Ce fut le dernier frisson de son éveil... Il se remit aussitôt en marche, rapidement et impatiemment, non plus vers chez lui, sans regarder en arrière. »

Je prends mon courage à deux mains en prévision de la traversée de la journée. Une profonde inspiration et je dévale l'escalier. Mes deux secondes de sérénité sont instantanément pulvérisées par le regard inquisiteur de ma mère.

— Tu as l'air heureuse, dit-elle.

Ce n'est pas une déclaration mais une question : *Pourquoi ?*

— Merci. Toi aussi.

J'essaie de me concentrer sur les œufs brouillés et le toast qu'elle me glisse sous le nez.

— Est-ce que ça pourrait avoir quelque chose à voir avec le livre que tu as passé des heures à lire, hier ?

Je ne lève pas les yeux.

— Peut-être. C'est le genre de livre qui fait que le monde paraît meilleur. Je te le prêterai.

— Hé-ho ! fait-elle, m'obligeant à lever le nez. Je te parle du jeune homme d'une beauté renversante – je ne peux même plus dire le « garçon » – qui a déposé le livre en question.

— Ça doit être James. C'est un nouveau.

Elle s'assied en face de moi.

— Il est évident qu'il t'aime bien. Il est évident que ça te fait plaisir. Pourquoi ne veux-tu pas en parler ?

— Oh si, je te rassure, j'en parle avec des tas de gens. Mais ce que tu veux dire c'est, pourquoi est-ce que je ne t'en parle pas à toi ?

Elle tique, comme si mes paroles l'avaient piquée au vif.

— Et la réponse est... ? demande-t-elle calmement.

— La réponse est que je préfère éviter.

Il y a un très long silence pendant lequel elle s'efforce de ne pas exploser, puis elle finit par se lever et sort de la cuisine. Elle n'éteint même pas sous le bacon de papa.

Je lui en veux tellement d'être comme elle est que c'est à peine si j'arrive à aligner deux pensées. Je ne veux pas qu'elle soit au courant de quoi que ce soit à propos de James. Il est clair qu'elle tente de m'amadouer à ce sujet uniquement pour me déballer l'ensemble de règles qu'elle ne peut s'empêcher d'imposer. Côté relations avec les garçons, ma mère m'impose la loi martiale. Sous peine d'être cloîtrée à la maison, ou pire, je n'ai pas eu le droit de sortir avec des garçons avant mon seizième anniversaire. Ce qui me gênait et me frustrait au-delà de toute expression, alors même que les candidats ne se bousculaient pas spécialement au portillon. Dans mon esprit, la gent masculine était assimilée à la punition. Aujourd'hui, j'aurais parfois envie de m'asseoir avec cette chère vieille maman pour discuter, mais la communication est bel et bien coupée. J'ai obéi à sa stupide règle, et maintenant que j'ai l'âge voulu, quand un garçon me dépose un livre, il faut qu'elle se mêle de mes affaires. J'en ai vraiment marre d'être sous son microscope. Je laisse mes œufs et je remonte à l'étage faire une retouche de maquillage.

Je décline deux fois la proposition inhabituelle de mon père de me conduire au lycée. Lorsqu'il revient à la charge pour la troisième fois, je me contente de le remercier et je me demande s'il a un de ces trucs de papas en tête. Pourvu qu'il ne me parle pas de mes rêves. Il ne m'a demandé qu'une fois comment j'avais dormi, alors avec un peu de chance il a tout simplement oublié.

Quand mon père est remonté contre moi, il se met à parler très lentement, d'une voix grave qui a le chic pour me foutre la trouille.

— Qu'est-ce qui se passe entre ta mère et toi ?

Ça n'a donc rien à voir avec mes rêves. Ce truc de papas est en fait un truc avec maman.

— Je suis désolée de l'avoir envoyée paître au petit déjeuner. C'est juste que je suis fatiguée, ce qui n'est pas une raison. Je promets de lui faire mes excuses dès que je la reverrai.

— Ce n'est pas suffisant. Tu lui en veux depuis un an. Ça a commencé d'un seul coup, vers ton seizième anniversaire, et ça ne fait qu'empirer.

— Papa...

— Tais-toi. Nous en parlons tout le temps, ta mère et moi. Ça lui brise le cœur, et à moi aussi. C'est complètement injuste, et je veux savoir de quoi il s'agit.

— Je ne sais pas, papa. Je le sens aussi. J'espère que ça va passer. Ça ne vient pas de quelque chose qu'elle ferait mal. J'espère que ce n'est qu'un rituel de séparation, où une fille adolescente doit repousser sa mère pour pouvoir voler de ses propres ailes, ou je ne sais quoi.

— C'est la pire excuse que j'aie jamais entendue ! Les adolescents, ça pique des crises, ça boude, mais ça, ça dure depuis un an. Si ça ne change pas, et bientôt, la prochaine étape consiste à consulter un psy.

Je regrette de ne pas pouvoir prendre le train pour New York et aller voir Emma. Je regrette qu'Emma n'existe pas pour de vrai. Si elle était réelle, je pourrais lui demander pourquoi tout ça m'arrive à moi. Je pourrais lui parler de Maggie…

— Je suis sérieux, Sloane. Ça doit cesser. Nous sommes une famille. Le monde ne tourne pas autour de toi. Tu comprends ce que je te dis ?

Il quitte la route du regard, voit que j'ai les yeux pleins de larmes.

— Tu comprends ?

— Oh, je comprends.

Et puis je laisse échapper la vérité :

— Je ne sais pas ce que j'ai qui ne va pas.

Sauf que je le sais, bien sûr. Ce que j'ignore, c'est pourquoi.

Il me laisse devant le lycée. Il n'est pas question d'un baiser ou d'un mot pour se dire au revoir. J'essaie de refermer la portière sans la claquer, mais peut-être qu'elle fait trop de bruit quand même.

Honteuse, je file aux toilettes et je me regarde dans la glace. Évidemment, ce crétin de mascara a coulé sous mes yeux, et je ressemble à Gordy quand il se déguise pour une partie de jeu de rôle. J'essuie soigneusement mes cernes noirs en me sentant vraiment monstrueuse d'être aussi méchante avec ma mère. Je revois son expression peinée dans une succession d'images qui défilent en un éclair, des images de l'année passée, alors qu'elle tentait de me parler comme nous l'avions toujours fait et que je me contentais de claquer la porte.

D'ailleurs, il n'y a rien à discuter. Je me complais dans un fantasme de gamine de douze ans en espérant que le plus beau garçon du monde tombera amoureux de moi. Comment pourrais-je lui raconter ça, et que répondrais-je à sa rafale de questions à tous les petits déjeuners de ma vie sur le non-avancement de la non-romance ? Parler de mon fantasme et de mes états d'âme serait déjà humiliant, mais avec ma mère, ça le serait encore plus, d'une façon exponentielle.

J'entre en classe et il est là, au fond, comme d'habitude, avec une chaise vide à côté de lui. À la seconde où il m'aperçoit, il me fait signe de le rejoindre. J'oublie que j'ai une mère. J'oublie tout. Je ne pense plus qu'à une chose : essaie de ne pas courir. Ou du moins, pas trop vite.

Je me coule sur la chaise à côté de lui. Il rive sur moi un regard agréable, mais très intense.

— Bonjour, murmuré-je.

— Oh, excuse-moi de te dévisager comme ça. Je remarquais juste quelque chose, c'est tout.

Il s'ensuit deux interminables secondes de silence.

— J'attends, dis-je.

— Tu as les cils tellement longs.

Ça peut être difficile à comprendre, mais cette phrase me fait battre le cœur plus vite que s'il m'avait demandée en mariage ou je ne sais quoi. Au moins, il me trouve un peu attirante, non ?

— Merci. Et merci pour le livre. Je l'ai lu il y a longtemps, évidemment...

— Évidemment.

Et le snobisme du commentaire lui arrache un sourire. Seulement c'est un sourire vraiment gentil et amical. Comme s'il savait que j'essaie de l'impressionner, mais ça va, parce qu'il m'a complimentée sur mes cils. Je me demande s'ils lui plairaient sans le mascara qui reste dessus. Je m'en inquiéterai un autre jour. Je crois avoir entendu parler de teinture permanente. Je prends note mentalement de me renseigner. Je veux dire, comment aurais-je pu deviner que ce garçon faisait attention aux cils ?

— Qu'est-ce qui s'est passé, là ? Tu as été blessée en duel ?

Il indique le minuscule espace entre mes cils fabuleusement longs, provoqué par cette foutue cicatrice de varicelle quand j'étais toute petite.

— Tu devrais voir l'autre type, je réponds, et il éclate de rire.

— Je vais être obligé de sécher le sixième cours, dit-il, parce qu'il y a une personne que j'ai promis de conduire quelque part. Mais on viendra plus tard, Pablo et moi, donner un coup de main au vétérinaire. Je mettrai le courrier sous enveloppe et il lèchera les timbres. Alors on se reverra là-bas. Peut-être qu'on pourrait manger un morceau après.

Je suis pétrifiée. Figée. Alors évidemment, je fais une réponse d'une bêtise sidérale :

— Et on pourra parler de *Siddhartha.*

Il incline la tête vers moi, par-dessus son bureau.

— Et on pourra parler de tout ce qu'on veut.

La sonnerie retentit. Il se penche, récupère son sac et lève les yeux – ces yeux-là – vers moi. Je m'oblige à bouger, à ranger mes affaires pendant que l'idée s'épanouit en moi. Un rencard. Il m'a invitée à un rencard. Sans même prendre la peine de trouver un prétexte. Il veut que je sache qu'il recherche ma compagnie. Il veut être avec moi. Seul.

Je reste assise sur place alors que la salle se vide, et je suis sur le point de m'envoler sur un nuage de brume rose quand deux petits mots traversent mon extase : *Amanda Porcella.* La personne qu'il conduit quelque part pendant la sixième heure de cours. La personne avec qui il fait probablement l'amour tous les jours.

Oh, merde. Quelle idiote ! Il est beaucoup trop bien, et certainement beaucoup trop intelligent, pour imaginer qu'il pourrait faire des infidélités à sa petite amie sous les yeux de trente jeunes qui les observent et échangent des ragots sur eux en permanence. Il est évident que ce n'est pas du tout un rencard. Pour lui, il doit s'agir uniquement d'aller manger un hamburger avec une copine de classe. Comme si j'étais Gordy, ou la Beuh. Ce n'est un rencard que dans mon esprit, parce que c'est mon vœu le plus cher au monde.

Je n'ai pas honte de vouloir mettre le grappin sur le petit ami d'Amanda. Toutes les filles de ce lycée ont des vues sur lui. Il ne s'est rien passé de mal. James m'a simplement demandé si je voulais sortir avec lui. Si je peux m'empêcher de fantasmer sur ce garçon, et être raisonnablement intelligente et enjouée, on deviendra peut-être des amis qui sortent ensemble. Ça me plairait. Ce ne serait pas horrible que j'en veuille davantage. Enfin, je ferais de mon mieux pour m'en contenter.

Je trouve Gordy et m'assieds avec lui pour déjeuner. Je lui demande de m'excuser de ne pas l'avoir appelé la veille, lui explique que j'ai lu toute la journée sans lever le nez. Je veux qu'il sache à quel point mon anniversaire a été merveilleux, grâce à lui. Gordy pense que ça vient juste après ma fête en rollers, en primaire, quand il s'était cassé le poignet en essayant de faire le « pistolet » (une figure assez compliquée). Il me demande si on peut manger un morceau ensemble, ce soir. Je lui dis que j'ai quelque chose de prévu, et il m'annonce sur un ton faussement désinvolte qu'il a suivi mon conseil et largué l'odieuse Melissa. Bon débarras.

Mais il a beau faire mine de prendre ça à la légère, je vois bien que ça l'attriste un peu.

— Tu veux venir dîner à la Pizzetta ? Je partagerais bien une pizza de rupture aux *pepperoni.*

Il hausse ses grandes épaules, et il aspire une gorgée de jus d'orange avec la petite paille qui dépasse d'une brique en carton.

— Évidemment, je réponds.

Pas question de le laisser manger seul une pizza de rupture. Je n'aurais jamais accepté la proposition de sortie de James (de peur qu'Amanda ou d'autres se fassent des idées), mais je regrette quand même un peu d'avoir renoncé à cette possibilité. Enfin, c'est Gordy, et il en ferait autant pour moi.

De toute façon, James ne se pointe finalement pas chez le vétérinaire. Ce n'est pas un volontaire très fiable. Je m'abstiendrai néanmoins d'en parler au docteur French. Il est évident que conduire une personne quelque part s'est révélé beaucoup plus excitant que de s'occuper des animaux avec moi. Pas mon problème. Pas mes affaires. Je vais remonter le moral à mon meilleur ami à l'occasion de sa pétassectomie.

Je souhaite une bonne nuit à toutes les créatures et je ferme à clé. Les enveloppes de la newsletter mensuelle du docteur French attendront. Je déverrouille le cadenas de mon vélo et le fais rouler vers le caniveau juste au moment où...

Une vieille Porsche Targa rouge déboule au coin de la rue et pile devant moi en soulevant une gerbe de gravier. Il se penche par la vitre avec un sourire crétin.

Je n'aurais jamais imaginé, même en un million d'années, qu'il pouvait avoir un sourire crétin, et ça le rend encore plus irrésistible.

— Je suis tellement content de t'avoir rattrapée. J'ai été retenu.

— Tu n'as pas à te justifier.

À l'instant où je la prononce, la réplique sonne un peu trop sèchement à mes propres oreilles. Par bonheur, il ne relève pas.

— Enfin, si tu es encore libre à dîner...

Je pousse mon vélo vers sa caisse. Et de ma voix la plus douce, la plus suave, je réponds :

— Je n'ai jamais dit que j'étais libre à dîner. Tu as simplement supposé que je l'étais, probablement parce qu'il n'y a pas beaucoup de gens qui t'envoient promener.

— J'imagine que je dois prendre ça pour un compliment ?

— Un peu des deux.

Il éclate de rire.

— Alors, tu l'es ? Libre pour dîner, je veux dire.

— Non, désolée.

— Moi non plus. Alors, demain ?

Mon cœur fait plus que s'emballer. La terre ne me porte plus. Ça me picote dans toutes sortes d'endroits bizarres. Je baisse les yeux sur mes pieds et j'essaie de me fabriquer une expression ironique, doucement réprobatrice mais encore amicale. Je ne suis pas sûre que Meryl Streep serait capable d'un tel jeu de scène.

— Qu'y a-t-il ? s'étonne-t-il sur un ton plaisant.

Je décide de ne pas relever les yeux.

— Je me demandais juste ce qu'Amanda penserait de ce que tu viens de me dire.

Le silence s'attarde tellement que je ne suis pas sûre qu'il soit encore là.

— Regarde-moi, répond-il d'un ton spécialement doux.

Et c'est ce que je fais.

— Tout le monde pense que nous sommes ensemble, Amanda et moi, et je ne devrais pas être surpris que tu le penses aussi.

Cela veut-il dire qu'il ne sort pas avec elle ?

— Nous ne sommes pas ensemble. Je ne sors pas avec elle, ni avec personne. En réalité, je ne suis jamais sorti avec Amanda. Nous avons passé deux semaines ensemble en camp de vacances, et nous sommes restés amis après.

— Alors ça n'a jamais été ta petite amie ?

James rougit légèrement.

— Je veux dire, on avait commencé à sortir ensemble. Et il était assez clair qu'elle espérait que les choses aillent plus loin. Et puis j'ai rencontré quelqu'un. Quelqu'un avec qui je ne suis plus. Amanda sait tout ça. Et il n'y a pas de problème entre nous. Tu pourras le lui demander et elle te le confirmera.

Je retiens mon souffle. Il semble hélas qu'il n'ait rien à ajouter.

— Et tu me dis ça parce que...

— Euh, tu me l'as demandé.

— Ah oui.

Nous éclatons de rire tous les deux. Et donc nous voilà dans le parking du vétérinaire. Il se moque de moi. Je n'ai pas idée de la conduite à adopter. Alors je me contente de continuer à rire. Je dois avoir l'air complètement idiote. Enfin, il ajoute quelque chose.

— Sloane, je t'ai proposé de sortir avec moi. Et pour être honnête, c'est la première fois que je fais ça depuis bien longtemps. Et j'espère vraiment que tu diras oui.

Au nom du ciel, qu'est-ce que quelqu'un comme lui peut bien trouver à une fille comme moi ?

— Oui, j'aimerais beaucoup.

Nous nous regardons. Il est encore dans sa voiture. Je suis debout devant lui, une main sur sa portière. Il tend la sienne et me caresse le petit doigt. J'ai l'impression de l'avoir fourré dans une prise électrique. Mais c'est très agréable.

— Alors, je peux te déposer quelque part ? demande-t-il.

— C'est-à-dire que j'ai mon vélo, tu vois.

— Oui. Eh bien je pourrais passer te chercher demain matin et te ramener à ton vélo à temps pour aller au lycée.

Ce n'est pas réel. C'est Maggie qui rêve tout ça. Par osmose, elle a pêché quelque chose dans le livre qu'Emma lui a donné, et c'est elle qui permet à tout ça d'arriver. Je ne la remercierai jamais assez pour ce moment. Dommage que je sois obligée de décliner la proposition.

— Si je laisse ce vélo dehors ce soir, j'aurai encore plus d'ennuis avec mon père et ma mère que je n'en ai déjà, ce qui est considérable.

Je me sens comme une petite fille, de raconter ça à un garçon au volant d'une Porsche.

— J'ai rencontré ta mère samedi. Je pense que je lui plais. Je pourrais lui dire un mot.

— Remets ça à plus tard.

Je m'oblige à monter sur mon vélo, je lui fais un signe amical et désinvolte, comme si tout ça était parfaitement habituel pour moi, comme si je me faisais inviter tous les quatre matins à manger un hamburger par le garçon le plus sexy qui ait jamais mis les pieds dans notre petite ville endormie. L'effet est quelque peu gâché lorsque je boucle mon casque monstrueusement plouc.

Il reste juste assis là à me regarder m'éloigner en pédalant. Trop grisée pour aller droit.

13

Maggie

Je décide de ne pas mettre Nicole au courant de mon audition pour la série *Insinuations*. Je n'en parle même pas à Jade. Non de crainte que ça me porte la poisse, ni pour couper au réconfort de Nicole quand le rôle me passera sous le nez, mais parce que c'est trop énorme. Je n'ai pas envie d'en discuter comme ça, entre deux portes. Je peux en revanche me confier à Thomas ; il est du milieu, et donc je m'appuie un peu sur lui. Je vais jusqu'à lui demander quelles chaussettes je dois mettre, et si, au petit déjeuner, il vaut mieux que je mange des œufs ou des céréales. Il a la gentillesse de soupeser les différentes options avec autant de gravité que moi. Je finis par piquer à Jade des cookies rose fluo parce que c'est probablement ce que le personnage choisirait.

Deux heures avant l'audition la plus importante de ma carrière à ce jour, j'ai rendez-vous avec Emma. Je tergiverse : et si j'annulais la séance ? Il est tout de même plus amusant de bavarder avec Thomas, et il pourrait me donner des conseils utiles, compte tenu des circonstances. Malgré ma sensibilité d'artiste qui a laissé tomber les cours, je ne suis pas du genre fumiste, et je me présente à l'heure au rendez-vous.

Je commence par lui dire que je n'ai pas lu le livre qu'elle m'a donné, et que Sloane est hors sujet pendant l'heure à venir. À la place, nous pourrions utiliser ce temps de façon constructive en me préparant à l'audition. J'envisage la méditation sur une musique relaxante, peut-être piquer un roupillon pendant qu'elle me guiderait vers ma « zone de confort ».

Emma a d'autres projets. Elle dit qu'elle peut m'aider à me « focaliser » en plongeant dans mon vécu afin de m'en inspirer pour la Ruby sauvage, tempétueuse, intrusive et rigoureusement dingue.

Toute mon expérience des rapports sexuels se borne à une fois, à l'âge ridicule de quatorze ans. Évidemment, je ne peux faire autrement que d'évoquer ce très oubliable épisode dans près de quatre-vingts pour cent de mes séances avec Emma. Pour elle, c'est du pain bénit, plus beau qu'un coup de fil en direct à Sigmund Freud. Dans les faits, le pénis en cause était celui de Robert Parkens, dix-sept ans – enfin, presque –, le grand frère de l'amie d'une amie qui donnait une fête où (horreur) l'alcool pointait son vilain nez. L'honnêteté m'oblige à reconnaître que j'avais craqué pour Robert, qui était séduisant dans le genre artiste tuberculeux : il avait bel et bien écrit quarante pages de ce qui ne deviendrait jamais un roman, exploit qui faisait de lui une espèce de mâle de rêve, un peu bohème. Pas de chance, il me trouvait sexy. C'était loin d'être le cas, je vous le promets.

Et donc, que ça vous serve de leçon, les filles, il m'a fait monter dans sa chambre et je me suis soûlée pour de bon, ce que j'ai trouvé super, jusqu'à ce que je me réveille au lit dans mon propre vomi vers 3 heures du matin. Nous avons commencé à nous peloter, ce que j'ai aussi trouvé super, tout comme lui d'ailleurs. Ce prologue, assorti du petit mensonge selon lequel j'avais seize ans, l'encouragea à croire que le moment magique était arrivé. Ce ne fut pas horrible, juste à peine douloureux, mais ce ne fut ni magique, ni excitant, ni rien de ce que c'était censé être. La partie pelotage m'avait paru spontanée et émoustillante. L'épilogue avait viré technique et brouillon, et n'avait pas duré plus d'une quinzaine de secondes.

Emma y tient à mort : ça ne peut être qu'une profonde blessure, qui aurait pu, d'une certaine façon, on ne sait comment, créer la virginale Sloane. Mon Dieu. Je lui ai expliqué une centaine de fois que je n'avais pas été violée. D'accord, je n'avais pas vraiment réfléchi à l'aspect défloration jusqu'à ce que je sois trop ivre pour beaucoup penser à quoi que ce soit, mais j'étais fondamentalement consentante, et la seule conséquence négative fut que ça ne m'a pas donné envie de revivre exactement cette expérience, de crainte que ce soit plus ou moins toujours pareil pour moi : un non-événement. J'essaie de positiver, de me dire que c'était tout bêtement le mec qu'il ne fallait pas, et que la prochaine fois ce sera avec quelqu'un dont, eh bien, je serai vraiment amoureuse…

Pour la petite histoire, Robert n'est pas une mauvaise personne. Il aurait voulu approfondir nos rapports (sans jeu de mots), même après avoir découvert que j'avais quatorze ans, et que je n'avais plus envie de coucher avec lui – ni avec quiconque, d'ailleurs – dans un avenir prévisible. La vérité c'est que je me sentais simplement trop jeune pour ça ; contrairement à Sloane, je n'avais pas une maman pour me le dire, ou pour me donner le feu vert. Je me demande parfois si je ne serai pas éternellement trop jeune pour sortir avec un garçon.

Comme de bien entendu, Emma s'évertue maladroitement à relier ça à l'histoire Thomas, et sa stupidité me donne envie de lui flanquer des baffes. Il se peut que Thomas m'inspire des sentiments confus, mais Robert Parkens n'y est pour rien. Emma éprouve également des sentiments conflictuels à l'égard de Thomas. Et donc nous passons une heure à parler de ses conflits au lieu des miens, ce qui est un soulagement.

Il en ressort que la dernière chose qu'elle souhaite pour moi c'est que je m'engage dans une « relation sexuelle » ou que je devienne « sexuellement active » avec qui que ce soit avant que ma psychose soit résolue, mais qu'elle se demande aussi si le fait de tomber amoureuse, de m'attacher véritablement à quelqu'un ne supprimerait pas complètement le besoin de Sloane. Ah, et puis il y a l'inadéquation de l'âge de Thomas (comme s'il avait la cinquantaine, franchement...), les complications inhérentes aux conflits de travail potentiels, et ma propre ambivalence sur ce que je veux éprouver envers celui avec qui je le ferai.

Ce que je ne lui dis pas, c'est que je crâne comme ça, mais que je crève de trouille à l'idée de m'engager dans une véritable relation, et qu'avec un peu de malchance celui dont je tomberai amoureuse découvre que je n'ai pas *ça* en moi, et que mes pires craintes se confirment, que je ne mérite pas l'amour du garçon idéal.

Comme nous n'avons plus que cinq minutes devant nous, ignorant mes demandes de laisser Sloane en dehors de tout ça, Emma brandit l'argument massue : pourquoi ne me suis-je pas interrogée sur l'incidence de Sloane dans l'affaire Thomas ? Parce qu'elle n'a rien à voir là-dedans, peut-être ? Faux. Pour m'investir vraiment dans une relation, il faudrait que je sois prête à partager tout mon moi, mon vrai moi, et je ne le suis pas. En réalité mon secret est à peu près le plus inhibant qu'elle ait jamais vu dans ce contexte.

Elle enfonce le clou en me répétant que je cours le danger de devenir simplement à jamais et incurablement « zinzin » (c'est du jargon scientifique), perspective terrifiante, surtout quand elle m'explique que ce qui pourrait me faire basculer dans la folie pourrait être la panique liée au fait même de cacher l'existence de Sloane à l'hypothétique homme de mon cœur.

Ça fera 100 dollars, s'il vous plaît.

Ainsi préparée pour mon audition, j'erre autour de Central Park dans un brouillard complet, envisageant d'appeler pour me faire porter pâle et implorer une nouvelle date. Ben voyons. Compte là-dessus. Alors, à la place, je décide de me mettre dans la peau du rôle. J'achète un hot-dog au chili et je flirte avec le vendeur avec l'accent New Orleans de Ruby (fort commodément emprunté à mon triomphe dans *La Ménagerie de verre*). Il me propose bel et bien un rencard. Et si je lui parlais de Sloane, histoire de voir ce que ça donne ?

Le temps d'arriver au bureau de Rosalie, j'ai brillamment répété ma scène une trentaine de fois, et je suis à fond. Thomas me salue d'une façon très professionnelle et me présente pour la seconde fois à Rosalie, qui me soutient beaucoup (c'est-à-dire qu'elle me traite à la fois comme une actrice qu'elle estime, et une créature qu'elle aime bien à titre personnel). On me présente le réalisateur, Macauley Evans. Il a un regard incroyablement intense, braqué sur moi comme un rayon laser. Je ne crois pas le voir ciller une seule fois pendant les cinq minutes entières où nous bavardons. Et c'est parti.

Évidemment, Macauley veut une autre scène. Ou plutôt, cinq. Je lui parle de celle qu'on m'a demandé de préparer, et il dit que c'est super, et qu'on la fera en dernier. Style, je m'en fiche pas mal de ta scène, je te lance un os à ronger, et voyons si tu vas m'impressionner. Tous les yeux rivés sur moi, je lis mes scènes en me sentant parfaitement à l'aise. Et pour finir, j'assure un max. Ce qui veut dire que je suis très, très bonne. Je le sais, ils le savent. Ça ressemble presque à un rêve.

On me demande si je fournis mes meilleures performances quand je m'immerge complètement dans le personnage, quand je m'incarne vraiment en Ruby. C'est absolument le contraire. Il faut faire deux choses à la fois : il faut être toujours aux commandes, toujours savoir ce qu'on fait, et en même temps ressentir à chaque instant ce que le personnage ferait afin d'être sûr de soi, sûr de ne pas se tromper. J'imagine que ça ressemble un peu au rêve lucide, à ce qu'Emma voudrait que je fasse avec Sloane.

Et nous nous disons au revoir. Personne n'est faussement encourageant, ce qui est complètement normal, et en même temps dévastateur. Je suis persuadée que d'autres actrices plus talentueuses, plus expérimentées et plus *bankable* vont auditionner pour le rôle, et que l'une d'elles l'obtiendra. Aujourd'hui, c'est un triomphe absolu, génial pour mon avenir, voilà ce que je me répète. Mais bien sûr. C'est pour ça que je m'en vais, le moral dans les chaussettes.

Thomas me raccompagne dans la rue. Il me dit que je m'en suis magnifiquement sortie, sachant que ce n'est pas ce que j'ai envie d'entendre. Quand il me dit que j'ai une chance énorme de décrocher le rôle, je vois bien qu'il ment comme un arracheur de dents. Ses dents parfaites. Ce que je ne sais pas, c'est si je devrais lui en vouloir ou lui être reconnaissante de son mensonge. Andrew me dirait d'oublier ce que je *devrais* ressentir et de me demander plutôt ce que je ressens en réalité. C'est pour ça qu'Andrew est une vraie plaie, et que Carmen est parfaite pour lui.

Thomas me surprend en me donnant un baiser d'au revoir en pleine rue. Ce qui me fait comme un petit bourgeon vert printemps qui point au creux de la poitrine. Il me pousse doucement contre le mur du bâtiment et joue avec mes cheveux.

— Ça te plairait de dîner avec moi ce soir ? Je te ferai la cuisine. Je suis très bon cuisinier, m'assure-t-il avec un sourire.

Je me sens tendue, et troublée, et je n'arrive pas à réfléchir assez vite. Alors, je mens.

— Je suis prise. Un truc de famille. Mais je t'appellerai demain matin pour que nous fixions une date où tu pourras m'impressionner par tes prouesses de chef.

Ce qui paraît le satisfaire relativement. Il répète son mensonge sur mes chances d'obtenir le rôle et retourne vaquer à ses affaires.

Je marche dans la rue vers le métro. J'ai l'estomac qui crie famine, parce que je n'ai mangé qu'un hot-dog de toute la journée. J'ai clairement perdu ma grande chance de jouer Ruby, et j'en ai mal à la tête. Mal de tête également dû au fait que je me demande à quelle sauce manger Thomas. Je prends mon portable et j'envoie un texto à Andrew, lui proposant de me retrouver à l'Union Square Café.

J'y arrive avant lui et je m'installe à une table près de la vitre. Jimmy commence à débarrasser le couvert en face du mien, et je l'arrête : j'attends quelqu'un. On dirait que je viens de lui annoncer que je ponds des lingots d'or.

— Ah, tant mieux ! me fait mon serveur préféré avec un grand sourire encourageant.

Et il entreprend d'astiquer la fourchette d'Andrew avec le pan de sa veste. Ce Jimmy trouve que je suis trop solitaire.

Andrew arrive une demi-heure après moi. Il a quelque chose de changé, et ce n'est pas sa coupe de cheveux. C'est une question d'attitude. Et je ne suis pas sûre que ça me plaise.

— Alors, comment ça s'est passé ?

— J'ai cassé la baraque. Ils m'ont adorée. Et je suis probablement encore en douzième position sur une liste de dix rôles.

Il voit que je suis vraiment déçue. Et que c'est pour ça que je lui ai envoyé un texto.

— Je suis désolé. Tu as sûrement raison. Ne te raconte pas qu'il n'y a pas de quoi être triste. Parce que le vouloir très fort fait partie de ce qu'il faut pour réussir dans la voie que tu t'es fixée. Ce que tu as réussi à faire aujourd'hui montre que tu y arriveras. Et je parierais que ça ne traînera pas. Il suffit d'un rôle. Et ce n'était peut-être pas celui-là…

Quelle belle façon de présenter les choses. Il réintègre ma liste des gentils.

Jimmy arrive et serre la main d'Andrew comme si c'était le pompier qui vient de sauver son chat coincé dans un arbre. Je ne suis pas solitaire, Jimmy ! Et, putain, je n'ai pas besoin d'être sauvée !

Je commande ma salade César au poulet sans poulet avec la sauce à part et des quartiers de citron. Andrew ajoute un cocktail au whisky, quoi que ça puisse être, puis il commande deux burgers et un autre cocktail pour lui. Je me laisse faire sans discuter, parce que j'apprécie vraiment le regard que Jimmy me lance, qui veut dire : tu vas boire de l'alcool, et tu penses que je ne te demanderai pas ta carte d'identité ? Je me contente de sourire, attendant l'inévitable demande de papiers. Qui ne vient pas ; sans doute parce qu'il a peur de faire fuir mon seul et unique compagnon de dîner.

Une fois qu'il est parti, je demande à Andrew :

— Qu'est-ce que c'est que ce verre que tu as commandé, et qu'est-ce qui te fait croire que je vais boire ça ?

— C'est mon cocktail préféré, un Maker's Sour, vraiment raide, et nous devons trinquer à ma santé. Et tu en boiras au moins une petite gorgée. Parce que nous avons quelque chose à fêter.

— Quelque chose de particulier ?

— J'ai rompu avec Carmen.

Waouh. Il a ce sourire de travers, et il pianote une petite marche funèbre sur la table. Impossible de dire s'il est vraiment si content que ça, ou s'il fait semblant.

— Donne-moi les détails.

— Il fallait que je le fasse. Elle l'a très mal pris. Je pensais qu'elle serait furieuse et me promettrait de faire des efforts, ce qu'elle a fait, et qu'elle aurait pu faire. Mais au lieu de ça, la scène est devenue plus ou moins lacrymale, et elle m'a demandé une autre chance.

— Et pourquoi la lui as-tu refusée ?

— Parce que j'ai eu un soudain éclair de raison. Je veux juste être avec quelqu'un que j'aime vraiment. Je n'ai jamais rencontré l'amour, et c'est peut-être la crainte de ne jamais le connaître, mais tout à coup, j'ai eu cette certitude absolue que je ne voulais pas me contenter de moins.

— Eh bien, dis donc ! Bravo. Qu'est-ce qui a provoqué ça ?

— Toi.

Ce mot me procure au creux de l'estomac une sensation que je n'avais encore jamais éprouvée. Et si ce qu'il est en train de me confier allait détruire la seule et véritable amitié que j'ai ? Je lisse nerveusement ma serviette sur mes genoux et, canalisant tous mes talents d'actrice :

— Comment ai-je fait une chose pareille ?

— C'est que tu es ma petite préférée. Dans le sens où j'ai pour toi beaucoup d'estime et d'affection. Et si j'ai un conseil à te donner, ce sera toujours exactement ça : ne te contente pas de moins que l'amour. Rien ne t'y oblige. Et c'est ce que je devrais faire, bien que j'aie moins d'affection pour moi que pour toi. Je devrais suivre mon propre conseil...

Pffui, je l'ai échappé belle ! Mais il poursuit :

— C'est comme ça que ça marche dans l'univers. Une porte se ferme, et une autre s'ouvre.

Oups.

— Une porte en particulier ?

— Thomas, argh. Comment ça marche ?

Je lui dis que Thomas m'a invitée à dîner chez lui, qu'il s'est proposé de se mettre aux fourneaux, et que j'ai raconté un mensonge pour m'en sortir. Je lui demande ce qui ne va pas chez moi, et il a l'air flatté que je le consulte. Je lui dis qu'il revient moins cher qu'Emma, et que si son conseil ne me plaît pas, il me sera plus facile de lui botter le cul à lui.

Sur ces entrefaites, Jimmy arrive avec les verres.

— Tu m'en as préparé un double, j'espère ? fais-je, très pince-sans-rire, pour le taquiner.

Jimmy me dit que s'il perd son boulot pour ça, ma future carrière de vedette sera plombée par le fardeau financier que constituera l'entretien de son couple.

— Ça marche, réponds-je.

Je lève mon verre à l'adresse d'Andrew.

— À la femme qui est faite pour toi.

Nous trinquons. J'avale une gorgée virile et réussis à ne pas m'étrangler. En réalité, c'est plutôt savoureux.

— Alors, qu'en penses-tu ? Se pourrait-il que ce soit Thomas qui soit fait pour moi ?

Il ne dit rien, se contente de me regarder.

— Moins de suspense et plus de conseils, s'il te plaît.

— Se pourrait-il que tu me poses cette question pour la seconde fois parce que tu espères une réponse différente ?

— Et quelle réponse penses-tu que j'espère ?

— Tu veux que je te dise non pour t'éviter l'épreuve effrayante qui consiste à le découvrir par toi-même. Il ne faut pas, Maggie. Quoi qu'il arrive, tu sauras gérer ça.

— Merci, je réponds ironiquement.

— Arrête ça. Voilà la seule chose que tu ne peux pas gérer : les compliments.

Au moment de me mettre au lit, j'utilise le livre d'Emma comme sous-tasse pour mon verre d'eau. Alors comme ça, Andrew pense que je ne devrais sortir qu'avec quelqu'un dont je serais amoureuse. Et Emma pense que tomber amoureuse me rendra folle. Mais ça contredit plus ou moins son autre petite théorie selon laquelle Sloane serait la « meilleure amie/sœur jumelle » que j'aie jamais eue, et que j'ai été obligée de créer parce que je suis une pauvre fille solitaire. Si je tombe amoureuse, je ne serai plus solitaire. Bon, d'accord, je ne le suis pas. Mais comment est-ce qu'on tombe amoureuse ? Est-ce que ça vous « arrive juste comme ça », très commodément ? Ou bien est-ce que c'est une chose qu'il faut provoquer, savoir repérer et saisir ? Je n'ai que dix-sept ans, mais j'ai la conviction terrifiante que si ça devait m'arriver, ça se serait déjà produit. La preuve : je suis seule à le savoir, mais c'est même arrivé à Sloane.

Le téléphone sonne. Je souris, et toutes ces sombres préoccupations s'évaporent. Peut-être qu'Andrew a une nouvelle liste de compliments à m'adresser que je pourrai faire mine de réprouver. Je m'empare de mon téléphone et jette un coup d'œil à l'écran. Oh.

— Hé, beauté. Je ne te réveille pas, j'espère ? demande Thomas, de sa voix d'alcôve.

Il me la joue un peu George Clooney. Un peu cucul, mais au moins ce n'est pas Homer Simpson.

— J'étais en train de penser au dîner que je voudrais préparer pour nous, et j'espère avoir ma chance demain soir. À moins que tu aies une autre obligation de famille ?

— Non. Je suis toute à toi.

Oh, merde ! Qu'est-ce qui m'a pris de dire ça ? Allô, Freud...

— Tu peux me faire une faveur avant que je te laisse tranquille ?

— Peut-être.

— Dis-moi que tu penses vraiment ce que tu viens de dire.

— Certainement pas ! réponds-je, en me félicitant qu'il ne puisse voir mon sourire idiot.

— C'est bien ce que je pensais. Alors, à demain.

14

Sloane

Je regarde par la fenêtre, mon arbre, ses feuilles printanières caressées par le vent, son écorce rugueuse réchauffée par le soleil matinal, et je souris. Des crocus et des jonquilles décorent l'herbe autour de son pied. Il est si beau. Peut-être que tout a toujours l'air plus beau au printemps. C'est sûrement une chose que les oiseaux et les abeilles mettent dans l'air en vaquant à leurs occupations, et que c'est pour ça que James m'a demandé de sortir avec lui ce soir. Peut-être que je devrais moins penser aux pourquoi et me laisser juste porter par l'excitation…

— J'ai un rencard, dis-je à mon arbre, à travers la vitre.

On frappe à ma porte, et je me demande si celui qui est là m'a entendue. C'est mon père. Il me demande s'il peut entrer. J'avais douze ans quand il a commencé à frapper avant d'entrer, mais je n'ai fermé ma porte qu'à partir de quinze. Ce n'est pas comme si je dormais toute nue, ou je ne sais quoi, mais c'est chou de sa part de respecter mon intimité.

Il s'assied au bord de mon lit et commence à voix basse, sur un ton très sérieux :

— Je voulais te prévenir pour que tu ne sois pas prise de court. Ta mère va t'inviter à dîner dehors, ce soir. Je veux que tu dises oui. Et je veux que tu sois reconnaissante et impatiente de cette occasion d'arranger les choses entre vous.

Il est évident que c'est son idée. Il a dû baratiner ma mère pour la lui faire adopter, et la convaincre que je ne lui mordrai plus la main si elle me la tend à nouveau. Je suis à la fois touchée d'avoir cette opportunité avec elle, et apeurée de devoir décommander James.

C'est ce soir ou jamais, bien sûr. Mon père entraîne l'équipe de football de Max, et il les emmène toujours manger une pizza après. C'est la seule soirée libre de maman dans la semaine. Et si James ne fixe pas d'autre date ? Si j'annule pour ce soir, est-ce que ça ne risque pas de lui laisser le temps de réfléchir et de se rendre compte que je ne vaux pas la peine qu'il insiste ? En réalité, si je déclinais la proposition de ma mère, je ne m'aimerais pas assez pour avoir envie de sortir avec quelqu'un comme moi, et je suis bien obligée de vivre avec moi-même…

Dans notre salle de classe, je parle à James de ma sortie obligée avec ma mère. Il se montre un peu plus compréhensif que je n'aurais souhaité. En réalité, il trouve super que je sorte avec ma mère. Il est clair qu'il n'attendait pas cette soirée avec autant d'impatience que moi. Et puis il me dit que sa mère lui manque. Il m'observe un instant et me demande :

— Tu es déçue ?

— Terriblement ! je réponds honnêtement.

— Moi aussi. Tu veux faire quelque chose vendredi ?

Vendredi ! Une date de rencard de premier choix. Le mercredi, c'est plutôt pour les sorties entre copains, alors que le vendredi, c'est indéniablement un rencard. Je plane sur un nuage rose jusqu'à l'interclasse, moment auquel nous nous retrouvons dans le couloir plein de monde. L'océan de visages me ramène à la réalité. On ne peut pas faire grand-chose à Mystic sans que tout le monde soit au courant. Et un rencard un vendredi soir entre dans la catégorie des choses qui n'ont aucune chance de passer inaperçues. Ce qui me pose à nouveau un problème avec Amanda.

Maman m'emmène manger des sushis au Go Fish dans le quartier ancien de Mystic. Le summum des délices culinaires de cette ville est le rouleau de homard (ledit rouleau étant un petit pain à hot-dog industriel), et il n'y a qu'un seul et unique restaurant de sushis. M'amener là revient à me tendre le calumet de la paix ; en effet, je lui ai dit une fois que j'aimais les sushis. Elle souhaite visiblement que ça marque une amélioration de nos relations, et toutes les cellules de mon cerveau veulent que ça marche.

En réalité, je n'ai pas mangé une tonne de poisson cru. Mais grâce à Maggie, j'ai vu un peu de ce que New York a à offrir de mieux. J'ai aussi vu à quoi ressemblent le wasabi frais et le gingembre, et ça n'a rien à voir avec la pâte vert fluo et les pellicules rose translucide qu'on dépose devant nous.

Je lance la conversation :

— Voilà, j'aurais bien besoin d'un petit conseil concernant James.

— Vous sortez ensemble, tous les deux ?

— Non. Mais il me l'a proposé.

Elle sourit et je vois qu'elle est sincèrement excitée pour moi, ce qui est agréable, puisque c'est la seule personne à qui j'en ai parlé.

— Bon, tu veux y aller, et tu as le droit d'y aller. Alors quel est le problème ?

— Tu connais Amanda Porcella. Eh bien, elle fait croire à tout le monde qu'ils sont ensemble, parce qu'ils l'ont été. Mais il y a longtemps qu'ils ont rompu.

— Et comment s'y prend-elle pour faire croire ça ? demande maman en mâchant un peu de fèves edamame.

— À vrai dire, elle ne ment pas à proprement parler, mais elle sait que tout le monde pense qu'ils sont ensemble, et elle ne dément pas. Le truc, c'est que j'aime vraiment bien Amanda. Je ne veux pas lui faire de peine, et je ne veux pas que tout le monde me déteste. Si je sors avec lui, ça donnera l'impression qu'il l'a plaquée pour moi, et je passerai pour une briseuse de couple parce qu'elle se gardera bien d'avouer qu'elle ne sortait même plus avec lui. Alors, qu'est-ce que je dois faire ?

Elle réfléchit une minute. J'apprécie ça chez elle, moi qui suis du genre à parler trop vite. Le chef sushi (croyez-le ou non, une femme, et pas asiatique du tout), nous tend un maki de limande à queue jaune à la ciboulette et des sushis au thon. Ma mère est une ninja avec ses baguettes. C'est une femme aux nombreux talents cachés.

— Je pense que tu devrais dire à Amanda ce qui s'est passé. Ne lui parle pas à lui d'abord, même s'il promet de ne rien dire, parce qu'il ne tiendra pas sa langue. Ne demande pas la permission à Amanda, mets-la juste au courant. Préviens-la qu'elle n'en a probablement pas conscience, mais que certains de vos camarades pensent qu'elle sort avec James, et que tu ne voulais pas qu'elle soit prise au dépourvu. Ça lui permettra de sauver la face, et ça lui laissera une chance de se préparer. Et, encore plus important, si James ne t'a pas dit toute la vérité, ça deviendra son problème à lui. Et il ne l'aura pas volé.

Je suis sidérée. Je veux dire, je la connais depuis toujours. Argh. Et je sais qu'elle n'est pas idiote. Mais ça fait beaucoup de réflexion claire en une giclée bien organisée. Et tout ça en donnant l'impression que ça coule de source...

— Tu as raison. C'est ce que je devrais faire. Sauf que s'il m'a menti, et s'ils sortent vraiment ensemble ?

— Tu voudrais vraiment sortir avec quelqu'un comme ça ?

D'un côté, je devrais parler plus souvent à cette femme. D'un autre côté, je n'ai aucune envie d'entendre de mauvaises nouvelles à propos du Garçon Oiseau.

Le dîner se déroule très agréablement. Nous ne parlons pas du passé, ni des raisons pour lesquelles c'est devenu si pénible entre nous. Nous passons juste un vraiment bon moment ensemble. Je sais que ça ne veut pas dire que les choses se sont miraculeusement arrangées, ni que je ne me réveillerai pas en rogne demain matin. Mais je suis contente d'être à nouveau en bons termes avec elle.

Je monte me coucher en proie à une grande nervosité. Peut-être que ça faciliterait les choses à Amanda si je l'appelais. Comme ça, elle n'aurait pas besoin de surveiller ses réactions, et elle pourrait me crier dessus, jurer ou me raccrocher au nez si elle voulait. Évidemment, ce serait plus facile pour moi exactement pour les mêmes raisons...

J'ai son numéro en mémoire.

Chose incroyable, elle répond. J'ai soudain envie de vomir. Ou bien c'est une attaque de panique. Je commence à parler pour m'empêcher de raccrocher.

Je lui parle exactement comme maman l'a suggéré. Et puis il y a un silence. Énorme. C'est probablement un appel manqué, et il va falloir que je redise tout ça, et ça donnera l'impression que j'ai répété mon discours.

Enfin elle me lâche d'une voix très calme et amicale, qui paraît un peu tendue et fausse, que c'est vraiment sympa de ma part de lui laisser le bénéfice du doute, qu'elle est bien consciente que tout le monde pense qu'ils sortent ensemble, James et elle, mais qu'elle n'a jamais démenti parce qu'elle espérait qu'ils renoueraient un jour.

— Nous sommes très proches, ajoute-t-elle d'un ton presque d'avertissement.

Elle me remercie de lui avoir donné la primeur, et me demande si on est toujours bonnes amies.

— Tout à fait. On est amies. Et toi ? Sans rancune ?

J'aurais dû demander à ma mère de m'écrire une meilleure réplique.

— Bien sûr, répond-elle d'un ton peu convaincant.

Je raccroche en me sentant malgré tout fière de moi-même pour avoir été aussi adulte (une fois n'est pas coutume). Bien sûr, Amanda a le blues. On ne peut pas lui en vouloir. D'un autre côté, je ne suis pas sa baby-sitter. Et maintenant que j'ai surmonté cet obstacle, je revois à la hausse les maigres chances que j'ai avec James.

Le lendemain, Amanda n'est pas en cours. Je me fais l'impression d'être une criminelle. Elle est chez elle, bourrelée de honte et de peur, et je ne sais pas comment elle pourrait se représenter un jour devant nous. Enfin, c'est ce que j'éprouverais à sa place. Ou alors, il se peut qu'elle ait juste la grippe. Je ne saurai jamais la vérité.

Au déjeuner, James vient me trouver ; il marche tout droit vers moi s'assied avec son sandwich à la dinde. Lila en a la bave aux lèvres. Kelly mange ses lasagnes comme si elle était scotchée devant la télé.

— Je me suis dit que vendredi soir, on pourrait peut-être aller à Providence écouter Eric Clapton. On serait probablement les plus jeunes de l'assistance, d'une bonne vingtaine d'années.

J'acquiesce d'un hochement de tête, comme si j'avais tout le temps ce genre de conversation. Pas de quoi fouetter un chat.

— Désolé, pas de flamenco au programme. Mais c'est le plus grand guitariste de tous les temps. Je l'idolâtre.

— C'est juste que tu ne veux pas que j'aie quelqu'un à comparer à toi, je réponds.

— À aucun prix, réplique-t-il du tac au tac.

Kelly éclate de rire, très fort. Je m'inquiète l'espace d'une minute que mon statut virginal soit aussi évident, comme si je me baladais avec une pancarte. Bah, quelle importance ? Il flirte définitivement avec moi. Il ne faudrait pas me pousser beaucoup pour que je fasse un tour d'honneur sur le stade.

Après les cours, Kelly et moi allons acheter quelque chose d'un peu plus sophistiqué que ce que j'ai dans mon placard. Je lui dis que nous ne cherchons absolument pas une robe ; ça ferait, style, celle qui en fait des tonnes. Je finis par acheter une robe. Bon, disons que je me contenterai d'en faire des kilos.

C'est une robe lavande, qui fait paraître mes yeux vraiment verts. Et le tissu doux et vaporeux me fait penser au printemps. Je la montre à maman quand je lui parle du rencard. Elle fait son numéro de mère en me disant à quelle heure je dois être rentrée, mais elle a vraiment l'air ravie pour moi.

Gordy débarque à l'improviste et reste dîner. Au dessert, maman me demande si je veux lui emprunter ses bracelets d'or pour demain soir. Ceux qu'elle avait à la fac, quand elle était allée en Inde, et sur lesquels je bave depuis que je suis une petite fille qui joue à se déguiser avec les vêtements de sa mère. Et comment, que je veux les lui emprunter ! Et puis aussi je ne peux pas croire qu'elle ait abordé la question au cours du dîner. Le vieil éclair de colère se réveille. Mais Gordy demande simplement où je vais. Alors je réponds simplement. Et il a l'air simplement, franchement jaloux.

— Qui est le petit veinard ?

Si j'avais les dons d'actrice de Maggie, je saurais comment répliquer très vite et l'air de rien. Mais ce n'est pas le cas.

— James, c'est tout.

— James et Sloane assis dans un arbre. À se faire des B-I-S-O-U-S ! entonne Max, insupportablement.

Comme s'il y avait une autre façon de chantonner ça. Gordy rigole et fait taire Max en lui fourrant sa serviette dans le bec.

Après dîner, nous allons nous promener au Marble, Gordy et moi, et je réussis à éviter de parler de mon rencard avec James. Ensuite, nous allons juste à côté, chez Mystic Disc, et nous regardons tous les albums. Je m'attarde sur Eric Clapton dans l'espoir de me préparer pour vendredi. Bill adorait passer des heures à Mystic Disc. Il avait un lecteur de CD et il tenait encore à en acheter, alors qu'on pouvait tout avoir, et instantanément, en MP3. Bill bavardait toujours avec Dan, le propriétaire, un aficionado de musique locale, et il lui faisait commander des éditions rares d'importation. Ils avaient mis une photo de Bill derrière la caisse, après l'accident. Je ne viens plus jamais là sans Gordy. En rentrant à la maison, le silence entre nous devient étrangement pesant.

En me réveillant, le vendredi matin, je décide de mettre mon joli jean et un chemisier violet dont on me dit toujours qu'il me fait des yeux de chat. Quand j'entre dans la salle de classe, James m'a gardé un siège, mais il a l'air de regarder ailleurs.

— Ça m'ennuie beaucoup, mais je dois aller, demain matin, très tôt, chercher quelqu'un à 7 heures à Kennedy. Ça t'ennuierait si on se contentait de manger un morceau, ce soir ? On ira au concert une autre fois, dans pas longtemps ?

Il a l'air vraiment désolé. Des choses arrivent, qui annulent les projets. Je me répète que ce n'est pas grave. Mais c'est très bizarre, un lycéen qui va en voiture à « Kennedy », qui – je le comprends un peu à retardement – veut dire l'aéroport de New York.

— Qui vas-tu chercher ?

Je n'ai même pas l'impression d'être indiscrète ; c'est une question on ne peut plus normale. Mais à la seconde où je l'articule, je vois dans ses yeux que je n'aurais pas dû la lui poser ; il y a un problème.

— Quelqu'un, c'est tout.

Waouh. J'ai une soudaine envie de vomir. Je ne sais plus quoi faire, mais si je reste complètement dans le noir comme ça, je ne serai plus bonne à rien.

— C'est une espèce de secret ?

Il est clair que c'est bien le cas.

— Juste une vieille connaissance.

— Un ami de Californie ?

J'ai l'impression de me noyer. Il n'a pas l'air en colère, plutôt de ne pas savoir comment réagir. Chez un individu normal, ça ne paraîtrait pas si bizarre. Mais je n'aurais jamais pensé que quelque chose puisse mettre James aussi mal à l'aise et le rende aussi maladroit. Il était parfait. Et il ne l'est plus.

— Écoute, je suis vraiment désolé. C'est juste que je m'étais engagé à le faire, mais je te promets que je te revaudrai ça. Et pour ce soir, on pourrait peut-être aller dîner à Ocean House.

Ocean House est de loin le rencard le plus formidable que n'importe qui peut proposer dans la région. Il fait vraiment de son mieux. Ça fait partie de ce qui me fait peur. Pourquoi se donne-t-il tant de mal ?

Pendant la dernière heure de cours, il arrive en retard et se retrouve assis loin de moi. Il n'arrête pas de me regarder en souriant. Et c'est alors que je vois clair dans son jeu. Il se sent coupable. Qui va-t-il chercher ? La fille qui a gardé Pitchoun ? Est-ce qu'elle prend l'avion pour New York pour lui dire qu'ils sont destinés l'un à l'autre, et pour le remmener en Californie, ou pire, s'installer à Mystic et prendre un petit boulot quelque part ? J'en ai des crampes d'estomac. Et tous les sourires penauds qu'il m'adresse sont autant de clous dans le couvercle de mon cercueil.

Ce soir-là, j'inspecte mon placard. Je n'ai pas envie de mettre la robe. Je veux la garder pour une meilleure occasion. Ou pour un garçon qui tiendra vraiment à moi. Mais je dois me décider tout de suite. Et si maman avait raison ? Est-ce que je vais entrer en compétition avec Amanda, Cat Woman ou je ne sais combien de filles désireuses d'attirer son attention ? Ai-je une chance de retourner la situation à mon avantage ? Il faudra un peu plus qu'une robe.

Et, bien sûr, Lila m'envoie huit textos pour me dire : *Amuse-toi BIEN à Providence. Et après.* Génial. Et Kelly s'y met à son tour : *Envoie une photo de toi avec la robe et le dieu vivant !*

Maman frappe à la porte pour m'apporter ses bracelets. Je suis plantée là, dans ma robe, avec les étiquettes que je n'ai pas encore enlevées. Elle entre, remonte ma fermeture Éclair et enlève les étiquettes. J'imagine que je vais porter cette robe, ce soir. Elle dit que je suis stupéfiante, et au lieu de la détester pour son éternel optimisme, ça me réconforte un peu. Je me regarde dans la glace, et je suppose que je ne pourrai pas faire mieux.

— On va seulement dîner à l'Ocean House.

— Seulement ? C'est là que nous allons pour notre anniversaire de mariage, ton père et moi.

— Non. C'est vraiment bien. Mais il a changé d'idée pour une raison bizarre. Il a trois heures et demie de route à faire demain matin pour aller chercher « quelqu'un » à JFK. Et quand je lui ai demandé qui, il s'est montré extrêmement évasif.

Je la regarde, la lèvre inférieure tremblante.

— Ça pourrait être une autre fille. Ou non. Et normalement, une fille doit la jouer fine. Mais s'il était vraiment évasif, ce qui signifie, j'imagine, fuyant et dissimulateur...

Je hoche la tête comme si j'avais quatre ans. Voui.

— Tu devrais lui dire que tu te demandes s'il n'y a pas une autre fille derrière tout ça. Compte tenu des circonstances, c'est une question que tu as le droit de poser.

— Plutôt mourir que de lui demander !

— Je sais, ma chérie. Je réagirais de la même façon. D'un autre côté, je pense que ça vaut mieux que l'autre solution qui consiste à ne plus manger, dormir ou penser à rien d'autre tant que tu ne seras pas fixée. Et peut-être que tu devrais te demander ce que vaut un garçon qui peut te faire vivre quelque chose comme ça ?

C'est une bonne question. Quand il vient me chercher, il se montre très bavard avec mes parents. Qui sont chaleureux et accueillants, comme toujours. Il me complimente pour ma robe et se montre très admiratif, mais ça n'a pas l'air vraiment naturel.

En cours de route vers Watch Hill, il parle trop, et pour ne rien dire. Ou plutôt il aborde toutes sortes de sujets, mais pas une seule fois celui qui m'intéresse : moi, ou nous deux. J'envisage de lui demander de ralentir afin que je puisse sauter par la portière avec un minimum de blessures.

L'Ocean House est un hôtel victorien auquel une restauration récente a rendu sa splendeur originelle. C'est une bâtisse peinte en jaune vif et blanc, entourée d'un porche sur les quatre côtés, qui domine des dunes de sable blanc et au-delà l'Atlantique bleu. Le deuxième étage est censé être hanté par une femme que son mari avait assassinée lors de leur nuit de noces.

Nous nous arrêtons devant le voiturier, ce qui n'impressionnerait guère Maggie, mais c'est la première fois que je me trouve dans une voiture qu'un voiturier va garer. Il ouvre ma portière et me traite comme si j'étais une célébrité ou je ne sais quoi.

Sans cette Cat Woman qui embarque en ce moment précis dans son avion, à San Francisco, ce serait un rêve devenu réalité. Je me ferais l'impression d'être Cendrillon descendant de son carrosse, le cœur battant, me demandant s'il n'aurait pas réservé une chambre pour nous deux, et comment je pourrais présenter la chose à mes parents si je décidais de jouer le jeu et de passer la nuit avec lui.

Ils n'ont même pas de table réservée pour nous. Il dit qu'il a appelé, et qu'ils ne l'ont jamais rappelé pour confirmer. Ils n'ont plus de table dans la salle à manger, mais nous proposent deux places au bar.

Le bar est un endroit très agréable, mais on n'y a qu'un aperçu de la salle à manger élégante, d'où les convives ont une vue magique sur l'océan. Par les doubles portes, on les voit converser à la lumière romantique des bougies. J'ai l'impression de regarder au travers d'un miroir une soirée qui aurait pu être. Et donc, alors que je n'ai pas le droit d'être déçue, je le suis vraiment.

Ils nous apportent les menus et, pendant qu'il regarde le sien, je prends mon cœur et mon courage à deux mains et je lui pose la question.

— Je dois te demander quelque chose.

Il lève les yeux avec un joli sourire.

— Bien sûr.

— Je t'ai trouvé bien mystérieux sur la personne que tu vas chercher demain à New York.

Il ne répond pas. Mais il n'a pas l'air nerveux non plus. Il attend, c'est tout.

— Alors je crois que je me demande si c'est la fille de San Francisco dont tu as donné le chat à ta sœur.

Il se met à rire. Un rire qui paraît presque naturel, mais je ne vois pas ce que ça a de drôle.

— Je te promets que ce n'est pas elle que je vais chercher.

Et il n'en dit pas davantage. Alors je mens :

— Il n'y aurait pas de mal à ça. C'est juste que je préférerais le savoir…

Plus dégonflée, on meurt.

— Je suis content que tu m'aies posé la question. Je suis assez tenté par le faux-filet. Et toi, que prends-tu ?

Pendant tout le dîner, il est parfaitement agréable, et je fais mine d'aller très bien. Tout ce que je mange a un goût de carton, et je n'arrive à penser qu'à une chose : je suis vraiment lâche de ne pas insister. C'était pourtant évident : il n'avait qu'à me dire qui il allait chercher. Je regrette qu'il ne se contente pas d'un beau mensonge, de me raconter une histoire d'oncle éloigné. Ce serait plus gentil. Au fond, je me demande pourquoi il m'a invitée à dîner.

Pendant le retour à la maison, c'est tout juste si nous échangeons deux paroles. Il fait quelques tentatives pour lancer une conversation impersonnelle, et je reste obstinément assise là en m'efforçant de ne pas achever de m'humilier en pleurant.

Arrivée devant ma porte, il m'indique une tache de graisse sur le bas de ma robe. Son doigt plane au-dessus du tissu, il ne me touche pas.

— Apparemment, quelque chose t'a échappé, dit-il, et je me retiens pour ne pas fondre en larmes.

Il m'assure qu'il a passé une très bonne soirée, ce qui est visiblement complètement hypocrite. Et puis il me dit que je suis vraiment jolie, ce soir, ce qui est peut-être sincère, mais assurément à côté de la plaque. Il ne fait pas mine de m'embrasser ou même seulement de me toucher. Je me répète que je devrais en être soulagée, mais c'est le moment le plus déchirant de tous.

Il n'est même pas 21 heures. Évidemment, maman m'attend en lisant. Elle me jette un coup d'œil, voit la tête que je fais et se contente de me serrer très fort contre elle. Je lui demande si ça ne l'ennuie pas qu'on ne parle de rien, et elle répond que « absolument ». Je lui montre la tache sur ma robe, et elle me conseille de me déshabiller, qu'elle pourra la faire disparaître si elle s'en occupe tout de suite.

Je monte dans ma chambre et mets un jean. J'appelle Gordy et lui dit de me retrouver au chantier naval Maxwell dans vingt minutes. Il est à une fête et me demande aussitôt ce qu'il y a, et si ça va. Je lui réponds : « Rien du tout », et « Non ». Il dit qu'il a un pack de six canettes, et qu'il vient me chercher devant chez moi d'ici dix minutes.

Il s'arrête avec son pick-up. Je monte dedans. Avant qu'il ait le temps de dire quoi que ce soit, je déclare :

— Ce n'est tout simplement pas celui que je croyais. C'est tout. Pas de quoi en faire un drame.

— Donc, si je lui casse la gueule, tu m'en voudras.

— Je serai humiliée pour l'éternité, et je serai obligée de quitter la ville.

Il sourit et démarre.

— Je me demande si ça ne vaudrait pas la peine quand même.

Ce n'est pas Ocean House, mais on a une vue imprenable sur le détroit, Ram Island et Fishers. Quelques bateaux dansent au mouillage, sous les étoiles. Mais surtout, je ne suis pas assise au bord du quai avec mon meilleur ami depuis toujours. Je suis assise avec un garçon vraiment séduisant, qui ne veut pas d'autre fille au monde que moi.

Il s'adosse aux planches, lève les yeux vers le ciel nocturne et lance :

— Alors, Sloane.

Je l'imite et je dis :

— Alors, Gordy.

— Tu veux aller au bal de fin d'année ? Avec moi ? Vu que le monde entier craint à mort, j'imagine que nous sommes chacun la seule chance de l'autre de passer une soirée non désastreuse. Au moins, je sais que tu n'essaieras pas de me peloter sur la piste de danse.

Son attitude désinvolte ne trompe personne, sauf peut-être lui-même. Il est doux, innocent et maladroit. Alors je réponds :

— C'est une idée de génie. On va passer un moment formidable.

Et je le pense.

15

Maggie

J'accompagne Jade à pied jusqu'au centre de loisirs pour son cours de natation du samedi matin. Nicole est à un shooting, mais elle promet de finir à temps pour venir la chercher. Je vais rester dans le coin en attendant l'inévitable coup de fil de Jerome m'annonçant qu'elle est en retard. Ce qui me convient parfaitement. Je ne sais pas pourquoi, j'adore l'odeur du chlore dans les cheveux de Jade. Mais le shooting a intérêt à être fini pour le dîner. Je ne peux pas fournir à Thomas la même explication deux soirs de suite. Jade me foudroie du regard quand je lui annonce qu'elle va se retrouver seule avec Nicole pour dîner.

— Tu ne vas pas me croire, mais j'ai un rencard.

— Tu as un petit ami ? s'exclame-t-elle, comme si elle n'arrivait pas à réaliser que j'aie pu lui cacher une nouvelle aussi formidable. C'est Andrew ?

— Non. Ce n'est ni Andrew ni un petit ami.

J'inspire un bon coup et j'ajoute :

— C'est Thomas.

Elle m'interrompt avidement.

— Alors Andrew est libre ?

— Eh bien, oui. D'autant plus libre qu'ils ont rompu, Carmen et lui.

— Je le sentais !

Et je ne peux m'empêcher de rigoler.

Je sais bien que c'est quelque chose qu'elle nous a entendu dire, Nicole et moi, mais j'adore entendre cette gamine de sept ans reprendre la formule à son compte.

— Il faut que je l'appelle, juste pour être sûre que c'est pas trop dur pour lui.

Et elle continue en sautillant, son sac à dos rebondissant sur son dos, manifestement ravie qu'Andrew se retrouve sur le marché.

Mais il ne répond pas au téléphone.

Après avoir déposé Jade, je repars à pied vers SoHo. Andrew ne réagit pas à ma salve de textos. Soit il est dans une zone où il n'y a pas de réseau, soit il a éteint son téléphone, parce que quand je l'appelle, je tombe directement sur sa messagerie. C'est bizarre.

Je vais faire un tour dans sa rue. Sa voiture est là, alors peut-être qu'il est juste en train de dormir. Je pourrais chercher son nom sur les interphones des immeubles voisins et essayer de le réveiller. Bon, mais s'il n'est pas tout seul... ?

Je ne peux pas m'éloigner, pour le cas où je devrais retourner chercher Jade, et pour tuer le temps je sors ma liseuse. Je décide que c'est le moment idéal pour lire le premier tome de *Millénium* qui ne m'a jamais passionnée avant. Et il m'apparaît que le meilleur endroit pour ça est un point particulier d'où, plus ou moins dissimulée derrière un camion, je vois très distinctement son véhicule. Oui, on pourrait dire que je l'épie. Mais les chances pour que je le voie bel et bien sont si faibles que je ne pense pas que ça constitue un cas d'espionnage à part entière ; c'est plutôt un endroit où il est un peu curieux d'attendre le moment de récupérer Jade.

Et puis, à l'instant où la dinguerie de ce que je fais m'amène à me dire que je devrais appeler Emma, Andrew sort d'un immeuble, à deux portes de l'endroit où je me tiens. Il est avec une jeune femme très mince, très jolie et qui a l'air très intelligente. À 8 h 30 du matin. Ils sortent de chez lui. Ils passent juste devant moi. Je me tourne vers le camion en faisant semblant d'être plongée dans ma lecture alors que ma liseuse est éteinte. Elle est *extrêmement* jolie, et dans son sillage je discerne une bouffée de parfum de lavande. Elle lui dit quelque chose que je ne comprends pas, mais elle a une voix douce et musicale, et elle pose sa petite main sur son bras en parlant. Il a son sourire en coin, parfaitement crétin, ravi, amusé ou je ne sais quoi. Ils montent dans sa voiture et s'éloignent simplement.

Alors je le rappelle. Cette fois, ça sonne. Je le vois prendre son portable tout en s'éloignant. Il regarde l'écran, disparaît au coin de la rue, et je suis sûre qu'il va zapper mon appel. Mais il répond.

— Qu'y a-t-il ? demande-t-il sur un ton sec, genre « dis-moi ce que tu veux et libère ma ligne ».

— Tu serais partant pour un petit déjeuner ?

— J'ai déjà déjeuné.

Maintenant, à moins que la blonde ne soit venue chez lui prendre le petit déjeuner vers, disons, 7 heures, il n'y a qu'une seule explication.

— J'ai ma matinée de libre, reprends-je. Ça te dirait de faire un tour ?

— Ç'aurait été avec plaisir. Je te recontacte plus tard. Ça va ?

— Oh, très bien ! affirmé-je, un peu trop positivement.

Et il me raccroche au nez. Une idée germe aussitôt dans mon esprit : et s'il avait ramassé cette pétasse à JFK, à 7 heures du matin – ce que James a raconté à Sloane dans le rêve. Mon Dieu. Peut-être que je deviens folle.

Évidemment, la vraie question est : qu'est-ce que j'en ai à foutre ? Je retourne chercher Jade à la piscine, et je résiste à la tentation de la manipuler afin qu'elle appelle Andrew. Toute la journée je me demande ce que j'en ai à foutre, et jusque dans la soirée, alors même que je m'habille pour sortir avec Thomas. Andrew ne m'a jamais rappelée, et je ne vous dis pas où il peut se fourrer ses futures reprises de contact.

D'abord, je mets une parure de lingerie assortie – le haut et le bas. Personne ne verra ça, mais si quelqu'un le voyait, ça ferait son petit effet. Ensuite, j'opte pour mon jean slim qui me fait des fesses formidables ; il suffit d'une bonne poche et du moulant idéal. Pour le haut, je choisis une blouse paysanne griffée Chloé que j'ai chipée dans le placard de *Elle*. Thomas est le genre de garçon capable de remarquer un modèle de couturier. Les chaussures font l'objet d'un grand débat intérieur : j'ai le choix entre des escarpins en python, classieux et faciles à enlever du bout du pied, et des boots en cuir à hauteur de cheville, plus allurés, mais moins évidents à retirer. Non que je pense qu'il va m'ôter mes boots ou quoi que ce soit, bien sûr, mais ça pourrait être le genre de gars qui aime qu'on marche pieds nus chez lui. J'opte pour les escarpins, parce que, comme l'a observé Andrew (quel qu'il ait pu être), je saurai toujours gérer la situation.

Thomas habite dans la Soixante-septième Rue Ouest, au 27, dans un immeuble d'avant-guerre avec un charmant portier qui me fait prendre un vieil ascenseur. L'endroit est luxueux. Difficile à rapprocher de la piaule de « larbin » décrite par Andrew, mais je commence à penser que les déclarations émanant de cette source ne sont peut-être pas à prendre au pied de la lettre. D'un autre côté, il ne m'a jamais expressément dit qu'il n'avait pas largué Carmen pour cette blonde anorexique, qui n'est probablement pas aussi intellectuelle qu'elle en a l'air (étant actrice, et insécurisée, je crois, à rebours de la sagesse populaire, qu'on peut bel et bien avoir l'air intello). Par ailleurs, il m'a dit qu'il n'avait jamais été amoureux avant, et qu'il ne se contenterait pas de moins que ça. Conclusion, il y a un mensonge quelque part là-dedans. Sauf, bien sûr, s'il a rencontré cette âme sœur potentielle, qui n'aurait pas volé une petite retouche de racines, entre l'Union Square Café et le petit déjeuner chez lui.

Thomas m'accueille dans un appartement beaucoup plus impressionnant que ne le suggère même le bâtiment. Les plafonds de brique sont hauts, et voûtés. La vue est stupéfiante ; il y a des œuvres d'art partout. Je suis bouche bée. Il m'explique que l'appartement appartient à son père, qui habite Toronto, et bien que ce soit loin du bureau il apprécie la gratuité du loyer. J'aime qu'il n'essaie pas de m'impressionner et remarque qu'il s'est donné du mal pour soigner sa présentation. Ce qui me plaît aussi. Un certain autre jeune homme de ma connaissance n'a jamais rien fait de tel. Enfin, rien ne l'y obligeait.

Il m'annonce qu'il a fait des linguini aux truffes blanches. J'en sais suffisamment pour noter que ces choses-là coûtent une fortune la livre, et sont atrocement savoureuses.

Dans la salle de bains, je cherche des produits capillaires (la CIA saurait peut-être nous utiliser, mes dons d'espionne et moi). Malheureusement, j'en trouve des tas. Bon, ça n'a rien de répréhensible. Au moins, je ne repère pas de produits de teinture ; ça pourrait être une clause de rupture de contrat. Comme s'il y avait un contrat à rompre. Ce qui n'est absolument pas le cas. À ce stade.

Il ouvre une bouteille du vin préféré de son père. Il est vraiment bon, et j'ai tout à coup l'impression d'avoir les joues brûlantes. Il me dit que je peux y aller, parce qu'il y en a une deuxième, qu'il a déjà ouverte. J'ai un peu l'impression que c'est un drapeau rouge, mais j'écarte cette pensée.

Il place un plateau de fromages près du canapé en m'assurant que, s'il a une prédilection pour les pâtes persillées, ce sont des « double crème » qui ne masqueront pas les arômes du vin. Je suis sûre qu'Andrew ne saurait même pas de quoi il peut bien parler. Moi non plus, mais moi je suis là, alors que lui pas. J'enlève mes escarpins du bout du pied. J'adore le fromage.

Thomas fait remarquer en passant que plusieurs actrices (il ne précise pas combien) ont auditionné pour Ruby, et que trois ou quatre seront rappelées. Il « travaille dessus ». Mouais. Il travaille assurément sur quelque chose.

Dans les étagères, il y a une adorable photo de lui avec une version de cinq ans de La Chevelure. Sa maman est vraiment belle, et semble beaucoup l'aimer. Quand je le complimente sur sa beauté, il me dit qu'elle est morte d'un cancer du sein quand il avait neuf ans. Ce qui me met les larmes aux yeux, et je lui raconte l'histoire de mon père. Il n'est que le deuxième (et assurément le plus gentil) garçon avec qui j'aie jamais parlé de la mort de mon père. Il m'écoute vraiment, et c'est agréable d'échanger avec quelqu'un qui comprend. Je ne connais pas d'autres jeunes qui ont perdu un de leurs parents. Sauf que Thomas n'est plus tout jeune, bien sûr. Ma mère avait essayé de me faire participer à un groupe de soutien pour adolescents. J'y étais allée une fois. Le fait d'avoir un parent mort était le seul point commun que j'avais avec ces gamins, et je m'étais sentie encore plus seule.

Le dîner commence par une salade noyée dans la sauce (les garçons en mettent souvent trop), et il a préparé du pain à l'ail. C'est à peu près la dernière chose qu'on songerait à cuisiner si on envisageait d'embrasser quelqu'un. La table est magnifiquement dressée. Il y a un vase en cristal avec des pivoines, qui se trouvent être mes fleurs préférées. Il se donne du mal, comme l'avait remarqué je-ne-sais-plus-qui, et ça me plaît. Surtout ce soir.

Le dossier de Thomas est facile à défendre. Il est agréable à regarder, il est agréable à vivre, il promet une vie agréable. Y a-t-il seulement jamais eu débat à ce sujet ? D'accord, jusqu'où aller, et à quel rythme, bien sûr, compte tenu du fait que j'ai tout juste dix-sept ans, et que, n'ayant pas abandonné toute prudence, je me rends compte que je suis fondamentalement (et coûteusement) bourrée.

J'en suis là de mon débat biaisé quand une main ferme et assurée dépose une assiette devant moi. L'arôme des truffes blanches se mêle aux vapeurs d'alcool dans mon organisme, et à l'énergie positive de mes pensées, de sorte que lorsque cette main masculine se glisse sous mes cheveux, sur ma nuque, et commence à me masser les épaules, je m'aperçois d'une chose. Andrew avait raison sur un point. Je sais gérer ça.

J'enroule mes doigts autour de son poignet, excitée par leur finesse et leur délicatesse par comparaison avec sa musculature. Je n'ai qu'à l'attirer très légèrement vers moi. Ses lèvres frôlent les miennes, je me soulève sur ma chaise tout en me tournant légèrement, et c'est un vrai baiser, lèvres ouvertes, volontaire, qui provoque un sursaut défini (quoiqu'un peu flou) dans la quasi-totalité de mon corps.

Il me soulève et j'enroule mes jambes autour de sa taille, le rapprochant de moi. Il me dépose sur la table et commence à m'embrasser le cou alors que ses mains défont les boutons de ma blouse paysanne. Je passe mes doigts dans ses cheveux d'une épaisseur fabuleuse. Tout cela paraît bon et excitant jusqu'à ce que, sans trop savoir pourquoi...

Je le repousse. Doucement, d'abord, et de telle sorte qu'il comprenne que ce n'est pas un refus fondamental, mais un petit jeu de ma part. Puis je le repousse plus fermement, et il s'arrête.

— Je suis désolée, dis-je.

Et c'est alors seulement que je comprends pourquoi.

— Non, c'est moi qui suis vraiment désolé, Maggie. Tu es sûre que ça va ? Je suis tellement désolé, je ne voulais pas m'imposer à toi, ou que tu te sentes mal à l'aise, ou te forcer à quoi que ce soit...

Il maintient une distance respectable entre nous, et il continue à s'excuser, manifestement embêté d'avoir poussé une jeune fille dans le grand bain. Alors je le rassure :

— C'est moi qui t'ai embrassé, Thomas.

— Et je suis allé plus loin et plus vite que tu n'étais prête à aller ; c'est à toi de nous indiquer la cadence, Maggie. Je ne dois pas oublier que tu es beaucoup plus jeune que tu n'en as l'air. Je tiens à ce que tu prennes tout le temps qu'il te faudra pour décider ce que tu veux. Je serai là. Et quoi que tu décides, je te promets que ça n'aura aucune influence sur tes chances pour Ruby.

Ben voyons.

Je reboutonne ma blouse et remets mes escarpins aussi aisément que je les ai ôtés. Trente minutes plus tard, je vais sonner chez Andrew. Je me fiche pas mal que la petite pétasse blonde vienne m'ouvrir en nuisette affriolante ou encore moins habillée. En réalité, je me fiche de tout, sauf que je veux le voir, et tout de suite.

La porte s'ouvre. Il est seul. Alors je n'essaie même pas de lui cacher ce que je ressens. Il a l'air triste, compatissant et furieux, et il me serre très fort dans ses bras. Je me sens très petite fille. Ce qui est exactement ce que je suis.

— Qu'est-ce qu'il t'a fait ?

Je lui dis que Thomas était merveilleux et n'a rien fait de mal. J'ai juste choisi le plus mauvais (mais nécessaire) moment possible pour me rappeler le conseil d'Andrew : qu'il serait mal pour moi de me contenter de quelque chose de moins que de l'amour.

Il passe un bras fraternel autour de mes épaules et m'invite à entrer. Je me fige, et sa surprise m'amène à lui demander s'il est vraiment seul. Il ne comprend pas pourquoi je lui pose cette question.

— Je t'ai dit que nous avions rompu, Carmen et moi.

Je n'ai pas l'énergie de me sortir de cette situation en faisant mon numéro.

— Je t'ai vu en voiture avec cette très jolie blonde.

Il me regarde avec son sourire en biais.

— Même si je conduisais quelqu'un quelque part en voiture, pourquoi cette personne devrait-elle être chez moi à 11 heures du soir ?

Abandonnant toute dignité, je réponds :

— Parce que avant de monter dans la voiture avec toi, elle est sortie de chez toi à 8 heures du matin.

Toutes sortes de questions humiliantes concernant la façon dont je peux bien être au courant d'une chose pareille me passent par la tête. Mais au lieu de me les poser, et au lieu d'arborer une expression blessante, il dit :

— Tu es juste en train de passer une soirée épouvantable. La personne dont tu parles est Cassie. C'est ma belle-sœur. Elle a eu une scène horrible avec mon frère. Nous sommes assez proches. Elle a débarqué tard hier soir, et elle s'est écroulée dans le canapé. Et j'ai passé la moitié de la journée à dire à mon imbécile de frère qu'il se comporte vraiment comme un salaud, et quelle chance il a d'être avec une femme qui l'aime vraiment.

Je le regarde dans les yeux.

— Tu devrais carrément faire payer pour ce genre de chose. Réparer le cœur brisé des filles…

— Tu n'es pas brisée, me réplique Andrew.

Si seulement il en savait la moitié. Ou plutôt l'autre moitié de moi.

Et donc nous nous installons dans sa cuisine, il prépare du chocolat et nous plongeons des minimarshmallows dans nos mugs tout en bavardant. Il veut savoir dans quel état j'ai laissé les choses avec Thomas, et je réponds « pas terrible ». Thomas s'imagine simplement qu'étant plus jeune que je n'en ai l'air, je me suis affolée et que j'ai besoin d'un peu de temps pour décider ce que je veux vraiment. Il aurait été incroyablement grossier (le mot « courageux » n'est pas prononcé) de ma part de lui dire que je le savais déjà. Et je ne l'ai pas fait. En réalité, si je lui dis que, bien qu'il soit absolument parfait, je ne veux plus sortir avec lui, j'ai bien peur que mes chances de décrocher le rôle de Ruby passent de minces à nulles. Je voudrais croire qu'il est sincère lorsqu'il m'assure que ça ne changera rien à notre relation professionnelle. C'est quelqu'un de bien. Andrew me rappelle qu'en fin de compte, ce n'est pas Thomas qui décidera qui jouera ou non dans la série.

Nous parlons pendant près d'une heure. Il me fait des œufs au plat, puisque je suis partie de chez Thomas sans manger.

— Tu ne m'as pas demandé pourquoi je poireautais devant ton appartement quand je t'ai vu avec Cassie, ce matin.

— Et je ne te le demanderai pas.

— Voilà ce qui s'est passé : j'ai fait un rêve, la nuit dernière. Dans mon rêve, j'étais plus ou moins moi, mais je m'appelais autrement. Je commençais juste à sortir avec un garçon de mon lycée, et il devait se lever au milieu de la nuit pour aller chercher à l'aéroport une ex-petite amie avec qui il allait renouer.

Il me regarde. Il a une écoute formidable. Alors je lui dis que ce rêve n'explique pas de façon logique pourquoi je l'ai espionné. C'est pourtant bien ce qui m'y a poussée.

— Dans mon rêve, le garçon m'avait menti, et j'imagine que j'ai commencé à me demander s'il était vraiment aussi merveilleux que ça. Et peut-être que je me suis dit que si tu me mentais à propos de Carmen, ça voudrait dire que tu n'étais pas aussi merveilleux que j'ai besoin que tu le sois.

— Pourquoi voudrais-tu que je sois merveilleux ?

— Parce que j'ai besoin que quelqu'un soit merveilleux. Et tu l'es, tu comptes beaucoup pour moi.

— Mais ce garçon, dans ton rêve, était plus ou moins ton petit ami ?

— Oui. Le rêve est toujours différent de ma vie. Pareil par certains côtés, mais modifié, déformé. Différent…

— Le rêve.

Je prends alors, simplement, l'une de ces décisions qui marquent un tournant dans la vie.

— C'est un rêve que je fais toutes les nuits. Toutes les nuits, depuis toujours. Ce n'est jamais le même rêve, mais c'est toujours la même vie alternative.

J'ai prononcé ces paroles à haute voix. Il est sidéré. La grande aiguille de l'horloge murale semble se déplacer plus vite tandis que mes lèvres égrènent ces mots :

— Oui, une vie alternative. Voilà ce que c'est. Je m'appelle Sloane, qui est en réalité mon vrai prénom. J'habite dans une petite ville appelée Mystic, dans le Connecticut, où je ne suis allée que deux fois. Je vais au lycée. Je suis blonde, et j'ai de vrais seins...

Il a un joli rire, et je me sens encouragée à poursuivre.

— Là-bas, mon père est vivant, et très gentil, bien que ce ne soit pas mon meilleur ami comme l'était papa. Je n'ai pas de sœur, mais deux frères. Maman, là-bas, est le contraire de Nicole. Nous sommes proches, mais j'ai dans le cœur une énorme colère dirigée contre elle, et que je ne comprends pas vraiment. Ou du moins, je ne la comprends pas là-bas.

— Mais ici, tu la comprends ?

— Je crois que oui. Nous ne comprenons pas ce que nous avons dans la tête l'une de l'autre.

— Comment ça, « nous » ?

J'inspire profondément.

— C'est ça le plus compliqué. C'est le moment où tu découvres à quel point je suis dingue et où tu vas être obligé de décider si tu vas continuer à être mon ami...

— C'est déjà décidé. Et je sais déjà que tu es dingue. Et tu peux arrêter de parler de ça tout de suite si tu préfères.

— Voilà ce que « nous » veut dire : toutes les nuits, je rêve de sa vie à Mystic. Et quand elle s'endort, à Mystic, elle rêve de moi, de la journée que je vis ici, à New York. Et je pense que je suis réelle, et qu'elle est mon fantasme...

— Et elle pense la même chose ?

J'ai trop peur pour répondre. Le silence s'établit dans la cuisine. J'entends le tic-tac de la pendule, au mur.

— Mais tu connais la différence, non ? Je veux dire, tu sais que tu es réelle. Si tu ne l'étais pas, je ne serais pas là, et Jade et ta mère non plus, et personne dans la rue, là, dehors. C'est ça ?

Je hoche la tête. Et je dis tout bas :

— C'est aussi ce que pense Sloane.

Il sourit.

— Il n'y avait qu'une raconteuse d'histoires comme toi pour inventer une histoire pareille. Stupéfiant…

Je me mets à pleurer. Il croit que c'est une histoire. La vérité des faits est dingue et plus que dingue. Elle me sépare de toutes les choses et de tout le monde. En dehors de ma psy, aucun de ceux à qui je raconterai cette histoire ne pourra jamais vraiment m'aimer, ou ne sera jamais vraiment proche de moi.

À cause de mes larmes, je lis sur son visage qu'il se rend compte que c'est la vérité vraie. Et que je suis un monstre. Et ça me fait pleurer encore plus fort. Alors il s'approche de moi et me serre contre lui pour apaiser mes pleurs. Et je sais que quand il me lâchera, lui et moi nous ne serons plus jamais pareils.

16

Sloane

Je me réveille avec l'impression d'avoir été trahie. Même si James n'a jamais eu pour moi les sentiments que j'espérais, même si je me suis trompée en prenant pour un flirt ses paroles et ses actes, il s'intéresse sûrement assez à moi pour vouloir être mon ami. Alors pourquoi me mentir à propos de cette histoire d'aéroport ? Et puis je me raisonne : c'était moins un mensonge qu'une omission. Ce qui me laisse imaginer le pire. S'il s'agissait d'un oncle, ou d'un ami, il me l'aurait dit, tout simplement. Ça doit être une fille, mais comme il s'est rendu compte que je craquais pour lui, il a pensé que s'il m'en parlait ce serait dévastateur.

Je me sens aussi étrangement trahie par Maggie. Nous partageons le secret le plus bizarre du monde, et elle va tout déballer à Andrew. Et dans quel but ? Dans l'espoir de l'impressionner, ou quoi ? Il est évident qu'elle veut qu'il ait envie d'elle, alors même qu'elle s'enfuirait en courant comme une dératée s'il le faisait. Tout comme elle a fui en courant devant Thomas. Andrew a eu toutes les occasions du monde, et il ne les a pas saisies. Se pointer sur son paillasson en pleurant et lui révéler un secret vital me paraît désespéré.

Je ne parlerai jamais de nous à personne. Et surtout pas à un garçon que je voudrais voir s'intéresser à moi.

J'éprouve une envie terrible de raconter à James tout ce que j'ai dans le cœur, dans l'âme et dans la tête. Tout, sauf Maggie.

Je me tourne sur le côté pour regarder mon arbre et je vois une étoile sur mon oreiller. Une étoile tombée. Je lève les yeux. Elle est tombée du Champ de Fleurs des Champs, une constellation à la gauche de Delicioso, où tous les êtres du vaste ciel vont faire des vœux. Je me dis que je devrais en faire un...

Tout à coup, l'espionnage de Maggie me donne des idées. J'enfile précipitamment un jean et un tee-shirt, tous les deux très moulants et géniaux, pour le cas où il me repérerait. Je prends le temps de me mettre du mascara sur les cils, parce qu'il fait très attention aux cils et tout ça. J'oublie complètement le petit déjeuner, je quitte la maison en douce et je vais chez James à vélo, laissant toute prudence au vestiaire, et mon casque à la maison. Une blessure fatale à la tête pourrait être pile ce qu'il faut, surtout juste devant chez lui. Je les imagine dans sa stupide Porsche Targa, sa gourgandine (un mot ancien qui veut dire « traînée ») et lui, passant devant mon corps meurtri. Je vois James faire une embardée terrible pour éviter de m'écraser, puis bondir de la voiture, courir vers moi, en larmes, chercher désespérément mon pouls, me soulever dans ses bras musclés comme si j'étais aussi légère qu'une plume et se tourner vers elle pour lui annoncer que c'est moi qu'il aime vraiment.

Sacré plan en vérité.

Il n'est pas à la maison. Et il ne rentre pas chez lui au cours des trois heures, ou presque, que je passe assise derrière ce putain d'arbre, à jouer à Candy Crush sur mon iPhone. Chaque fois qu'une voiture approche, je me plaque au sol pour qu'on ne puisse pas me voir de la route. Mystic est une petite ville. Je ne sais pas trop comment j'expliquerais ce que je fais ici.

Une fois, je suis allée à une bière-partie, à Esker Point. En gros, c'est juste une bande de gamins assis sur la plage, à boire de la mauvaise bière dans des gobelets en plastique rouge. Le rite de passage moyen, et en fille responsable je suis rentrée à pied chez moi au lieu d'accepter de me faire ramener en voiture par Joe Stevens, qu'on avait vu au moins une fois faire le poirier au-dessus du fût de bière pour boire à même le tuyau. Le lendemain matin, notre voisine, Mme Lamb, est venue emprunter des œufs et a lâché en passant devant mon père et ma mère qu'elle m'avait vue revenir à pied de Beebee Cove.

— On ne peut rien faire dans cette ville sans que tout le monde soit au courant, avait-elle conclu avec un clin d'œil.

Coup de bol, elle n'avait pas mentionné que j'avais l'air complètement bourrée.

Comme la batterie de mon téléphone donne des signes de fatigue et que je commence à péter les plombs, je renonce à monter la garde et j'enfourche mon fidèle destrier à deux roues. Je prends Marsh Road et traverse Noank, le petit village qui est juste à côté de Mystic. Je passe le long du parc, et devant chez Carson's, où je m'arrête généralement pour déguster un ice cream soda. Mais aujourd'hui, je pédale à toute vitesse et je dévale la grande colline, en direction des docks. L'eau étincelle devant moi. Si mes freins lâchaient, ou si j'étais suicidaire, je pourrais voler depuis le quai et plonger dans l'embouchure de la Mystic River, mais je tourne à gauche à la dernière seconde et je débouche en trombe dans Front Street. Juste devant chez Bill.

Sa famille habite la plus jolie des maisons. Ils se sont installés en ville quand j'avais douze ans. C'est une maison verte, un peu en retrait de la route, abritée derrière de magnifiques grands arbres. Devant, une vaste pelouse descend vers l'eau. Alors que je passe en roue libre, je vois la fenêtre du coin, celle de la chambre qu'occupait

Bill. Les volets sont ouverts, et je me demande à quoi elle ressemble maintenant, s'ils en ont fait un bureau, une chambre de plus, ou si elle est restée comme elle était.

Je continue vers chez moi. Quand j'arrive dans le centre-ville, je décide de prendre le pont basculant et d'aller voir Kelly. Le samedi, elle travaille au Kitchen Little. C'est le meilleur endroit de la ville pour prendre son petit déjeuner. J'y arrive un peu avant une heure, avant qu'elle s'en aille. Nous n'avons rien mangé de la journée, ni elle ni moi, alors elle fait du charme au cuisinier afin qu'il nous prépare des muffins à la portugaise, surmontés d'un paillasson de pommes de terre et d'œufs sur le plat. Évidemment, je n'arrive pas à avaler une bouchée. Évidemment, elle le remarque. Nous sommes assises en terrasse. Kelly regarde vers le fleuve tandis que j'ai vue sur la Route 27.

Elle pense que je suis venue lui parler du concert de la veille au soir, à Providence. Alors je vide mon sac, et je passe les trois minutes suivantes à lui raconter d'une traite, sans reprendre mon souffle, ce qui s'est passé en réalité. Lila est mon amie d'enfance depuis plus longtemps, mais ce n'était vraiment pas la confidente idéale dans les circonstances présentes. Elle se serait efforcée de me réconforter et se serait mise à pourrir le porc immonde qui m'avait crucifié l'âme. J'adore Kelly parce que, pour me remonter le moral, elle me fait revenir de ma conclusion paranoïaque, basée sur des suppositions rigoureusement infondées.

— À quoi bon te faire marcher s'il avait une petite amie ? Pour s'amuser en attendant qu'elle débarque ? Pour ça, il avait Amanda sous la main. Mais surtout, et bien que je ne le connaisse pas du tout, j'ai l'impression que même s'il est un peu imbu de lui-même, à la base, c'est un mec fiable. Il ne me fait pas l'impression d'être du genre à faire mal à quelqu'un sans raison, par pure maladresse.

— Tu m'as dit que tu ne l'aimais pas.

— Et il ne me plaît toujours pas. D'accord, il est sexy, et je pense que c'est quelqu'un de bien, mais comme tu l'as dit dès le début, à mon avis, il ne donnera jamais son cœur à personne, et j'ai le regret de dire que ça vaut pour toi.

Ses paroles se sont à peine envolées dans l'air de l'après-midi quand, juste dans mon champ de vision, je repère une vieille Targa rouge qui s'arrête au feu sur la Route 27. La jeune femme assise à côté de lui, et qui lui effleure le bras en se penchant pour lui parler à l'oreille, est non seulement assez stupéfiante pour faire de l'ombre à Amanda Porcella, mais aussi assez exotique et troublante pour faire de l'ombre à Angelina Jolie, et il est clair qu'elle a largement l'âge d'avoir son propre appartement, un chat et un petit ami magnifique.

Ça paraît irréel. Et pourtant, les éclats de mon cœur brisé sont bien trop acérés pour que ça ne soit pas réel. Je suis complètement écrasée de chagrin et d'humiliation par mes espoirs fracassés.

Le feu passe au vert et la Porsche redémarre, avec eux. C'est vrai, dans cette ville, on ne peut rien faire sans que tout le monde soit au courant...

— Ça va ? demande Kelly, qui a le dos tourné à la route.

Je prends de trop nombreuses et profondes inspirations.

— Sloane, qu'y a-t-il ? Allez, fais péter !

— Et si tu te trompais ? S'il avait une petite amie ?

Kelly me regarde bizarrement.

— Je ne comprends pas la question. S'il a une petite amie, elle gagne, tu perds, mais le type que tu perds est un connard doublé d'un menteur.

— Et si c'est un connard menteur que je n'arrive pas à me sortir de la tête et du cœur ?

— Pff, n'importe quoi ! Tu verses toutes les larmes de ton corps. Je t'entoure d'amour, Lila conspire pour lui couper les couilles, ta mère te dit que ça constitue une expérience enrichissante, et soit tu as le bon sens de te jeter dans les bras de Gordy, soit tu te morfonds jusqu'à ta première année d'université à Columbia, où vingt mecs sensationnels se mettront en quatre pour attirer ton attention. Merde, il n'est pas si mignon...

Elle ne se trompe que sur une chose : la dernière partie.

Nous traînons ensemble tout l'après-midi, Kelly ne voulant pas me laisser seule. Nous déambulons dans Haley Farm jusqu'à la voie de chemin de fer que nous suivons vers Bluff Point, et nous nous asseyons sur les rochers tout chauds qui dominent le détroit. Elle me laisse ruminer en respectant mon silence. Ce qui est clair, c'est que je suis complètement obsédée par ce garçon. Est-ce que ça veut dire que je suis amoureuse ? Et d'ailleurs, qu'est-ce que ça veut dire, être amoureuse ? Est-ce que c'est synonyme d'être hypnotisée, mélancolique et irrationnelle ? Alors ce n'est pas ce que je veux que soit l'amour. Je ne veux pas être amoureuse de quelqu'un qui ne m'aimerait pas en retour. C'est tellement mieux quand on se sent aimé soi-même.

Il est déjà assez dur de ne pas avoir ce que je veux, mais le pire est de ne pas savoir comment arrêter de le vouloir.

Je mens à mes parents et je leur dis que je mange un morceau avec les filles. Maman me répond que c'est une idée géniale, et du coup je me sens encore plus mal. En vérité, je n'ai envie d'être avec personne, alors je repars en balade toute seule. Je me retrouve à Noank, au parc, sur la balançoire, et je me balance pendant ce qui me paraît être des heures, me sentant plus désespérée que toutes les héroïnes de tragédie réunies.

Lorsque je rentre chez moi, vers 10 heures du soir, il est là. Lui. Dans ma rue. James. Il est là, tout seul, dans sa voiture, devant la maison... Il bondit hors du véhicule, court pratiquement vers moi et s'arrête, l'air tellement maladroit et malheureux que je me sens à la fois heureuse et confirmée dans mes craintes. Il se sent coupable et il est venu tout m'avouer, me dire en face qu'il me laisse tomber. Enfin, au moins, ça veut dire que je compte assez pour lui pour qu'il ne me balance pas dans le caniveau d'un coup de pied, sans une honnête explication.

Je reste plantée là, à ne rien dire, déterminée à ne traduire ni faiblesse ni désespoir. Il me raconte qu'il a frappé à la porte, il y a deux heures, et que mon père lui a dit que j'étais sortie. Et il a attendu parce qu'il avait quelque chose d'important à me dire.

— Là, dans la rue ?

— Je t'ai menti.

— Vraiment ? À quel sujet ?

— La personne que je suis allé chercher à New York est l'une de mes ex. Je voudrais tout t'expliquer, mais seulement si tu veux l'entendre.

Malheureusement, mes yeux s'emplissent de larmes. Je ne veux pas les essuyer, ni les laisser rouler sur mes joues, alors je me contente de répondre :

— Une autre fois.

Et je passe très vite devant lui.

Il m'attrape par le bras avant que j'aie le temps de m'éloigner.

— Je t'en prie... Je t'en prie, laisse-moi t'expliquer !

Je dois avoir tellement envie d'entendre ce qu'il a à me dire que je fais la réponse la plus ridicule qu'on puisse imaginer :

— D'accord. Mais fais vite.

Et je chasse les larmes de mes yeux d'un revers de main aussi évasif que possible.

— Il n'y avait pas de « fille au chat » à San Francisco. C'est pour ça que j'ai ri quand tu m'as posé la question. Je ne voulais pas te parler d'elle, alors j'ai menti par omission. J'aurais dû tout t'expliquer à l'Ocean House. Elle s'appelle Caroline. Elle a deux ans de plus que moi. Elle est étudiante. En deuxième année à Northwestern.

On s'est rencontrés il y a deux ans, à Paris, quand je flemmardais aux frais de mon père, juste après le camp de vacances.

— Et donc, juste après Amanda.

— C'est ça. Je t'ai dit que j'avais rencontré quelqu'un. Elle était étudiante à la Sorbonne, et nous avons fini par nous installer dans son studio, avec Pitchoun.

— Et pourquoi a-t-elle pris l'avion pour venir te retrouver ? Et pourquoi était-ce un tel secret ?

Il dirigea son regard vers le sol, comme s'il n'avait pas le courage de me dire la vérité.

— J'étais plutôt dingue d'elle. Je croyais que c'était de l'amour, mais c'était une obsession. Quand elle m'a laissé tomber, ça m'a fait plus mal que je n'aurais cru. Et pendant deux ans, j'ai pensé à elle pratiquement tous les jours. Jusqu'à...

Il baisse la voix, parle si bas que c'est à peine si j'arrive à l'entendre.

— Jusqu'à toi.

Je n'ai pas idée de ce qu'il raconte, mais j'ai le cœur qui bat à se rompre, comme si ça pouvait vouloir dire ce que ça *ne peut pas* vouloir dire, je le sais.

— Et qu'est-ce que je dois comprendre ?

— Que je ne te connaissais pas, et que je ne te connais pas encore très bien, mais que c'est la première fois depuis deux ans que j'ai envie d'être avec quelqu'un d'autre que Caroline. Je n'étais pas sûr que ça puisse arriver un jour. Alors je n'ai rien dit pendant un moment, pour voir si ce sentiment s'estompait. Mais il devient de plus en plus fort, et ça n'a pas l'air de vouloir s'arrêter.

— Si fort que tu as amené ton ex-petite amie ici, pour parader en ville.

Il se contente de ciller. Je poursuis :

— Je vous ai vus, tous les deux, en voiture, sur la Route 27. Elle portait un pull à rayures et des lunettes. Elle est très jolie. Félicitations.

— Sloane, c'est ce qui s'est passé, et c'est ce que tu as vu. Elle m'a appelé jeudi soir. Je ne m'y attendais pas du tout. Elle m'a dit qu'elle avait été bête de rompre avec moi, et qu'elle prenait le premier vol du matin pour New York afin de voir si on pouvait renouer.

— Et tu lui as visiblement dit que tu étais dingue de cette nouvelle fille, et qu'elle arrivait trop tard.

— Je lui ai dit qu'il y avait quelqu'un d'autre. Elle m'a demandé si elle pouvait juste venir me parler. Et j'ai dit oui. Tu comprends, je ne savais pas ce que je ressentirais en la revoyant. Tu es normale, toi, tu ne peux pas imaginer ce que c'est que d'avoir été obsédé par quelqu'un, d'avoir cru que c'était la clé du bonheur, de t'apercevoir que c'était sans espoir et d'apprendre soudain que cette personne revient vers toi.

Oh si, je comprends exactement ce qu'il veut dire. Et quelle que soit l'issue de cette histoire, je ne pourrai pas lui en vouloir pour ça.

— Sur la route, en allant à l'aéroport, je n'ai pas cessé de penser à la façon dont je t'ai traitée hier soir.

— C'est-à-dire ?

— Comme si je pensais à quelqu'un d'autre. Ce qui était bien le cas. Et je ne savais pas ce qui allait se passer.

— Alors, que s'est-il passé ? Où est-elle ?

— Elle est descendue de l'avion, nous nous sommes embrassés, et j'ai su quel imbécile j'avais été. Un imbécile qui avait cru vivre une grande tragédie parce qu'une jolie fille l'avait largué pour la première fois. Et j'ai su aussi que celle avec qui j'avais vraiment envie d'être détestait probablement le connard que j'étais. Je n'arrivais pas à croire que j'avais tout gâché. Et moi j'étais là, avec Caroline.

Il attend que je dise quelque chose, mais je ne réponds pas.

— Et voilà. Nous avons passé une horrible journée, pénible pour tout le monde, où je lui ai confié que ça ne marcherait pas, et que j'espérais qu'elle éprouvait la même chose.

— Alors ?

— Ça t'intéresse vraiment ?

— Si tu dis vouloir qu'on reparte de zéro, alors je me moque de tout le reste.

Il a l'air tellement soulagé, et tellement heureux. Il ne savait vraiment pas comment tout ça tournerait. Il n'a pas idée à quel point je veux que nous soyons l'un à l'autre.

Puis il me prend dans ses bras et me donne un baiser si doux et si beau que je sais que je m'en souviendrai toujours.

Il veut que nous allions quelque part où nous pourrons parler. Si seulement j'étais Maggie, ou Caroline, et pas une lycéenne qui habite chez ses parents... Mais j'ai déjà dépassé l'heure du couvre-feu et je ne veux pas être interdite de sortie. Je m'arrache à son étreinte. Il me raccompagne à la porte. Il y a encore un baiser, long, intense, et très excitant.

Et je suis chez moi, la maison est encore debout, le monde n'a pas cessé de tourner, et James Waters est à moi...

Je mets un moment à m'endormir. Je regarde les constellations qui brillent au-dessus de moi. Le Champ de Fleurs des Champs, où manque mon étoile des vœux. J'ai un petit ami. Il va m'appeler, il sera impatient de me voir, nous nous promènerons main dans la main, et tous les futurs du monde sont désormais possibles.

Tout ce que je pensais de James ce matin est complètement chamboulé. Sauf une chose. Rien sur cette terre ou au ciel ne m'amènera jamais à lui dire que je suis folle.

17

Maggie

Je me réveille sur le canapé d'Andrew, blottie sous l'édredon en duvet qu'il a enlevé de son lit et déposé sur moi pendant que je dormais. Pour quelqu'un de normal, ce ne serait pas une nouvelle terrifiante, mais mon estomac se change en un bloc de glace. Et s'il m'avait réveillée au milieu de la nuit ? Que se serait-il passé ? La réponse m'apparaît en une fraction de seconde, et je sais qu'Emma aurait un sourire triomphant, en arrivant à la même conclusion. Si on m'avait réveillée au milieu de la nuit, la journée de Sloane aurait disparu, et avec elle le confort de faire comme si nos deux vies coexistaient. J'aurais compris que Sloane n'est qu'un personnage que je crée de toutes pièces, comme les inconnus que je croise dans la rue.

Emma dirait que je l'ai toujours su. Certes. Mais il y a un truc énorme qui lui échappe : tout l'intérêt, c'est que j'ai le don d'oublier quasiment que je le sais. De croire à quatre-vingt-dix-neuf pour cent que je peux être deux personnes différentes qui vivent deux vies différentes en deux endroits différents. Et Emma a beau m'assurer du contraire, je suis persuadée que tout le monde en ferait autant, si ça lui était possible.

Le deux pièces d'Andrew est impeccable, avec des meubles bien pensés qu'il s'est manifestement donné beaucoup de mal à trouver. Ce n'est pas la chambre habituelle de l'étudiant de dix-neuf ans avec ses étagères IKEA et son canapé minable. Il est clair qu'il disposait d'un budget déco limité, mais au lieu de dépenser 129 dollars pour une étagère suédoise branlante montée avec une clé allen, il s'en est fabriqué une avec des planches de bois grossièrement équarries et des blocs de verre. Comme tous les réalisateurs, il a le souci du détail : les livres sont rangés par thème, d'une façon visuellement agréable.

Il entre dans le salon et s'assied sur le canapé, son corps en contact avec le mien à travers l'édredon.

— Comment as-tu dormi ?

Une question lourde de sens.

— Sloane a passé une excellente journée, si c'est ce que tu veux savoir.

— Détaille-moi ça.

J'inspire un bon coup. C'est la boîte de Pandore que j'ai ouverte. Maintenant, il va se passionner pour Sloane, je serai définie par ma dinguerie et il ne s'intéressera plus uniquement à moi.

— Elle est plus qu'extatique parce que le garçon...

— Finalement, il ne la trompait pas, alors ?

— Si, en quelque sorte, mais il a laissé tomber l'autre fille parce qu'il est amoureux de Sloane. Ou du moins, il tient beaucoup à elle.

— Alors tu crées une situation où le garçon qui représente Thomas se révèle être un gentil gars tout compte fait, de telle sorte que tu puisses tout manipuler dans un rêve.

— D'abord, un psy, c'est déjà assez terrible. Ensuite, Thomas ne ressemble absolument pas à James, et ce n'est pas comme ça que ça marche. Je ne contrôle pas la vie de Sloane. Je me contente de l'observer. Et les gens qui habitent dans son monde n'ont rien à voir avec ceux du monde réel. Ou, devrais-je dire, de mon monde.

Il sourit.

— Non, tu ne devrais pas dire « dans le monde réel ». Le seul problème dans tout ça, Maggie, ce serait que tu commences à tout mélanger.

Je soupire.

— C'est ce qu'il y a de plus marrant là-dedans. J'en arrive presque à croire qu'elle est réelle, et moi, en fait, pas du tout. Sans ça, ce serait juste comme une histoire que j'écrirais.

— Alors, que dit ton psy ? Est-ce qu'il pense que c'est un jeu dangereux ?

— *Elle.* Elle pense que c'est dangereux. Elle pense que je pourrais devenir vraiment folle. Ce que je dois être, pour te raconter tout ça…

Il me caresse le bras, toujours à travers l'édredon.

— Je suis flatté que tu partages ça avec moi. Et je suis désolé si je suis indiscret. On peut parler de ça tout le temps, ou jamais, ou quand tu en ressentiras le besoin. Je veux dire, vingt-quatre heures sur vingt-quatre, sept jours sur sept. Vraiment.

Il me précise qu'il ne veut pas savoir ce que je veux manger au petit déjeuner, parce qu'il va me préparer quelque chose de meilleur. Andrew a grandi dans l'Upper East Side. Ses parents ont divorcé quand il avait onze ans, et il s'est installé avec sa mère pendant que son frère, Todd, restait avec leur père. Sa mère est apparemment un cordon-bleu, et Andrew a toujours aimé la regarder faire la cuisine. Il me montre fièrement un classeur plein de recettes qu'ils ont créées ensemble. Avec des photos des plats, et même des photos de lui en train de manger. Il a toujours eu ce sourire.

Il fait de petites pizzas avec de la mozzarella de buffala fraîche sur des muffins anglais surmontés d'œufs sur le plat. Puis il fait sauter du jambon italien avec de l'ail et des cèpes. C'est tellement délicieux que je manque défaillir.

Pendant que nous mangeons, je reçois un texto de Thomas. Il espère que je vais bien et s'excuse à nouveau pour hier soir, comme s'il avait fait quelque chose de mal, ce qui n'est pas le cas. C'est plutôt chou. Je reçois aussitôt un second texto (séparant ainsi les affaires de cœur et les autres) s'excusant de me prévenir au dernier moment (quarante-cinq minutes de préavis), mais me disant de traîner mon petit cul maigre sur un plateau de répétition, parce qu'une actrice qui devait venir de Los Angeles a raté son avion, et que Thomas a réussi à convaincre Macauley de me faire faire un bout d'essai dans une scène avec Ryan O'Donnell, qui a été choisi pour tenir le rôle principal d'*Insinuations*.

Je reste là, à contempler l'écran, le cerveau complètement en compote. Puis je mets Andrew au courant, et il passe à l'action. Me tire hors de ma chaise, me jette dans la salle de bains en me disant que Carmen y a laissé du maquillage. Il repasse ma chemise. Sérieusement. Il tire même une planche à repasser grandeur nature des profondeurs de sa penderie.

Nous sautons dans la voiture.

— Tu te rends compte, évidemment, que je porte mes vêtements de la marche de la honte, que Thomas va s'en rendre compte. Et que ce sera fini entre nous.

— D'accord. Et qu'est-ce qui sera fini au juste ? L'épisode « nous-n'avons-pas-de-relation » de votre relation ? Ou bien il t'a envoyé un texto qui t'a fait tomber amoureuse ?

Je ne peux retenir un sourire.

— Euh, son texto était assez charmant...

— Concentre-toi. Tu connais bien la scène ?

— C'est difficile à dire. Dans la mesure où je n'ai aucune idée de la scène qu'ils veulent.

— Excellent. Ils doivent le savoir, et tu n'en auras que plus de mérite de surpasser toutes leurs attentes.

Il louvoie dans la circulation à cinq cents kilomètres à l'heure, me semble-t-il (la vitesse limite du minuscule véhicule est de cinquante affolants kilomètres à l'heure), défiant tous les articles du Code de la route, et parfois la gravité.

— Juste une question, dis-je. Y a-t-il quelque chose que tu interpréterais comme une mauvaise nouvelle ?

— Absolument rien. Positivons ! De l'énergie ! Confiance, confiance, confiance ! Tu vas absolument subjuguer ce type ; il va envoyer Blake Lively se rhabiller, et tu auras le premier rôle.

Il me dépose devant le studio, et je lui dis que je n'arriverai jamais à faire ça sans lui. Il est visiblement enchanté. Nous fonçons à travers le hall lorsqu'il a une inspiration.

— On va leur raconter que je suis ton coach de diction pour un atelier à l'université de New York.

— Génial !

Mais Thomas ne gobe pas notre histoire. Il regarde Andrew (qui, bien qu'il soit très grand, ne fait pas un jour de plus que ses dix-neuf ans), mes vêtements de la veille au soir, et en tire la conclusion logique. Au départ, je me dis qu'il ne me reparlera plus jamais, après m'avoir débinée en douce auprès de Macauley. Mais il devient évident que ça ne fait qu'attiser son instinct de compétition ; il ne va faire qu'une bouchée de ce minable, c'est sûr. Je les laisse jouer à celui qui a les plus gros biceps.

L'assistante de production me pousse vers un vestiaire improvisé et me fait enfiler une chemise de nuit à peu près transparente. Je me sens un peu bizarre, mais je veux tellement le rôle que je m'efforce de faire comme si de rien n'était. Elle insiste pour que j'enlève mon soutien-gorge et me propose des cache-tétons – des pastilles adhésives tout aussi répugnantes que le suggère leur nom. Ensuite, nous discutons de ma culotte. Elle ne trouve rien de mieux à me proposer qu'un string couleur chair, parce que si je n'ai pas les fesses à l'air, ils ne tourneront même pas la scène. Je prends mon courage à deux mains et lui dis de demander au réalisateur de venir pour que je puisse en parler avec lui. Elle me jette un regard éloquent : je vais lui faire perdre son poste, avec mes caprices, et elle consacrera le restant de son existence à ruiner ma carrière.

— Très bien, dis-je. Je vais le lui demander moi-même.

L'assistante de prod disparaît. Macauley frappe à la porte. Il entre, s'excuse pour le comportement de « Cheryl », m'assure que je peux évidemment garder ma culotte, et me demande si je me sens à l'aise sans mon soutien-gorge. Je réponds que oui. C'est un mensonge. Je ne serais pas à l'aise sans, même si je ne connaissais pas personnellement deux des garçons qui vont assister à l'audition. Je suis gênée parce que Thomas tripotait ma bretelle de soutien-gorge pas plus tard que la veille au soir, et surtout je me mords les doigts d'avoir invité Andrew à ce spectacle.

Ensuite, Macauley revoit les détails de la scène avec moi. C'est une scène que je connais bien, et elle est assez chaude. Je dois me serrer contre l'atrocement beau Ryan en l'attrapant par-derrière, lui fourrer mon nez dans l'oreille et essayer de le convaincre, avec mon corps, de faire ce que Ruby veut lui faire faire. Ensuite, il se retourne, m'embrasse, je suis incroyablement excitée, il me dit combien je suis belle, enfonce ses mains dans mes cheveux, et voilà. Rien de terriblement impudique, en dehors de ma tenue déshabillée.

Je dis à Macauley que je comprends qu'il ait choisi cette scène. Le dialogue révèle la complexité du désir apparent de Ruby, qui dissimule le fait qu'elle cherche à se venger du personnage incarné par Blake Lively, mais d'une façon suffisamment subtile pour que le spectateur ne s'en rende compte qu'après coup.

Macauley hoche la tête, l'air d'apprécier que j'aie un cerveau, mais en réalité, c'est pour apprécier mon derrière que tout le monde est là. Il a l'honnêteté de m'expliquer que ma tenue a été choisie pour lui permettre de voir si nous passons bien ensemble, physiquement, devant la caméra. Autrement dit, est-ce que je saurai apporter assez de sensualité à la scène. Traduction : j'ai intérêt à mettre le paquet.

C'est une sacrée expérience. Quasiment nue, dans les bras d'un homme de vingt-cinq ans, beau comme un dieu, avec des tablettes de chocolat je ne vous dis même pas, pendant que mon petit ami d'un jour et peut-être de toujours me regarde en compagnie de mon ami platonique... La tension sexuelle est à couper au couteau.

Je dois rentrer dans la sexualité de Ruby, ce qui est assez complexe : il faut que je la rende juste assez manipulatrice pour qu'on soupçonne ses intentions cachées tout en étant rigoureusement embrasée en apparence. Or il faut voir les choses en face, ma propre sexualité est encore tâtonnante. Est-ce que je trouve excitant d'avoir les mains de Ryan sur mon corps ? Bien sûr. Mais en même temps, je n'ai pas à me demander où ça va me mener, ou ce qui va se passer entre nous. Je ne pense qu'à mon jeu pendant que mes hormones sont sur pilotage automatique.

Thomas me trouve merveilleuse, et très sexy. Et ajoute que c'était la grande question à laquelle Macauley voulait une réponse. Quand nous nous retrouvons seuls dans le vestiaire, Thomas me demande si je ne lui en veux pas. Je lui réponds que pas du tout, bien sûr, et que c'est à moi de m'excuser. Il m'embrasse très doucement et me répète que nous pourrons prendre tout le temps qu'il me faudra pour que je me sente à l'aise.

Ensuite, il me soumet à un interrogatoire en règle sur Andrew : qui est-il, depuis combien de temps est-il mon coach de diction, quelles sont ses références, pourquoi je n'ai jamais parlé de lui, et pourquoi je suis habillée comme la veille.

Je mens. Comme une arracheuse de dents.

Andrew est un ami de la famille, qui a fait appel à moi une fois pour un film d'étudiant, où il m'a coachée sur mon accent inuit. Nous sommes devenus amis, et il a besoin de me voir pour surmonter sa rupture avec une bimbo latino. Quant aux vêtements, je fais remarquer à Thomas qu'il m'a laissé trente secondes de préavis, et que j'ai décidé en un éclair que, tout bien considéré, la tenue de la veille était celle qui convenait le mieux pour me présenter devant Macauley. Et au fait, qu'est-ce qu'il sous-entend ? Que j'ai couché avec Andrew, cette nuit ?

Il rit et répond à mes mensonges par un mensonge à lui. Que c'est la dernière chose qui lui viendrait à l'esprit.

Le débat étant clos, il quitte ma loge et Macauley entre, me serre dans ses bras avec enthousiasme et me dit que j'ai été absolument parfaite. Il me remercie d'être venue et m'annonce que, pour le rôle, ça se joue maintenant entre moi et la fille de Los Angeles, qu'il doit encore auditionner, il s'y est engagé auprès de son agent. Je ne peux pas le croire. J'ai une sorte de vertige. Et je suis éperdue de reconnaissance envers Thomas d'avoir permis que ça arrive.

Alors que nous repartons, Andrew et moi, une voix d'homme appelle mon nom. Je me retourne et je vois Ryan qui se précipite vers moi, les pans de sa chemise ouverte pendant sur son pantalon. Il est si beau qu'on en mangerait. Un sourire innocent illumine son visage alors qu'il prend mes deux mains dans les siennes.

— Mag, tu as été magique ! Où étais-tu passée ? Je veux dire, tu l'as senti, toi aussi ?

Il me regarde au fond des yeux.

— Le monsieur t'a posé une question, fait Andrew d'une voix agréable, neutre.

Donc, je rive sur les yeux de Ryan le regard « faisons ça ici tout de suite, par terre » qui s'impose, et je réponds :

— Oh oui, mon Dieu, moi aussi. Je me demandais seulement si tu l'avais toi-même senti…

— Comment peux-tu en douter ? J'ai parlé à Macauley et je lui ai dit qu'une alchimie pareille, on ne pouvait pas la laisser échapper. La série le mérite !

— Eh bien, réponds-je en souriant. N'importe quoi pour la série.

— Mag, je te veux. Comme partenaire.

Nous descendons au rez-de-chaussée, Andrew et moi.

Andrew remue les sourcils et dit, en une imitation raisonnable de la voix de Ryan :

— Mag, je te veux. Je veux faire l'amour avec toi. Pour que tu penses que je vais dire à Macauley de te donner un rôle, mais je couche aussi avec cinq autres actrices, à qui j'ai promis la même chose.

— Hé, au moins je ferais l'amour avec lui.

Ce qui le pétrifie sur place. Et révèle aussi qu'il est définitivement, prodigieusement jaloux. J'adore, j'adore !

Il a des cours à réviser et une vie à vivre dans laquelle il doit se replonger. Quant à moi, j'avais promis à Jade de l'emmener voir le film de son choix. Et bien sûr, elle opte pour le premier long métrage d'une starlette de Disney Channel qui a du pain sur la planche avant de devenir actrice. Encore faudrait-il qu'elle ait un poil de talent, ou qu'elle fasse un petit séjour en cure de désintox. Le film est nul, horripilant, mais Jade est aux anges. Elle baisse dramatiquement dans mon estime. Le point de non-retour est atteint lorsqu'elle me tanne pour que je chante avec elle une de ses chansons sirupeuses.

Après, elle me demande si on pourrait dîner avec Andrew. Je demande :

— Andrew qui ça ?

— Je lui ai fait des petits pains à la cannelle pour le remercier. Tu sais, mes patins à glace. Je n'ai été que la quatrième plus mauvaise patineuse de la fête, alors tu vois j'ai assuré.

Donc elle lui envoie un texto, il débarque, nous fait des bucatini, et nous avons en guise de dessert des petits pains à la cannelle faits avec une préparation en sachet. Nicole a un rencard avec un chauve à col roulé (ne me demandez même pas). Jade et Andrew dansent devant la

Wii. Il gagne sur une interprétation débridée de *Proud Mary* de Tina Turner. Elle demande s'il veut bien la border, et quand elle dort, je fais du thé, et nous nous vautrons sur le canapé.

Il prend un magazine sur la table basse et tourne les pages pour se donner une contenance avant de me demander :

— Tu ne sortirais pas vraiment avec ce type, dis-moi ?

J'éclate de rire.

— Ça dépend des options. Ce qui nous amène à : que penses-tu de Thomas ?

— Parlons d'autre chose.

— Non, parlons-en, au contraire.

— Je pense qu'il est ennuyeux à mourir. Faux-jeton. Sa manucure coûte encore plus cher que le truc visqueux qu'il se met sur les cheveux, ses sourcils ont été tellement épilés qu'ils sont en voie d'extinction. Il est creux, et tout dans l'apparence. C'était ma première impression. Et plus nous nous parlions, et moins je l'appréciais.

— Alors, j'imagine que ça nous ramène à Ryan. Je veux dire, je n'ai pas d'autre alternative. Pas à ma connaissance, du moins.

— Mouais. Nous ne voudrions pas être désagréables avec le nouveau copain de Sloane, hein ? Comment s'appelle-t-il, déjà ?

— James Waters.

— Laquelle de vous deux crois-tu que James préférerait s'il avait le choix ? Sloane ou toi ?

Et donc, j'y réfléchis pour de bon.

— Peut-être moi.

— Fascinant ! Je suis désolé, je sais que j'ai promis de ne pas t'embêter avec ça, mais c'est la chose la plus cool que j'aie jamais entendue. James t'a-t-il… pardon, je veux dire, l'a-t-il embrassée ?

— Oui.

— Oui, laquelle ? Toi, ou elle ?

— Elle, bien sûr. Il ne m'a pas encore rencontrée.

— Alors, en quoi êtes-vous différentes, Sloane et toi, en dehors du fait qu'elle est blonde, et de ses seins ?

— Euh, ça t'ennuierait si je te disais que j'en ai marre de Sloane, pour ce soir du moins ?

— Oui, bien sûr. Désolé…

Et je fais la bêtise d'ajouter :

— Ne boude pas. Tu as droit à une question de plus.

Alors, raide comme une trique :

— Et moi, laquelle je préférerais ?

Je marque un silence et fais semblant de réfléchir, mais en réalité, je rumine l'ennui que provoque chez moi la question.

— Je ne peux pas répondre comme ça.

Je donnerais n'importe quoi pour qu'il s'en aille. Mais impossible de le lui dire, bien sûr, et il reste encore quelques heures pendant qu'on regarde en replay *Danse avec les stars*. Il rentre vraiment dans le jeu. Je suis complètement hermétique. C'est tout juste si j'arrive à lui donner la réplique alors qu'il improvise des histoires débiles sur les danseurs professionnels qui font travailler les célébrités. Et le pire, c'est qu'il ne semble même pas s'en rendre compte.

Pendant le troisième numéro, je fais semblant de m'assoupir. Il me secoue doucement. J'ouvre un œil endormi, il me dit bonne nuit et s'en va.

J'ouvre les yeux. Et je vois au loin se profiler la vérité que je connais maintenant.

Je suis amoureuse d'Andrew. Je l'ai été depuis la première seconde.

18

Sloane

Je me réveille, je regarde par la fenêtre, et mon arbre est là. Il n'a pas l'air différent et pourtant j'ai l'impression que toutes les molécules de mon arbre, de mon corps – et du monde entier – ont changé. J'ai tapé *schizophrénie* sur Internet, et je crois que c'est ça. D'un côté, je sais que la nuit dernière s'est vraiment produite. Elle est gravée dans ma mémoire, chaque microseconde de son visage, la peur dans ses yeux que je ne veuille pas de lui, sa voix pleine d'espoir. Tout est absolument vrai. Et en même temps, c'est absolument impossible, bien sûr. Je veux dire, quand je me regarde dans la glace, je ne vois que l'extérieur de moi. Eh bien, c'est pareil. Il évalue ce qu'il y a en moi, rapprochant une fille de rêve des petits aperçus qu'il en a eu. Il ne me connaît pas encore. Et quand il me connaîtra, je suis sûre qu'il sera profondément déçu. Mais pour aujourd'hui, pour ce matin, James m'a choisie. À moins évidemment qu'il n'ait changé d'avis au cours de la nuit.

Je rallume mon téléphone. Peut-être qu'il a laissé un message, comme dans ces comédies romantiques niaises, pour me dire : « Je suis à mi-chemin de chez moi, et tu me manques déjà. »

J'ai un message. Et c'est encore mieux que ça. Il vient me chercher à 8 h 30, pour m'emmener dans des endroits de son choix jusqu'à l'heure du couvre-feu pour moi. Il dit qu'il risque d'être fatigué, parce qu'il a embrassé une fille, hier soir, et qu'il a mis des heures à s'endormir.

Je réponds : « Oh oui ! Et comment ! »

On frappe à ma porte. Mon père entre, tout souriant, l'air heureux. Il commence par me remercier d'avoir « pris tant à cœur notre petit cœur-à-cœur ». Je me demande ce qu'il me raconte jusqu'à ce que je comprenne que maman doit être vraiment ravie que je ne lui en mette plus plein la figure.

Ensuite, il me propose de m'emmener en voiture à mon cours de préparation à l'examen d'entrée à l'université pour lequel j'ai payé 200 dollars (mon salaire de près de quatre semaines chez le véto), qui commence dans une heure et quart, et que j'ai totalement oublié (ainsi que tout le reste au monde).

Et donc, l'heure des mensonges est arrivée. Le cours a été repoussé. Nan. Il pourrait appeler pour vérifier. J'ai promis à Kelly de l'emmener se faire amputer des deux jambes. Nan. Too much. Acheter sa robe pour le bal de fin d'année ? Nan. Pas suffisant. Je ne vois qu'une solution réaliste.

— Papa, je voudrais faire autre chose, aujourd'hui. Il y a un garçon...

Son sourire reste intact, mais je sens qu'il se crispe.

— Je l'aime vraiment beaucoup. Et il m'aime bien. Je voudrais passer la journée avec lui. Et pour les révisions, ce n'est pas un problème. J'ai déjà révisé un trillion d'heures, alors tout ça, c'est de l'excès de zèle.

Il me regarde fixement, se retenant visiblement de me donner un ordre direct.

— Bon, bien sûr, tu fais ce que tu veux avec ton argent. C'est toi qui as travaillé pour le gagner. Tu pourrais rattraper le cours un autre jour ?

— Non, mais je n'en ai pas besoin. Sérieux.

Non seulement il n'approuve pas ma décision, mais encore il trouve que ce n'est pas du tout raccord avec la gamine accro au boulot qu'il connaît, une fille qui ferait n'importe quoi pour intégrer Columbia.

— Désolé, ma chérie, mais là, je ne peux pas être d'accord. Ton petit ami comprendra, et s'il ne comprend pas, ce n'est pas le garçon qu'il te faut, un point c'est tout. Tu as travaillé très dur, et il n'y a pas moyen de savoir ce qui est superflu ou non. On dit toujours qu'il ne faut pas faire d'impasse. Au moins, comme ça, tu n'auras pas de regrets.

Bien sûr que James comprendrait. En réalité, il me donnerait probablement le même conseil. Mais ce n'est pas le sujet. J'ai l'impression d'être en sursis avec James, maintenant que j'ai fait sa conquête. J'ai eu trop peur de le perdre ; il n'est pas question que je renonce à cette journée.

— Je suis désolée, papa. Je choisis de passer la journée avec James. Je suis la seule à pouvoir dire que je suis complètement préparée pour cet examen.

Il se contente de me regarder, ne sachant comment réagir face à cet acte de rébellion caractérisé. Face à cette version de moi. Ce n'est vraiment pas mon genre de dire non à mon père de cette façon, et de le décevoir ainsi.

— Franchement, papa, ce garçon est vraiment important pour moi.

— Ce n'est pas la question.

— Non, en effet. La question c'est qu'il faut que tu me fasses confiance.

Il y a un vrai silence.

— Je n'apprécie pas le ton sur lequel tu me parles.

Et il sort de ma chambre.

En prenant ma douche, j'essaie de le sortir de mes pensées. Je ne veux pas que le moindre nuage obscurcisse ma journée ensoleillée. Sauf que c'est triste à dire, mais ça ne fait qu'empirer. Il a raison. Columbia était la chose la plus importante au monde pour moi. Et maintenant, ce n'est plus le cas. La voilà, la vérité. À ce stade, je ne sais même pas si je serai encore dans le coin pour aller à Columbia.

Je finis de m'habiller quand on frappe à ma porte. Je m'y attendais. Maman entre, envoyée par mon père, et ils se sont donné le mot : elle est fondamentalement d'accord avec lui. Alors je lui raconte ce qui s'est passé, que James a largué son ex-petite amie pour être avec moi. C'est le moment le plus excitant de ma vie, et je n'ai aucune raison d'aller à un examen blanc alors que je n'arrive à penser qu'à James.

Elle me demande combien de temps ça va durer.

— Bonne question, réponds-je.

Et je vois qu'elle a déjà vécu tout ça. Ma mère a jadis eu un coup de foudre pour un garçon qui dévorait toute son énergie intellectuelle. Peut-être que c'est pour ça qu'elle s'est montrée tellement stricte sur l'âge où je pourrais commencer à sortir.

Elle me serre dans ses bras et m'assure qu'elle va arranger les choses avec papa.

Je suis trop nerveuse pour avaler mon petit déjeuner. Au dernier moment, je me rappelle que Maggie avait pris soin d'assortir son soutien-gorge et sa culotte. Je remonte en courant, et je coordonne les couleurs, puisque je n'ai pas de parure assortie. Ça ne me fait pas forcément ressentir grand-chose de particulier. Je me demande juste quelles sont les probabilités que quelqu'un les voie.

J'attends sur les marches du perron quand une Porsche Targa rouge tourne au coin de la rue. Un garçon plus sexy que Ryan Gosling en descend d'un bond. Je bondis à mon tour, ne voulant pas qu'il pense que je lui fais la tête ou je ne sais quoi. Indifférent à la famille ou aux voisins qui pourraient nous épier par la fenêtre, il m'attire dans ses bras et nous échangeons un baiser spectaculaire, chaud, prolongé, qui me donne des frissons partout.

Ensuite, il tient mon visage entre ses mains pendant un moment, son front appuyé sur le mien, il me caresse la joue avec son pouce et, de ses cils, effleure doucement les miens, m'offrant un baiser papillon. Ça me semble terriblement intime et d'une certaine façon plus excitant que le grand baiser passionné. Je sens son souffle sur mon visage.

En démarrant, il me dit seulement que nous allons dans les monts Berkshire, jusque dans le Massachusetts. Il propose que nous prenions notre petit déjeuner au Kitchen Little, et je mens, je lui dis que j'ai déjà déjeuné. Il se dirige vers le Dunkin' Donuts et prend la file du drive-in pendant que je me demande frénétiquement si je connais quelqu'un qui travaille là. En effet : c'est là que bosse la Beuh, mais j'ignore ses horaires.

Et bien sûr, quand nous arrivons à la fenêtre, la Beuh se tourne vers nous avec un gigantesque sourire, le sourire hilare de celui qui a fumé dès son réveil. Il tend à James son café extra-large et une douzaine de *donuts* assortis. Je me tourne vers la vitre de mon côté, en espérant que la Beuh ne reconnaîtra pas l'arrière de ma tête, et qu'il ne se posera pas de questions.

— Hé, Sloane, tu es sûre que tu ne veux rien ? Je te l'offre.

— Non, merci.

Génial. Maintenant, je vais passer la journée à me demander si ça va faire le tour de la ville ou si ça va se perdre dans le vide sidéral qui occupe l'espace entre les oreilles de la Beuh.

Une fois sur l'autoroute, je plonge dans la douzaine de beignets. J'en pêche un à la confiture saupoudré de sucre glace, et je lui demande si je peux partager son café. Tout à coup, il se met à me poser des questions sur ma vie entière et sur ma personnalité. Par exemple, il me demande si les beignets au sucre glace sont mes préférés, et pourquoi ? Je n'arrive pas à comprendre que tout ce qui me concerne l'intéresse tant. Je lui réponds qu'en réalité je préfère ceux aux myrtilles, à cause du colorant chimique violet qu'ils mettent dedans. C'est la seule chose qui vous colore la bouche de cette couleur particulière.

Quel est mon animal favori ? Je lui réponds que mon premier meilleur ami au monde a été Schmulie, un pitoyable chaton noir et blanc, et je lui raconte tout. Schmulie léchait mes larmes quand je pleurais. Et il dormait avec moi toutes les nuits. Quand il a été exilé dans la ferme de mon oncle à cause des allergies de Tyler, je lui accordais un moment particulier chaque fois que nous allions le voir, et je lui apportais des friandises spéciales. Et (bon, j'enjolive sans doute un peu) il semblait m'aimer et communiquer avec ses grands yeux noirs. Il s'est éteint doucement, calmement. Cette semaine-là, je m'étais installée dans la chambre d'amis de mon oncle, et j'avais dormi par terre avec lui.

James paraît très ému par cette histoire et ne dit plus rien pendant un instant. Je lui pose des questions sur Pitchoun, le chat de Caroline, et il répond qu'il avait vraiment eu du mal à le ramener avec lui en Amérique, mais qu'à ce moment-là c'était tout ce qui lui restait d'elle, et qu'il était déterminé à ne pas le perdre.

— Si tu as autre chose à me demander sur Caroline, tu peux, tu sais, me propose-t-il.

— Et si j'ai environ quinze mille questions ?

— On pourrait en garder quelques-unes pour le trajet du retour.

Caroline et James se sont rencontrés au Bois de Boulogne où ils faisaient leur jogging. À ma grande horreur (mon énorme sentiment d'insécurité n'avait pas besoin de ça), elle est française ! Vraiment française. Deux parents français. Sa langue maternelle est le français. Elle faisait des études d'anglais à la Sorbonne. Putain de merde. Elle est originaire de Nice, sur la Côte d'Azur. Une fois elle l'a emmené chez elle voir ses parents, et ils sont allés sur une plage naturiste (sans ses parents). Ils sont aussi allés en bateau en Corse (pas tout nus, et avec ses parents). Il est clair que cette Française a beaucoup d'expérience. Je le taquine jusqu'à ce qu'il confirme mon observation, mais il refuse de s'étendre sur la question. Ce qui est tout à son honneur. Mais pas à mon honneur à moi, qui lui repose la question pour la cinquième fois.

— Elle est vraiment jolie, dis-je, pas décidée à laisser tomber le sujet.

— Ça oui. Mais tu es tellement plus séduisante que toutes celles que j'ai connues dans ma vie.

Je lève les yeux au ciel. Il veut juste me rassurer.

— Ne fais pas ça. Tu ne vois pas comment les autres te voient. Tu es belle, Sloane. Mais ce n'est même pas de ça que je veux parler. Je parle d'une attraction comme la gravité. Je suis porté vers toi par le genre de vague qui te soulève de terre. Je pense que je ne pourrais pas y résister, même si j'essayais.

À ces mots, j'éprouve un picotement familier ; l'excitation et la peur me rappellent le sorcier. Je ne peux pas raconter ça à James. Et pourtant, ce garçon parfait vient de me faire le plus grand compliment qu'on m'ait jamais fait, renouvelant le charme sous lequel il me tient depuis qu'il a sauvé ce moineau. Alors je me contente de tendre la main et de la poser sur la sienne.

Nos doigts se croisent et dansent les uns autour des autres pendant le reste du trajet. Nous ne nous lâchons pas un instant.

Après deux heures de conduite, nous entrons dans un parc de loisirs. Une grande bannière annonce *Spectacle de marionnettes international.* Deux marionnettes d'ombres d'une douzaine de mètres de haut représentant des dragons forment une arcade. Nous passons dessous et entrons dans une clairière entourée par une forêt épaisse. Les gens portent des costumes de tous les pays et de toutes les époques. Certains sont déguisés en créatures mythiques composites. Des familles, des couples, une bande de gosses sont réunis autour d'un théâtre de marionnettes. Des cerfs-volants chinois sillonnent le ciel. Un groupe de gens jouent des percussions. Des musiciens se promènent en jouant de la flûte médiévale.

Nous nous installons sur une butte d'herbe. James a emporté une couverture et un panier pique-nique, et il nous reste cinq beignets. Je vois bien qu'il attend quelque chose. Les percussions cessent de jouer. Un silence complet s'établit. Et des arbres sort une petite armée de marionnettes géantes, de six mètres de haut. Ce sont des hommes montés sur des échasses, chacun incarnant un personnage différent, chacun avec un visage géant, en forme de lune. Il y a des monstres, deux oiseaux, une sirène. Ils sont étonnamment habiles sur leurs échasses. Leurs mouvements sont fluides et hypnotiques. On dirait un troupeau de girafes. Ils jouent une série de saynètes au contenu difficile à définir précisément, mais dont la vision est captivante.

Alors je m'appuie sur James, il passe son bras autour de moi, et nous regardons le spectacle comme si nous nous appartenions l'un à l'autre depuis le commencement des temps. Je n'ai jamais éprouvé une telle plénitude. C'est un moment parfait.

Sur le chemin du retour, le coucher du soleil laisse place à un crépuscule violet et à des bleus profonds. Nous roulons dans un silence complice pendant un moment qui paraît durer une éternité, et miraculeusement je ne me dis pas que je devrais parler, je n'ai pas peur qu'il s'ennuie. Je sais que tout est parfait entre nous.

— Tu sais de quoi j'ai peur ?

Ça m'a échappé. Je dois être possédée, ou folle, ou les deux.

— Des perce-oreilles ? Ils sont tellement rapides.

— Exactement.

Il sourit.

— Et puis de l'autre chose dont tu voulais me parler, avant de te raviser.

— Ah oui, ça. C'est juste cette peur désespérée qu'une fois que tu auras passé plus de temps avec moi, tu t'ennuieras à ne plus en pouvoir et tu te demanderas ce que tu as trouvé de bien chez moi, au départ.

Il quitte la route des yeux pour me jeter un coup d'œil, me regarder afin que je sache qu'il pense vraiment ce qu'il me dit.

— Tu es infiniment fascinante telle que tu es.

— Il est plus facile d'être fasciné par quelqu'un qu'on ne connaît pas.

— Tu n'as pas de profond et noir secret, hein ? Pas de meurtres à la hache, de labo de méth, de maris mormons polygames dans l'Utah, de collection de poupées Hello Kitty ?

— Juste une de ces choses sur les quatre. Alors tout va bien.

En réalité, c'est une sur cinq. La chose étant un secret qu'il n'a pas évoqué, le fait que je suis cliniquement, incurablement psychotique. Mais comme il n'a absolument aucun moyen de pouvoir le découvrir un jour, je vais juste chasser de mon esprit le fait que je ne suis pas seule dans ma tête.

Je le regarde, et il a un sourire tellement heureux, et il est si impossiblement beau que je me détends à nouveau. C'est le fait de passer la journée avec moi qui le fait se sentir aussi bien.

— Tu as un cavalier pour le bal de fin d'année ?

— Voui.

— Un de tes maris dans l'Utah ?

— Gordy, en fait.

— Je l'aime bien. Alors, pourquoi lui ?

— C'est comme mon frère. En réalité, il ne ressemble à aucun de mes deux frères, et je l'adore. Nous n'avions pas de partenaire, ni lui ni moi, alors on a décidé d'y aller ensemble.

Je me demande s'il me demandera de laisser tomber Gordy, et ce que je ferai s'il me le demande.

— Cool.

Mais il ne me le demande pas. J'ai une peur bleue que Gordy découvre tout au sujet de James. Je vis une vie secrète en ce moment, et la révélation de la vérité est une affaire délicate. Avec un peu de chance, la Beuh n'aura pas tout déballé.

Je commence sur un ton hésitant :

— Est-ce que ça t'ennuierait, euh, si on gardait ça encore pour nous pendant un petit moment ?

— Est-ce que ça signifie que je dois retirer le faire-part de mariage du *New York Times* ?

Il rit, mais les mots, faire-part de mariage, envoient une décharge électrique dans toutes les terminaisons nerveuses de mon corps.

— Non, laisse-le paraître. Personne ne lit ce journal dans la classe.

Il éclate de rire. Il me trouve drôle, vraiment. Maggie est drôle, mais je suis plus grognon et sarcastique que drôle. À part avec Gordy. Et Lila, j'imagine. Enfin, le principal, c'est qu'il me trouve drôle.

— D'accord. Je peux te demander pourquoi ?

— Bien sûr. Pourquoi quoi ?

— Pourquoi nous devrions garder le secret ?

— Je ne veux pas que ce soit trop bizarre pour Amanda. Je sais, tu m'as dit qu'elle le prenait bien, mais je veux lui laisser un peu de temps pour gérer son image.

— Waouh. C'est le lycée, ou c'est Hollywood ?

— Il y a une différence ?

Il rit encore. Il est bon public.

— Tu es une personne exceptionnellement délicate. Ce n'est pas la raison pour laquelle je suis fou de toi, mais c'est plus important, en fait.

Rien ne l'ennuie. Je peux tout lui confier. À une exception, évidemment.

— Quand j'étais petite, un sorcier planait devant ma fenêtre, la nuit. J'avais très peur de lui, et en même temps il m'excitait. Je savais que si je baissais ma garde, le sorcier pourrait entrer par la fenêtre, se glisser dans mon lit, et prendre le contrôle de mon corps et de mon esprit. Je l'obligeais à rester hors de la fenêtre grâce à des rituels que j'effectuais tous les soirs…

Je regarde son profil. Oh, merde, c'est vrai.

— Je n'avais jamais vraiment su de quoi il avait l'air. Jusqu'à ce que je te voie pour la première fois.

Il ne répond pas.

— Tu as sauvé ce moineau, dans la salle principale. Et quand tu t'es détourné de la fenêtre, j'ai pensé que je n'avais encore jamais vu un être vivant avec un aussi beau visage.

Et donc, je viens de lui avouer non seulement qu'il est l'incarnation d'un fantasme de toujours, mais encore qu'il est la plus belle créature que j'aie vue de ma vie. Si j'ai pu lui faire cet aveu, c'est qu'il avait les yeux fixés sur la route. J'avais l'impression de ne pas être observée. Je me sentais en quelque sorte protégée. Mais maintenant que je lui ai dit tout ça, je me sens toute nue, bien sûr.

Il ne répond absolument rien. Il ne sourit même pas. Et je sais que j'ai tout gâché. J'en ai trop dit, des choses trop dingues. Aucun garçon ne pourrait supporter ça sans s'enfuir à toutes jambes.

Et puis, sans explication, il s'arrête sur le bas-côté de la route. Les arbres sous lesquels nous nous rangeons ont des couleurs pastel dans le crépuscule. Mon cœur cesse de battre. Il se retourne et me regarde.

— C'était moi, lance-t-il. Devant ta fenêtre, toute ta vie. Espérant que tu me laisserais entrer.

19

Maggie

Je sirote mon thé à petites gorgées en picorant un *bagel* tout en essayant de lire un horrible scénario que mon agent m'a envoyé. J'ai du mal à me concentrer. Je reviens toujours à la même chose : je suis amoureuse de mon seul véritable ami. Comme s'il lisait dans mes pensées, mon portable se met à sonner.

Andrew m'annonce le sujet de son prochain court métrage : des gamins qui donnent la réplique à un acteur des rues, une sorte de mime, ou un de ces gars peints en doré qui se font passer pour Toutankhamon. Je fais la bêtise de lui dire que j'organisais des spectacles de marionnettes pour le Club des garçons et des filles, et que les enfants se livraient à des concours de cris et de hurlements avec mes marionnettes. C'est une bêtise, parce que cette idée l'enchante. Et devinez quoi ? En moins de temps qu'il n'en faut pour le dire, il a trouvé un théâtre de marionnettes en carton au magasin des accessoires, quatre marionnettes à mains ridiculement disparates, et il annonce que j'ai remporté le poste convoité de marionnettiste.

Et nous voilà devant le zoo de Central Park, à côté du camion du glacier. Mes marionnettes de chiffon se contentent plus ou moins de hurler des injures aux petits enfants, qui ne peuvent pas résister à la tentation de s'arrêter et de répondre sur le même ton.

Par exemple, le Canard à l'Œil Paresseux de ma main droite interpelle un petit gamin qui renifle, un doigt fourré dans le nez jusqu'à la deuxième phalange :

— Hé, le micro-organisme, tu veux que je t'aide ?

Le gosse s'arrête, se retourne et, le doigt toujours enfoncé dans la narine, braille :

— Tu pues du cul !

Les gamins de cinq ans ont vraiment le sens de la repartie.

Une fois que j'ai réussi à attirer l'attention des enfants, et celle de leurs parents ou nounous, le Laitier que j'ai à la main gauche raconte au Canard la biographie imaginaire du gamin. Les enfants crient, piaillent, rigolent et me renvoient des réécritures de mes histoires, pas mauvaises, ma foi. Au point que les adultes, ravis, me jettent de l'argent. Plusieurs demandent si j'organise des fêtes d'anniversaire. Le Canard répond que nous ne faisons pas les ann-hiver-saires mais seulement les ann-automne-saires.

Andrew tourne une tonne d'images qui, une fois montées, donneront un chef-d'œuvre. Au déjeuner, il disjoncte complètement. Il se voit déjà remporter des prix dans des festivals, passer sur toutes les chaînes de télé.

Je ne l'ai jamais vu plus heureux. Et, peut-être parce que je me sens encore coupable d'avoir été complètement idiote hier soir, ou parce que je sais maintenant que je l'aime, ça ne m'agace même plus de le voir pianoter et fredonner. Il délire sur mon sens du timing comique et se répand sur les futurs projets de notre troupe de marionnettistes. Je note un compliment en passant sur mon corsage, « vraiment joli ».

Et puis, alors que son burger géant arrive, il me demande sur un ton désinvolte quel endroit serait idéal pour un premier rendez-vous. Si un type voulait faire une bonne impression sans, tu vois, en faire trop et avoir l'air exagérément mordu.

— C'est une question théorique ? Ou il y a quelqu'un qui t'a tapé dans l'œil ?

— La demoiselle en question est une amie de Cassie. Je la voyais beaucoup chez mon frère.

Je mâchonne une frite avec toute la décontraction dont je suis capable pendant que tout le sang que pompe mon cœur me monte à la tête.

— Alors, comment se fait-il que tu ne sois jamais sorti avec elle avant ?

— Son petit ami n'aurait pas apprécié. Elle l'a largué quand elle a appris que j'avais rompu avec Carmen, à moins que ce ne soit une simultanéité fortuite.

Mon cœur se brise en deux avec fracas. Que cette rivale anonyme soit formidable ou non, elle finira par l'être. Je me liquéfie intérieurement tout en m'efforçant de conserver le sourire ridicule que je me suis plaqué sur la figure.

— Alors, parle-moi d'elle.

— Amy ? Je pense que, au fond, nous éprouvons une attirance mutuelle. Elle est belle comme un mannequin. Peut-être parce qu'elle est mannequin. Et elle est vraiment marrante. Et facile à vivre.

— Qu'est devenu le serment de ne vouloir être accompagné que de quelqu'un que tu aimerais ?

— J'y ai réfléchi, et je ne sais pas si je crois au coup de foudre. Nous sommes amis depuis longtemps, alors peut-être que ça fera comme, tu sais, quand l'amour naît de l'amitié. Qu'est-ce que tu en penses ?

— Emmène-la au Little Owl[1].

À quoi, normalement, la seule réponse appropriée devrait être : « Laisse-moi t'y emmener à sa place. Ou plutôt, laisse-moi t'emmener partout jusqu'à la fin de nos jours. »

— Super, fait-il. Merci.

1. Un des meilleurs restaurants romantiques de New York (*N.d.É.*)

Deux heures plus tard, assise sur le canapé d'Emma, je trouve le courage de balancer :

— Je ne suis pas sûre d'avoir envie d'en parler, mais je suis amoureuse d'Andrew.

J'aurais aussi bien pu flanquer des coups de batte de base-ball sur le plus gros nid de frelons du monde. Elle ne sait pas par où commencer à fouiner. Après m'avoir posé huit questions en même temps, elle opte pour :

— Dites-moi ce que vous entendez par « être amoureuse » de lui.

— Toute ma vie je me suis demandé si, un jour – non : *je pensais* ne jamais – non, *j'étais sûre* de ne jamais tomber amoureuse. Et puis il y a eu ce moment, hier soir, alors qu'il ne se passait absolument rien entre nous, sauf que je faisais un peu ma peste, où ça m'a traversé l'esprit que j'étais amoureuse de ce garçon. Que j'étais tombée amoureuse de lui dès le premier instant. Que c'était la chose que je n'étais pas sûre de reconnaître quand elle m'arriverait, et voilà, je ne peux plus l'ignorer.

— Et pourquoi voudriez-vous l'ignorer ?

— Parce qu'il ne sera jamais à moi.

— Et pourquoi pas ?

Je reste un instant sans répondre. Et puis :

— On pourrait mettre fin à la séance maintenant ? Je veux dire, vous serez payée et tout ça.

Elle éclate de rire.

— Moi, ça ne m'amuse pas du tout, et si vous rigolez encore une fois de ma souffrance, je franchis cette porte et vous ne me reverrez jamais.

Re-coup de batte sur le nid de frelons. Mais c'est génial, parce que ça tourne au festival de questions sur ce que je pense d'elle et de son mode de fonctionnement, de Nicole et de son mode de fonctionnement, de la mère de Sloane et de son mode de fonctionnement, et je jette un coup d'œil à ma montre en priant pour que nous ne reparlions jamais d'Andrew.

Ce que nous faisons, naturellement.

— Mais bien sûr que vous pouvez gagner son cœur. Vous êtes une belle fille...

Je voudrais mourir.

— Vous êtes très intelligente, vous avez un sens de l'humour original, bien que vous en fassiez rarement usage ici...

Je la coupe tout de suite.

— Et je sais faire la cuisine, et j'ai une personnalité attachante. Alors je me demande bien pourquoi je m'en fais, hein ?

S'ensuit un silence lourd de sens.

— Je pense que c'est la première fois que vous vous moquez ouvertement de moi.

— C'est que vous n'avez pas bien écouté.

— Parlons des raisons pour lesquelles vous m'en voulez.

— D'accord. Je suis amoureuse de mon meilleur ami, qui m'aime bien, vraiment, tellement qu'il me demande mon avis sur la fille avec laquelle il devrait sortir et où l'emmener, et si vous définissez votre boulot comme consistant à remuer le couteau dans les plaies des gens, ne vous étonnez pas qu'ils vous en veuillent. Ça s'appelle un comportement humain.

Ce qui est sûr, c'est que je ne lui dirai jamais qu'Andrew est au courant pour Sloane. Je n'ai pas envie de l'entendre me dire que je dois être dingue d'avoir déballé ma dinguerie, et qu'on devrait m'enfermer. Je suis déjà péniblement consciente que c'était une erreur puisque Andrew, comme n'importe qui d'ailleurs, préfère la compagnie d'un mannequin équilibré sur le plan psychologique.

Pendant les onze minutes restantes, je me ferme plus ou moins comme une huître. Ce qui la met vraiment en rogne. Du coup, j'ai l'impression d'en avoir pour l'argent de Nicole. Et de fil en aiguille, je me demande pour la première fois depuis un bon moment pourquoi je fais tout ça. Je pensais que c'était une assurance contre l'anormalité complète. Je suis folle, mais au moins je pouvais me dire que je voyais quelqu'un pour ça. Et donc, je m'en sortais mieux que Sloane. Mais Emma a fait monter les enchères, me faisant passer de juste bizarroïde à carrément psychotique, et j'ai commencé à ressentir véritablement le besoin d'être rassurée. Mais je me demande si cette espèce d'imposture sur pattes est en mesure de me rassurer.

Son plus beau rôle, c'est quand je lui raconte que mon père me manque. Surtout parce qu'elle se tait et m'écoute, me laissant démêler ça toute seule. Cela dit, elle s'en soucie vraiment, et je vois bien que c'est fondamentalement quelqu'un de bien. Mais ce n'est pas la même chose qu'avoir les compétences pour vous sauver de la schizophrénie.

J'ai trois heures à tuer, que je passe à traîner dans Central Park en pensant à Andrew. C'est assez répétitif. Ça doit être un peu comme ça que les écureuils pensent aux glands en hiver. Plutôt que de réfléchir de façon productive à des choses comme *Insinuations,* à ma carrière ou à mon examen, j'en reviens toujours à Andrew. Même quand je pense que j'aimerais obtenir le rôle de Ruby, je me dis que ça impliquerait de partir pour Hollywood, et de ne plus jamais tomber sur Andrew et Amy. Le pire serait que je refuse le rôle sur un coup de tête, pour ne pas partir à cinq mille kilomètres de lui. Après quoi je n'aurais plus qu'à m'endormir en sanglotant toutes les nuits jusqu'à la fin de mes jours parce que je ne serais pas avec Andrew, et que je ne ferais pas carrière non plus.

D'accord, j'aurais toujours Sloane, évidemment. Au moins on m'embrasserait dans un univers alternatif. Enfin, on embrasserait Sloane.

Toutes ces ruminations et obsessions me ramènent à la maison plus tard que prévu. C'est le soir de cuisine de Jade (une fois par mois), et il vaut généralement mieux prévoir une brigade d'intervention d'urgence, sinon de gestion de catastrophe. Je rentre donc chez moi en priant le ciel que la paillote n'ait pas cramé jusqu'aux fondations, et je trouve Nicole et Jade penchées sur PAP Vacances, les vacances de particulier à particulier. Jade porte encore les lunettes de piscine qu'elle met pour couper les oignons. La sauce est sur le feu, et *ça sent bon*.

Jade annonce que nous allons louer une maison à la mer quelque part, cet été. Nicole me dit qu'elle veillera à ce que les dates coïncident avec mon « hiatus de tournage ».

— Mon *quoi* ?

— Tu peux raconter ce que tu veux, que tu n'obtiendras pas cette série, moi, je sais que tu l'auras.

— Et comment le sais-tu ?

Elle me regarde dans les yeux, et c'est d'une voix pleine d'amour qu'elle répond :

— Je le sais, c'est tout.

— Moi, ça me suffit ! pépie Jade. Et à Boris, aussi.

Il y a longtemps que je n'ai pas ressenti la tentation de serrer Nicole sur mon cœur. Quand je lui ouvre mes bras, elle en fait autant, et nous nous étreignons chaleureusement. Je lui dis à l'oreille :

— J'ai une chance, ma petite maman. Une vraie chance.

— « Ma petite maman » ? Tu ne l'appelles jamais comme ça. Qu'est-ce qui se passe ?

— Elle grandit, mon petit chou. Fais attention. Ça t'arrivera à toi aussi, répond Nicole.

Et pendant tout ce temps, elle a les yeux rivés aux miens, et je vois qu'elle est juste fière de moi. Pour un rôle que je n'aurai peut-être jamais ? Non. Elle est fière de moi parce qu'elle est fière de moi.

Nous nous asseyons pour déguster nos *bucatini diabolo* traditionnels, agrémentés des célèbres arbres en brocoli de Jade, quand mon téléphone sonne. Je regarde l'écran et je demande qu'on m'excuse une seconde ; je ferme la porte de la salle de bains derrière moi et je lance :

— Tu ne sais pas quoi mettre pour aller au Little Owl ? Je suggère une petite robe noire toute simple.

Andrew éclate de rire. Un rire honnête, spontané, et qui m'attriste un peu. Il ne saura jamais toutes les fois où j'aurais pu le faire rire s'il m'avait choisie. Et puis je me rends compte que je le ferai de toute façon, et qu'il n'a pas besoin de me choisir.

— On va dîner ? propose-t-il. Toi et moi ?

— Elle t'a plaqué ?

Je plaisante, évidemment.

— Ouais.

— Oh, je vois, alors tu te rabats sur ta copine la paumée qui sera toujours disponible à la dernière minute, puisqu'elle n'a pas de vie personnelle.

— À la base, oui.

Je suis tellement heureuse. Je vais le voir ce soir.

— Je ne peux pas partir avant une heure.

— J'essaierai de patienter ; on se retrouve à l'endroit que tu appelles le Little Owl. Où, dans un excès d'optimisme, j'avais réservé une table romantique, dans un coin.

— Génial. Je serai la petite brune en petite robe noire.

— Moi aussi.

Je retourne dans la cuisine, et Nicole se demande pourquoi je suis toute rouge et j'ai l'air saoûle. Jade dit qu'Andrew a dû appeler. Nicole dit qu'elle mise sur Thomas. Je réponds que ce n'était qu'un démarcheur téléphonique particulièrement marrant, et je commence à engloutir mes pâtes.

Nous passons le dîner à débattre des qualités comparées de Cape Cod et de Martha's Vineyard, les résidences d'été de la jet set, comme si nous avions les moyens de nous offrir l'un ou l'autre, mais Nicole est tout excitée à l'idée que nous partions toutes les trois ensemble. Et ça me plaît. Beaucoup, beaucoup. Pour la première fois, je me demande si tout ne pourrait pas s'arranger.

J'entre dans le restaurant pour mon second dîner. L'endroit est bondé, comme d'hab, et je cherche du regard une table romantique dans le coin. Là. Il est là, avec une bouteille de vin rouge et deux verres déjà servis.

Il me voit et se fend d'un sourire radieux.

— Excusez-moi, mademoiselle, j'attends une petite brune en petite robe noire.

— Elle vous a posé un lapin, elle aussi. Ça devient une habitude, on dirait.

Il se lève, m'embrasse sur la joue et me présente ma chaise, comme si j'étais sa mère ou sa sœur. Mais il a l'air vraiment content de me voir.

Je retourne la bouteille de vin et regarde l'étiquette française.

— On arrose le fait que tu te sois fait larguer ?

— J'arrose le fait qu'on ne m'ait pas demandé ma carte d'identité quand je suis entré avec la bouteille. Je l'ai rapportée de Paris où je suis allé avec mon père, l'été dernier. Ça devrait parfaitement accompagner ces mini-burgers aux boulettes de viande qui m'ont tapé dans l'œil.

— Paris, hein ? Tu m'avais caché ça.

— Bien sûr.

Je le déteste pour ça. Il dit toujours des choses pour lesquelles je le méprise, et que je regrette de ne pas avoir dites moi-même.

Mon téléphone sonne, et je ne sais pas très bien pourquoi je jette ne serait-ce qu'un coup d'œil à l'écran. C'est Thomas. Je remets mon téléphone dans mon sac. Andrew a un sourire...

— Tu me fais des cachotteries ?

— Bien sûr.

Putain, ce genre de ping-pong verbal n'arrive jamais dans la vraie vie.

— Je suppose que c'est Thomas, parce que si c'était Jade, tu aurais répondu.

— Ah bon, il n'y a que deux personnes qui m'appellent ?

— Eh bien, avec moi, ça fait trois. Rappelle-le. Il s'agit peut-être du rôle.

— Je ne peux pas me fier à toi. Qu'est-ce qui te fait penser que ce n'est pas un garçon avec qui je sors, et dont tu n'as jamais entendu parler ?

— Tu n'as pas pris la communication. Ce qui me fait penser que ce n'est pas un garçon avec qui tu sors et dont je n'ai jamais entendu parler.

Et merde. Je déteste aussi ça chez lui.

— Rappelle-le. Je pense ce que je dis.

Je voudrais qu'il ne veuille plus jamais, de toute la vie, me voir parler avec un type qui a des cheveux pareils. Sous son regard attentif, je rappelle Thomas.

— Ah, te voilà, fait Thomas de sa voix de George Clooney. Ça te dirait un dîner tardif ?

— J'ai déjà dîné, mais merci quand même.

Il y a un bref silence, et il reprend, mais plus de sa voix de George Clooney :

— Ouais, j'entends un bruit de restaurant. Tu es retournée au Jean-Georges ?

— Non. Je suis au Little Owl.

— C'est qui qui invite ?

— Qui est-ce qui invite.

— Merci pour la correction. Qui te paie à dîner ?

Je n'aime pas son ton, je ne l'aime plus, et je me fiche qu'il n'aime pas le fait que ce soit...

— Juste Andrew.

— Hé, merci, fait Andrew avec un grand sourire.

Mais à l'autre bout du fil, personne ne sourit. Après un silence qui me met un peu mal à l'aise :

— OK, dit-il sur un ton grave. J'aurais préféré te l'annoncer de vive voix, mais il vaut mieux que tu le saches. Macauley a choisi l'autre actrice.

Je suis dévastée.

Ça doit être ce que ressentait une tête coupée pendant la Révolution française, juste après la chute du couperet de la guillotine. Elle n'est plus reliée à mon corps, mais elle peut encore se fixer sur une pensée horrible.

— Que se passe-t-il, Mag ?

Andrew est aussitôt en alerte, préoccupé, de mon côté.

— Waouh.

C'est tout ce que j'arrive à dire.

— Écoute, poursuit Thomas d'une voix radoucie. Macauley t'aime vraiment bien, et il nous parle déjà, à Rosalie et à moi, de toi pour son prochain long métrage. Alors je pense qu'il faudrait peut-être qu'on trouve un moment pour en parler tous les deux, et parler d'autres projets que j'ai dans la manche.

Quelque chose dans sa voix me donne juste envie de ne plus jamais le voir de ma vie. Même si ça implique de passer à côté de toutes les occasions étincelantes qu'il me fait miroiter.

— Ça paraît bien. Tu pourrais me faire une faveur et en parler d'abord avec mon agent ? Elle est furieuse contre nous parce qu'on fait des tas de choses derrière son dos.

Un grand silence. Ce qui me confirme qu'il pourrait bien avoir plus de choses dans sa manche que juste son bras.

— Ça risque de poser problème, répond-il. De la faire intervenir au milieu de tout ça. Laisse-moi t'appeler demain. Je te laisse revenir à ton dîner. Et, bébé, je suis désolé pour le rôle. Tu sais le mal que je me suis donné pour que ça marche.

Je fais appel à tout mon self-control. Mais il faut que je me fende au moins d'un :

— Ouais. Merci. Merci pour tout.

— Tu ne l'as pas obtenu, lâche Andrew comme si c'était à lui que le rôle avait échappé.

— Ce n'est pas très étonnant.

— Ne dis pas ça. Tu as perdu la finale. Ça se ramenait à deux actrices dans le monde entier. Et tu étais l'une des deux. Tu n'as que dix-sept ans, sans rôle majeur à ton crédit, et malgré ça, tu as impressionné un énorme réalisateur. Allez, à ta santé !

Il lève son verre pour porter un toast.

Je le regarde en ouvrant de grands yeux. Et je sais ce que j'ai à faire.

— On pourrait sortir une seconde ?

Il me dévisage avec curiosité. Je me lève, et il m'imite. Je me dirige déjà vers la porte afin qu'il ne puisse pas changer d'avis.

Il fait froid dans la rue, et je referme mes bras sur moi sans me retourner. Au bout de quelques instants, j'entends :

— Ça va ?

Je fais volte-face, me dresse sur la pointe des pieds, prends son visage entre mes mains et l'embrasse en y mettant toute mon âme.

Il me rend mon baiser aussitôt. Comme s'il n'avait attendu que ça toute sa vie.

Exactement comme moi.

20

Sloane

Ce matin, en me brossant les dents, c'est ce baiser que je n'arrive pas à me sortir de l'esprit. Pas celui que nous avons échangé, James et moi, quand il m'a déposée, hier soir. Nous nous sommes embrassés pendant vingt glorieuses minutes dans sa voiture arrêtée au coin de la rue, avant d'arriver à la maison, endroit que j'appellerai probablement le paradis à partir de maintenant. Non. C'est au baiser devant le Little Owl que je n'arrête pas de penser.

D'un côté, je sais plus ou moins que je suis Maggie, et que je fais et que je ressens tout comme elle quand je rêve que je suis elle. Je sens le goût de ce qu'elle mange, j'ai mal aux dents quand elle a mal aux dents, mais je repousse plus ou moins ça dans un coin de ma tête, et je pense qu'elle en fait autant avec moi. Aucune de nous deux n'a envie de réfléchir à l'irréalité du rêve. Nous préférons avoir l'impression de regarder vivre quelqu'un d'autre.

Mais ce baiser était différent. Je ne peux pas faire comme si je ne l'avais pas ressenti. C'était excitant, et en même temps ça n'avait rien à voir avec ce que j'éprouve quand James m'embrasse. Et je me dis que ça doit être pour ça. C'est *James* qui m'embrasse. Alors que c'est *Maggie* qui embrasse Andrew. C'est le genre de fille qui prend l'initiative, qui se donne les moyens d'obtenir ce qu'elle veut, prend le risque de se faire rembarrer d'une façon si humiliante que je sais que je ne m'en remettrais jamais. Je suis une « fille ». Je suis du genre à attendre passivement, en priant pour que ma douceur féminine l'attire. Peut-être que c'est pour ça que je l'ai inventée. Parce que je veux être comme ça, je veux faire *advenir* ma propre vie.

Je descends au rez-de-chaussée, et je ne la remarque pas tout de suite, mais Jade est assise à la table du petit déjeuner. Je m'apprête à lui parler, comme si j'étais Maggie. Tout ça se passe en une fraction de seconde. Un éclair de terreur effroyable me traverse. Je ferme très fort les yeux. Pourvu, pourvu que quelqu'un d'autre soit là quand je les rouvrirai... Je compte jusqu'à trois. Je les rouvre. Elle a disparu – c'est Max qui est là à sa place.

Rien de plus compréhensible. À vrai dire, ce qui est stupéfiant, c'est que ce ne soit pas arrivé plus tôt. Car ce n'était jamais arrivé. Et ça me fout une trouille bleue. Je m'approche de Max et le serre dans mes bras, juste pour m'assurer qu'il est bien réel. Et il apprécie, ce qui est aussi une surprise.

— On devrait peut-être descendre le vieux télescope de maman du grenier et regarder les étoiles de Bill, suggère Max.

— J'adore cette idée.

C'est ce que je dis. Mais en réalité, ça ne me plaît pas. Je suis fatiguée d'être triste. Je veux me sentir comme je me sentais avec James hier. Je veux me sentir comme ça tout le temps.

Dans le car, en allant à l'école, j'écoute mon iPod et je regarde par la vitre en repensant à des moments de la veille qui me font rougir. J'ai téléchargé un album de flamenco, hier soir, et alors que les maisons et les bois défilent sur les côtés et deviennent flous, je m'imagine en train de danser sur cette musique pour James. Dans mon esprit, mon corps se déplace gracieusement, en rythme, comme il ne l'a jamais fait auparavant. Je sors mon téléphone et je lui envoie un texto pour lui dire que j'ai hâte de le revoir.

À l'instant où j'entre au lycée, j'ai l'impression que tous les regards se braquent sur moi. Soit j'ai oublié de mettre une culotte, soit James a vendu la mèche à propos de nous. J'éteins mon iPod et me précipite vers mon casier. Il y a des chuchotements sur mon passage, et des filles que je connais à peine me foudroient du regard. Je ne pense qu'à une chose, trouver Gordy. Et bien sûr, il est introuvable. Il n'est ni auprès de son casier, ni dans sa salle de classe.

Lila me tombe dessus et m'attire dans les toilettes des filles.

— Raconte-moi tout. Absolument tout ! me supplie-t-elle en vérifiant dans les cabines que nous sommes bien seules.

— À qui l'a-t-il dit ?

— La Beuh ? Il l'a raconté à quasiment tout le monde, mais pas exprès. Il est entré au Marble, hier soir, et il a dit comme ça que vous étiez passés acheter des beignets mais que tu n'avais pas voulu te laisser servir par lui. Il s'est juste demandé quelle mouche t'avait piquée.

En d'autres termes, si je l'avais laissé me payer un beignet, on ne me traiterait pas comme si j'avais la gale ce matin. Il faudra que je m'en souvienne pour la prochaine fois.

— Tu as couché avec lui. Ne me dis pas le contraire.

— Tu rigoles ? C'est à peine si je lui adresse la parole, à la Beuh.

Elle me prend par les deux oreilles.

— Je suis ta confidente pour toutes les histoires croustillantes, et ça me blesse profondément que tu ne veuilles pas me raconter ça. Et tout le monde pense que nous avons une embrouille toutes les deux parce que je n'étais pas au courant.

— Premièrement, ce ne sont pas tes affaires. Deuxièmement, ce ne sont les putain d'affaires de personne. Troisièmement, bien sûr que je n'ai pas couché avec lui ; nous commençons à peine à faire connaissance. Et, chose plus importante, pourquoi tout le monde me déteste-t-il, ce matin ? C'est Amanda qui raconte des conneries sur moi ?

— Tout le monde te déteste par pure et simple jalousie. Même s'ils n'étaient pas jaloux que tu aies mis le grappin sur James, et crois-moi, la plupart le sont, ils seraient jaloux rien que parce que tu as quelqu'un. On est au lycée, je te rappelle.

— Gordy est au courant ?

Elle me regarde en silence, comme si j'avais posé une question parfaitement à côté de la plaque.

— Quel rapport ?

— Bonne question. Simple curiosité.

J'évite soigneusement la salle principale. Au début, je pensais que j'allais juste traîner dans les toilettes, mais les gens n'arrêtent pas d'entrer et de faire semblant de ne pas me dévisager. Kelly m'envoie un texto pour me demander si ça va.

Je sèche la première heure de cours, et vais conspirer avec Kelly qui travaille à la bibliothèque pendant sa première heure de perm' le lundi. Je l'aide à ranger les livres sur les étagères, et on peut bavarder tout bas. Et au moins, dissimulée entre les rayons, je suis hors de la lumière des projecteurs.

— Que dit Amanda ?

— Absolument rien. Elle se promène partout avec ce regard noble et blessé comme si elle avait trop de classe pour te traiter de briseuse de couple. Comme ça, elle n'a pas besoin de mentir, et tout le monde croit les rumeurs.

— Selon lesquelles je lui ai piqué son petit ami ?

— En couchant avec lui.

Et voilà. Et il n'y a rien à faire, pas moyen d'y échapper, jamais. J'essaie d'éviter de penser que je serai la reine des garces du lycée, doublée d'une traînée, et je reviens à nos moutons :

— Tu as vu Gordy ?

— Il était là hier soir. Et il a pratiquement déclenché une bagarre en te défendant. Il a dit que James était un mec bien, qu'il méprisait tous ceux qui colportaient des ragots et qui inventaient des histoires de cul à partir de rien, sans parler du fait qu'ils te taillaient une réputation de salope.

Je me retiens pour ne pas pleurer. Et Kelly se contente d'ajouter :

— Je comprends.

Je caresse le dos éculé d'un livre sur les géodes.

— Je sais ce que tu penses de James ; tu penses que je suis trop bien pour lui.

— J'ai dit que je pensais qu'il ne donnerait jamais vraiment son cœur pour de bon. Et j'ai envie de dire que je ne suis pas encore rassurée à ce sujet. Mais tu es une grande fille. Je suis convaincue que le jour viendra où Gordy sera celui qu'il te faut, et où tu seras celle qu'il faut à Gordy. Et je parie qu'il sera encore là.

Je décide de déjeuner avec le troupeau des forts en thème, la seule bande qui n'a pas l'air branchée sur Radio Couloirs. En fin d'après-midi, je sèche la sixième heure de cours et je m'enferme dans la chambre noire. En développant des photos pour l'annuaire du lycée, je me rends compte que la moitié de mon rouleau est consacrée à James. Et aussi que je me suis réfugiée là pour l'éviter. Je ne sais pas comment me comporter avec un petit ami. Je n'ai pas d'expérience. J'ai peur que tous ces ragots l'éloignent de moi. Tout ce que je sais, c'est que je ne veux pas qu'on me voie avec lui aujourd'hui, qu'on me scrute comme sous un microscope en inventant toutes sortes d'histoires. Je lui envoie un texto pour lui dire que je voudrais le voir après dîner. Et il me répond immédiatement : *OK.*

Je vais dans le parking, je prends la clé que Gordy cache sous le capot de son 4 × 4 et je l'attends sur le siège passager. La grande idée est de me cacher pour échapper à la foule de la sortie des cours, mais je ne veux pas qu'il fasse une crise cardiaque en me trouvant planquée dans son véhicule. Juste au moment où j'ai réussi à me convaincre que je dramatise et que je suis ridicule, un nombre stupéfiant de filles passe en rivant sur moi toute une variété de regards haineux.

Une grande à qui je n'ai jamais adressé la parole prend la peine de s'écarter de sa meute de hyènes et vient taper à la vitre, que j'ai la bêtise de baisser, lui permettant de me dire :

— J'espère que tu es fière de toi.

Je m'efforce de m'inspirer de Maggie et je lui demande calmement :

— Tu pourrais t'expliquer ?

— Espèce de petite salope. Tu vois très bien ce que je veux dire.

— C'est ça, et moi, je vois très bien ce que tu es.

Et je remonte ma vitre. Sur laquelle elle crache. Je me souviens que c'est la fille qui a écopé de deux semaines de suspension, à la rentrée, pour avoir arraché les boucles d'oreilles de Mily Burton, dans le vestiaire des filles.

Qu'est-ce qu'elles en ont à foutre ? La vérité, c'est qu'elles s'en foutent, justement. Elles se fichent pas mal d'Amanda, de moi, de savoir qui couche avec qui et si c'est moral ou non. Elles sont juste sur pilote automatique ; c'est comme ça, au lycée. Espérons qu'à Columbia, et par la suite dans ma vie, les gens auront d'autres chats à fouetter.

Gordy se pointe. Il a l'air content de me voir. Ce qui me fait espérer que les choses vont bien se passer. Il n'a pas l'air spécialement meurtri. Peut-être même qu'il est content pour moi.

— Alors, quoi de neuf ? demande-t-il, et il éclate de rire.

— Tu partages ton véhicule avec Hester Prynne.

Et, de crainte qu'il ne saisisse pas l'allusion, j'ajoute :

— La...

— La fille de *La Lettre écarlate*, ouais, je sais. En quatrième. J'ai eu un A, et toi un A–...

— Eh bien, maintenant, c'est un A– écarlate.

Il se remet à rire.

— On peut rester ici, pour que tout le monde commence à raconter que tu trompes ton petit ami avec moi. Ou bien on peut juste se tirer d'ici.

Il met le contact, fait rugir le moteur et démarre.

En route vers Maxwell's, j'écoute Gordy me faire tout un discours sur Amanda Porcella, comme quoi ce serait à elle de laver ma réputation.

— D'abord, ils n'ont jamais été ensemble, fait-il avec un reniflement.

— Comment le sais-tu ?

— Parce que si ça avait été le cas, tu ne sortirais pas avec lui.

Vous voyez, c'est tout Gordy, ça. Je ne peux rien faire de mal. Alors même que je l'ai complètement trahi. Je sais, au creux de mon estomac, que je l'ai trahi – le truc, c'est que je n'ai pas vraiment compris comment. Est-ce parce que je ne me suis pas tout de suite confiée à lui ? En quoi est-ce que ce serait une trahison ? Je n'ai pas l'impression d'avoir trahi Kelly. Alors, où est la différence ? La différence, c'est que Gordy et moi nous avons eu cette conversation, le jour de mon anniversaire, sur ce que ça donnerait si on sortait ensemble un jour. J'essaie de ne pas me demander si Gordy ne m'aime pas un peu comme ça. Sauf que je ne peux pas m'en empêcher. Et j'ai peur qu'aujourd'hui soit le jour où je le découvrirai. De la pire façon qu'on puisse imaginer.

Dans le chantier naval, tout est calme. Il n'y a que des mécaniciens qui s'affairent autour du moteur d'un bateau. Ils le préparent à prendre la mer. Nous allons nous promener sur le quai, nous trouvons quelques planches au soleil et nous asseyons, les jambes pendantes au-dessus de l'eau. Il n'y a personne au mouillage et c'est un peu solitaire. De là, on a une vue bien dégagée du détroit, au loin. La lumière est fraîche et claire, mais je ne suis pas d'humeur à l'apprécier.

— Alors, raconte-moi, fait-il, à ma grande surprise. Comment ça marche, vous deux ?

Il demande ça sur un ton anodin, en regardant l'île.

Je ne sais pas par où commencer. Voyant cela, il comble le silence.

— Finalement, il se révèle bien tel que tu pensais qu'il était, hein ?

— Quand j'ai dit ça, je croyais qu'il avait une petite amie. Pas Amanda, une autre. Et il ne s'est pas révélé, non.

Il y a un long silence, mais pas gêné. Il est clair qu'il a une question à poser, et je veux lui laisser le temps de le faire.

— Alors, c'est comme qui dirait le premier ?

Je laisse échapper un petit rire.

— Le premier quoi ?

— Tu sais bien, le premier garçon qui compte vraiment pour toi. Enfin, pas comme on compte l'un pour l'autre, toi et moi, tu vois ce que je veux dire.

Le coin de ses yeux se plisse légèrement ; ça pourrait être le reflet de l'eau, parce qu'il regarde droit devant lui, et pas vers moi. Ce qu'il me demande, c'est si c'est ma première trahison, ou s'il y a eu un James avant James. Et le fait est que oui, il y en a eu un.

Mais je ne pourrai jamais le lui avouer. Je n'ai pas le choix, je dois mentir platement.

— C'est une bonne question. J'imagine que je ne sais pas encore vraiment ce que j'éprouve pour lui, ni où ça va nous mener. Mais c'est très excitant. D'une certaine façon, c'est nouveau pour moi.

— Ouais. D'habitude, tu es fondamentalement sceptique et pas emballée par les mecs. En dehors de moi, ça va de soi.

Et puis, abruptement, il lâche :

— Alors, il va t'accompagner au bal de fin d'année, hein ?

— Oh mon Dieu, non ! On va y aller ensemble, toi et moi, que ça te plaise ou non.

Il se tourne vers moi et me regarde.

— Ça, sûrement pas.

C'est tout ce qu'il dit. Mais ses yeux liquides en disent tellement plus long. Ils me hurlent que je lui ai fait mal, qu'il aurait voulu être le premier garçon qui compte vraiment pour moi, et que je l'ai amené à ce point sensible sans égards pour lui.

C'en est trop pour moi. Je me mets à pleurer, ce qui est pure faiblesse de ma part, et ne réussit qu'à me faire pleurer encore plus fort parce que je sens qu'en pleurant, j'essaie de déplacer le débat sur moi. Seulement il ne me réconforte pas. Il ne me demande pas pourquoi je pleure. Il a l'air de le savoir. Et il ne détourne pas le regard, ce qui me faciliterait les choses. Ce que je respecte, plus ou moins, et ça me dit qu'il a plus de caractère que je n'aurais pensé. Ainsi, je peux mal agir aux yeux de Gordy. Et je l'ai fait.

— Ça ne change rien pour nous deux, je dis. Le passé, le présent ou l'avenir.

J'espérais un sourire, mais il ne vient pas.

— Qu'est-ce qu'il y a qui ne va pas ? je demande.

— Il n'y a rien. Mais ne me parle plus comme ça, c'est tout. D'accord ?

Je pourrais faire comme si je ne voyais pas ce qu'il veut dire. Mais bien que ça me fasse vraiment pleurer, je ne peux pas faire ça.

Je parviens à dire :

— D'accord.

Et par ce mot, cet unique mot, je reconnais que j'ai flirté avec lui toute ma vie, inconsciemment, et intentionnellement, pour le garder en réserve. Je faisais comme si ça pouvait être sans conséquence. Et maintenant je comprends que tout cela fait de moi un être sans cœur, désinvolte et vraiment méprisable. Il ne me serre pas contre lui pour me consoler, ou me démentir, absolument pas. Parce que nous ne sommes plus ce que nous étions, et que nous ne sommes pas ce que nous aurions pu être.

Il se contente de dire :

— Allez, je te ramène chez toi.

Je ne pleure pas en cours de route. Il ne dit rien, mais il n'a pas l'air en colère, pas du tout. Juste fort, et diaboliquement séduisant. Quand on arrive devant chez moi, il saute à terre, comme toujours, et je le laisse ouvrir ma portière. Il me serre très fort dans ses bras et me dit :

— Y a pas de problème entre nous.

Ce qui manque me faire à nouveau éclater en sanglots, mais je me retiens. Il se contente de remonter dans son pick-up, et s'éloigne.

Je me déteste tellement que je devrais annuler les projets que j'avais avec James ce soir-là, afin de ne rien faire ou dire que je pourrais regretter. Mais on ne me changera pas ; ça ne réussit qu'à me donner envie de le retrouver tout de suite.

Il fait presque nuit. Je demande à maman de m'excuser de louper le dîner et je vais à vélo chez James. Et comme je suis vraiment très pressée, je prends le chemin le plus court, qui passe devant le cimetière où Bill est enterré. Lors de la cérémonie du souvenir, j'ai lu un extrait du *Petit Prince* où il est question des étoiles : « Puisque j'habiterai dans l'une d'elles, puisque je rirai dans l'une d'elles, alors ce sera pour toi comme si riaient toutes les étoiles. » Gordy, dans son beau costume, faisait partie des porteurs, avec Tyler et les cousins de Bill. Nous sommes allés en procession de l'église baptiste de

Noank jusqu'au cimetière de la vallée. Tout le monde a jeté des jonquilles jaunes sur le cercueil. Son chien, Mo, a hurlé à la mort. Et Gordy et moi nous nous sommes cramponnés l'un à l'autre.

Les lampadaires sont rares le long du cimetière, et c'est une nuit sans lune et sans étoiles, à cause des nuages. Je pédale plus vite. Je me rends compte que je n'ai pas appelé James. Je ne sais même pas s'il est chez lui. Il n'y est pas. Je m'assieds sur les marches du perron et j'attends. C'est toujours mieux que de faire le pied de grue derrière un arbre. Je suis en progrès.

Il fait tout noir et vraiment froid quand il arrive. En me voyant devant chez lui, il est évidemment surpris, et il s'inquiète.

— Ça ne va pas du tout. Mais ça n'a rien à voir avec toi, dis-je en nichant mon visage contre sa poitrine alors qu'il me serre dans ses bras.

Il est seul à la maison. Son père est en voyage d'affaires, alors il m'emmène dans la cuisine et commence à faire son chocolat maison, avec un énorme bloc de chocolat noir. Je remarque qu'il n'y a pas grand-chose dans les placards. Ils ne doivent pas beaucoup cuisiner, son père et lui.

— Que s'est-il passé ? cherche-t-il à savoir en me voyant assise à la table, en train de triturer un marshmallow, ne sachant pas par où commencer.

— J'ai parlé à Gordy, pour nous.

J'attends qu'il me demande pourquoi ça me met dans cet état, mais il a l'air de comprendre. Il dépose les mugs de chocolat sur la table, s'assied et me regarde.

— J'y ai réfléchi, aujourd'hui. Tu n'as pas vraiment idée de qui tu es. Tu n'as pas idée de ce qu'un garçon proche de toi peut ressentir pour une fille comme toi. C'était tout simplement impossible que ça ne lui fasse pas mal.

— Je suis quelqu'un de méprisable.

— Parce que Gordy est blessé.

— Parce que c'est moi qui lui ai fait du mal.

Je tourne mon mug entre mes mains. C'est un souvenir du parc national de Muir Woods avec un séquoia géant. Quant au sien, on dirait que c'est sa petite sœur qui l'a décoré : il est orné d'arabesques violettes, avec un cœur rose en bas.

— Comment ? Tu l'as fait marcher ? Tu lui as fait des promesses que tu n'as pas tenues ?

Je ne sais pas quoi répondre. Alors je porte mon mug à mes lèvres, mais je n'arrive pas à avaler une gorgée.

— Bien sûr que non, conclut-il.

— Si. J'ai pensé que je pouvais rester sa meilleure amie, tout en ménageant la possibilité qu'un jour, peut-être, on puisse être encore plus que ça.

— Et ça fait de toi un individu méprisable, c'est ça ?

Je hoche la tête. Des larmes coulent de mes yeux, mais je ne pleure pas. C'est comme si quelque chose avait ouvert les vannes, aujourd'hui, et je fuis. Je n'arrive pas à le regarder en face. Le sol de bois dur de leur cuisine est immaculé. Pas une miette par terre. Une larme égarée s'écrase près du pied de ma chaise.

— Ce que tu ne vois pas, c'est que Gordy éprouve exactement la même chose. Comme ni l'un ni l'autre n'aviez trouvé l'âme sœur, vous vous demandiez tous les deux si par hasard ça ne voulait pas dire qu'un jour vous seriez faits l'un pour l'autre.

Il tend la main et me caresse les cheveux. Je tiens mon mug tout chaud entre mes mains et je reste immobile, figée sur ma chaise, les yeux rivés au sol.

— Et puis tu m'as trouvé.

Je renifle, et je regarde sa main élégante incurvée autour du mug violet. Je sens maintenant le parfum fort et chaud du chocolat.

— Oh, et tu es tellement génial, hein ?

— La question n'est pas que je sois génial ou non, c'est que nous sommes faits l'un pour l'autre.

Mes yeux se rivent aux siens, observent un instant les points bleus, bruns et verts fondus ensemble en une couleur de granit, solide.

— C'est toi qui le dis. Mais tu ne me connais pas.

— Oh, mais si. Il y a un million de petits morceaux que je ne connais pas, et il se peut que je mette le restant de notre vie à les découvrir tous. Mais je sais que tu es merveilleuse.

— Sauf que tu te trompes. Tu te trompes complètement, absolument. Ça n'a rien à voir avec Gordy. Je suis la dernière personne au monde avec qui quelqu'un comme toi devrait perdre son temps.

Tout à coup, le mug me paraît brûlant et j'ai les mains en sueur. Je repose le mug sur la table et glisse mes mains sous mes cuisses.

Il a un sourire.

— D'accord. Alors dis-moi pourquoi.

— Parce que je suis folle.

Je dis ça doucement, à la pendule murale, derrière lui.

— C'est la partie la plus adorable.

Je le regarde bien en face, maintenant.

— Non, je ne parle pas de folie douce. Je suis vraiment, psychiquement, cliniquement folle. Secrètement folle. D'une façon que personne ne pourra jamais comprendre. Personne ne pourrait jamais comprendre pour Maggie et moi.

Quelque chose dans son visage change. Il a l'air alarmé. Il a tout de suite compris qu'il y avait quelque chose de grave. Que j'avais quelque chose de vraiment grave.

— Qui est Maggie ?

Je n'arrive pas à ouvrir la bouche. C'est à peine si j'arrive à respirer.

— Sloane, qui est Maggie ?

— Elle est moi.

21

Maggie

Je suis une épave brûlante. J'ai la bouche pâteuse, sèche. Les lèvres à vif et gercées. Mes cheveux ressemblent au nid d'un hamster fou. J'ai l'impression qu'on m'a passé les joues au papier de verre, et le mascara de la veille au soir est répandu à peu près partout. Je me félicite d'avoir décliné l'aimable proposition d'Andrew de rester passer la nuit chez lui. S'il me voyait tout de suite, il se demanderait si son précieux vin français ne lui fait pas voir des éléphants roses.

Il est rentré précipitamment dans le restaurant (après que pas mal de gens, dans la rue, nous eurent dit qu'il y avait des chambres pour ça), il a récupéré la bouteille, jeté quelques billets sur la table, il est ressorti en courant, et nous avons pris un taxi pour aller chez lui. Je n'ai pas vraiment l'habitude des scènes de flirt poussé sans script. Si quelqu'un m'avait demandé de jouer une scène de pelotage pendant quatre heures en gardant (presque) tous mes vêtements, je me serais bien demandé comment faire pour que ça reste intéressant. Or en fin de compte, ce n'était pas intéressant, c'était spectaculaire. Le secret est de choisir le bon partenaire.

De loin la meilleure soirée de ma vie.

Ce matin, je pars très tôt le retrouver pour un brunch. Tout en remontant Houston à pied, je commence à me rendre compte que j'en veux vraiment à Sloane. Après toutes ces simagrées et ces jérémiades sur le thème « jamais je ne pourrais parler de nous à qui que ce soit », et encore moins au stupéfiant James, elle lui déballe tout de la façon la plus effrayante, la plus dingue qui se puisse imaginer. Et le pire, c'est qu'elle lui a révélé une flopée de détails secrets, privés, sur ma vie. Je ne lui ferais jamais une chose pareille.

Du coup, je marche plus vite et avec plus d'agressivité, en bonne New-Yorkaise que je suis. Je joue des coudes dans la foule qui attend que le feu passe au rouge sur West Broadway et me retrouve juste au bord du trottoir. Alors que je traverse, une blonde séduisante qui arrive en face de moi attire mon regard. J'ai l'impression de la connaître, et en même temps je sais que je ne la connais pas vraiment, elle doit juste me rappeler quelqu'un, et quand nous nous croisons...

... elle me lance un sourire vraiment chaleureux et dit :

— Hé Sloane !

Et elle passe son chemin.

Amanda Porcella.

Je me retourne d'un bloc. Personne. Ou plutôt si, des centaines de gens, tous réels, qui appartiennent à la vraie vie. Pas à mon rêve. Je reste un instant plantée là, au milieu de la chaussée, terrifiée.

La blonde devait être une vraie personne qui a cru me reconnaître, et j'ai imaginé ce « Sloane ». Le feu est sur le point de repasser au vert, et je suis comme un lapin pris dans les phares. Je reviens sur mes pas. Elle a dû prendre West Broadway vers le sud. Je longe le pâté de maisons presque jusqu'au bout, essayant de gagner les changements de feu de vitesse, mais je n'arrive pas à remonter la marée humaine. Trois rues plus loin, je laisse tomber. Je suis juste fatiguée. Il est surprenant que mon esprit ne me joue pas plus souvent ce genre de tours.

Quand j'arrive au brunch, il est déjà installé à une table et il a l'air vraiment contrarié. Plus que contrarié, furieux. Qu'est-ce que j'ai fait ? Ou pas fait ? Ça ne peut pas être ça. En me voyant approcher, il se lève d'un bond, m'embrasse, recule ma chaise pour me permettre de m'asseoir, se rassied et me lance :

— Il faut que je te dise quelque chose.

Je prends une gorgée d'eau, m'attendant au pire. J'ai tout fichu en l'air. J'ai mis mon amitié avec lui en péril avec ce baiser, avec tous les baisers de cette nuit, et maintenant, je peux tirer un trait sur nous. Il va dire que ça ne marche pas pour lui. La nuit dernière était une erreur. Toutes les paroles de rupture les plus niaises que tous les acteurs du monde ont dites à toutes les actrices de cinéma défilent dans ma tête.

Il doit voir ce qui se passe, parce qu'il tend la main, prend la mienne, m'embrasse doucement chaque doigt, l'un après l'autre, et lance :

— Je suis tellement heureux de pouvoir enfin faire ça, et ça, et ça...

Alors, soudain, tout s'arrange dans le monde entier, jusqu'à ce qu'il m'annonce qu'il a parlé à Edward Duncan après les cours, ce matin. Le Dunc, comme l'appelle Andrew, est le professeur qui avait admiré mon accent inuit. C'est une espèce de mentor, et d'ami pour Andrew. Il se trouve aussi que Macauley Evans est un de ses bons copains. Andrew a demandé au Dunc de se renseigner pour savoir pourquoi le rôle m'avait échappé.

— Macauley a confié à Duncan qu'un des intervenants, qui te connaît personnellement, lui a confié que tu avais un sérieux problème de drogue, et que ton comportement était extrêmement erratique.

Toute ma vie implose devant mes yeux. Tout le travail, les sacrifices, les auditions libres, où chaque centimètre carré de ma personne a été épluché et jugé, tout ça pour rien. Je serai connue comme quelqu'un d'instable, impossible à assurer, pas *bankable*, qui ne vaut pas la peine qu'on s'y intéresse. Ça ne peut être que Thomas. Comment peut-on être aussi vindicatif, méchant, pervers ?

— Macauley a précisé à Duncan que tu avais sa préférence.

— Alors, pourquoi n'est-il pas venu m'en parler en personne ?

— Parce que les gens sont des lâches, et préfèrent s'en sortir par une échappatoire. Et je suppose qu'il ne pouvait pas imaginer qu'il existe des connards assez gigantesques pour mentir sur un sujet pareil. D'autant que c'est cette tête de nœud de Thomas qui t'a recommandée pour le rôle, au départ.

— Merci, dis-je en me levant d'un bond.

Je quitte la table et me rue vers la porte.

Je ne sais pas s'il me suit, parce que j'attrape tout de suite un taxi.

En route vers le bureau de Thomas, je me rends compte que faire une scène me vaudra d'être cataloguée comme une camée déséquilibrée. Et donc je fais appel à tous mes dons d'actrice, je prends mon portable (ignorant le troisième appel manqué d'Andrew), respire plusieurs fois profondément, et j'appelle Thomas. Je caresse son assistante dans le sens du poil, et quand je l'ai enfin en ligne, je lui dis sur un ton enjoué et chaleureux qu'il me manque, et puisque je ne vais pas faire la série, peut-être qu'on pourrait reprendre où on en était restés.

Il gobe mon discours. « Et Andrew ? » me demande-t-il. « Quel Andrew ? » réponds-je.

Il m'invite à déjeuner.

Je raccroche et je récite une petite prière avant de passer l'appel suivant pour mettre en place le rendez-vous post-déjeuner essentiel. Il m'est bien spécifié qu'on me case entre deux rendez-vous et que je n'aurai droit qu'à quelques minutes. Ce sera amplement suffisant. Je coupe mon téléphone après avoir envoyé un texto à Andrew lui disant que je suis en mission commando et que je serai de bien meilleure humeur au dîner. J'ai besoin de me concentrer.

Je me cache plus ou moins au milieu de la rue jusqu'à ce que je voie Thomas entrer au Nobu. J'attends dix minutes, à la fois pour reprendre mes esprits et pour le faire poireauter. Quand je fais mon entrée, je me dirige droit vers sa table. Il se lève avec un sourire. Sourire que je lui rends et je lui envoie de ma voix la plus douce :

— Assieds-toi, enfoiré.

Ayant ainsi donné le ton, je m'assieds, me penche en avant et, toujours souriante, je continue à voix basse :

— Règle numéro un de cette conversation, tu n'as pas de réplique. Et voici ce qui va arriver : c'est la fin de ta carrière et de ta vie professionnelle. Merci de ton attention.

Je me lève et quitte le restaurant. Je ne peux m'empêcher d'en taper cinq à un homme d'affaires croisé par hasard dans la rue.

Après avoir dévoré deux sandwiches de la victoire au Pain Quotidien, je me dis qu'une bière ou quelque chose d'un peu plus costaud dans un bar qui accepterait de me servir pourrait me donner un peu de punch supplémentaire, mais d'un autre côté, mon rendez-vous de l'après-midi le sentirait dans mon haleine. Et donc, je m'offre une haleine parfumée au chocolat chaud.

J'entre dans le hall orné d'affiches de films de tous les longs métrages dont ils ont assuré le casting. La réceptionniste m'offre un siège et une bouteille d'eau. Je m'assieds à l'endroit indiqué et je sors ma liseuse. Qu'est-ce que je ferai si Thomas se montre ? Je décide que s'il se présente à ma vue avant que je sois entrée dans le bureau de Rosalie, ce sera la deuxième plus grosse connerie de toute sa minable existence. Ce rat ne se montre pas, et la réceptionniste loupe l'un des règlements de comptes du siècle.

Rosalie m'accueille chaleureusement, s'apprêtant sans doute à promettre à une jeune actrice qu'un brillant avenir s'ouvre devant elle. Elle ignore à l'évidence que je sais pourquoi le rôle m'est passé sous le nez. Elle commence par toutes les paroles positives et encourageantes attendues, et finit par me dire que ça s'est joué à un cheveu entre l'autre actrice et moi.

— Je sais que c'était très serré. Je sais aussi que Macauley m'avait choisie. Le rôle m'a échappé parce que votre employé, M. Randazzo, m'a diffamée auprès de vous tous en prétendant que j'avais un problème de drogue. Pourquoi personne n'a cru bon de me parler de cette histoire ridicule ? C'est un peu étrange. Pourquoi M. Randazzo a raconté ce mensonge, en revanche, ne l'est pas.

Je sais que je fais un peu avocate de série télévisée judiciaire, mais il est trop tard pour changer de registre.

Rosalie m'écoute avec attention, raide et impassible. Pour ce que j'en sais, il se pourrait qu'elle appuie sur un bouton sous son bureau pour appeler la sécurité.

— Je suis victime de harcèlement sexuel de la part de M. Randazzo, depuis l'instant où il m'a rencontrée, essayant d'utiliser ce rôle comme appât pour me jeter dans son lit. Comme vous le savez, je suis mineure. Quand il a appris que je le repoussais et que je sortais avec quelqu'un d'autre...

— Le gentil jeune homme qui était avec vous à l'audition. C'est bien ce que j'avais pensé.

— Nous avons donc deux solutions. Soit je transmets l'affaire à mon avocat, point final. Soit vous pouvez entamer une démarche qui n'a que trop tardé. On ne peut pas avoir un sérieux problème de drogue sans que cela laisse des traces. Vous pouvez parler à ma famille, à mes amis, médecins, à tous mes proches. À la police. Je me soumettrai volontiers à un test de dépistage pour vous, tout de suite...

— Rien de tout ça ne sera nécessaire. Vous êtes une merveilleuse jeune actrice, mais vous n'êtes pas assez bonne pour feindre cette explication. Je vais demander des comptes à Thomas, et à moins qu'il ne réussisse à m'apporter la preuve de ses dires, il sera viré sur-le-champ. Je suis désolée, terriblement désolée de vous annoncer que le rôle a été donné à Rebecca McNally ; son contrat est établi. Il va falloir que je trouve un moyen de compenser pour vous. Je vous promets que cela arrivera.

Puis elle me regarde en silence et ajoute :

— Je regrette vraiment ma lâcheté. Il était plus facile pour tout le monde de prendre l'autre fille et de laisser courir.

Je ne souris pas. Je me contente de répondre :

— Excuses acceptées.

Je me lève. Nous échangeons une poignée de main. Je quitte le bureau.

Quand je me retrouve dans la rue, j'essaie d'appeler Andrew pour lui expliquer la situation et lui présenter mes excuses. Comme il ne prend pas mon appel, je lui envoie un texto pour lui raconter la même chose et lui demander de me rappeler le plus vite possible. Quatre appels plus tard – un vrai harcèlement –, qu'il ignore également, je commence à avoir l'impression qu'il y a un problème.

Je passe chez lui. Personne. Je pourrais arpenter le dédale de bâtiments qui constituent le non-campus de l'université de New York, mais je ne saurais par où commencer à le chercher. Je pourrais rentrer chez moi et attendre, mais l'idée de me retrouver dans mon appartement vide, toute seule, me met dans tous mes états.

Alors je vais m'asseoir à l'Union Square Café et je sirote un thé en me rongeant les sangs. Je reste là parce que c'est le seul endroit où il sait que je viens souvent. Peut-être qu'il a eu à nouveau un problème de téléphone et qu'il viendra m'y retrouver.

Jimmy place la corbeille à pain sur le set de la place vide et enlève les couverts.

— Je suis désolé, mon chou, dit-il et il me pose la main sur l'épaule.

— Non. Je ne suis pas seule.

Et j'essaie de lui expliquer :

— Je veux dire, je suis seule tout de suite. Mais le garçon de l'autre jour est mon petit ami.

Enfin, je crois que c'est encore mon petit ami.

À 6 heures, mon téléphone sonne. Pas trop tôt ! Je l'accueille par un chaleureux :

— Salut ! Je suis vraiment désolée...

— Ça, tu peux.

Mais ce n'est pas vraiment la voix d'Andrew. C'est une voix que je n'arrive pas à situer, apparemment un faux numéro.

Je ne sais pas pourquoi, je réponds :

— Pardon ?

— Je crois qu'il faut que tu le saches : j'ai vu ta huitième merveille du monde le bras passé autour des épaules d'une pétasse française, en train de faire les courses au magasin bio. Ils ne pouvaient pas se lâcher.

Maintenant, je reconnais la voix. C'est Gordy.

— Sloane ? Tu es là ? On peut dire que tu sais les choisir. Je tenais juste à te féliciter.

— Gordy ?

— Qui est Gordy ?

Parce que la voix est maintenant celle d'Andrew. Mon cerveau a une embardée. Qu'est-ce qui se passe ? Je ne peux pas gérer ça, mais il faut que je dise quelque chose. Évidemment, j'opte pour la plus mauvaise solution possible.

— Je t'ai pris pour quelqu'un d'autre.

— Oui, c'est assez clair. À moins que tu n'aies oublié mon nom.

Je déglutis péniblement. Ferme les yeux.

— Je t'en prie. Par pitié. Ne m'en veux pas. C'était une rude journée.

— Je suis désolé pour toi. Mais qui est Gordy ?

— Gordy n'est personne. C'était une erreur, et j'ai cru qu'un type disait : « Ici Gordy. » C'est pour ça que j'ai répondu : « Pardon ? »

Il gobe mon histoire. À moins que non. Je l'implore de venir me rejoindre. Il y a un instant de silence. Je suis sûre de l'avoir perdu pour toujours. Et puis...

— Je préfère qu'on ne se voie pas ce soir. Écoute, je suis vraiment blessé. Si nous sommes ensemble, c'est la dernière fois que tu m'exclus de quelque chose comme ça. Je ne te ferais jamais une chose pareille.

J'essaie d'acquiescer et de présenter des excuses, mais il me coupe la parole :

— Ne fais pas ça. La nuit porte conseil. Réfléchis à tout ça. D'accord ?

— Promis.

— Encore une question, ajoute-t-il. Comment l'affaire Thomas a-t-elle tourné ?

— Le rôle m'est passé sous le nez. J'ai lavé mon honneur. J'ai fait virer le salaud.

— Deux sur trois ; ce n'est pas une si mauvaise journée. On se voit demain. Je t'aime.

Et il raccroche. *Il m'aime.* C'est la première fois qu'un garçon me dit ça. Ça me fait l'impression d'une bouée de sauvetage à laquelle je peux me raccrocher.

Je marche dans les rues pendant des heures. Ce soir, je ne me raconte pas d'histoires sur les gens que je croise. Amanda ce matin ; tout à l'heure, Gordy au téléphone. J'en ai les tripes nouées. Ça ne m'était jamais arrivé. Il faut que je garde les familiers de Sloane à leur place, dans mes rêves.

Et si euphorique que je puisse être d'avoir entendu Andrew me dire qu'il m'aime, je marche dans les rues sombres en sachant que c'est pile ce qui finira par le faire fuir.

Généralement, quand je me déshabille, au moment de me coucher, je suis un peu excitée parce que je vais être Sloane pendant un moment. Mais ce soir, c'est un sentiment différent. Le monde réel me fait tellement peur que je prends comme une sortie de secours le fait d'aller dormir, de fuir vers Mystic, vers un monde où je m'expliquerai avec un petit ami fantasmé qui ne peut pas vraiment me faire de mal même s'il me plaque.

À la seconde où je me glisse sous les couvertures, on toque à ma porte. Un peu bizarre, parce que Nicole et Jade auraient ouvert la porte une nanoseconde après. Mais ça ne me frappe pas vraiment sur le coup, alors je dis :

— Entre !

Ma porte s'ouvre légèrement, lentement. Trop lentement pour que ce soit Nicole, ou Jade. Qui est dans la maison ? Qui entre dans ma chambre en ce moment précis ?

— Ma chérie ? Je sais que toutes les règles ont leurs exceptions. Et je sais à quel point le temps que tu passes avec James est important pour toi...

C'est la mère de Sloane. Qui entre dans ma chambre. Vient vers moi, comme si elle allait me toucher, ou je ne sais quoi. J'ouvre la bouche pour crier, mais rien n'en sort. Je remonte si violemment mes couvertures que ma tête cogne contre le mur. Mais elle continue à avancer, comme un fantôme, un zombie...

— Il faut qu'on parle, Sloane.

— Arrêtez ! je hurle. Je ne suis pas Sloane !

Je ferme les yeux si fort que j'ai mal. Je me bouche les oreilles, mais j'entends quand même...

— Tu as la permission de 11 heures, et c'est plus que généreux pour une fille qui vient d'avoir dix-sept ans.

Je sens qu'elle s'assied au bord de mon lit. Et je dis tout haut :

— Allez-vous-en ! Allez-vous-en ! Par pitié, je vous en prie, je vous en supplie...

Elle cesse de parler. J'ouvre les yeux. Évidemment, il n'y a personne dans la pièce.

Mais ma porte est ouverte.

22

Sloane

Je suis réveillée, mais j'ai peur d'ouvrir les yeux. Voilà donc à quoi ressemble un cauchemar. Mon cœur bat si fort que je le sens palpiter au creux de mon cou. Je suis en sueur, et mon tee-shirt est trempé comme si j'avais la fièvre. Je m'oblige à ouvrir les yeux, et mon arbre est là, ma chambre est là, le monde réel est là, et dehors, il pleut.

J'avais raison. Le barrage commence à céder. Je ne peux plus maintenir tout ça en place. Mes larmes. Mon secret. Le monde réel qui se déverse sur Maggie. James a ouvert une brèche dans le barrage. Maintenant que je l'ai, peut-être que je n'ai plus besoin d'elle. Peut-être que ça vaut mieux.

Sous la douche, je continue à penser au sentiment de libération que j'ai éprouvé en lui parlant. Je protégeais, je gardais secrète cette partie de moi parce que je croyais que ceux qui seraient au courant trouveraient ça horrible. Mais le relâchement de la pression accumulée a fait jaillir de moi tous les détails. Et m'a soulagée.

Il n'a pas eu un mouvement de recul horrifié comme je m'y attendais. Plus je lui expliquais, plus il avait l'air de penser que c'était la chose la plus fascinante qu'il ait entendue de sa vie. Il n'arrêtait pas de dire que je devais être brillante et incroyablement créative pour « faire quelque chose comme ça », comme si c'était une chose que je pouvais contrôler.

La seule question qu'il m'a posée et reposée, c'était si le monde de Maggie me paraissait aussi réel que le mien. Je lui ai dit que mon monde était le seul réel pour moi, tout comme celui de Maggie était le seul pour elle. Les deux sont équivalents.

Il a remarqué que je parlais parfois de Maggie comme si nous étions deux personnes distinctes. Je lui ai dit que nous ne pourrions pas être plus différentes. Je la lui ai décrite. Je lui ai raconté toutes les histoires et les anecdotes qui la concernaient et la façon dont elle les gérait. Je lui ai parlé de Nicole et de Jade, du métier d'actrice, d'Emma, et même de son flirt avec Thomas. Je lui ai tout raconté. À part Andrew.

Je lui ai dit que Maggie inventait des histoires sur les gens, et qu'elle avait du monde une vision toute différente de la mienne.

— Alors tu dois, en tant que Maggie, être des choses que tu n'aimerais pas être dans la vraie vie, a-t-il répondu.

— Elle est très exotique, libre dans sa tête, imaginative, et... eh bien, elle est très glamour. Enfin je crois. Si tu la connaissais, tu la préférerais probablement à moi.

— En réalité, je te préfère toi.

— Pourquoi ça ?

— Parce que je te préfère à n'importe qui.

J'étudie mon reflet dans la glace et je m'attends à voir une fille rigoureusement différente. Une fille que James préférerait à n'importe qui. Une fille qui n'a pas besoin de garder des secrets. Mais il n'y a que moi pour me rendre mon regard.

Quand j'entre dans la cuisine pour le petit déjeuner, maman se tourne vers moi. Elle a sa mine des mauvais jours. Je frémis parce que je me rappelle l'avoir vue dans mon rêve.

— Il faut qu'on parle, dit-elle.

— Vraiment ?

— Tu as la permission de 11 heures. Et je trouve que c'est une heure raisonnable.

J'essaie de me rappeler si ce sont les termes exacts qu'elle a employés avec Maggie, la veille. Mais non. C'est pareil, mais il n'y a pas de quoi avoir peur. J'ai bien dépassé l'heure du couvre-feu, et il n'y a pas trente-six façons de le dire.

— Je suis vraiment désolée. On a bavardé et bavardé, James et moi, juste bavardé. Je sais que ce n'est pas une excuse, mais je ferai attention à ce que ça ne se reproduise pas.

J'avale mon petit déjeuner à toute vitesse et je me précipite dehors pour attraper le car, en prenant un parapluie à la porte. Je dévale les marches du perron tout en refermant la fermeture à glissière de mon sac à dos, bien consciente d'être vraiment en retard. Et puis je relève les yeux, et je m'arrête net.

La pluie a cessé, et il est là. Dans sa voiture, garée le long du trottoir. Juste magnifique, et souriant, éclairé comme dans un film, comme si un rayon de soleil spécial tombait sur lui rien que pour illuminer ces lèvres que je vais embrasser. Tous les serpents et les démons que j'ai dans la tête se dissipent. Le monde réel, c'est mon petit ami parfait qui décide de me faire la surprise de m'accompagner au lycée. Ça va être ma vraie vie. Me faire dorloter par lui. Être avec lui. Je vais me cramponner à ça, ne jamais lâcher prise, et tout ira bien à nouveau.

Je bondis dans la voiture et il m'embrasse. Comme si c'était la chose à faire, un petit truc normal et parfaitement compréhensible.

Il me demande si on peut aller quelque part ce soir et, dans la même phrase, me promet de me ramener à 11 heures au plus tard. Il fait de la musique avec des copains au Bank Street Café, à New London. Il a hâte que je l'entende jouer. Il a l'air nerveux et excité à la perspective de m'impressionner.

Mon petit ami est une rock star qui roule en Porsche. Prends ça, Maggie ! Je commence à tirer des plans sur la comète pour cet été ; peut-être qu'on pourrait aller au Cape Cod avec la voiture décapotée. J'aurais de grosses lunettes de soleil, un foulard sur les cheveux, on louerait une grande maison avec un toit d'ardoise, et on se roulerait dans les vagues. Je commence à répéter le discours que je tiendrai à maman. Après tout, j'aurai presque dix-sept ans et demi – et on est au XXIe siècle.

— Tu sais ce qu'on devrait faire cet été ? Je me disais qu'on pourrait peut-être louer une maison sur le Cap ?

Tout l'argent que je me fais chez le véto y passera.

Il ne répond pas, et se contente de regarder la route.

Hum. Rétropédalage d'urgence :

— À moins que tu veuilles faire autre chose...

— Ce n'est pas ça. C'est juste que j'ai prévu d'aller faire du surf au Costa Rica avec les potes. Et après je pensais aller au Pérou, sur la piste des Incas. Il y a longtemps que j'en rêve.

Je suis choquée. Il m'abandonne, et je me sens vraiment idiote d'avoir imaginé autre chose.

— Mais, ajoute-t-il, je pourrais revenir, genre une semaine avant la reprise des cours, et on pourrait faire quelque chose. Tout ce que tu voudras.

Il me jette un os. Et je suis reconnaissante. Mais plus encore gênée d'être obligée de revoir mes ambitions à la baisse. J'ai toujours voulu profiter de mes vacances pour faire quelque chose de différent, ne plus travailler chez le véto, aller à la plage ou sur le bateau de Gordy, dîner en famille tous les soirs sur le porche derrière la maison. Quelle illusion d'avoir cru que James pouvait être mon billet pour quitter la ville.

Il pose la main sur ma cuisse, comme si ça pouvait tout arranger. Et, bien sûr, ça arrange tout. Pour le moment.

Ce matin-là, en cours, ça ne va plus si bien que ça. Je veux dire, à défaut d'annuler le truc avec ses potes, il aurait pu m'inviter à venir avec eux. Et à l'accompagner au Pérou, assurément, où j'avais l'impression qu'il allait seul, d'ailleurs. Il a peut-être pensé que mes parents ne me laisseraient pas y aller, mais ce n'est pas une raison pour ne pas me le proposer. Peut-être que Kelly a raison.

Au déjeuner, on est tous serrés comme des sardines à la cafétéria parce que l'herbe aplatie par la pluie est trop boueuse. Il y a un bruit fou, et pas un coin où se cacher. Tout le monde me reluque comme un animal au zoo. Personne ne dévisage James comme ça, évidemment. Je le regarde prendre son plateau et s'asseoir avec Lee Parker et les mecs de Double Negative, un groupe local étonnamment bon qui joue dans des endroits incontournables comme le Elks Club. Personne ne le foudroie du regard ou ne le débine dans son dos. Ça m'est réservé.

Kelly et Lila me font un point presse sur les derniers ragots concernant ma réputation de voleuse d'hommes et de traînée qui poignarde les copines dans le dos. Pas de souci de ce côté-là, ma popularité est intacte. L'opinion publique a toujours raison. Apparemment, Amanda a fait passer le mot qu'ils avaient rompu, James et elle, avant que je le détourne du droit chemin. Alors, techniquement, je ne suis pas une criminelle complète. Juste une aguicheuse qui se trouvait au bon moment au bon endroit. Vous parlez d'un soulagement.

À l'autre bout de la cafète, j'aperçois Gordy qui déjeune avec ses copains. Il m'adresse un petit sourire crispé, trop rapide. Je comprends qu'il y a bel et bien un problème, tout compte fait. Mon instinct me pousserait à courir vers lui et à tenter d'arranger les choses. Mais il est clair que ça ne ferait que les empirer encore. Il faut que je lui laisse le temps de revenir de son plein gré. Et pour ça, personne n'est plus mal faite que moi.

En réalité, je suis si peu faite pour ça que je saute sur le premier prétexte pour voir à quel point ça va mal entre nous. Je sors le vieux Nikon de mon père, je m'approche d'eux, leur demande de m'excuser une seconde, et je les prends en photo pour l'annuaire du lycée. Deux des trois mecs sourient en regardant l'objectif. Devinez qui ne sourit pas ? Ça me fend le cœur. J'articule un « Merci, les garçons » désespéré. Deux des gars répondent « Pas de quoi ». Et voilà, j'ai encore aggravé la situation.

Après les cours, j'ai dix rouleaux de pellicule à développer pour l'annuaire. Je n'ai pas fait attention au délai, et du coup, je me retrouve à la bourre. Je me réfugie dans la chambre noire. Là, c'est comme si je mettais la tête sous l'eau. Un monde silencieux, protégé, un monde à moi où je n'ai pas à craindre d'intrusion.

Comme je développe des négatifs et que je tire des épreuves, j'allume la lumière rouge à l'entrée, pour que personne n'ouvre la porte. La minuterie sonne, et je transfère quelques négatifs dans le dernier bac d'eau froide. Je les sors et je me tourne vers le fil pour les suspendre.

Il est là. À quinze centimètres de moi.

Je hurle et je hurle encore, à pleins poumons. Mais Thomas se contente de me sourire, de son vilain sourire cruel.

— Espèce de petite allumeuse, me dit-il. Tu croyais vraiment t'en tirer comme ça ?

Sans cesser de hurler, je recule en titubant, contre le comptoir métallique. Des bouteilles de produits chimiques tombent par terre. Il se jette sur moi. Je me plaque les mains sur les yeux en me répétant que ce n'est pas vrai, il n'est pas là, rien ne peut me faire de mal.

C'est alors qu'il m'attrape le poignet.

Il me serre très fort, me tord le bras, et j'ai l'impression que mon épaule va se déboîter. Il grimace, singeant mon expression terrorisée. Il prend son temps, savoure ce moment. Ma main libre tombe sur un plateau de métal plein de produits chimiques, et je le lui balance dans la figure, de toutes mes forces. Le bord tranchant lui entaille la joue, et il me lâche. Je fonce vers la porte.

La lumière dans l'atelier est si vive que je suis éblouie. Assise sur un bureau, Amanda tripote son téléphone. Je suis tellement secouée que je ne pense même pas que c'est un endroit où elle ne met jamais les pieds. Je suis soulagée de la voir.

— Il y a quelqu'un à l'intérieur, dis-je en jetant un coup d'œil par-dessus mon épaule, vers la porte ouverte.

— Mais non, il n'y a personne. Je suis là depuis plus d'une heure à attendre que cette satanée lumière rouge s'éteigne.

— Tu te trompes. Il y a quelqu'un.

Elle saute à bas du bureau, entre en me bousculant presque dans la chambre noire et allume la lumière. Il n'y a personne à l'intérieur, évidemment, et je sais que je ne pourrai pas expliquer mon hallucination. Elle se retourne, les mains sur les hanches.

— On peut parler ?

C'est plus un ultimatum qu'une question.

Je ne sais pas quoi répondre. Elle s'approche tout près de moi et me vide son sac, d'une voix dure qui lui ressemble si peu que je me demande si c'est vraiment elle qui est là. Mais bien sûr que c'est elle ; elle est de mon monde.

— Écoute, je n'apprécie pas du tout que tu me dénigres auprès de James, et que tu l'aies envoyé me dire de blanchir ta réputation.

Ça tourne à toute vitesse dans ma tête. Je n'ai jamais rien fait de tel.

— N'importe comment, poursuit-elle, tout le monde te déteste, avec ta condescendance, cette façon que tu as de prendre les autres de haut. Tu crois qu'ils ne s'en rendent pas compte ? Tu crois qu'ils sont stupides ? Tout le monde s'attendait à ce que tu fasses un truc pareil.

— Pareil que quoi ?

— Qu'on ait été ensemble ou non, James et moi, tu sais que je l'aimais bien. Et on était amies, toutes les deux.

— Je t'ai appelée. Je t'ai prévenue.

— Tu crois que ça règle tout ? Tu ne m'as rien demandé, tu m'as mise devant le fait accompli. Tu me l'as annoncé alors que tu avais déjà mis le grappin sur lui et que tu lui avais demandé de sortir avec toi. Alors qu'est-ce que j'étais censée dire ? Tu penses que tout le monde se fait de fausses idées ? On sait exactement à quoi s'en tenir. On voit clair dans ton jeu.

— Que tu le croies ou non, je ne me doutais pas qu'il t'avait parlé. Et qu'est-ce qu'il t'a dit ?

— Que je devais raconter qu'on était juste amis, lui et moi, quand vous avez commencé à sortir ensemble. Et il a impliqué que c'était ma faute si tout le monde était contre toi. Je connais James depuis des années, et quoi que tu lui aies dit, c'était la première fois que je le voyais furieux après moi. Et ça m'a fait mal, Sloane. Plus que tu ne peux l'imaginer. Parce que quand il te plaquera, et crois-moi ça ne va pas traîner, il restera que tu auras tout gâché pour moi, et ce n'est pas juste.

Sans attendre ma réponse, elle me bouscule, attrape son sac sur le bureau et disparaît.

Je m'assieds et me mets à pleurer. Mes mains tremblent. Je perds la tête, et toute cette tragédie lycéenne avec Amanda ne réussit qu'à me désorienter encore davantage. Thomas n'est pas réel, et pourtant il m'a attrapée, je l'ai senti. Que se serait-il passé si je ne l'avais pas frappé ? Jusqu'où aurait-il pu aller ? Je n'ai pas d'Emma dans ma vie. Il n'y a absolument personne à qui je peux raconter ça.

Il va falloir que je prenne sur moi, que je fasse comme s'il ne s'était rien passé. Parce que, bien sûr, ce n'est pas arrivé. Je vais bien. Vraiment.

Plus tard, à la maison, je me plante devant la glace, et je m'habille pour le grand soir avec James. Je décide de mettre une jupe. S'il pose à nouveau sa main sur ma cuisse, je veux qu'il sente ma peau. J'essaie trois hauts différents. Comme si le fait que je choisisse la tenue parfaite le fera m'aimer davantage. Suffisamment pour ne pas me laisser seule tout l'été. Pour qu'il ne me quitte pas s'il apprend ce qui m'arrive. Non. Personne ne pourrait m'aimer à ce point-là. Et c'est pourquoi il faut que personne ne sache.

Quand je descends, James est déjà là et il fait la conquête de mes parents, qui lui mangent visiblement dans la main. Même papa, qui n'est pas facile à amadouer. Je ne sais pas pourquoi, peut-être parce qu'il va jouer sur scène, mais il est sur son trente et un. Je n'ai jamais vu quelqu'un d'aussi élégant.

En allant à New London, il me dit que je suis magnifique. Juste une fois, très simplement, mais ça me fait battre le cœur plus vite.

Je dois me faufiler par l'entrée des artistes et me glisser au fond, parce que, eh bien, je ne suis pas majeure, et que ma fausse carte d'identité pue le faux. C'est Gordy qui me l'a faite à Providence. Je m'appelle Shamika Jones. Mon explication pour les videurs ou les tenanciers de bar est que ma mère parle swahili, et que ça veut dire « belle âme ». Allez savoir. Peut-être que c'est vrai, mais dans quelle langue, mystère.

Il me trouve une jolie table et il flirte avec la serveuse pour qu'elle ne contrôle pas mon âge. Je commande un rhum Coca. L'orchestre est au milieu de son premier morceau, et nous avons le temps de parler. C'est un bar assez ordinaire, mais il fait sombre, il y a une petite veilleuse sur la table, et l'atmosphère est vraiment romantique. Il veut parler de Maggie, bien sûr. Mais j'avais prévu le coup, et je sais exactement comment réagir. Je vais lui parler de lui, ça ne rate absolument jamais.

— D'accord, je vois bien que tu ne veux pas parler de tes rêves, ou plutôt de ton rêve ; je veux juste que tu saches que, quand tu voudras, je serai là.

Je ne sais pas comment commencer à parler de lui, alors évidemment, je choisis le plus mauvais moyen.

— Ton père t'a fait faire le tour des universités ? Le mien l'a fait, mais je n'ai cherché qu'à New York et Boston. Et mon choix est déjà arrêté sur Columbia.

— Tu as une façon très originale de me demander de parler de moi.

J'éclate de rire.

— D'accord, assez parlé de moi. Parlons de toi. Alors, dis-moi, qu'est-ce que tu penses de moi ?

— Je pense que tu vas vraiment me manquer quand je serai à Oxford.

Je n'avais jamais réfléchi qu'une chose pareille pouvait arriver. C'est l'un des meilleurs élèves du lycée. Il pourrait aller à Harvard, Yale ou, peut-être, échouer à Columbia avec moi. Mais il va m'abandonner pour de bon. Pas seulement pour quelques semaines, pour toujours. Il n'y a aucune chance qu'il aille à Oxford et qu'il ressorte par l'autre porte pour venir me chercher.

Je garde mon sourire le plus éclatant. Maggie serait fière de moi.

— Alors, je ne te manquerai pas ? me demande-t-il avec un sourire joueur.

— Je ne sais pas si tu comptes assez pour moi pour me manquer.

Il joue avec sa serviette, replie les bords.

— Un coup de bol que j'aie dit ça pour rire.

Une vague de soulagement m'envahit et j'essaie de rester assez froide pour la dissimuler.

— Je ne sais pas où je voudrais aller à l'université, continue-t-il. Ni même quel genre d'études je veux faire. Un jour c'est l'architecture, le lendemain je veux devenir ingénieur, ou faire des études de langues...

J'écoute plus ou moins ce qu'il me raconte, mais je regarde plutôt ses lèvres. Il y a quelque chose dans la façon dont il prononce ces paroles qui me donne envie de me pencher par-dessus la table et de l'embrasser.

Alors je me penche par-dessus la table et je l'embrasse. C'est très doux et enjoué. Il prend ma main entre les siennes. J'embrasse toujours les yeux fermés. Je ne sais pas très bien pourquoi. C'est peut-être parce que dans tous les films que j'ai vus, les actrices ont l'air bizarre, comme si elles louchaient, quand elles gardent les yeux ouverts. Mais je veux le voir, alors j'entrouvre une paupière, juste un tout petit peu. Il a les yeux grands ouverts. Il me regarde. À l'autre bout de mon nez. Je trouve ça drôle, alors ça me fait rire. Il ne se vexe pas. Il donne juste l'impression d'avoir envie qu'on s'embrasse encore. Et c'est ce qu'on fait.

Quand nous mettons fin à notre baiser, nos verres sont apparus, magiquement. La serveuse a été sympa de ne pas nous interrompre. Je commence à avoir l'impression que le monde entier aime les amoureux, que tout le monde dans cet endroit et dans l'univers entier trouve que nous sommes adorables. Et moi, je ne suis pas folle, je ne suis qu'une fille amoureuse, qui a de la chance.

L'orchestre finit son morceau. Le guitariste leader se penche sur le micro, se fend d'une phrase toute faite pour présenter James, comme s'il était là pour combler le vide pendant qu'ils font un break (et il s'avère que c'est la seule raison pour laquelle il est là). J'applaudis et je siffle comme une dingue alors qu'il se dirige vers la scène. Mon enthousiasme suscite quelques applaudissements de pure complaisance, qu'il trouve très amusants.

Une fois qu'il est sur la scène, la lumière baisse. Ils braquent un spot sur lui, et il commence à jouer un morceau complexe, d'une délicatesse transcendante. J'adore vraiment écouter l'album de flamenco que j'ai acheté, mais de toutes les formes artistiques de tous les temps, c'est maintenant celle-ci que je préfère. Je n'ai absolument aucun talent, sauf peut-être un petit don pour la photo, et les animaux m'aiment bien, si on peut appeler ça un don. Depuis combien de temps joue-t-il ? Il répète souvent ? Il est vraiment cool de ne s'en être jamais vanté. Le plus beau ou presque, c'est qu'il ait choisi de jouer ce genre de musique, et pas du rock, style j'emballe les filles comme un malade.

Son jeu est très physique. On dirait que son instrument et lui ne font qu'un. Il tient sa guitare entre ses bras musclés comme s'il la dorlotait amoureusement. Je suis consciente de la force de ses doigts alors qu'ils se déplacent sur le manche et de leurs chocs rythmiques, inattendus, contre le bois. Et son visage. Sa concentration, sa dévotion, presque, à l'articulation de chaque phrase. Il n'y a pas une seule personne dans la salle qui mérite de l'entendre. Les gens bavardent en s'envoyant leurs chopes de bière pression. Ils n'ont vraiment aucun respect.

Je me demande ce que je peux y faire lorsque quelqu'un me met la main sur l'épaule. Je me retourne, irritée par l'intrusion.

— J'essaie de t'appeler depuis des heures. Il faut que tu viennes avec moi, tout de suite.

L'espace d'une seconde, je me demande qui est cette folle qui me prend visiblement pour quelqu'un d'autre. Je lève le doigt vers mes lèvres pour lui imposer silence quand, tout à coup, je la reconnais.

C'est Nicole.

— Jade est à l'hôpital. Ils pensent que c'est un anévrisme. Elle est au bloc. Il faut qu'on rentre.

Elle me regarde, incrédule, et voyant que je ne réagis pas comme elle s'y attendait, elle s'énerve.

— Tu as entendu ce que je t'ai dit ?

Je hoche la tête, tout engourdie. Elle me foudroie du regard et repart à travers la salle, vers la sortie, supposant que je vais la suivre. Je suis incapable de bouger, je n'arrive pas à réfléchir. Tout à coup, une main se pose à nouveau sur mon épaule et je pousse un cri, si fort que la moitié des gens se retournent vers moi.

— Ça va ?

C'est James. Il a fini, tout le monde a applaudi, ou non, et il a déjà regagné notre table. Combien de temps suis-je restée hypnotisée ? Il est là. Souris, bordel. Reprends-toi.

— Ouais ! Tu étais vraiment génial, merveilleux !

J'essaie de crier aussi fort que j'ai hurlé.

Il me rend mon sourire et se penche vers mon oreille.

— J'aimais savoir que tu me regardais.

Il m'embrasse dans l'oreille, ce qu'un seul garçon m'a fait jusque-là. C'est mon endroit secret. Ça me fait fondre. Je suis tellement excitée que je dois me retenir pour ne pas me tortiller.

Dans la voiture, en rentrant, je m'efforce de ne pas ruminer l'hallucination. Mais je suis perdue dans mes pensées.

— Je parie que je sais pourquoi tu es tellement silencieuse, dit-il.

— Ça, ça m'étonnerait.

— J'ai bien vu que ça t'ennuyait que j'aie des projets pour l'été. Et ça m'ennuie, moi aussi. Alors j'ai réfléchi : tu aimerais faire un petit tour de l'Espagne ? On pourrait partir par le sud. Il y a des plages incroyables à Marbella.

Tout en parlant, il tend la main et commence à me caresser la nuque. J'ai l'impression qu'il joue sur moi comme sur sa guitare.

— On éviterait les corridas à Tolède, on resterait un peu à Madrid, et on finirait par Barcelone. Parce que c'est le meilleur endroit.

Il s'attend visiblement à ce que je sois folle d'excitation. Ce que je suis, hélas. En dehors du fait que je me vois mal tenter de convaincre mes parents de me laisser faire une chose pareille, il y a le point non négligeable que bien avant ça je serai probablement internée dans un hôpital psychiatrique.

— Hein ? Je parlerai à tes parents. Je sais que je peux leur vendre l'idée.

Cette vie parfaite, inaccessible, est si proche, et ne sera jamais vraiment à moi. Je dois avoir les yeux pleins de larmes.

— Ça ne va pas ? Qu'est-ce qu'il y a ?

— Si, si, ça va, dis-je en chassant mes larmes d'un battement de cils. Tout est plus parfait que dans mes rêves les plus fous.

23

Maggie

Je me réveille en sursaut. Je m'interdis de bondir hors de mon lit et de foncer dans la chambre de Jade. Ce n'était visiblement qu'un rêve, Jade va bien, et si je commence à courir après tous les cauchemars, je vais complètement perdre le contrôle de la situation. Alors je me lève et, en m'obligeant à marcher le plus doucement possible, je vais au bout du couloir jeter un coup d'œil dans la chambre de mon petit bébé de sœur qui dort comme un ange.

De tout ce que je possède au monde, et que je risque de perdre, elle est peut-être mon bien le plus précieux.

Je cède à la tentation de me couler dans son lit, près d'elle, et nous restons ainsi, comme deux cuillers dans un tiroir, pendant un instant. J'écoute sa douce respiration de petit chien. Une fanfare pourrait défiler dans le couloir qu'elle ne se réveillerait pas. Elle continue à dormir alors que je lui dépose un baiser sur la tête et me glisse hors de sa chambre. Je me demande à quoi elle rêve.

J'appelle Emma et lui laisse un message lui demandant si elle peut me caser entre deux patients, parce que j'ai une urgence.

Je m'apprête à composer le numéro d'Andrew et je me ravise, paniquée à l'idée que s'il se produit quelque chose pendant que nous sommes ensemble, une chose comme ce qui est arrivé à Sloane, au bar, je ne pourrais jamais le lui cacher. Et s'il découvre que ça y est, que je commence à me désagréger, ce sera fini entre nous. Peut-être pas tout de suite, mais inévitablement. Il faut juste que je gagne un peu de temps.

Il ne décroche pas. Il se prépare pour ses examens, et il est probablement enfermé entre les rayons d'une bibliothèque, ou dans une salle de montage. Je lui souhaite bonne chance et lui dis de me rappeler dès qu'il voudra faire un break.

Je fais couler de l'eau froide dans le lavabo, m'asperge le visage et quand je me regarde dans la glace...

C'est Sloane qui me rend mon regard. Je hurle. La salle de bains qui se reflète dans la glace n'est pas la mienne, c'est la sienne. Je ferme les yeux et j'inspire à fond, les mains cramponnées au lavabo pour ne pas tomber. Mais au lieu de la porcelaine lisse, je sens sous mes doigts les joints des petits carreaux de faïence. Je me retourne, j'ouvre les yeux, et...

Aargh ! Je suis dans sa salle de bains. Les serviettes sont bleues ; dehors, par la fenêtre, je vois son arbre ; et c'est son shampoing, là, sur le rebord de la baignoire. J'ai un vertige et je tends les bras en arrière pour me rattraper au lavabo. Je fixe la bonde. Concentre-toi sur la bonde, c'est tout. Je ferme les yeux, relève la tête et regarde dans la glace.

Je suis à nouveau moi-même. La salle de bains est redevenue la mienne. Ma brosse à dents est posée sur le coin de la vasque. Je reste debout là, les deux mains crispées sur le lavabo, et j'écoute les battements de mon cœur. J'ai peur de détourner les yeux de mon reflet. Peur de me perdre à nouveau dedans.

Jade se traîne, encore à moitié endormie, par la porte, s'assied sur les toilettes et fait pipi.

— Qu'est-ce que tu fais ?

Je réussis à dire :

— Qu'est-ce que j'ai l'air de faire ?

— Euh, soit tu répètes un rôle, soit tu essaies de t'hypnotiser.

— Je voudrais bien en être capable, réponds-je avec un pauvre petit rire. Tu peux me montrer comment faire ?

— Bien sûr.

Elle s'essuie, tire la chasse d'eau et me pousse sur le côté pour se laver les mains. Puis elle me fait signe de me baisser à son niveau. Elle ouvre les yeux absurdement grands.

— Regarde-moi bien au fond des yeux.

Ce que je fais.

— Tu as envie de dormir. Très envie de dormir. Quand je frapperai dans mes mains, tu feras *cot-cot* comme une poule.

Et elle frappe dans ses mains.

Je fais *meuh* comme une vache.

— Hum, pas loin, dit-elle fièrement. Maintenant, quand je vais claquer les doigts, tu me feras des minipancakes. Avec plein de sirop d'érable.

Mais le Grand Hypnotiseur a beau s'escrimer, impossible de claquer des doigts.

Je lui fais quand même ses pancakes.

C'était le tour de Nicole, mais c'est moi qui finis par accompagner Jade à l'école, à pied, parce que je ne peux pas supporter de la laisser partir, ignorant si je ne vais pas me détricoter complètement et ne plus jamais la voir. Elle me demande quand Andrew reviendra lui faire à dîner. Je lui dis que je lui demanderai ce soir. Elle me regarde en levant les yeux au ciel.

— J'aurais espéré que vous seriez assez proches, tous les deux, pour que tu saches qu'il révise pour ses examens. Et tu devrais respecter ça. Les études passent avant tout. Mais quand ce sera fini, il pourra me faire des spaghettis à la sauce au beurre.

— Nous sommes assez proches, tous les deux, pour nous embrasser.

Elle ouvre des yeux énormes et fait ce petit mouvement avec les mains, doigts écartés, paumes tournées vers son public, comme les artistes de variété. Puis, après un instant de réflexion, elle me demande sur un ton suspicieux :

— Et il te rend ton baiser ?

J'acquiesce. Voui.

— Sur la bouche ?

— Et dans le cou, et dans l'oreille.

— Affreux. Comme quand on te met un petit doigt mouillé dans le trou de l'oreille ?

— Exactement.

Nous faisons quelques pas en silence. Et je lui demande :

— Tu es jalouse ?

— Évidemment. C'est moi qui l'ai trouvé la première.

— Tu m'en veux ?

— Non. J'ai trois petits amis à l'école, et Rico à la piscine, et un peu Ben, en travaux manuels. Sans compter le truc avec Josh Hinkle. Et tu avais vraiment besoin d'en avoir un.

— Merci, dis-je. Je te revaudrai ça.

Je marche en pensant à autre chose. Un peu paranoïaque, je scrute tous les visages que je croise, chaque vitrine de magasin, les commerçants qui balaient devant leur boutique, le chien qui lève la patte sur les tulipes, histoire de vérifier que tout est à sa place et appartient bien au monde réel.

Emma a annulé un autre rendez-vous pour répondre à mon urgence. Quand j'entre dans son cabinet, elle affecte ce super-calme qui paraît tellement artificiel que je regrette chaque fois de l'avoir appelée.

Enfin, je m'assieds sur son canapé, la boîte de Kleenex dans les mains, et je lui raconte toute cette horreur sans omettre aucun détail. Elle hoche la tête d'un air compatissant, comme pour m'assurer que ça ne lui fout pas la trouille et que nous pouvons absolument surmonter ça. Quand je suis à court de paroles, elle me demande :

— Êtes-vous prête à laisser partir Sloane ?

— Je ne sais pas si je peux. Je ne sais pas comment faire.

— Mais le voulez-vous ?

— Je ne sais pas.

— Parlez de ça.

Alors je réfléchis. Ai-je envie de dire définitivement adieu à Sloane ?

La vraie réponse est : absolument pas. Au minimum, c'est ma meilleure amie. Elle est seule à savoir qui je suis vraiment, et tout ce qu'il y a à savoir sur moi. Je ne sais pas où j'en serais sans elle.

— Je crois que j'ai peur de la perdre.

— À quoi renonceriez-vous pour la garder ?

— À beaucoup de choses.

— Vous renonceriez à Andrew ?

La vérité est que oui, je renoncerais à lui. Parce que Sloane n'est pas vraiment ma meilleure amie. Elle est moi. C'est à moi-même que je renoncerais.

— Oui.

— Vous renonceriez à Jade ?

Je regarde le parquet.

— Parce que, Maggie, c'est ce vers quoi vous allez tout droit. Vous avez peur que les gens que vous aimez vous quittent. Mais c'est vous qui les quittez. Et de plus en plus vite.

— Et comment faudrait-il que je m'y prenne, hein ? Il faudrait que je n'aille plus jamais me coucher, que je ne dorme plus, ou quoi ?

Mon portable sonne. Je tends la main pour l'éteindre.

— Pas de problème. Si vous l'avez laissé allumé, c'est parce que vous en aviez besoin. C'est Andrew ?

Je regarde l'écran. Ce n'est pas Andrew.

Bien sûr, je n'arrive pas à trouver un taxi, alors je traverse le parc en courant, je remonte Madison Avenue.

Je fais le dernier pâté de maisons qui me sépare de Sant Ambroeus sans courir afin de reprendre mon souffle. Quand j'entre dans le restaurant, je vois mon reflet. J'ai les joues toutes rouges, la peau brillante à cause de ma course inattendue. J'ai l'air saine, en vie, et absolument pas folle.

Macauley est assis à l'une des meilleures tables. Il arbore son sourire le plus chaleureux, se lève et me fait signe de le rejoindre. Je ne peux pas croire que ça m'arrive. Je vais être Ruby.

Il me prend par les épaules, m'embrasse sur les deux joues et me dit à quel point il est enthousiasmé.

Je lui demande :

— Que s'est-il passé ? Elle est tombée malade, ou elle a accepté un autre rôle ?

— Non. J'ai juste repris mes esprits, et je me suis rendu compte que vous étiez Ruby, et que je serais le plus heureux des hommes si vous me pardonniez.

Je jette un coup d'œil par-dessus son épaule, et mon cœur fait un bond dans ma poitrine. Les filles assises à la table voisine, qui boivent – détail incongru – des martinis, sont Kelly et Lila, les meilleures amies de Sloane. Il est impossible de s'y méprendre. Je les reconnais.

— Allons, ne faites pas durer le suspense…

Il sourit, pas du tout l'air sur des charbons ardents.

— Si vous attendez plus longtemps pour dire oui, je vais être obligé de vous augmenter.

— Ce ne sera pas nécessaire. C'est fondamentalement le moment le plus heureux de ma vie, et je vous promets que vous ne le regretterez pas.

Derrière lui, Lila se lève pour aller aux toilettes pendant que Kelly appelle le garçon et commande la même chose.

— Tout va bien ? demande Macauley, en se démanchant le cou pour voir ce qui attire mon attention.

— J'ai cru reconnaître quelqu'un.

— On va tourner le pilote en juillet, quand Blake aura fini son long métrage. Ça vous laisse tout le temps de vous installer à Los Angeles. Vous pensez que votre maman vous suivra ?

Ça tourne dans ma tête comme dans le tambour d'une machine à laver. Tout à propos de ce moment me paraît irréel. Je me cramponne au bord de la table.

— Elle ne pourra pas. Elle travaille ici.

— Pas de problème. Vous n'aurez qu'à effectuer une demande d'émancipation. C'est simple et rapide.

Plus simple, me dis-je, que de m'émanciper de Sloane.

— Vous pourriez faire quelque chose pour moi ? demande Macauley. J'auditionne une actrice pour le rôle de Zoey, et j'aimerais que vous lui donniez la réplique avec Ryan, dans la scène où vous les surprenez ensemble. Et ce serait bien de vous voir ensemble à l'écran. Vous seriez libre après déjeuner ?

Lorsque nous quittons le restaurant, je jette un coup d'œil par-dessus mon épaule. Lila et Kelly sont encore attablées. Elles partagent une montagne de *pasta.* Kelly lève les yeux tout en aspirant délicatement un *linguine*, regarde droit vers moi et me fait un clin d'œil.

Dans le taxi qui nous emmène à la salle de répétition, Macauley enchaîne les coups de fil sur son portable. Je regarde par la vitre afin de m'arrimer dans le paysage urbain new-yorkais. Je me rends compte que si ça se fait vraiment, je vais m'installer à Los Angeles. Et je me demande à quoi ça ressemblera de m'éloigner d'Andrew, de Jade, de Nicole, de la ville et de tout ce que j'ai connu toute ma vie, en dehors de Mystic, Connecticut. Peut-être que ma folie a du bon : elle m'épargnera la décision de me séparer de tout ce que j'aime.

Dans la salle de répétition, on me présente Layne Seebran. Je l'ai vue dans une série B, et je me rappelle qu'elle était excellente malgré la débilité du scénario. Je crois qu'elle incarnait une fille qui s'installait en ville avec un horrible secret : elle s'était fait greffer le cœur d'un serial killer qui avait trouvé la mort dans des circonstances mystérieuses. Personne ne reste mort très longtemps au pays des séries B. Elle est jolie, et elle a du métier. Sans cela, elle ferait la météo à la télé, ou elle participerait à des concours de beauté.

Elle est nerveuse, elle essaie avidement de faire ami-ami avec moi, et avec Ryan, comme si on avait le pouvoir de l'aider à décrocher le rôle. Je suis gentille avec elle, parce j'ai fait tout ça trois fois plus souvent que je n'aurais voulu.

Ryan me serre contre lui comme s'il était une pieuvre et me dépose un baiser sur les lèvres. Il me dit qu'il se réjouit que nous nous installions à LA, presque comme si nous devions emménager ensemble. Il me raconte qu'il connaît très bien la ville et me la fera découvrir.

Pendant l'habillage et le maquillage, Layne avale un anxiolytique. Elle me confie qu'elle pratique beaucoup l'automédication. Elle n'a pas l'air très sûre de savoir quel look adopter pour le personnage, donne trop d'instructions à la maquilleuse sur la façon de lui appliquer de l'eye-liner. Je me demande quels médocs ils vont m'administrer à l'HP dans ces minuscules gobelets en plastique, quand je me serai complètement effondrée. Ce qui entraîne la grave question de savoir si Nicole pourra me garder à la maison ou s'il faudra me faire enfermer dans une institution spécialisée. À croire que ce sont les deux seuls avenirs possibles. Simplement, cette question s'impose à moi comme la chose la plus naturelle du monde. Ça va m'arriver, c'est déjà en train de m'arriver.

Dans la scène, Layne se pointe à l'appartement de Ryan et le séduit sans pudeur, presque aussitôt après son entrée. À ce moment de l'histoire, je suis la petite amie de Ryan, et je leur tombe dessus. Je n'ai pas grand-chose à faire, à part flanquer une gifle à Layne, cracher sur Ryan et claquer la porte. Ce sera peut-être la dernière fois que j'aurai à jouer une scène. C'est bête, mais ça me donne envie de pleurer.

Macauley reste vraiment tout près de moi. Il me répète à quel point je suis fantastique, et semble brûler d'envie de se concilier mes bonnes grâces, au cas où je le détesterais secrètement pour avoir osé croire que j'étais une droguée.

Au début de la scène, Macauley suit l'action sur le moniteur et je m'écarte un peu, puisque je ne dois pas faire mon entrée avant un certain temps. À un moment donné, il me fait signe de regarder sur le moniteur, et là...

Je vois James, plaqué au mur, le corps de Caroline collé contre le sien. Elle l'embrasse dans le cou, lui murmure des choses à l'oreille. Alors il baisse les mains, la soulève et les jambes de la fille lui entourent la taille. Il la porte ainsi vers le lit, et commence à la déshabiller, au comble de l'excitation.

Je me sens vraiment détachée. Si je relève les yeux du moniteur, je me demande qui je verrai. Je prends une profonde inspiration et je les regarde. Je vois bel et bien James et Caroline, qui se déhanchent l'un contre l'autre, apparemment en proie à une passion irrésistible. Je sais que ça ne se passe pas vraiment dans le monde de Sloane, mais je suis un peu navrée pour elle qu'elle doive voir ça dans son rêve. Et puis tout à coup, je commence à éprouver d'autres sentiments. Je suis en colère. Blessée. James me trahit, il m'a menti, il a rompu ses grands serments, et pire que tout, il ne m'aime pas vraiment. Alors que, malgré tout ça, moi je l'aime encore.

C'est à moi. J'entre dans la scène, je regarde James et Caroline, et toute la tristesse et l'amertume s'enflent en moi. La mort dans l'âme, je me laisse tomber à genoux et me mets à sangloter. Les pleurs m'envahissent tout entière, et j'oublie que les amants sont redevenus Ryan et Layne, que Macauley crie « Coupez ! » et qu'il est maintenant accroupi devant moi et me prend par les épaules.

— Eh bien, dit-il doucement. C'est une option intéressante. On va la garder, et faire une autre prise conforme au script, d'accord ? Ça vous va ?

Je me sèche les yeux, réussis à sourire comme si je m'étais juste prise au jeu, et réponds :

— Absolument.

Je vois bien qu'il n'est pas très satisfait que je lui fasse un numéro à la Meryl Streep avec ma prestation improvisée.

— Désolée. Ça m'est juste venu comme ça.

Lamentable. Il hoche la tête et me sourit l'air de dire « faisons en sorte que ça ne se reproduise plus ».

Il nous fait reprendre la scène au moment où le couple est sur le lit. C'est toujours Ryan et Layne. Je fais mon entrée, j'attrape la fille, la retourne comme je suis censée le faire, et je lui flanque une gifle de théâtre comme il convient, mais quand je me tourne vers Ryan, je suis submergée par la colère. Au lieu de suivre le script, je perds les pédales. Je lui flanque un vrai coup de poing et, indifférente au fait qu'il est choqué, je commence à lui balancer des baffes et à lui cogner dessus avec tout ce qui me tombe sous la main.

Ensuite, avant que j'aie eu le temps de comprendre ce qui se passait, Macauley m'arrache à Ryan. Le regard que je lis dans les yeux de tout le monde est celui qui s'impose : ils ont juste vu une dingue faire quelque chose de dingue. Il n'y a pas moyen de masquer ça, pas moyen de l'expliquer. Tout ce que je peux faire, c'est m'excuser auprès de Ryan.

Macauley dit que ça suffit pour aujourd'hui, et me demande d'aller l'attendre dans la petite pièce qui lui sert de bureau. Je m'excuse à nouveau auprès de tout le monde et je me dirige vers la petite pièce comme si je montais à l'échafaud. Je m'assieds sur une chaise pliante en attendant de me faire virer afin de pouvoir partir d'ici et d'aller foutre le reste de ma vie en l'air petit bout par petit bout.

Macauley entre et referme la porte derrière lui. Il me demande ce que je prends. Je lui dis que je ne me drogue pas.

— C'était juste un épisode émotionnel. Je suis désolée. Je ne peux pas m'expliquer ; mais je vous jure du fond du cœur que ça ne se reproduira pas.

Macauley m'observe. Réfléchit à ce qu'il va ajouter. Je reste assise là, vulnérable, devant lui, et le laisse juger par lui-même.

— Je m'accorde la nuit pour réfléchir, Maggie, dit-il enfin. Je suis désolé des problèmes que vous traversez, quels qu'ils soient. Mais je ne peux mettre le projet en péril en m'engageant avec vous dans cet état. Reparlons-en demain. Nous verrons à ce moment-là ce qu'il faut en penser.

Dans le taxi, j'essaie désespérément de comprendre ce qui m'est arrivé. D'où venait cette rage ? Était-ce la colère que m'inspire le fait de perdre la tête, de perdre ma vie, ma famille, mon amour, mon avenir ? Ou y a-t-il quelque chose d'encore plus terrifiant ? Étais-je Sloane à ce moment-là, frappant mon petit ami, pensant qu'il m'avait trahie, humiliée et privée de mon rêve de lui appartenir pour toujours ?

Une fois chez moi, je monte me réfugier sur le toit de notre immeuble. Je regarde lentement descendre le soleil, je le regarde plonger sous l'horizon, regarde le crépuscule grisailler et la nuit tomber. Les lumières dansent sur le fleuve. Une douce brise souffle dans les arbres, le long de notre rue. Je me sens plus en sécurité ici. Au moins, je ne risque pas de rencontrer quelqu'un qui pourrait devenir un personnage de l'autre monde.

Grosse erreur.

Il doit être un peu plus de minuit quand il arrive et s'assied sans rien dire à côté de moi. Je ne le reconnais pas, mais je n'ai pas peur ; il se veut manifestement amical et rassurant.

— Comment ça va ?

Il s'appelle Bill. C'est l'ami de Sloane qui est mort dans un accident de voiture le jour de notre anniversaire. Je l'ai déjà vu avant, bien sûr, dans le rêve. Mais je me retourne et je le regarde comme si c'était la première fois. Il sourit de son beau sourire en coin.

— Je sais que tu as du mal à le croire tout de suite. Mais tout ira bien.

— C'est facile à dire pour toi. Tu es mort.

Il éclate de rire.

— Il y a des choses bien pires.

Alors on reste assis à se regarder l'un l'autre pendant je ne sais combien de temps. Et finalement, je me sens à l'aise, calme et apaisée. Il tend le doigt vers le ciel, au-dessus de moi. Les étoiles. Il n'y a jamais d'étoiles à Manhattan, mais nous les voyons toutes.

— Quelles sont les miennes ?

— On ne peut pas les voir, d'ici, je réponds, pétrifiée par la vision des cieux scintillants au-dessus de cette ville étincelante.

Finalement, je demande :

— Comment est-ce que tout ça va finir ?

— Comme il se doit.

24

Sloane

Je n'ai jamais rêvé de Bill. Aussi loin que remontent mes souvenirs, je n'ai jamais rêvé d'une personne du monde réel, je n'ai jamais envoyé qui que ce soit comme ça dans le monde de Maggie, jusqu'à ces deux derniers jours.

Revoir Bill, entendre sa voix me brise le cœur. Il me manque tellement. J'avais l'impression de percevoir son odeur par l'intermédiaire de Maggie. Ça lui ressemble bien d'être tellement rassurant et calme, de vouloir qu'on n'ait pas peur. Bill n'avait jamais peur de l'avenir, ni de rien du tout.

Putain, qu'il me manque. Gordy est mon ami depuis qu'on est tout petits, mais personne n'a jamais compté autant pour moi que Bill, et de loin. Je pense qu'après sa mort, je me suis beaucoup plus appuyée sur Gordy, et peut-être que c'est là que j'ai commencé à lui donner une fausse impression.

Il ne se passe pas une journée sans que je pense à Bill et à ces petits moments ensemble. Même maintenant, alors que j'aime James, je pense encore tout le temps à Bill. Je me demande si j'arriverai à avoir le même échange avec quelqu'un, James ou un autre.

Max frappe à la porte de ma chambre selon notre code secret. Je tape en réponse sur le mur, pour lui donner le feu vert. En le voyant, je suis submergée par la culpabilité. Il a récupéré le vieux télescope de maman, hier soir, et il l'a installé dans la cour. Et j'ai passé toute la journée à l'éviter, parce que je ne voulais pas chercher Bill dans les étoiles avant mon rendez-vous avec James.

Il tient un bout de papier d'imprimante sur lequel il a fait un dessin au feutre. Apparemment, il a dessiné sa propre carte des étoiles. Il s'assied par terre et la regarde. Je m'assieds à côté de lui et je lui dis que je suis désolée. Il hausse les épaules.

— Je ne l'ai trouvé nulle part. Je pense que le télescope de maman ne marche plus.

Je prends sa carte des étoiles et je m'allonge sur le dos, en la tenant sur le fond de mes constellations, superposant certains des points avec les étoiles collées sur mon plafond. Il s'allonge à côté de moi, la tête contre la mienne. Et je lui dis :

— C'est parce que tu ne regardais pas le bon ciel.

Je ne veux pas que Max ait de la peine, ou que Bill lui manque autant qu'à moi.

Max devient très silencieux. Je m'apprête à ajouter quelque chose, mais il me serre le bras pour me faire taire. Au bout d'un moment, il se met à glousser doucement.

— Je crois que je l'entends rire, lance-t-il.

Alors les bouts de mon cœur brisé achèvent de s'émietter. Je ne peux retenir mes larmes. Max tourne la tête, en embrasse une sur ma joue. Puis il se lève et me laisse là, allongée par terre.

— Tu peux garder la carte, pour le cas où tu le perdrais, me dit-il.

Je m'habille pour aller au lycée et je descends au rez-de-chaussée, en proie à une crise de panique, me demandant qui je vais trouver à la table du petit déjeuner. Peut-être que d'une façon ou d'une autre, ce sera Bill. Peut-être que quand je deviendrai vraiment folle, je le verrai tout le temps.

C'est papa, qui m'attend avec un beignet aux myrtilles, et un grand sourire. Il me demande si je suis prête à sécher les cours aujourd'hui. Je lui dis que s'il m'y oblige, eh bien... Il a une réunion à Manhattan et me propose de m'emmener. Je pourrai faire un tour sur le campus de l'université Columbia, et il m'invitera à faire un bon déjeuner. Il a dû s'apercevoir que les deux derniers jours ont été les plus affreux de ma vie, et que je dévalais lentement la pente vers quelque chose d'encore pire. Je n'arrive plus à convaincre personne que je vais bien. Il veut me remonter le moral, et il pense apparemment y parvenir par sa seule compagnie, ce qui est plutôt chou.

Au début, dans le train, il a l'air emprunté.

— Ma foi, ce Jim a l'air d'être un garçon très bien.

— Il a aussi l'air d'un James. Et oui, il est très bien.

Il y a un silence un peu bizarre.

— Bon. Eh bien... c'est bien, dit-il.

Fin de notre conversation sur James.

Il a l'air un peu plus à l'aise maintenant qu'il m'a exprimé son soutien. Il se cale confortablement à son dossier, essaie de lire le journal pendant quelques minutes, et s'endort. Je lui ai laissé la place à côté de la vitre, qui m'était réservée quand j'étais petite. Il m'a remerciée, mais il se fiche probablement de l'endroit où il est assis. C'est juste qu'il apprécie l'attention.

Il y a moins à voir côté couloir, parce que les têtes des gens bouchent la vue. Je regarde un grumeau de saleté incrusté dans la moquette bleue quand une paire de baskets Converse violettes avec des lacets rose fluo entrent dans mon champ de vision. Les graffitis et les dessins au marqueur indélébile qui ornent le bout sont signés de l'artiste, Jade, qui est aussi leur propriétaire.

— Je pourrais avoir un peu d'argent, s'il te plaît ?

Je lève les yeux vers ses prunelles noisette, brillantes. Le plus étonnant, c'est que je n'ai même pas peur. Est-ce que je m'habitue à la folie ? Ou bien est-ce que je suis dans le rêve de Maggie, m'apprêtant à disparaître ?

— Maggie, tu avais promis ! Je sais, il n'est que 10 heures, mais j'ai vraiment, absolument besoin d'un esquimau à la fraise. Je suis morte de faim. Ou bien, est-ce que je suis en train de mourir de faim ?

— Les deux, en réalité, je réponds, marquant ma première conversation officielle avec une hallucination.

— 2 dollars, s'il te plaît. Je te rapporterai la monnaie.

Jade reste cohérente dans son discours, dans les moments de ce genre.

— Tu me donneras un petit bout ?

— Je t'en donnerai la moitié. Tu es ma sœur.

— Je voudrais bien...

Je constate avec tristesse qu'elle n'enregistre pas cette dernière réplique. J'ouvre mon porte-monnaie et trouve un billet de 5 dollars. Quand je relève les yeux pour le lui tendre, il n'y a personne dans le couloir. Dommage. Peut-être que si j'avais eu une petite sœur comme ça à aimer, je ne serais pas devenue folle. Non. J'ai eu Max à aimer, et je suis devenue folle quand même.

Quand je me retourne, je vois que papa s'est réveillé.

— Tu as fait un bon petit somme ?

— À qui parlais-tu ? demande-t-il en regardant le billet que je tiens à la main.

— Mon amie imaginaire, dis-je avec le sourire le plus radieux que j'arrive à produire.

— Et tu dois la payer 5 dollars pour être ton amie ?

— J'allais au wagon-restaurant. Tu veux quelque chose ?

Il me regarde.

— Ça va, mon chou ?

— Absolument.

Et je me lève et m'éloigne aussi vite que possible.

Quand je reviens avec mon esquimau à la fraise, il me demande si je dors bien ces temps-ci. Traduction : est-ce que je fais toujours le rêve dont je lui ai parlé, celui qui m'a apparemment tellement perturbée. Évidemment, je lui réponds que je dors très bien. Et pour le tranquilliser, j'ajoute que je me sens beaucoup mieux depuis que je ne fais plus ce rêve récurrent.

Juste avant l'arrivée en gare de Penn Station, je reçois un texto de James voulant savoir si je suis malade, et pourquoi je ne suis pas au lycée. Alors que je pianote frénétiquement un texto d'excuse, je me demande comment une chose pareille a pu arriver. Enfin, si je ne suis que le fantasme de Maggie, tout s'explique. Comment une fille pourrait-elle oublier l'amour de sa vie ne serait-ce qu'une minute, et encore plus toute une matinée ? Maggie n'oublie jamais Andrew.

Papa me dépose devant la Low Plaza de l'université Columbia et me quitte en m'embrassant affectueusement. Il est clair qu'il est encore inquiet de ma conversation fantôme avec Jade, parce qu'il me dit qu'il ne coupera pas son téléphone, et que si j'ai besoin de quoi que ce soit je n'ai qu'à l'appeler. Pensant que le rassurer ne fera que l'inquiéter davantage, je lui dis « Merci, tu es le meilleur », et je fais mine d'être tout excitée par ma journée à Columbia. Il me regarde au fond des yeux, juste une demi-seconde de trop – les papas sont vraiment des individus transparents –, et il repart vers le centre-ville pour sa réunion.

Je reste un instant plantée là, à observer la Butler Library, la bibliothèque, de l'autre côté de la place immaculée. Elle est belle et elle représente tout ce qu'il y a d'enivrant dans le fait de quitter le lycée de sa petite ville et de se lancer dans la vie.

Puis je prends conscience de quelque chose. C'est la première fois que je viens à Columbia, je n'y avais jamais mis les pieds, mais je ne m'étais jamais demandé pourquoi je n'y étais pas venue plus tôt. Après tout, je suis allée à Manhattan. J'ai fait un tour des universités avec papa. Il aurait été logique que ce soit le premier endroit que je veuille voir, non ? Et pourtant, je ne l'ai pas fait. Tout à coup, j'y vois un sens, un sens terrifiant, je vois ça comme un vide dans le fantasme de Maggie. C'est vrai. Je l'ai vue, dans mon rêve. Maggie est venue là avec Benjamin. Il était professeur de littérature, il animait des ateliers d'écriture. Dans le bâtiment qui se trouve à deux rues de l'endroit où je suis. Maggie n'a jamais voulu aller à l'université. Ça, elle me l'a laissé, et à l'université de son père. Et, comme si elle contrôlait suffisamment le rêve pour ne pas avoir besoin de s'en préoccuper, elle n'a pas pris la peine de combler le vide et de me la faire visiter.

Je connaissais évidemment l'expression « mon sang se glace dans mes veines ». C'est exactement l'impression que j'ai. Je suis glacée, et terrorisée à tel point que je ne sais pas comment en sortir. Je suis paralysée, au sens propre du terme. Je n'entends aucun bruit, alors que la vie se déroule autour de moi. Je regarde dans le vide, devant moi, et je n'arrive pas à fixer mon regard sur quoi que ce soit. Je ne suis pas réelle. Pas réelle.

Il doit y avoir un millier d'explications et un millier d'exemples de la façon dont Maggie pourrait avoir la même expérience que moi. Je tente de ralentir ma respiration et j'ai comme un léger vertige. Une voix étrangement familière dit :

— Salut.

Je me retourne d'un bloc, vers un sourire charmant, amical, que j'ai souvent vu. Dans mes rêves.

— Ça va ? demande Andrew.

Ma gorge se serre. Je suis au bord de l'évanouissement. Je ne trouve rien de mieux à répondre que :

— On se connaît ?

— Non. Je ne suis qu'un citoyen parmi tant d'autres qui s'est dit que vous n'aviez pas l'air dans votre assiette. Je ne voulais pas être indiscret, ou vous embêter.

Il ne me connaît pas. Bien sûr que non, puisque je ne suis pas réelle, il ne peut pas me connaître. Et puis, un rayon d'espoir : Andrew apparaît dans le rêve de Maggie, tout comme Bill est apparu dans le mien. Cet espoir est aussitôt réduit à néant, naturellement. Andrew est vivant et bien réel. Bill n'est qu'un souvenir.

— Je suis désolé d'insister, mais ça n'a vraiment pas l'air d'aller. Vous voulez vous asseoir sur ce banc, là ?

Je devrais l'envoyer promener. Je ne peux pas.

— D'accord.

Il me prend par le coude, gentiment. Rien à voir avec l'agression terrifiante de Thomas. Il me conduit vers le banc, s'assied à côté de moi.

— Je peux aller vous chercher de l'eau ? À moins que vous n'ayez l'estomac vide, et besoin de manger un morceau ?

— Ça va aller mieux d'ici une seconde.

Je le regarde en souriant. J'aimerais lui parler, même si je ne sais pas pourquoi.

— J'aime bien votre bracelet.

Il porte un bracelet d'amitié multicolore, un peu mal fichu.

— Merci. C'est la sœur de ma copine qui me l'a fait.

— Sa petite sœur, j'espère.

Il a un rire léger, séduisant. Qui me rappelle le rire de quelqu'un d'autre.

— Oh oui, répond-il. Ma petite amie a plus de sept ans.

— C'est heureux. Vous allez à Columbia, tous les deux ?

— Je vais à l'université de New York, et elle, elle est actrice.

— Ça doit être un personnage.

— On peut dire ça. C'est probablement ce qu'elle dirait. Mais quand on a vraiment envie d'être avec quelqu'un, je pense que tout ça, ça s'efface.

— Elle a de la chance d'avoir un petit ami qui pense de cette façon.

— Nous avons tous les deux de la chance de nous être trouvés. Je veux dire, je ne sais pas comment je vivrais le reste de ma vie si je la perdais. C'est dingue, hein ?

Je le regarde dans les yeux. Et je me souviens du sourire que le sien me rappelle maintenant.

— Il y a pire que de devenir dingue, dis-je.

En me demandant si ça pourrait être vrai.

Je lui assure que je me sens mieux. Il m'indique le centre des visiteurs, et s'en va sur un petit signe de la main. Je le regarde s'éloigner, et tout à coup je me demande ce qu'il fait là. Toute sa vie se déroule dans le sud de Manhattan. Pourquoi Maggie l'aurait-elle envoyé ici pour me rencontrer ? Exactement comme j'ai mis ma mère dans sa chambre à coucher. Nous n'avons rien fait de tout ça, ni l'une ni l'autre. Nous n'arrivons plus à contrôler cette chose. Si nous en avons jamais été capables.

Je ne vais pas à l'accueil des visiteurs. À la place, je m'aventure dans la bibliothèque. J'admire les hauts plafonds élégants, je m'imagine me perdant entre les rayonnages pendant quinze heures d'affilée pour réviser mes examens, la vie que je mourais d'envie d'avoir. Et que je n'aurai jamais, je le sais. En réalité, il n'y a probablement même pas de « je », pour commencer. Être ici est insupportable. Je prends un taxi et je retourne vers le centre-ville.

Je sais où je vais. Je prends Hudson Street et je tourne à droite, dans Horatio Street. Je m'immerge dans le quartier. Je l'ai vu un million de fois, mais je n'y avais jamais vraiment fait attention. Probablement parce que j'ai toujours pensé qu'il n'était pas réel. Comme un décor de cinéma.

Tout à coup, je suis arrivée. Je lève les yeux vers l'endroit où elle habite. Où j'habite ? Avec ma sœur, Jade ? Je prends mon courage à deux mains et je m'approche de l'interphone. Je cherche *Jameson,* mais alors que j'arrive aux D...

— Tu as perdu ta clé ?

Je me retourne et je vois un homme mince, beau, d'une quarantaine d'années. J'ai l'impression de l'avoir connu toute ma vie. Et ce sentiment me fait l'effet d'un coup de poignard dans le ventre. Benjamin, le père de Maggie, est mort, aussi mort que Bill. Et pourtant, il est là, et il pense que je suis sa fille qui a perdu sa clé.

— Je ne peux pas le croire. Je suis vraiment tête en l'air.

Il s'assied sur les marches, et je m'assieds avec lui. J'ai les larmes aux yeux. Comme nous l'aimions, Maggie – ou moi. Si ça se trouve, c'est la dernière fois que nous lui parlons, elle ou moi. Je pose ma tête sur son épaule, il me caresse les cheveux. Je lui demande :

— Raconte-moi une histoire.

— Toi d'abord.

J'inspire profondément.

— Il était une fois une fille qui était très, très malheureuse. Mais elle ne le savait pas. Elle inventait un monde imaginaire et se racontait que c'était un endroit spécial, amusant, à visiter.

— Mais c'était un endroit où elle se cachait, ajoute-t-il.

— Hé, qui est-ce qui raconte l'histoire ?

— Nous deux, répond-il.

Ce qui tout à coup me fait chaud au cœur et me réconforte. Quelqu'un d'autre m'a dit ces mots-là, un jour. Et je me suis sentie moins seule.

— Toutes les nuits, elle se rend dans son endroit spécial. C'est un secret pour tout le monde. Et elle attend ça avec impatience, toutes les nuits. Alors même que ce n'est pas toujours facile, à cet endroit.

— Et puis, un jour..., suggère-t-il.

Je le regarde d'un air interrogateur.

— Toute histoire a un sens. Toute histoire a une raison et un parcours. Toute histoire a une fin.

— C'est là que la mienne est différente. Parce que la fille ne veut pas qu'elle finisse. Elle ne la laissera pas finir.

Il rive sur moi un regard plein de sagesse qui me rappelle la façon dont Bill regardait Maggie, hier soir.

— Oh, elle finira bien. La narratrice a juste besoin de trouver un coin agréable et moelleux pour atterrir.

De grosses larmes roulent sur mes joues.

— Elle arrivera à le trouver ?

Il m'observe. Comme s'il pouvait lire la réponse à cette question dans mes yeux.

— Elle y arrivera. Même si ce n'est pas celui qu'elle avait prévu.

Je ne sais pas trop bien comment je dois prendre sa réponse. Mais il a l'air si gentil, je sais qu'il dit ça dans mon intérêt. Il ne commente pas le fait que je pleure.

Peut-être que, étant un fantôme, il ne le remarque pas. Mais il lève la main et efface mes larmes sur mon visage avec ses doigts.

— Il faut que j'y aille, ajoute-t-il. Je regrette de ne pas pouvoir rester.

Il se lève et se penche pour me déposer un baiser sur le sommet du crâne. Je ressens cette chaleur et cette tristesse comme s'il était mon propre père, ce que je voudrais tant qu'il soit, en cet instant. Il s'éloigne dans la rue, et je le regarde, envahie par un regret insupportable à l'idée de ne jamais le revoir, alors que je ne l'ai jamais vraiment connu.

Je me promène pendant des heures. Papa m'appelle, me demande si je suis prête à le retrouver. Nous parlons de manger tôt avant de prendre notre train. Je lui dis de me retrouver à l'Union Square Café.

Je suis debout dans le parc, de l'autre côté de la rue, en face de l'endroit où Maggie vient pour être seule dans la foule. Pour regarder les étrangers dont elle invente les histoires. Si je m'y assieds, ce soir, est-ce qu'elle sera là, quelque part, dans la salle, peut-être dans un univers parallèle, en train de me regarder et de me créer ? Peut-être qu'elle est déjà là.

Je traverse la rue, et juste avant que j'entre...

— Ah, vous voilà.

Je reconnais cette voix avant même de me retourner. C'est Emma. Elle me regarde, mais pas comme tous les autres, dans le monde de Maggie, me regardent. Elle sait qui je suis. Elle sait que je suis Sloane.

— Vous savez qui je suis ? demande-t-elle.

Je suis frappée de mutisme. Ce n'est vraiment pas possible.

— Sloane, vous m'entendez ?

Je hoche lentement la tête, comme une gamine de trois ans.

— Allez-vous-en, Sloane. Laissez-la. Laissez-la tranquille, qu'elle puisse vivre sa vie.

Elle me foudroie du regard, vraiment furieuse, comme si tout était de ma faute.

— Pourquoi ne me laisse-t-elle pas partir, elle, que je puisse vivre ma vie ?

— Vous savez pourquoi. Maggie ne peut pas s'en aller. Pas plus que sa sœur, sa mère, ou moi.

— Ah bon, mais moi je peux, hein ?

— Vous pouvez si vous voulez. Vous pouvez juste lâcher prise, vous estomper, et être heureuse qu'elle puisse vivre sans vous maintenant.

— À cause d'Andrew ?

— Grâce à la possibilité d'Andrew. Elle ne peut pas vraiment être avec quelqu'un tant que vous ne serez pas partie. Je sais que vous l'aimez. Je vous en prie, je vous en supplie, faites en sorte que ça puisse arriver.

— Alors je suis censée faire quoi ? Me tuer ?

— Arrête !

Ce n'est plus Emma. Je ferme les yeux. Mais je sais qu'il ne s'en ira pas.

— Sloane, qu'est-ce que tu fais ? Qu'est-ce que tu racontes ?

J'ouvre les yeux et je regarde papa, longuement.

— Je ne sais pas, je réponds. Je suis juste perturbée, je crois. Juste. Vraiment. Perturbée.

C'est la première fois que je vois papa les larmes aux yeux. Il m'entoure de ses bras, me serre fort contre lui.

— Ça va aller, murmure-t-il. On va s'en sortir.

25

Maggie

J'ouvre les yeux d'un seul coup. Je suis complètement désorientée. Je tourne la tête vers la gauche, pour jeter un coup d'œil à mon réveil, mais il n'est pas là. Qui l'a pris ? Je me retourne de l'autre côté, et il est là, sur la droite. Mais ce n'est pas à cet endroit que je mets mon réveil. Tout à coup, je remarque l'heure. Oh, merde ! Je vais être en retard au lycée.

J'envoie promener ma couette, pose les pieds par terre, et je me rappelle. On est samedi. Il n'y a pas cours aujourd'hui. Je peux me calmer. Respirer normalement. Tout va bien.

Et puis je me souviens. Je ne suis pas Sloane. Je ne vais pas en cours. Jamais.

Je m'assieds au bord de mon lit et j'essaie de lutter contre la panique qui m'envahit. Ça ne va pas. Ça va de plus en plus mal. Ça ne peut pas continuer.

Il faut que je trouve le courage d'aller dans la salle de bains, me regarder dans la glace. Et si c'est Sloane que je vois ? Dans sa salle de bains ? Et si je n'arrive pas à retrouver mon chemin, jamais ? Enfin, je ne peux pas rester assise là toute la journée. Il faut que je tente le coup.

Je vais tout doucement dans la salle de bains. J'entrouvre la porte. C'est encore ma salle de bains. J'entre, et je regarde bravement dans la glace. C'est moi.

Le mur est couvert de photos de famille encadrées : mon premier tour de manège, Jade et moi en train de faire un château de sable, papa et maman au ski. Moi dans la pièce de théâtre de l'école. J'étais un concombre. J'étais vraiment mignonne.

Soudain, je suis prise d'une terreur aveugle, absolue. Quelle école était-ce ? Je ne me rappelle pas. Je n'ai aucun souvenir de l'école primaire. Avant mes douze ou treize ans, je ne me souviens de rien. Absolument rien du tout. Pas de Noël, pas de meilleure amie, pas de mal au ventre qui aurait obligé maman à me garder à la maison et à me faire du pudding. Je l'appelais maman, pas Nicole. Comme Sloane appelait sa maman à elle.

Je me souviens de la maman de Sloane en train de lui faire du potage aux œufs et de lui frotter le dos alors qu'elle se remettait de la varicelle. Je me rappelle tout de l'enfance de Sloane. Pourquoi est-ce que je ne me souviens pas de la mienne ? Il n'y a qu'une explication.

Il y a quarante minutes que j'attends dans la stupide, moche, petite salle d'attente d'Emma. J'ai le cœur qui bat très fort et envie de vomir. Je fouille dans ma mémoire. Quand je remonte à mes douze ans, je sais tout. Mon Dieu, c'est vraiment vrai. Mais comment est-ce possible ? Comment une personne peut-elle ne pas être réelle ? Ça voudrait dire que rien ni personne dans mon monde n'est réel. Pas même Emma. Alors, évidemment, elle défend ce monde avec la dernière énergie.

Elle ouvre la porte, me jette ce sourire mielleux, faux cul. J'entre, elle tente de me prendre dans ses bras, mais aujourd'hui je ne peux pas la laisser faire. J'ai un mouvement de recul, et je sais que ça la blesse. Mais je m'en fiche. Pas aujourd'hui.

Je lui raconte tout. Je suis la création de Sloane, rien n'existe avant mes douze ans, ça doit être là que le rêve de Sloane a commencé.

Emma reste sereine. À cet instant, je la hais.

— Du calme. Ce n'est qu'une attaque de panique. Et par bonheur, c'est le genre de crise que je peux apaiser en un clin d'œil. Je sais tout de votre enfance, parce que vous m'avez tout raconté depuis trois ans que vous venez me voir. Vous êtes allée à Calhoun, dans l'Upper West Side, parce que vous habitiez près de Columbia, où travaillait votre père. Votre maîtresse préférée en cours moyen première année était Mlle Wallace. Vous aviez fait une tortue d'argile et vous l'aviez mise à cuire dans le four de l'école. Le vernis était marron, je crois. Vous vous souvenez de la tortue ?

— Shelly.

Soudain, tout me revient. Je voulais un animal comme Fanchounette, la tortue d'Éloïse[1]. Alors je m'en étais fait une. Ma meilleure amie était Ashley Goldberg. On avait pataugé dans une fontaine, quelque part, et on s'était attiré tout un tas d'ennuis. C'était dans Central Park, le bassin avec les bateaux.

L'espace d'un instant miraculeux, je suis incroyablement soulagée et heureuse.

Et puis je comprends : c'est Sloane qui me remet tout ça en mémoire. C'est son rêve. Elle doit avoir peur que je saisisse la situation. Ce serait la fin du jeu. C'est ce que je dis à Emma qui me contemple avec son sourire complaisant.

— Il faut que vous mettiez fin à ça, Maggie. Vous agissez comme si vous n'aviez aucun contrôle sur les événements. À vrai dire, nous n'avons jamais rien vu de tel, ni moi ni aucun des confrères que j'ai consultés. Aucun de nous ne sait vraiment jusqu'où ça peut vous entraîner. Mais nous sommes d'accord sur un point. C'est à vous d'assumer vos responsabilités. Vous devez reprendre prise sur la réalité.

— Mais c'est ce que j'essaie de faire, vous ne voyez pas ? J'étais vraiment ridicule de croire que la fille qui

1. Héros d'album pour enfants, inventés par Kay Thompson. *(N.d.É.)*

ne va pas en cours, qui habite Manhattan, l'actrice qui a décroché un rôle en or et qui va s'installer à Los Angeles, que cette fille pouvait être réelle, et que la lycéenne de la petite ville qui papote avec ses copines et flirte avec le plus beau mec de la classe était le fantasme. C'est tout simplement indéfendable.

— Si j'essaie, répond-elle, m'écouterez-vous ? Me laisserez-vous une chance de vous sauver la vie ?

Et à cet instant, je sens qu'elle est inquiète pour moi, qu'elle a même de l'amour pour moi, et je lui dis oui. Je l'écouterai.

— Vous abordez le problème par le mauvais côté, Maggie. Le point de départ est de savoir laquelle de vous deux a la créativité, l'imagination, l'individualité nécessaires pour créer une chose pareille. Un monde entier, peuplé de personnages bien définis, réalistes. C'est une œuvre de volonté, de nécessité. C'est vous qui inventez des histoires. Partout où vous voyez des étrangers, vous leur inventez des vies entières. Vous êtes tellement déterminée à vous créer une seconde vie que vous refusez de voir l'évidence. C'est vous qui êtes derrière cette création, même dans votre vie éveillée.

— Sloane n'est pas obligée de faire ça dans sa vie éveillée ; elle le fait toutes les nuits, en rêve. Et la seule façon qu'elle a de s'empêcher de savoir que je suis le fantasme, c'est de me faire adopter exactement le genre de comportement dont vous parlez. Alors, on peut se renvoyer la balle comme ça jusqu'à la fin des temps ; il n'y a rien de concluant dans tout ça.

Je la regarde mettre de l'ordre dans ses idées. Je sens ma panique croître à nouveau. Elle n'a pas de réponses. Que vais-je faire ?

— Voilà pourquoi vous avez créé Sloane. Vous avez perdu votre père, la personne la plus importante du monde pour vous, la seule personne à qui vous pouviez confier vos problèmes. Votre relation avec votre mère est tellement déconnectée que c'est fondamentalement une amie plus qu'autre chose, et même pas une amie très proche. Vous adorez votre sœur, mais elle a besoin de vous, et le poids de cette responsabilité pèse sur vous. Vous n'avez pas vraiment d'amis intimes, en dehors d'Andrew, qui n'était pas là quand vous avez donné le coup d'envoi à tout ça.

Andrew. Il n'est pas réel non plus. C'est Sloane qui l'a imaginé.

— Vous n'avez pas créé Sloane pour échanger votre vie contre la sienne mais pour ajouter sa vie à la vôtre. Vous avez besoin d'avoir votre carrière, votre sœur, votre liberté, tout ce que vous aimez, et il vous faut une famille proche, des amies, tout le confort d'une vie prétendument normale. C'est comme si vous aviez une maison de campagne. Qui aurait envie de vivre en ville chaque minute de sa vie ? Ce serait à devenir dingue.

Soudain, je me mets à hurler :

— C'est votre faute ! Je veux dire, tout est la faute de Sloane, bien sûr. Vous n'êtes même pas réelle. Mais elle vous a mise là pour me maintenir sur des rails, pour me convaincre que je suis un être de chair et de sang qui est juste dingue. Sans vous, il y a longtemps que j'en serais sortie.

— Très bien. On progresse. Vous en arrivez à me mettre ça sur le dos...

— Allez vous faire foutre ! Taisez-vous ! Fermez-la, c'est tout !

Je me lève d'un bond. Elle ouvre la bouche pour ajouter quelque chose, mais je hurle à pleins poumons :

— Non !

J'attrape la première chose qui me tombe sous la main, une lampe, et je la lance de toutes mes forces contre le mur. Elle crie mon nom, telle une maîtresse d'école qui jugerait le moment venu de faire preuve de fermeté, mais bien trop tard.

Je sors de chez elle comme une tornade, dévale l'escalier à grand fracas et me retrouve dans la rue, au beau milieu de la circulation. Les voitures ne sont pas réelles, je ne suis pas réelle. Elles ne peuvent pas me faire de mal. Elles klaxonnent, font des embardées, on dirait qu'elles sont réelles. Même les gens lancent toutes les imprécations prévisibles, faites pour feindre la réalité. Ils ne peuvent plus m'abuser. Je traverse la rue, et vous voyez, je m'en suis sortie. Rien ne m'a atteinte. Rien, ici, ne peut m'atteindre. Rien, nulle part, n'a cette faculté, hélas.

Je me mets à courir. Je ne sais pas où je vais. Ça n'a aucune importance, de toute façon. C'est ma dernière chance de sentir mes poumons prêts à éclater, chercher de l'air, et la souffrance de l'effort brûler les muscles de mes jambes. Je me tourne vers le fleuve, et il y a une file de voitures à l'arrêt.

Le pont doit être relevé. Je ralentis. J'ai faim. Et si j'allais chercher un muffin au Green Marble ? Je ne suis pas loin de la maison ; peut-être que maman me fera des gaufres. Je ne veux pas la voir tout de suite. C'est vrai, on est samedi ; elle va récupérer Max au foot, de toute façon. Je prends la petite rue au coin du magasin Army Navy, et je ne sais pas pourquoi, je me retrouve devant l'Hudson. Je suis à New York. Je m'arrête, cligne des paupières. Baisse les yeux, me regarde. C'est le corps de Maggie. Il est donc normal que je sois à New York.

Je marche doucement en essayant de remettre de l'ordre dans mes idées. Je ne peux pas être vraiment Sloane, même si c'est elle que je suis. C'est ma dernière chance d'être quelqu'un, tout court. Il fait un si beau soleil. Peut-être que Jade est en train de promener Boris. Je déteste Boris. J'avais un lapin, quand j'étais petite, mais Tyler y était allergique, et j'ai dû le donner à oncle Fred, pour qu'il le garde dans sa ferme. Non, le lapin était à moi, et l'oncle à Sloane. Lapin, moi. Oncle, Sloane. Facile. Je ne l'oublierai plus.

Si j'évite de tourner à un coin de rue, j'arriverai à rester hors de Mystic et je pourrai continuer à être Maggie. Coup de chance, Riverside Park court sur tout le long de l'île. Je peux aller et venir d'un bout à l'autre, et quand il fera noir, je pourrai dormir sous un banc ; il ne fait pas si froid. Évidemment, je ne devrais pas dormir du tout. Comme ça, Sloane ne pourra pas m'emmener. Tant que je suis réveillée, elle est baisée. C'est exactement ce qu'elle mérite.

Je regarde l'eau. De l'autre côté du canal, Fishers Island, où nous allons construire notre maison de rêve, Gordy et moi. Sauf que c'est du délire, bien sûr. Gordy n'est que mon ami. C'est avec James que je construirai ma maison de rêve. Peut-être en Espagne ; il adore l'Espagne. Ça va avec sa guitare. Il y a des faisans sur l'île. J'aime leurs plumes. Je voudrais bien avoir les oreilles percées.

Mais oui, c'est vrai : elles sont percées. Si je suis Maggie. Alors je palpe le lobe de mes oreilles. Et je souris. Je suis Maggie. Le bateau de la Circle Line passe, plein de touristes allemands qui photographient les gratte-ciel de Manhattan et tous les touristes allemands, le long de l'Hudson, qui les prennent en photo. Les Allemands sont les nouveaux Japonais. Il y en a partout. Enfin, comme ils ne sont pas réels, il n'y en a nulle part, bien sûr.

Je m'assieds sur un banc et me cramponne à cette réalité réconfortante. Rien ne peut m'atteindre. Rien de ce que je dis ou fais n'a d'importance. Je prends conscience que je suis en sécurité.

Il pose sa main sur ma cuisse. Ça me plaît. Je me retourne pour voir qui c'est. C'est l'amour de ma vie. James m'embrasse dans le cou, juste à l'endroit idéal. Je me fonds en lui et il m'entoure. J'ai chaud, et ça me picote partout. Je le regarde. Il est tellement beau. La perfection incarnée. De toutes les façons possibles et imaginables. Je me penche pour goûter ses lèvres. Il m'excite, me mordille la lèvre inférieure. Ça devient un baiser profond. Il remonte ma cuisse, la repose sur ses cuisses à lui, et se retrouve entre mes jambes.

Il appuie ma tête sur l'assise du banc. Et j'ouvre les yeux, m'attendant à voir son visage et le ciel au-dessus de lui.

C'est Tyler.

Je lui tape dessus, avec mes poings, mes pieds. Il essaie de bloquer mes coups, se relève, déconcerté. Je hurle :

— Mais qu'est-ce que tu fais ?

Tout le monde, dans le parc, me regarde.

— Écoute, je suis désolé. Je pensais que tu étais d'accord.

— Je suis ta sœur !

— Mais non ! Bien sûr que non ! Pourquoi dis-tu ça ?

Mais avant que je lui demande ce qu'il raconte, il n'est plus là. Il n'y a personne avec moi, il n'y avait personne avant. Il n'y a que les gens qui me dévisagent. Mais comme ils ne sont pas réels non plus, bien sûr, ça n'a pas d'importance. Je prends une mèche de mes cheveux entre mes doigts. Ils sont noirs. Alors, je suis Maggie, qui n'est pas sa sœur. Et voilà.

Je repars en direction de chez moi. Je vais prendre le risque de tourner à des coins de rues. J'ai juste besoin d'être seule. Si tant est qu'une créature imaginaire puisse être seule. Je veux que Bill m'accompagne. Qu'il me ramène à la maison. Bill a de si grandes jambes, je dois faire deux pas quand il en fait un. Je passe en revue toutes mes blagues préférées, pour le faire rire quand il arrivera ici. Ma blague favorite, au moins l'une de celles que Sloane ne lui a pas racontées, est celle du perroquet. Les perroquets sont éternels. Ils sont méchants. Ils mordent, même quand on les a depuis cent ans. Même Sloane ne les aime pas tant que ça, les perroquets.

J'arrive dans ma rue. Quelqu'un m'attend sur les marches. Peut-être que c'est Bill. Est-ce qu'il ne devait pas me raccompagner chez moi ? En me tenant par la main ?

Ce n'est pas Bill. C'est papa. Il a ce visage sévère qui m'impressionnait tellement. Comment peut-il être fâché contre moi ? Peut-être qu'il est gêné que je sois folle. Il se reproche tout ça. Alors que c'est ma mère la coupable, bien sûr. Tout ça, c'est sa faute. Je ne la déteste pas. Elle pensait faire au mieux.

Je m'assieds sur le perron à côté de lui. Il noue les lacets de ses chaussures de jogging pour aller courir avant de partir au travail. Mais non, voyons, on est samedi.

— Sloane, ta mère et moi on a eu une conversation, tu sais, à propos de ton moment de confusion, à New York.

On est à New York, mais j'ai l'impression que ce serait malpoli de le lui faire remarquer.

— On va t'emmener chez un très bon docteur. Les parents de Gordy nous l'ont recommandé...

— Vous leur avez parlé de ça ? Vous n'avez pas réfléchi qu'ils vont le dire à Gordy, et que tout le monde sera au courant ?

— Mais non, ils ne feront pas ça. Ils comprennent, et ils sont inquiets pour toi. Et même si Gordy avait vent de quelque chose, il ne répandrait jamais une nouvelle pareille. Il t'aime.

Je sais bien qu'il m'aime. Je suis juste de plus en plus triste.

— On va tous parler au docteur ensemble. Et puis on te donnera des médicaments et tu te sentiras mieux, on te rasera la tête, on t'allongera sur une table, on t'attachera les bras et les jambes bien serrés, pour que tu ne te fasses pas mal quand on te fera les électrochocs.

Il sourit et je sais qu'il m'aime.

— Merci, papa. Je suis tellement contente qu'on y aille ensemble. Mais n'y emmenons pas Max. Il ne comprendrait pas.

— Qui est Max ? demande Benjamin.

Parce que c'est Benjamin, maintenant. Il a l'air en forme, il n'est pas mort du tout.

— Ce n'est personne, juste quelqu'un de réel que j'ai inventé.

Benjamin comprend. Les papas comprennent toujours. Le mien, du moins.

— Je ne peux pas rester longtemps, dit-il.

— Parce que tu es mort.

Je veux qu'il sache que je comprends.

— Tu me manques, répond-il.

Et il a des larmes dans les yeux. C'est bon à savoir : on peut pleurer quand on est mort.

— Quand Sloane me fera disparaître, je serai morte ?

— Non, c'est autre chose.

— Je serai avec toi ?

— Bien sûr.

Et il m'embrasse la tête.

C'est peut-être ça, l'atterrissage en douceur.

Il n'est plus là, et je monte dans l'appartement.

J'ai envie de faire pipi. C'est bien qu'il y ait des toilettes dans la chambre noire, parce que je me rends compte que la date limite de remise pour l'annuaire du lycée est lundi. On est samedi, je crois. Je prends le tirage suivant, et je commence à le passer dans le bain d'arrêt pour stopper le développement. Ça prend plus longtemps que ça ne devrait. C'est ma photo préférée de Bill. Je pourrai toujours retirer des photos de lui quand je serai morte.

Je m'apprête à accrocher le tirage sur le fil, mais il n'y a pas de pinces. Je commence à ouvrir tous les tiroirs, à fouiller partout. Où sont-elles ? C'est insensé. Qui a pu faire ça, prendre toutes les pinces et ne pas les remettre en place ? Ça doit être Thomas. Ce serait bien son genre.

Je sors les tiroirs de leur logement et les retourne. Le contenu se répand partout avec fracas, mais toujours pas de pinces. J'ouvre l'armoire à pharmacie...

— Qu'est-ce que tu fais ?

Je vois le visage de Jade dans la glace. Je me retourne d'un bond.

— Ferme la porte ! Tu vas gâcher toute la pellicule ! Elle est un peu choquée. Déconcertée. Pauvre gosse.

— Quelle pellicule ?

Je lève le tirage.

— C'est ma meilleure photo de Bill. Pour la page d'hommage. Je ne peux pas te la laisser gâcher.

— Maggie, c'est le chiffon à vaisselle. Tu me fais peur. Sa petite voix est tellement douce. Il faut que je la tranquillise.

— Ne t'inquiète pas. Maggie va bientôt rentrer. Et vous pourrez emmener Bella en promenade, toutes les deux. Non, c'est Boris. C'est un mâle. Bella, c'est celle avec la patte cassée que le docteur French a sauvée. Elle ne ressemble pas du tout à Boris. Excuse-moi.

— Maggie ?

— Elle va rentrer, ma chérie. Je suis son amie, Sloane. Laisse-moi finir ça, et on va l'appeler.

Je m'agenouille pour retrouver ces satanées pinces. Il va falloir que je me débrouille avec la barrette de cette petite fille. J'accroche la photo de Bill sur le fil. Je ne l'avais pas remarqué avant, mais James est dans la foule, au fond. Il me regarde.

La petite fille est partie. Je traverse l'appartement, qui m'a toujours plu. Pour rien au monde je n'échangerais mon jardin et mon arbre contre cet appartement, mais quand même. J'ouvre la porte de devant.

— Maggie ?

Je me retourne. C'est ma sœur, Jade. Elle a l'air désespérément inquiète. Je m'approche d'elle, mais plus j'avance, plus je vois à quel point elle est terrifiée. Alors je me laisse tomber à genoux, et je tends les bras. Elle hésite le temps d'un battement de cils, se jette dans mes bras et me serre très fort. Je ne me souviens pas qu'elle m'ait jamais serrée comme ça. Ses cheveux sentent la fraise.

— Ça va, sauterelle ?

— Et toi ? demande-t-elle en ouvrant de grands yeux.

La question me prend au dépourvu. Et pourquoi ça n'irait pas ?

— Absolument. Mais ça irait encore mieux avec un gros câlin.

Le câlin est accompagné par une question.

— Qui est Sloane ?

Je tique. Quelle drôle, drôle de question.

— Je ne sais pas, réponds-je. C'est une de tes amies ?

Je sens qu'elle se raidit dans mes bras. Elle a peur, à nouveau.

— Tu as dit que tu t'appelais Sloane. Dans la salle de bains.

Je ris.

— Pour une actrice, je devrais vraiment apprendre à parler plus clairement. C'est mon vrai premier prénom, tu sais. Mais je ne vois pas pourquoi je l'ai utilisé.

— Peut-être que tu répétais quelque chose, un truc comme ça.

Je ne me rappelle rien de tel, mais ça paraît la rassurer. Alors je hoche la tête comme si ça me revenait tout à coup. Et je ris à nouveau.

— Tu sais, il y a des moments où je crois que je perdrais la tête si elle n'était pas accrochée sur mes épaules.

— Je ne t'ai jamais vue répéter une chose aussi épouvantable. C'est pour un film d'horreur ?

— Le plus horrible qui soit. Il faut que je trouve Andrew ; tu peux rester toute seule en attendant que Nicole rentre à la maison ?

— Boris est là. C'est notre chien de garde, tu sais. Tu diras à Andrew qu'il me doit des spaghettis avec une sauce au beurre ?

Dehors, il fait chaud. La rue est très sale. Ils n'ont pas ramassé les ordures. Ça n'arrive jamais dans notre petite ville. Nous avons le même éboueur depuis que je suis au jardin d'enfants. Arthur. Il avait une façon de me faire des grands signes qui me mettait mal à l'aise.

C'est une partie de la ville que je ne connais pas. Ce qui est bizarre, parce que je croyais que c'était là que j'habitais. À moins, évidemment, que je sois Maggie, auquel cas je connais très bien cette rue. Elle mène à l'endroit où il y a cette salade que j'aime bien. Et tous les gens bizarres qui mangent là, et qui essaient de me dissimuler leurs vies.

Le restaurant refuse du monde parce qu'il pleut, maintenant. Les parapluies sont un moyen tellement bizarre de rester au sec. Je me demande comment avec la technologie, les stations spatiales, les iPhones et tout ce qui s'ensuit, personne n'a réussi à inventer quelque chose d'un peu plus élégant et efficace. Cela dit, je regrette de ne pas en avoir un, parce que je suis complètement trempée.

J'ai, dans ce restaurant, un ami qui m'apporte ma salade. J'espère qu'il va me laisser me mettre au sec. Il me voit. J'agite les bras dans un geste amical, parce que j'ai oublié son nom. Il vit avec un architecte qui a beaucoup de succès. Quand on construira notre maison de rêve, Andrew et moi, on fera appel à lui. Bill repeignait des maisons, l'été. Les maisons blanches sont les pires. Elles vous brûlent les yeux. Je me demande ce qui arrive à nos yeux quand on meurt. Sloane a une petite carte sur elle, qui autorise le prélèvement de ses yeux pour les donner à quelqu'un qui en aurait besoin. C'est une bonne personne. Meilleure que moi.

Cette carte est un permis. Du Connecticut. Je ne sais pas conduire. Je prends le métro. Ou la petite voiture électrique. Maintenant qu'Andrew est mon compagnon pour la vie. C'est triste d'avoir un compagnon pour la vie, et pas de vie. Je me demande si c'est ce que Sloane ressent à propos de Bill.

Mon ami l'ami de l'architecte me trouve une table. Je lui plante un baiser sur la joue en guise de pourboire. Ça coûte moins cher. Je regarde autour de moi tous les gens qui font mine de ne pas me détester. Ils ne peuvent pas me la faire. Personne ne me la fait. En réalité, celle-là, là-bas, est une criminelle. Si je la regarde assez longtemps, je pourrai distinguer son crime. Je doute que ce soit violent, mais ce n'en est pas moins répréhensible. Ma salade arrive. Elle est froide. Je regrette de ne pas avoir pris une soupe.

Cette femme avec le haut bleu est une espèce de prostituée. Une espèce spéciale. Comme en Russie, où toutes les jolies filles gagnent leur vie en étant jolies. Un peu comme les actrices. Elle est originaire de l'Iowa. Où je ne suis jamais allée, mais je pourrais sûrement jouer une fille originaire de l'Iowa. L'incarner en dormant. Non. Je ris tout haut. Quand je dors, j'incarne une fille du Connecticut.

L'homme qui est avec elle. L'homme qui la paie pour être jolie. Je ne peux même pas le croire. Je suis désolée, on ne peut pas le laisser s'en tirer comme ça. Il faut que quelqu'un fasse quelque chose. Je me lève et m'approche de leur table. Ils lèvent sur moi un regard interrogateur. Comme s'ils ne savaient pas exactement pourquoi je suis là.

— Je vous ai vu, vous savez. Je vous ai vu mettre le pistolet dans votre poche. C'est illégal, et c'est *mal.* Ce n'est pas ce genre de restaurant.

Il prend l'air de n'y rien comprendre, comme prévu. Malheureusement pour eux, ce ne sont pas des acteurs professionnels, et je vois clair dans leur jeu.

— Il faut que vous partiez, leur dis-je. Vous devez partir tout de suite.

L'homme serre la main de la femme par-dessus la table. Elle ne veut pas me regarder.

— Écoutez, je ne sais pas à quoi vous jouez, mais laissez-nous tranquilles, ou je vous fais jeter dehors.

— Je sais qui vous êtes. Je sais pourquoi vous me suivez. Vous travaillez avec Thomas. Et je sais ce que vous avez fait à Bill.

— Garçon ? appelle nerveusement la fille.

Mais le tueur retient sa main. Il veut savoir de quoi je suis au courant au juste.

— Bill, hein ? Et qu'est-ce que j'ai fait à ce bon vieux Bill ?

— Vous l'avez tué. Vous avez laissé ce bébé chien sur la route. Elle s'appelait Bella. Il a dû faire une embardée, et sa voiture est rentrée dans un arbre. Et il s'est tué. En moins d'une seconde. Il s'est brisé le cou, sa tête s'est écrasée sur le volant et il y avait du sang partout, sur le pare-brise, les sièges, son pull à rayures bleues. Les os ont traversé sa peau. Il écarquillait les yeux comme un poisson sur la glace. Ne me regardez pas comme ça. Vous savez que ça s'est passé exactement comme vous l'aviez prévu.

Il sourit.

— Alors prenez votre flingue, cette traînée à l'air vulgaire, et tirez-vous d'ici. Ce sont des gens bien.

Il se lève. Il est très grand. Et il sent l'eau de Cologne bon marché dont s'inondent généralement ces types-là.

— Fini de jouer, cocotte. Maintenant sortez d'ici avant que j'appelle les flics.

Il en faudrait un peu plus pour m'impressionner.

— Allez-y ! Allez !

Il me bouscule. Sans me faire mal, mais assez fort pour me faire heurter une autre table. Des verres et une bouteille de vin explosent au sol. Je me retourne. Tout le monde a les yeux rivés sur moi. Ils n'ont plus besoin de faire semblant. Ils peuvent me détester, et je peux les détester.

Le petit copain de l'architecte arrive et me prend par le bras. Il est contre moi, lui aussi. Je suis surprise, et blessée. Il commence à me tirer vers la porte.

— Hé, bas les pattes !

Il ne me lâche pas. Il me tire à travers le restaurant. Je m'agite, je donne des coups de pied, mais il continue à m'entraîner. Tout le monde crie. Et moi aussi :

— Mon parapluie ! Je veux mon parapluie !

Tout le monde s'en fiche. Il pleut, dehors.

L'un d'eux traverse la foule, court vers moi. J'ai peur. Je me protège le visage pour qu'il ne puisse pas me frapper.

— Je suis désolé, dit-il. Je vais m'occuper d'elle.

C'est lui. Quelqu'un que je connais. Mais ce n'est pas James. James est beau, il est parfait. Et James serait en colère. C'est l'autre. Celui qui m'aime.

Andrew me passe son blouson sur les épaules. Et il m'entraîne vers la porte en me serrant très fort contre lui. Me plaquant sur son propre corps. La pluie redouble de violence. Il tient son blouson au-dessus de ma tête et me pousse vers sa petite voiture ridicule. Il m'installe sur le siège passager, boucle ma ceinture de sécurité comme si j'étais Jade. Ignorant la pluie qui tombe à verse sur lui, il se penche sur moi et me dit que tout ira bien.

S'il savait...

Quand j'y réfléchis, il est probablement au courant.

Pendant le trajet qui nous emmène chez lui, je n'écoute pas ses paroles apaisantes. Je me demande s'il peut lire dans mes pensées. Comme nous sommes tous les créations de Sloane, tous nos esprits sont le sien, et même s'ils ne savent pas ce que je pense, ils suivent tous ses ordres et ils essaient de m'obliger à rester. Pour qu'elle puisse embrasser Andrew au lieu de James. Ce n'est pas aussi bizarre que ça en a l'air. Elle rêve d'Andrew, c'est lui qu'elle veut vraiment embrasser, et elle ne peut le faire que par mon intermédiaire.

Nous montons l'escalier qui mène à son appartement. Je me rends compte que j'avais vraiment froid, parce que je grelotte. Je ne peux pas m'en empêcher. Il fait couler l'eau de sa douche. Elle est si chaude que la salle de bains s'emplit de vapeur. Il me déshabille. Mes vêtements trempés de pluie collent à mon corps. Il me met sous la douche et je m'assieds sur le carrelage. Il passe sa main à travers le rideau pour tenir la mienne. C'est la première fois qu'il me voit nue. Je suis toute nue. Je crois que je pleure, parce que c'est de l'eau salée qui coule sur mon visage.

Quand je suis réchauffée et bien sèche, je me couche dans son grand lit, sous son édredon en duvet. Je ne suis plus nue. Il m'a donné un sweat-shirt et un pantalon de jogging bleus. Ceux de son équipe de sport au lycée. Il courait le quatre cents mètres.

Il sort de la chambre pour aller me faire un chocolat chaud. Je vais bien. Je suis Maggie, aucun doute à ce sujet. Andrew est vraiment là, et je l'aime. Quand il reviendra, je le lui dirai. Il faudra juste que je fasse attention à ne pas m'endormir parce que je me perdrais, et je sais que je ne reviendrais pas.

— Allez, bois ça, dit-il.

Il s'assied à côté de moi, dans le lit, sur les couvertures. Je n'ai pas envie de son chocolat chaud, mais ça me gêne de refuser parce qu'il l'a fait.

— Le rêve est devenu réalité, hein ?

Je hoche la tête. Son édredon fait comme un nuage chaud autour de moi.

— Il faut que tu le laisses partir. Tu le sais, hein ?

— Ne me quitte pas.

Maintenant, je pleure, c'est sûr.

— C'est toi qui me quittes, dit-il. Et je ne peux pas le supporter. Alors, pour moi, s'il te plaît...

Sa main qui tient la mienne est si grande, si douce.

Je le regarde dans les yeux. Je lui dis la vérité.

— C'est trop tard.

26

Sloane

Je rouvre les yeux. Je suis complètement désorientée. Je tourne la tête vers la droite, pour jeter un coup d'œil à mon réveil. Il n'est pas là. Qui l'a pris ? Je me retourne de l'autre côté, et il est là, sur la gauche. Mais ce n'est pas là que je mets mon réveil. Tout à coup, je comprends. Je suis dans le lit d'Andrew, évidemment. Où est-il ? Et, chose plus importante, que s'est-il passé la nuit dernière ?

Est-ce qu'on a fait l'amour ? On a parlé. Il m'a fait du chocolat chaud. Il était vraiment adorable avec moi. Peut-être que je me suis juste endormie. Je regarde autour de moi. Ce n'est pas sa chambre, je ne crois pas. Est-ce qu'il y avait un arbre devant sa fenêtre ? Peut-être.

Mais ce n'est pas son arbre. C'est l'arbre de Sloane. J'appelle :

— Andrew ?

Pas de réponse.

Alors je m'assieds au bord du lit et j'essaie de remettre de l'ordre dans mes idées. C'est l'arbre de Sloane, alors peut-être que je rêve, maintenant. Je rêve que je suis Sloane. Et merde, elle est en retard pour le lycée. Non, on est samedi. Merci, mon Dieu. Je ne sais pas si j'aurais pu supporter une journée surréaliste, à faire comme si tous ces gamins et leur monde étaient réels, et à essayer de suivre des cours.

Mais lundi reviendra. Bon. Je n'ai pas jusqu'à lundi. Je serai partie. Emma le sait. Elle sait que seule Maggie pouvait inventer une chose pareille, qu'il n'y avait que Maggie pour être assez brillante, assez tordue et assez solitaire. Surtout solitaire.

Alors, d'accord. Je me demande encore pourquoi je suis là aujourd'hui. Et puis je comprends. Maggie veut que je dise au revoir à tout le monde dans son rêve. Je ne peux pas vraiment faire ça, si ? Ça foutrait la trouille à tous ces gens. Sauf qu'ils ne sont pas réels, alors... Mais Maggie serait terrorisée, elle se réveillerait, et je ne pourrais jamais dire au revoir.

Ne pas dire au revoir, ça me conviendrait parfaitement. Quelle que soit celle que je suis, je suis suffisamment moi pour aimer tous ceux de ma vie, et me sentir triste de les perdre. Je ne suis pas triste de me perdre, moi. Je suis triste de les perdre, eux.

Je me sens très calme, pas perturbée et paniquée comme la nuit dernière quand j'étais Maggie. Grâce à Andrew. Il veillera à ma sécurité quand j'aurai cessé de rêver. Tout ira mieux, à ce moment-là.

Dans la glace, je remarque à quel point j'ai les yeux rouges et gonflés. Mais ça ne peut pas venir de cette nuit. Maggie a les yeux bleus, d'un bleu glacial. Et endormis. J'ai les yeux gonflés parce que Sloane a pleuré, cette nuit. Et ils sont verts, comme les siens. Elle s'enfonce les ongles dans la paume des mains quand ça ne va pas, et j'ai des entailles. Maggie ne fait jamais ça. Nous avons fait tellement peur à mon père. Je suis sûre qu'il a parlé à maman, après m'avoir mise au lit. Et donc, c'est Sloane qui devra gérer leurs soucis. Pas de problème. Je mentirai, c'est tout. Je trouverai quelque chose. Je vais bien.

Je descends au rez-de-chaussée. Papa fait des crêpes pour Max. J'ai vu ça un million de fois, quand maman est à l'église, en train de préparer les fleurs de l'autel, pour dimanche. Et maintenant, ça me frappe comme si un train m'était rentré dedans à toute vitesse. Je ne reverrai jamais ça. Je ne les reverrai jamais. J'ai des larmes plein les yeux. Je ne peux pas les laisser voir ça. Je me détourne et je les essuie rapidement. J'entends papa :

— Bonjour, mon cœur. Je reviens tout de suite.

Je suis seule avec Max. Il me regarde et dit quelque chose que je n'entends même pas. Je me rappelle la première fois que je l'ai vu, à l'hôpital. C'était la chose la plus précieuse que j'aie vue de ma vie. Je l'aime tellement. Je m'approche de lui, le prends par les oreilles et dépose un baiser sur ses lèvres pleines de sirop d'érable sans attendre qu'il ait fini de parler. Il se tortille à cause des morpions, et il me demande ce qui me prend.

Ce qui me prend, c'est que je lui donne un baiser d'adieu, mais je me contente de répondre :

— Je fais des bêtises, c'est tout. Je peux avoir une crêpe ?

— Non.

Il va me manquer, ce gamin. Mais, encore une fois, est-ce que tout ça va manquer à Maggie ? N'importe lequel d'entre eux ? Ou même ce manque disparaîtra-t-il aussi ?

— Tu peux en avoir deux, propose Max.

Il les flanque sur l'assiette vide, à ma place. La même chaise, où j'ai pris mon petit déjeuner pendant dix-sept ans. Tout à coup, je regrette de ne pas pouvoir l'emmener quelque part avec moi. Comme s'il y avait un moi, et un quelque part.

Papa revient avec son sourire trop radieux. Et c'est parti. Il me dit qu'il veut « me montrer quelque chose dans le jardin ». Je joue le jeu. Dès que nous sommes dehors, il me demande comment je me sens, et comment j'ai dormi, cette nuit.

— Beaucoup mieux, papa. Merci. Je suis désolée de vous avoir fait peur, hier. Ça m'a fait peur à moi aussi. Je ne sais pas ce qui m'est arrivé. Mais ça va, maintenant.

— Ta mère et moi, on voudrait voir quelqu'un. Le docteur Barrows. Elle est vraiment gentille, et elle veut te voir lundi matin. Ça te va ?

Je l'écoute en prenant mon air de fille sérieuse.

— Je suis tellement contente que vous ayez trouvé quelqu'un à qui je vais pouvoir parler. Mais, s'il te plaît, est-ce que je ne pourrais pas plutôt y aller après les cours ? J'ai des exams, bientôt, et je ne peux pas me permettre de louper les révisions. Surtout en maths. Ça vous irait ?

Il réfléchit un instant avant d'acquiescer. Il est littéralement terrorisé, mais il se rend bien compte que s'il ne me fait pas entrer chez les fous ou je ne sais quoi, je mènerai une vie normale pendant ma thérapie. En supposant qu'il y ait une vie à vivre.

Il a l'air soulagé que je me comporte rationnellement et que je le prenne aussi bien. J'ai juste envie de le serrer sur mon cœur. Alors je le fais. Il me rend mon étreinte, encore plus fort. Et il frotte sa tête contre la mienne, comme si nous étions des nounours. J'adore ça. C'est la dernière fois que j'aime ça. À moins que Maggie ne me laisse mes souvenirs. À moins que Maggie ne se souvienne.

Je m'assure que maman rentre pour déjeuner ; j'aurai donc une chance de la voir une dernière fois. Ce qui m'amène à me demander si je serai en sécurité toute la journée, jusqu'à ce que je m'endorme pour la dernière fois. À moins que Maggie ne se réveille au milieu de la journée, pour une raison ou une autre. Je ne peux pas courir ce risque. Je dois faire en sorte que chaque minute compte.

Je dis à papa que je vais passer chez Kelly, après quoi j'irai voir Gordy, mais j'aurai mon portable sur moi, s'il a besoin de quoi que ce soit. Bien sûr. Comme, par exemple, de s'assurer que je n'ai pas sauté d'un pont ou Dieu sait quoi. Il a l'air assez d'accord avec mon programme.

— Tu te souviens, la première fois qu'on a réservé tout un samedi pour que tu m'apprennes à prendre des photos ? On était allés à Napatree et on avait passé tellement de temps au fort que, quand on a contourné la pointe, la marée avait monté et tu as été obligé de me porter dans l'eau glacée ?

— Bien sûr que je m'en souviens. Refaisons-le. Pourquoi pas la semaine prochaine ?

— J'adorerais ça.

Et je le pense.

J'envoie un texto à Kelly pour lui dire de me retrouver au Green Marble. Elle se demande ce qui se passe, parce que je sais qu'elle doit être au travail à 10 heures. En l'attendant, j'éprouve une pointe de jalousie à l'idée qu'elle ira à l'université, grandira, aura des bébés, fera carrière. Et puis j'éclate de rire, tout fort. Kelly est aussi irréelle que moi. Elle n'ira nulle part. Au moins, elle n'aura pas à passer le dernier examen de physique. Elle déteste la physique. Elle attend le bal de promo avec impatience.

Kelly se pointe avec un de ses sourires entendus.

— Alors, heureuse ?

— Arrête de tourner autour du pot. Si tu veux savoir quelque chose, tu n'as qu'à le demander simplement.

— D'accord. Tu as couché avec lui ?

— Pas encore.

Et c'est le moment où je me rends compte que je vais le faire. Il faut que ce soit aujourd'hui. Il faut que je fasse arriver ça. C'est la chose la plus importante au monde, pour moi.

Kelly me bassine avec des choses que je dois savoir pour ma première fois. Style, utilise un préservatif. Ne te mets pas la pression en te disant que le rêve est devenu réalité (j'adore cette formule, compte tenu de la situation) parce que ça sera probablement maladroit. Sois confiante, ça ira de mieux en mieux. Pense seulement combien tu tiens à lui.

En l'écoutant parler et entre deux gloussements, j'oublie presque que ce n'est pas réel. Tout est tellement normal. J'imagine que c'est pour ça que Maggie l'a inventé.

Quand nous nous disons au revoir, je ne me sens pas aussi triste que je m'attendais à l'être. Peut-être que je commence à m'y faire. Peut-être que ce sera facile.

Pour aller chez Gordy, je décide de couper par la ferme Haley. Je prends le chemin le plus long, celui qui serpente devant la fondation de la vieille bâtisse, et qui remonte à l'ombre des arbres. C'est tellement vert et dense, par-là. Je suis le mur de pierre des Indiens. Mais je tombe sur des ronces. Est-ce que je suis un sentier de cerfs ? C'est la première fois que je me trouve dans cette partie de Central Park. Ce qui est bizarre. Parce que je suis allée partout, dans le parc. Je pense que Sheep Meadow, la Prairie des Moutons, est juste derrière.

Mais non. Je suis perdue. Perdue au milieu de Manhattan. Je tends l'oreille, à l'affût du bruit de la circulation, mais je n'entends rien. Comment est-ce possible ? J'entends craquer une brindille et un froissement de feuilles. Quelque chose approche. Je me tourne dans toutes les directions, ne sachant par où aller. Je ne peux même pas dire d'où vient le bruit. Ni qui me suit. Mais c'est quelqu'un de dangereux. Parce que, quand je m'arrête, il s'arrête aussi.

Je prends mon portable. Je vais appeler Andrew, et il me trouvera. Mais il n'y a pas de réseau. Ce qui est absurde, parce que j'ai toujours réussi à me connecter dans le parc.

J'entends à nouveau l'homme. J'ai même l'impression de l'entendre respirer. Je me mets à courir. Mais plus je presse l'allure, plus il se rapproche. J'ai le cœur qui bat à se rompre. Je suis à bout de souffle. Je vois une large allée, droit devant, mais je trébuche sur une pierre et m'affale de tout mon long. Je me fais très mal au genou, et quand je lève les yeux...

Il est juste là. Je ne le reconnais pas tout de suite.

— Alors, ma poule ? Je me demandais si on se reverrait un jour.

C'est le type de l'Union Square Café. Celui à la pétasse. Le grand type. Il a un sourire absolument affreux. Un rictus qui évoque des choses terribles. Il tend vers moi ses deux mains pareilles à des battoirs, et je lui envoie mon genou, le plus fort possible, entre les jambes. Il pousse un cri, tombe à quatre pattes.

Et je cours. J'ai le genou en vrac, mais ça ne m'empêche pas de prendre appui dessus. Le type hurle des injures et toutes les horreurs qu'il va me faire subir. Le seul fait de les entendre est insupportable. Mais je louvoie entre les arbres, à la recherche de la Cinquième Avenue, quelque part. Elle doit bien être quelque part.

Tout à coup, je vois le tunnel à bestiaux. C'est par là que le fermier ramenait ses vaches en passant sous la voie de chemin de fer, par sécurité. J'ai pris ce train. Nous l'avons pris hier, papa et moi, pour aller à New York et en revenir. Nous avons dû passer sur ce tunnel.

Au lieu de prendre le tunnel, je monte sur les rails. Et je m'assieds. Et j'attends. J'ai une idée. Quand le train arrivera, il me traversera tout simplement. Parce que nous ne sommes réels ni l'un ni l'autre. Je ne sais pas pourquoi je veux faire ça. Peut-être pour me sentir en sécurité.

Je sens la vibration des rails. Mon cœur fait un bond dans ma poitrine, et c'est bon. Je me sens presque vivante. Je me relève pour la dernière fois. Et je réfléchis : pourquoi est-ce que ça devrait se passer comme ça ? Je vois le train, mais je me demande encore pourquoi je pense que ce sera la fin s'il me traverse.

Et puis je comprends. Quand ça arrivera, Maggie ne pourra plus faire semblant. Elle saura qu'elle est réelle. Fin de la partie. Et plus question d'adieux. Ni de dernières fois. Et pas de première fois. Pas de première fois avec lui.

Voilà que le train fait retentir son alarme. Il arrive à une vitesse impossible. Le voilà.

Je ne peux pas le laisser me heurter. Je redescends de la voie, et je pense à courir pour que l'appel d'air ne m'aspire pas sous les roues. Je sens la gifle de l'air, et je glisse et je roule dans l'herbe. Je ne veux sans doute pas que Maggie se réveille encore. *Des kilomètres à faire avant de dormir.* Maggie trouve ce poème, tous ceux de Robert Frost, à vrai dire, évident et stupide. Je le trouve évident et brillant.

Quand j'arrive chez Gordy, je suis plutôt désemparée. Il a l'air vraiment content de me voir, ce qui me fait plaisir et m'attriste. C'est bien que notre dernier moment ensemble ne soit pas empreint de gêne, comme quand Sloane a pris cette photo, au déjeuner. Quand j'ai pris cette photo, au déjeuner.

Il ne s'attendait pas à me voir. Je ne frappe pas à la porte, j'entre, et c'est tout. Il est dans le jardin, derrière la maison, en train de lire *Les Trois Mousquetaires.* Je m'assieds dans le fauteuil, à côté de lui, et il tend la main, m'enlève une brindille des cheveux. Je ferme les yeux et laisse le chaud soleil me réchauffer les paupières.

— Ça va ?

Je sens qu'il me regarde. J'ai un sourire convaincant.

— Je suis juste crevée.

C'est ce que je lui dis. Et c'est vrai.

— Tu veux emmener Tiller en promenade ? demande Gordy.

Je sens la truffe humide de Tiller me soulever la main, m'inviter à lui grattouiller l'arrière des oreilles. J'ouvre les yeux.

Tiller est un vieux labrador noir arthritique. Il a le menton grisonnant. Je m'en fais pour lui. Et je réponds :

— Bien sûr.

Alors Gordy me sourit, de ce sourire qu'il avait déjà à trois ans. Et que j'aime.

Nous allons nous promener le long de Mumbord's Cove, et il insiste pour savoir ce qui se passe. Je lui dis qu'il me manquait vraiment. Je lui dis qu'il est vital pour moi que tout aille bien entre nous. Il tend le bras et me serre plus ou moins contre lui tout en marchant. Et c'est la meilleure réponse.

— J'ai rêvé de Bill, cette nuit.

C'est lui qui dit ça, pas moi. Même si Sloane l'a fait aussi.

Je lui demande :

— Et qu'est-ce qui se passait ?

— Vous étiez ensemble, tous les deux, et vous ne vouliez pas me dire où vous alliez.

— Je ne trouve pas ça très sympa.

— Eh bien, reprend-il, vous avez toujours eu un truc à vous, tous les deux. Je crois que la signification du rêve était que vous me manquiez tous les deux. Comme si tu étais partie, toi aussi, comme lui.

Je suis partie, c'est sûr. Mais pas comme Bill.

En fait, non, je ne suis pas partie du tout. C'est Sloane qui est partie. Et pendant qu'il parle et qu'il sourit, et qu'il a l'air tellement soulagé que la gêne ait disparu et qu'ils puissent redevenir les meilleurs amis du monde, je commence à m'interroger. Je comprends pourquoi j'ai créé Sloane. Et James, ses amies, et bien sûr, sa famille. Mais pourquoi Gordy ? Ce garçon qu'elle traite si mal, à qui elle ment. J'en ai juste fait un chien auquel elle balance des coups de pied.

Je devrais peut-être lui faire dire, pour Bill. Non. Ça le tuerait.

Nous arrivons au mur anti-inondations, et après avoir soulevé Tiller par-dessus, Gordy me prend par la main et m'aide à grimper dessus. Exactement comme il le fait depuis que nous avons cinq ans. Il a la main chaude, innocente. Je me mets à pleurer. Il le voit. Et, quel gentleman, il ne me demande pas ce que j'ai. Il m'entoure avec ses bras et m'embrasse sur le haut du crâne. Nous nous balançons juste un peu pendant un petit moment.

Pour qui Maggie se prend-elle, pour parler de lui comme ça ? Qu'est-ce qu'elle connaît à quoi que ce soit ? Il est tellement sincère, et elle est tellement tordue. Le fait d'être réelle et que je sois son rêve ne lui donne pas le droit de faire ça. Je la déteste. Je la déteste vraiment.

Nous rebroussons chemin. Gordy se dirige vers sa maison, mais je m'arrête dans l'allée. Je lui annonce :

— Il faut que j'y aille.

Il est déjà à moitié entré chez lui, il a presque disparu.

— Laisse-moi te ramener en voiture, lance-t-il, debout là, sur le seuil de sa porte.

— J'ai envie de marcher, réponds-je avec un haussement d'épaules.

Il redescend les marches du perron et lève la main. J'entrelace mes doigts avec les siens et l'attire vers moi. Je le serre très fort, le visage niché contre sa poitrine, et je m'éloigne un peu.

— Au revoir, Gordy, dis-je en le regardant bien en face.

Comme si j'espérais graver son image dans mon cerveau, la mettre dans une poche afin de l'avoir toujours avec moi là où j'irai, où que j'aille. Son beau visage, son sourire doux, ses yeux brillants, les années et les souvenirs que nous avons en commun. Je veux les emporter avec moi.

— Merci d'être passée, dit-il.

Je repars sur la route.

— On se reverra de l'autre côté, ajoute-t-il fortuitement, en rentrant dans la maison.

Je rentre chez moi sur Groton Long Point Road. En passant au niveau d'Esker Point, je vois Hillary, l'amie de maman, ramer dans sa barque devant Mouse Island. Sans doute est-elle allée chercher des moules. Arrivée à Marsh Road, je tourne à droite.

Je ne sais pas comment je me suis débrouillée, mais je suis perdue. C'est comme si je n'avais jamais vu cette partie de TriBeCa. Si je tourne à gauche, ça devrait me ramener vers West Village, je pense. Ça paraît dangereux, par là. Des ruelles sombres, des gamins, des petits durs, assis sur un perron. L'un d'eux m'interpelle au passage. Ne le regarde pas. C'est ce que Nicole dit toujours : ne jamais croiser leur regard. Je presse le pas.

Oh. Là-bas, je vois Macauley entrer dans un bar du quartier. C'est probablement pour ça que je suis là, pour le rencontrer au sujet de la série. Je me mets à courir, mais il me faut étrangement longtemps pour parcourir la distance. Enfin, j'imagine que c'est la logique des rêves. Je pourrais probablement voler si j'essayais assez fort. Concentre-toi. Tu ne veux pas que Macauley pense que tu as pris de la drogue. Ça pourrait bien être ta dernière chance.

J'entre dans le bar. Il fait sombre. Macauley est au comptoir. Je m'assieds sur le tabouret à côté de lui et lui adresse mon plus beau sourire. Pas vraiment de flirt, mais quand même. C'est comme ça que les actrices établissent un rapport avec les metteurs en scène.

— Qu'est-ce que vous buvez ?

Il me regarde avec une profonde surprise.

— Vous ne pouvez pas être là. Vous n'avez pas l'âge légal.

— Oh, il y a deux ans que personne ne m'a demandé mes papiers dans cette ville.

Il me regarde pendant une longue seconde.

— Sloane, ça va ?

Je veux répondre non, je ne suis pas Sloane, et non, ça ne va pas. Mais je réponds :

— Bien sûr.

— Hum. Michael sait-il que vous êtes dans un bar un samedi après-midi ? Parce que je crois vraiment que je devrais l'appeler. Je ne veux pas vous attirer d'ennuis avec vos parents. Vous feriez peut-être mieux de rentrer chez vous, non ? Vous êtes sûre que ça va ?

C'est un test. Une espèce d'audition. Il veut que je joue Sloane, ce qui est, évidemment, mon rôle préféré.

— Absolument, je réponds. Je suis juste entrée ici pour aller aux toilettes, je vous ai vu, et je voulais simplement vous dire bonjour.

Je me dirige vers les toilettes. Ce n'était pas du tout Macauley. Ça pouvait être le type à la pétasse. Ils peuvent parfois prendre des airs différents. Les actrices le savent bien. Je trouve une porte qui donne dans la ruelle et je me faufile par la sortie.

Je vais au petit trot vers ce qui devrait être West Broadway, je crois. Je remonte vers le centre de Manhattan. Une voiture s'arrête à côté de moi. Une femme se penche et ouvre la portière côté passager.

— Ah, te voilà, dit-elle. J'essayais de te retrouver.

Je la connais. C'est celle qui est entrée dans ma chambre, l'autre nuit, pour me parler de l'heure à laquelle j'étais rentrée. Pour moi, il n'y a pas de couvre-feu. C'est celle qui joue la maman de Sloane. C'est la maman de Sloane. En réalité, elle est très gentille, bien que Sloane l'ait détestée pendant toute une année. Enfin, pas détestée, mais elle lui en voulait.

Mais moi je l'aime bien. Et donc je monte dans sa voiture.

— Gordy m'a appris que tu rentrais à pied, alors je me suis dit que j'allais venir à ta rencontre. Je pense qu'il va pleuvoir. Je t'ai pris un sandwich aux boulettes de viande au Mystic Market. Tu as faim ?

Si j'essaie de manger quoi que ce soit, je vais vomir. Mais c'est si gentil de la part de maman que je hoche la tête avec enthousiasme et reconnaissance. Elle sourit, me prend la main. Elle réussit bien mieux que mon père à dissimuler sa terreur. Maggie pourrait prendre des cours de comédie auprès de ma mère.

On rentre à la maison et elle déballe notre déjeuner. Je vais vers l'étagère et je prends l'album blanc – pas l'album des Beatles, un album de mariage, blanc. Il est très vieux, un peu jauni, et très précieux. Je l'ouvre délicatement ; elle s'approche pour regarder par-dessus mon épaule. Ensemble, nous tournons les pages et nous regardons ses photos de mariage. Nous faisons ça ensemble depuis que j'ai trois ans. Mais il y a plus d'un an que nous ne l'avons pas fait, et elle a l'air très heureuse que nous le refassions ensemble.

Je commence :

— Dis-moi comment ce sera quand je me marierai.

Je ne l'ai probablement pas dit juste comme ça depuis que j'étais toute petite, et je vois de grosses larmes dans ses yeux.

Elle me caresse doucement la tête, passe ses doigts dans mes cheveux.

— On remontera tes cheveux pour bien dégager ton visage, et les lobes de tes oreilles, si délicats. Tu pourras mettre les boucles d'oreilles de ta grand-mère.

— Tu vas trop vite. Reprends du début.

— D'accord. Il faudra, oh, au moins deux mois pour tout organiser. Les endroits pour le dîner de répétition, et puis la réception. Les menus, la musique, les fleurs, le gâteau. Toutes ces bonnes choses.

— Les invitations. N'oublie pas les invitations.

— Et surtout, ta robe. C'est ça le plus compliqué. On ira probablement la chercher à New York.

— Juste pour se donner des idées. C'est très cher, là-bas.

— Eh bien, l'idée c'est que tu ne te marieras qu'une fois, alors on ne fera pas trop attention.

Elle me serre sur son cœur, m'embrasse. Je suis vraiment contente d'avoir pensé à faire ça avant que Maggie me fasse disparaître.

Nous déjeunons ensemble, et je m'oblige à rire et à manger tout le sandwich. Tout est parfait. Comme ça l'était avant.

— Tu sais, dis-je, un jour, il se pourrait que je sois loin. Mais je me souviendrai toujours de tout ce qui te concerne. Parce que tu es juste la meilleure des mamans.

Je vois ses yeux s'embuer à nouveau.

— Tu ne seras jamais si loin que ça. Il y a des avions, tu sais. Et ce truc, Skype.

Alors je mens :

— Oui, bien sûr.

J'ai beau savoir qu'elle ne peut pas être réelle, je sais qu'elle l'est pour moi. Et je sais à ce moment-là que je ne veux pas que Maggie me l'enlève. Je ne sais pas comment, mais je vais me battre pour elle. Je ne suis pas prête à renoncer à elle. Jamais.

Soudain, je sais. Je sais pourquoi tout ça arrive. Et je sais comment l'empêcher. Je sais comment arrêter Maggie. Comment l'empêcher de me faire disparaître.

Je suis sous la douche. Il faut que je sois avec lui. Que je couche avec lui. Je veux être avec lui comme je n'ai jamais autant voulu quelque chose de ma vie. Je me le demande tout le temps. L'effet que ça me fera. Je ne serai pas troublée, ni triste parce que ce sera la seule fois. Je ferai en sorte que ce soit parfait. Je sais que j'y arriverai. Ça comptera pour un million de fois.

Mais, plus important, je ferai en sorte que ce soit bien quand je lui dirai au revoir. Je lui ferai comprendre que je ne lui en veux pas, que je ne le déteste pas, alors que tout ça, c'est à cause de lui. Alors que c'est lui qui a déclenché tout ça. Il ne savait pas. Ce n'est la faute de personne.

Je vais chez lui à vélo dans le crépuscule. Je ne vois pas de voitures et je peux descendre la colline, les bras étendus comme des ailes. Sans les mains. Maggie ne peut pas faire ça dans Park Avenue. J'ai passé toute ma vie à aimer cette ville. La fraîcheur des bois ombragés, le chant des grillons, le ciel spectaculaire qui se réfléchit dans le calme de la baie. Tout ça défile dans un brouillard. À ce moment, je suis profondément reconnaissante envers Maggie qui l'a choisi. Au bout d'une année de tristesse, je commence à me rappeler pourquoi j'aime ma vie.

Tout l'après-midi, je l'ai passée à dire au revoir à toutes les choses, grandes et petites, de ma prétendue existence. La chaudière bruyante, au sous-sol. La grosse vilaine araignée devant la fenêtre de ma salle de bains. Mon arbre stoïque. Stoïque parce qu'il ne parle jamais, mais si brave.

Tous les animaux, chez le véto, m'ont regardée pleurer, certains l'air vraiment compatissant. D'autres, surtout les chats, juste intrigués. Je les ai tous pris dans mes bras, ce qui requiert un peu de doigté, surtout avec un lévrier irlandais. J'ai eu une vraie conversation avec ma patiente préférée, une chatte de gouttière aveugle appelée Willow. Je lui ai dit qu'il y avait un endroit où on se retrouverait. Je lui ai promis qu'on se reverrait. Je l'ai embrassée.

Il fait tout juste noir quand j'arrive chez James. Les étoiles commencent à apparaître dans le ciel violet. Il descend les marches, m'attrape dans une grande accolade et m'embrasse. Il y a deux jours qu'on ne s'est pas vus, et je lui ai manqué. Je m'oblige à me rappeler qu'il ne sait pas qu'il y a quelque chose qui cloche. Exactement comme Gordy, Kelly et Max. Je vais bien.

Je ne sais pas quand Andrew va réveiller Maggie. Alors je dois faire vite.

Une fois à l'intérieur, il se dirige vers la cuisine en pensant que je vais le suivre. Ce n'est pas le moment de faire la cuisine, manger et tout ça. Je n'ai pas le temps.

— Tu sais, je viens de me rendre compte que je n'ai jamais vu ta chambre.

Je monte l'escalier. Il me suit.

— Hé, fait-il, dans mon dos. C'est plus facile que je ne pensais.

Il plaisante, évidemment. Mais pas moi.

Sa chambre est sombre, peinte en bleu nuit. Il y a des livres partout, empilés par terre. Il y a une photo de lui en train de faire du surf quelque part. Aucun doute, il a l'air d'un dieu sur cette photo. Des tas d'autres photos dans des sous-verres sur les étagères, sur son bureau, des photos d'amis, d'endroits lointains, de sa mère, de sa sœur. Puis je remarque une petite photo de moi, qui donne l'impression d'avoir été prise avec un portable, et tirée avec une imprimante laser normale, sur du papier normal. Elle est scotchée au-dessus de sa commode. Je suis debout au micro, sur le terrain de foot, et je parle lors de la cérémonie en l'honneur de Bill. Le garçon qui dort dans cette chambre, avec tous ces livres que je n'ai pas lus, toute cette musique que je n'écouterai jamais, la belle guitare que je n'entendrai plus, ce garçon voulait ma photo dans sa chambre avant que nous soyons ensemble pour toujours. Est-ce que ça signifie qu'il espérait depuis toujours que nous le soyons ?

Il a un grand, très grand lit double. Un énorme édredon épais comme un oreiller, bleu nuit, aussi douillet que celui d'Andrew. J'ai un pincement au cœur en pensant que je serai bientôt dessous. Je suis excitée et j'ai un peu peur aussi. Mais je sais ce que je veux, ce qu'il faut que je fasse.

Il prend sa guitare et commence à plaquer des accords. Il s'assied sur le coin de son bureau pour me laisser la chaise. Mais je m'allonge sur son lit. L'édredon se referme sur moi comme de l'eau. Ça va arriver. Je lui souffle :

— Viens ici.

Il repose sa guitare et me sourit. C'est un sourire que je n'ai encore jamais vu, et j'en ai des frissons dans le ventre, tout en bas.

Il s'approche lentement, glisse le long du lit, le long de mon corps. Il ne me touche pas, mais je sens la chaleur de son corps alors qu'il se rapproche. Son beau visage se pose sur l'oreiller à côté du mien, se tourne vers moi, et nous nous regardons.

Il ouvre la bouche pour dire quelque chose, mais je me penche vers ses lèvres entrouvertes, et je l'embrasse. Je ne veux pas être obligée de lui dire ce que je veux. Je veux qu'il le sente. Nous nous embrassons avec passion. Je prends sa main, la glisse sous mon tee-shirt, à même la peau. Mais il se contente de me caresser le côté, la hanche. Je la guide vers le haut. Je sens une hésitation dans son baiser. Alors je m'agenouille et je passe mon tee-shirt par-dessus ma tête. Puis je vois l'expression de son visage. Il y a quelque chose qui ne va pas. Le temps presse trop pour que ça n'aille pas.

Je passe une main dans ses cheveux, l'embrasse intensément. Mon autre main descend vers la ceinture de son pantalon. Je tente de la déboucler quand je sens sa main se poser sur la mienne pour m'arrêter.

— Qu'y a-t-il ?

Je crains tout à coup d'avoir été maladroite, ou je ne sais quoi.

— Il n'y a rien, répond-il doucement. On a toute la nuit.

Il caresse mes cheveux, renvoie une mèche derrière mon oreille.

— On a toute l'éternité si on veut.

Je suis tellement gênée. Il croit que je suis nerveuse et que je fais ça juste pour lui faire plaisir. Il faut que j'y aille plus doucement. Je m'oblige à sourire. Je l'embrasse sur le nez.

— Je reviens tout de suite.

Je me dirige vers la salle de bains, au bout du couloir, afin de reprendre mes esprits. J'ouvre la porte et il fait tout noir. Je referme derrière moi et je cherche l'interrupteur à tâtons, le long du mur.

La lumière s'allume. Quelqu'un a nettoyé le bordel de Sloane. Je me demande s'ils ont retrouvé les stupides pinces qu'elle cherchait. Je regarde autour de moi. Je vois les affaires de bain de Jade dans ma baignoire. Et je souris. Il y a plus d'un an que nous n'avons pas pris notre bain ensemble. Ça doit être une trop grande fille, maintenant. La prochaine étape sera le maquillage.

Je regarde dans la glace. Elle est là. Elle me rend mon regard. Toute la rage, la pitié, la tristesse explosent en moi. Je m'écrie :

— Putain, qu'est-ce que tu fais là, toi ?

Mais Sloane se contente de sourire, de ce petit sourire torve, condescendant. Comme si elle en savait tellement plus long que tout le monde. Comme si son silence était plein de pensées profondes, qui vous passent tellement loin au-dessus de la tête.

— C'est toi l'imbécile, tu le sais, ça ? je siffle. Dis-moi juste, pour ta défense, ce que tu crois faire.

Pas de réponse. Son sourire disparaît. Elle attend d'entendre ce qu'elle a besoin d'entendre.

— Tu n'as pas compris la leçon ? Tu vas tuer celui-ci aussi ?

— Sloane, qu'est-ce qui ne va pas ? Qu'est-ce que tu fais ?

Sa voix tranche à travers tout.

Je me retourne d'un bond.

— Toi !

Il ne comprend pas. Il reste simplement planté là, l'air ahuri, sans regret, même pas peiné. Sans seulement s'excuser pour ce qu'il a fait.

— Tout ça, tout ça, c'est à cause de toi ! C'est toi qui nous as séparées !

— Du calme. On ne se sépare pas. Je t'aime.

Il est vraiment, rigoureusement stupide.

— Je ne parle pas de toi et de moi ! Personne ne peut séparer deux personnes qui ne sont même pas réelles. Tu sais de quoi je veux parler. Je te l'ai dit.

— Qu'est-ce que tu m'as dit, Sloane ?

— Arrête de m'appeler comme ça !

Il paraît enregistrer quelque chose.

— Dois-je t'appeler Maggie ?

— Ne prononce pas son nom. Tu n'as pas le droit de prononcer son nom ! Tout ça, c'est de ta faute. C'est à cause de toi, tout ça.

— Mais quoi ? Qu'est-ce que je fais ?

— Tu me tues. Et tu es la raison pour laquelle elle fait ça. Me faire disparaître. Tout allait bien avant que tu n'arrives. C'était si bien avant qu'elle veuille de toi. Qu'elle veuille t'embrasser.

— Mais qu'est-ce que j'ai, Sloane ? Quel mal y a-t-il à vouloir m'embrasser ?

— Tu ne pourras jamais être lui. Jamais, jamais ! Elle ne te laissera pas l'être. Elle me fera disparaître avant.

Alors il me parle, il me répète des choses de garçon, stupides, que tout ira bien, qu'il s'occupera de moi, qu'il est désolé, qu'il ne savait pas. C'est à peine si je le vois à travers mes larmes de rage.

Il s'approche, tend les mains vers moi, mais je tape dessus pour les éloigner, de toutes mes forces. Il essaie de m'attraper, et je le frappe, encore et encore, et il ne peut m'en empêcher. Il m'entoure de ses bras, et je le griffe, je lui érafle le tibia avec ma chaussure, je lui crache dessus. Et je crie, je crie, je hurle.

Il me lâche. Je retourne vers la porte.

— Il faut que tu t'en ailles, lui dis-je en guise de dernier avertissement.

— Ça n'arrivera pas, réplique-t-il. Tu ne peux pas te débarrasser de moi.

Je crispe mes traits horriblement fort, qu'il voie la laideur, l'intensité de ma haine pour lui. Je darde mon doigt vers lui, comme un poignard.

— Ne cherche pas à me revoir, jamais ! Ne m'appelle jamais. N'essaie pas de me revoir, jamais. Jamais. Jamais !

Je me détourne et me mets à courir. Je dévale l'escalier, sors de chez lui, remonte sur mon vélo.

Et je disparais de sa vie. Pour toujours.

Je suis allongée dans le lit de Sloane. Évidemment. Je suis Sloane. Quoi que puisse vouloir dire « être Sloane ». Il est très tard. Je sais qu'une fois endormie, je ne me réveillerai jamais. Je regarde mes étoiles. J'essaie de me concentrer sur chacune d'elles, de m'ancrer à elles, pour rester ici.

S'il te plaît. S'il te plaît, j'implore encore et encore. S'il te plaît, ne me fais pas disparaître ! Ne m'emmène pas loin de ma mère, de mon arbre, de mon monde. Il est parti. Maggie, je te le promets. Je ne le reverrai jamais. Tout sera parfait. Je serai gentille. Je ne laisserai jamais personne être lui à nouveau.

Et puis au fond, tout ça, c'est toi qui l'as fait, c'est toi qui l'as créé dans ton rêve. C'est toi qui les as créés tous les deux. Et c'est toi qui m'as fait faire ce que j'ai fait. Tu dois assumer la responsabilité de ton rêve. Ce n'est pas juste de me supprimer.

On tape au carreau. J'imaginais que ce bruit était le sorcier. Qui essayait d'entrer dans ma chambre. De se glisser dans mon lit. De me contrôler. C'était avant que je me rende compte que le vent pouvait agiter les branches de mon arbre et leur faire racler la fenêtre. Quand j'étais petite, je restais allongée, les yeux fermés, et j'écoutais si le tapotement obéissait à un schéma. Tant qu'il était aléatoire, je savais que c'était l'arbre. Parce que si c'était lui, il tapoterait quatre fois, il s'arrêterait, et il tapoterait encore deux coups.

Alors maintenant, j'écoute, les yeux clos. Et je compte. Un. Deux. Trois. Quatre. Silence. Ma respiration se bloque. Un hasard, évidemment. Une coïncidence. Et puis, un. Deux. J'étouffe un hoquet de surprise.

Je me tourne vers la fenêtre, d'un bloc.

Le sorcier est là. Il va entrer dans ma chambre. Dans mon lit. Il va me contrôler. Et je serai tellement heureuse.

Je ne suis pas obligée de me lever et d'ouvrir la fenêtre. Il voit mon bonheur et il sait qu'il a le droit d'entrer. Il est le bienvenu.

Il traverse la chambre. S'assied sur mon lit. Me sourit, de son plus beau sourire.

— Joyeux anniversaire, ma beauté, me murmure-t-il.

Je suis en larmes. C'est à peine si j'arrive à articuler :

— Mon anniversaire est déjà passé…

— Je suis désolé de l'avoir manqué. Quel effet ça fait d'avoir seize ans ?

Je lui rends son sourire. Je suis tellement heureuse qu'il soit là. Je ne sais pas quoi faire.

— J'ai presque oublié. J'ai dix-sept ans, maintenant.

Il s'allonge à côté de moi, me retourne doucement, afin que son corps épouse la forme du mien, et nous voilà allongés en cuiller. La peur, la folie, et même le doute, tout cela se dissipe. Je suis avec Bill. Je suis au ciel. Nous sommes ensemble, dans l'océan d'étoiles, là-haut. Nos doigts s'entrelacent.

Il chuchote :

— Ta mère ne sera pas en colère. Elle avait dit que tu ne pouvais pas sortir avec des garçons avant ton anniversaire, mais maintenant, tout le monde peut être au courant. Tout le monde peut savoir que tu es à moi, et que je suis à toi. Pour toujours.

Il embrasse ma nuque. Mon corps s'illumine et mon cœur s'enfle à éclater. Nous allons rester comme ça pour l'éternité, je le sais. Et je n'en demande pas davantage. C'est ce que j'ai toujours voulu, à chaque battement de mon cœur, pendant toute l'année écoulée. Depuis sa mort.

Comme c'est réconfortant d'apprendre ce qu'est vraiment la mort. C'est pour toujours. Et c'est une bonne chose. Tant qu'on est ensemble. C'est la réponse. Au problème que je m'efforçais désespérément, et en vain, de résoudre. Comment vivre sans lui. Maintenant, je le sais. L'amour est plus fort que la mort. Plus fort que tout. Je ne serai plus jamais sans lui.

Je peux dormir, maintenant. Je peux m'endormir dans ses bras.

Maggie ne me fera pas cesser d'être. Pas pour lui, du moins.

Je ferme les yeux.

Et je le lui dis :

— Je t'aime.

27

Maggie

J'ouvre les yeux. Je suis couchée sur le côté, et Andrew me tient contre lui dans ses bras protecteurs. Il est collé tout contre moi. Même dans son sommeil, il m'aime.

Alors, très doucement, un centimètre à la fois, je me libère de son étreinte. Je glisse hors du lit et me retourne un instant pour le regarder dormir paisiblement. Je l'aime tellement fort.

Une fois rhabillée, je lui laisse un mot. On se reverra plus tard. J'écris *Je t'aime.* Je ne l'ai pas encore dit tout haut, jamais. Je le ferai ce soir.

Je sors dans la rue. Le ciel est d'un bleu lumineux. Les nuages d'un blanc pur bouillonnent dans une douce brise qui a lavé toutes les impuretés de l'air. Le soleil illumine les détails de la ville avec une précision, une netteté que je n'avais encore jamais vues. C'est merveilleux. Comme ma vie.

Je cours dans la ville, voyant tout, tout le monde. Juste comme ils sont vraiment. Parfaits. Ils n'ont pas besoin d'une histoire sortie de ma tête pour être en sécurité.

Chez moi, je monte l'escalier en courant, espérant arriver à temps pour voir maman et ma sœur. Elles sont déjà sorties, mais ce n'est pas grave. Je les rattraperai.

Entre-temps, je fais le tour de notre appartement. Regardant tout. Touchant tout. Une aveugle à qui on a soudain accordé la grâce d'y voir. Je me retiens de pleurer de joie. Et de soulagement. Je suis réveillée, pour la première fois. Je suis éveillée.

Je vais vers la penderie de maman. Je descends la vieille mallette de l'Olivetti qui prend la poussière derrière les boîtes à chaussures. Je l'ouvre et je passe les doigts sur les touches de la vieille machine à écrire de mon père. C'était celle de mon grand-père, et papa l'utilisait quand il était à la fac, pour écrire toutes ses nouvelles. Il menaçait de me la faire utiliser aussi quand j'irais à l'université à mon tour. Il disait que ça forgeait le caractère d'écrire avec soin sur cette machine, parce que les erreurs étaient difficiles à corriger.

J'aimerais avoir du caractère. Peut-être que ça m'aidera.

Je décide d'écrire une lettre d'amour à ma sœur, une lettre à lire le jour de son mariage. Un peu farfelu, d'accord, mais je suis d'humeur à ça, et puis j'ai toute la journée devant moi. J'espère que la machine à écrire marche encore. Et oui – le « e » est encrassé, mais elle marche.

Chère Jade,

Quelle belle mariée tu fais en ce jour. Quel choix idéal tu as fait, en prenant cet homme pour la vie. Peu importe le temps, le soleil t'illumine, aujourd'hui. Qu'il y ait ou non des oiseaux, ils chantent pour toi. Le monde t'aime, comme tu le mérites. Et évidemment, moi aussi, je t'aime.

Alors que j'écris ces mots, tu n'as que sept ans. Je fais le vœu, de tout mon cœur, d'être là, à côté de toi, en ce jour. Mais comme personne ne sait ce que la vie lui réserve, il est important pour moi que certaines choses soient dites :

Ne change pas. Tu es déjà tout ce que tu dois être. Je le vois tous les jours. Tu es curieuse, courageuse, honnête, et tellement pleine de vie. Tellement réelle. Tu es la lumière de toutes les pièces dans lesquelles tu entres. Tu grandis un peu chaque jour, à chaque minute, et il en sera toujours ainsi. C'est ta nature, c'est le don qui est le tien. Partage-le avec l'homme que tu aimes, et avec tes bébés. Ils auront bien de la chance de t'avoir pour maman.

Lorsque tu enfileras ta robe, que tu relèveras tes cheveux, je serai là, avec toi. Où que je sois. Je serai auprès de toi.

Je mets ma lettre dans une enveloppe et la range dans le tiroir de mon bureau. Après tout, cette gamine n'a que sept ans. Elle l'ouvrirait en un clin d'œil.

Je prends un taxi pour aller au magazine *Elle*. Il y a un moment que je n'y ai pas mis les pieds. Jerome est enchanté de me voir. Tout le monde est enchanté de me voir, aujourd'hui. Je fonce dans le réduit qui sert de bureau à maman. Elle est en train de faire le tri dans un million de photos. Je lui annonce que je l'invite à déjeuner. Je suis déterminée à ne pas accepter une réponse négative quand elle dit :

— Génial !

Je l'emmène au Palm Court, le restaurant du Plaza, parce que c'est là qu'elle m'emmenait goûter, afin que j'essaie de repérer Éloïse et Fanchounette. Je pense que j'ai cessé de croire au Père Noël et au Lapin de Pâques bien avant de renoncer à Fanchounette.

— Waouh, dit-elle alors que le maître d'hôtel nous installe à une table. Combien tu touches pour ce pilote, déjà ?

Je ris et lui réponds que pour le savoir, il faudra qu'elle appelle mon agent. Je suis une artiste ; je ne m'occupe pas de ces choses-là.

Nous mangeons d'énormes hamburgers dégoulinants et nous passons un moment formidable. Elle me demande quand je pars pour Los Angeles, et je me rends compte que nous n'avons jamais parlé des détails de l'affaire. Elle a l'air plutôt triste, derrière son sourire. Je crois que je n'avais jamais mesuré à quel point j'allais lui manquer.

Elle me dit qu'elle va prendre toutes ses vacances, trois semaines, plus huit jours de RTT accumulés, et au lieu de Martha's Vineyard, on va louer une voiture et aller toutes les trois ensemble en Californie pour m'installer. Je lui rappelle que si la série ne se fait pas, je rentrerai à New York, le moral dans les chaussettes. Elle dit que ça n'arrivera jamais. Elle sait dans son cœur ce que je suis destinée à devenir. Et que c'est le commencement de tout. Je me penche et je l'embrasse.

Et puis sa voix s'étrangle un peu. Elle voudrait que Benjamin soit là, pour voir ça. Et moi aussi. Je lui dis que j'ai rêvé de papa, et que je sais dans mon cœur qu'il nous voit. Elle hoche la tête, essayant de faire comme si elle y croyait, et essayant de ne pas pleurer.

Je pense à Andrew, et combien je tiens à lui. Ça me fait voir d'un autre œil ce qu'elle doit ressentir quand elle pense à papa. On ne sait jamais ce qu'il y a entre nos parents. C'est drôle, mais on ne pense pas à eux comme à des vraies personnes, de ce point de vue-là. Je me penche et j'enroule mes doigts autour de sa main. Je me demande si je dois lui dire qu'il l'aimait beaucoup. Je décide de ne pas le faire. Elle n'a pas besoin que je le lui dise.

Notre taxi la dépose à son bureau. Juste avant d'ouvrir la portière, elle me regarde dans les yeux.

— Merci. Pour compter comme ça pour Jade. Tu ne peux pas savoir comme c'est important pour moi de t'avoir avec moi pour l'élever.

— C'est normal.

J'espérais garder un ton léger, mais ma voix a dû me trahir, parce qu'elle me donne une accolade rapide, farouche, avant de bondir hors du taxi.

Alors que le taxi roule vers l'école de Jade, subitement, je trouve étrange que maman ait dit ça. Elle ne l'a jamais fait avant, pas tout à fait comme ça. Comme si elle me disait au revoir. Je me demande si c'est parce qu'elle ressent durement mon installation à Hollywood, et notre séparation prochaine. Et à cet instant précis, je la ressens aussi.

Je m'assieds au bord du trottoir devant l'école Montessori de Jade. J'ai vu cet endroit un million de fois, mais il a l'air nouveau aujourd'hui, comme tout le reste. Les enfants courent vers les voitures, les mamans, les nounous qui les attendent. Ils ont l'air particulièrement adorables aujourd'hui, pleins de la promesse du goûter et de jeux d'après l'école.

De petites mains surgissent derrière moi et me bouchent les yeux. Elle ne dit jamais « Devine qui c'est ? », parce qu'elle a peur que je reconnaisse sa voix. Comme si des centaines de gens jouaient à tester ainsi ma jugeote. Je commence par la princesse de Galles, ainsi que nous avons décidé, elle et moi, d'appeler Kate Middleton, bien que pour certains ce soit une roturière. Ce n'est pas elle. Je passe à Lady Gaga. J'obtiens un gloussement, mais j'ai encore faux. Je réfléchis plus fort. J'essaie Sean Connery, Jade ayant décidé qu'il serait éternellement le seul James Bond. Une voix grave, avec un horrible accent écossais, dit : « Tu chauffes. » Je souris.

— Jade Jameson, bien sûr.

— Notre panel de juges, dit l'accent écossais, devenu encore plus horrible, exige une réponse complète.

— Jade Grace Jameson.

Réponse correcte, naturellement. Grace est aussi le nom de la maman de Sloane, ce qui m'a toujours plu.

Nous rentrons à la maison à pied, main dans la main. Nous prenons Boris, qui me paraît, allez savoir pourquoi, relativement supportable, aujourd'hui. Nous nous dirigeons vers la promenade le long de l'Hudson, en nous arrêtant à une guérite pour acheter des beignets japonais, une friandise particulière. Ils sont faits de mochi, un gâteau de riz pâteux, fourré de pâte de haricots rouges sucrée, et trempé dans du sucre glace.

C'est l'un des meilleurs après-midi de ma vie. Allongée dans l'herbe, je laisse la plus grande comédienne encore inconnue de New York me faire me tordre de rire. Les heures passent. Qu'elles passent. Je pourrais rester là jusqu'à la fin des temps.

Le soleil se couche. Nous rentrons à la maison, bras dessus, bras dessous. Sauf Boris, bien sûr.

Je lui prépare à dîner, parce que maman ne rentrera pas avant 8 heures. J'essaie de recréer les délicieux spaghettis avec leur sauce au beurre. Elle essaie de ne pas trahir son mépris, mais elle qualifie ça de nouilles au beurre. Tout en la regardant manger, nous faisons des projets pour Los Angeles. Nous allons bien nous amuser. Disneyland est fréquemment mentionné. Peut-être un peu trop.

Et puis, c'est le choc. Elle m'annonce qu'elle va s'installer à Los Angeles et vivre avec moi. Elle s'est déjà renseignée : il y a une école Montessori, là-bas. Elle veut mon aide pour cracher le morceau à maman, parce qu'il paraît qu'il n'y a pas de *Elle*, là-bas.

Ça, c'est rude. Je commence par sourire. Je lui dis qu'il faut bien que l'une de nous deux reste à New York pour s'occuper de maman. Maman a beau être adulte, elle a besoin qu'on s'occupe d'elle aussi. Nous sommes jeunes – nous avons toute notre vie à vivre ensemble à un autre moment.

Elle réfléchit. Lève la main.

— Yubikiri ! Promesse du petit doigt.

C'est un truc qu'elle a vu dans les dessins animés japonais.

Alors nous embrassons chacune notre petit doigt et les crochetons l'un à l'autre en une promesse solennelle : un jour, nous vivrons à nouveau ensemble. Et puis je la regarde dans les yeux.

— Tu sais, vu la façon dont les choses évoluent, nous ne serons pas toujours au même endroit.

— Parce que tu seras une actrice célèbre, qui fera l'actrice dans le monde entier, et que moi je serai une célèbre gardienne de zoo.

— C'est ça. Mais voilà ce qu'il faut que tu entendes vraiment : tu écoutes vraiment, vraiment bien, là ?

Je n'ai jamais rien dit qui ressemble tout à fait à ça avant, alors elle plisse le front pour que je voie comme elle écoute fort.

— Où que je sois, je serai avec toi. Quelle que soit la distance qui nous séparera. Je t'enverrai mon amour.

Elle boit mes paroles. Elle écoute vraiment.

— Moi aussi, répond-elle.

Elle se penche par-dessus ses spaghettis, et m'embrasse.

J'enfile ma veste. C'est le cœur serré que je me dirige vers la porte. Je ne voudrais pas la quitter ce soir. Mais je ne m'arrête pas. Arrivée à la porte, je me retourne, et elle est là. Elle a un regard on ne peut plus étrange. Perdu, solitaire. Elle tend les bras, et moi aussi, et je la serre contre moi.

— Qu'est-ce qui ne va pas ?

— Je m'exerce. Pour quand tu seras loin et qu'il faudra que je fasse comme si tu étais là.

— Quand ça arrivera, si ça arrive, il faudra qu'on fasse vraiment en sorte de comprendre un truc : on ne fait pas semblant d'être ensemble. On se rend compte qu'on est ensemble pour de vrai, de la façon qui compte le plus.

Elle me regarde dans les yeux, hoche la tête une fois, d'un air décidé.

— D'accord. Je vais m'exercer à faire ça.

J'ai donné rendez-vous à Andrew devant City Hall, au coin de Center et de Chambers. C'est une si belle nuit. On ne voit jamais les étoiles comme ça dans cette ville. Mais peut-être que je n'ai jamais regardé assez attentivement. Je distingue nettement Orion, Rooibos et El Delicioso. Je suis pleine d'énergie, d'excitation, d'amour. D'amour, absolument.

Et il est là. Tellement heureux de me voir. Je cours à sa rencontre, lui saute au cou, l'embrasse.

— Merci de t'être occupé de moi, hier soir. C'était exactement ce dont j'avais besoin. J'ai passé une super journée.

Je le prends par la main et l'emmène vers le pont de Brooklyn. Je lui dis que nous allons chez Grimaldi, manger une pizza. Et puis à l'Ice Cream Factory, pour le dessert. Mon régal.

Il n'y a rien de plus romantique que de traverser le pont, la nuit. En admirant la vue de Brooklyn, d'un côté et de l'autre du fleuve, on se sent tout petit. Les lumières dansent sur l'eau, très loin, en bas, jusqu'à ce qu'on ne puisse pas dire si ce sont les lumières de la ville ou celles des étoiles. Nous marchons dans un silence confortable, comme deux personnes qui ont l'éternité devant elles. Ce qui est le cas.

Il fait chaud et douillet, au restaurant. Nous n'y connaissons personne, et en même temps, c'est le genre d'endroit où on se sent comme en famille. Nous partageons une carafe de leur meilleur chianti. Nous partageons une pizza avec supplément fromage, *pepperoni*, oignons. Parce qu'il aime le pepperoni et moi les oignons. Évidemment, nous aurions pu commander deux pizzas, mais c'est plus amusant de partager.

Nous mangeons nos parts de façon répugnante, d'une seule main, parce que nous ne voulons pas nous lâcher. Il suggère une deuxième carafe. Je ris et lui demande s'il essaie de me soûler. J'ajoute en souriant que ça traduit un manque de confiance de sa part. Il insiste : il vient de développer une passion pour les vins vraiment dégueu.

La glace est parfaite. Je prends un cône en gaufre plein de glace au beurre de noix de pécan. Et lui à la vanille, preuve, dit-il, qu'il n'essaie plus de m'impressionner. Je réponds que c'est réussi.

Nous retraversons lentement le pont. Au milieu, je nous arrête, me penche sur la rambarde et regarde le monde au loin. Il se colle contre moi et je lui prends la main. Je la serre trop. Mais je ne peux pas m'en empêcher.

— Il faut que je te raconte une histoire, lui dis-je. Mais il faut que je t'embrasse d'abord.

Ce que je fais. Il a un regard interrogateur. Je ne suis pas très bonne actrice, à cet instant.

— Il y avait une fille qui était tombée amoureuse de son meilleur ami. Et il était tombé amoureux d'elle. C'était la forme d'amour la plus profonde qui puisse exister. Un genre d'amour que la plupart des gens ne trouvent jamais. Mais ils n'avaient que quinze ans. Et la mère de la fille, qui ne savait rien de cet amour secret, avait interdit à sa fille de sortir avec un garçon avant son seizième anniversaire.

La nuit et Andrew sont très silencieux, maintenant. Attentifs, tous les deux.

— Alors la fille et le garçon ont gardé leur amour secret, et se contentaient de baisers volés. Pour son seizième anniversaire, tout ce qu'elle voulait pour eux, c'était qu'ils soient ensemble. C'était devenu une promesse qu'ils s'étaient faite l'un à l'autre.

Je le regarde.

— Ça va ?

Il a un hochement de tête.

Je regarde à nouveau l'eau.

— La nuit de son seizième anniversaire, elle était dans son lit et elle attendait qu'il tape à son carreau. Elle l'aurait laissé entrer, ils auraient fait l'amour pour la première fois, et ils auraient dit au monde qu'ils appartenaient l'un à l'autre. Mais alors que Bill venait la retrouver en voiture, quelque chose est arrivé, on ne saura jamais quoi, et sa voiture est rentrée de plein fouet dans un arbre. Dans son chagrin, elle a dû garder leur secret. Il n'était que son meilleur ami, et pas le garçon à qui elle était destinée à appartenir pour l'éternité.

— C'est Sloane, dit-il.

— Et tu es Bill.

Et quand je me tourne vers lui, c'est lui.

Nous nous regardons avec tout l'amour que nous éprouvons l'un pour l'autre. Nous échangeons un baiser qui durera l'éternité entière.

— Tu sais pourquoi je suis là ? demande-t-il.

Non, je ne le sais pas.

— Parce que tu crois que c'était de ta faute. Parce que je venais pour être avec toi. Comme si c'était ton amour pour moi qui m'avait tué. Mais c'était ton amour pour moi qui donnait un sens à ma vie. Mon amour te faisait-il cet effet ?

— Tu le sais bien.

— Alors laisse-moi partir.

Et c'est ce que je fais. Et il s'en va.

Je rentre chez moi toute seule dans cette ville que j'aime tant.

J'entre dans ma salle de bains plongée dans le noir. J'allume la lumière.

Elle est dans la glace. Je suis dans la glace.

Nous n'avons pas besoin de parler.

Je veux qu'elle sourie la première. Pour que je puisse m'en aller.

Et quand elle le fait, je lui rends son sourire.

Et je m'en vais.

28

Sloane Margaret Jameson

J'ouvre les yeux. Je souris encore.

Remerciements

Les auteurs tiennent à remercier Marty Bowen pour l'idée et l'occasion ; Isaac Klausner pour sa gentillesse et ses innombrables contributions ; Jenn Joel, le plus patient des conseillers et des avocats ; Jocelyn Davis pour son enthousiasme et pour nous avoir constamment entourés de ses conseils attentifs ; GB, Mema et Nessa pour leurs encouragements et la douceur de leur soutien ; l'équipe du Montage pour sa tolérance ; et évidemment Mystic, Connecticut, la petite ville la plus idyllique qu'une fille puisse rêver d'habiter.

Entrez
dans un
nouvel R

avec d'autres romans
de la collection

www.facebook.com/collectionr

Revanche

de Cat Clarke

LA VIE EST INJUSTE.
Jem Halliday est amoureuse de Kai,
son meilleur ami, qui est gay.
Pas vraiment l'idéal, mais Jem s'est faite à l'idée.

LA VIE EST CRUELLE.
Une vidéo de Kai en compagnie d'un garçon
a été postée sur Internet.
Il ne l'a pas supporté et s'est suicidé.

SA VIE NE SERA QUE VENGEANCE.
Quoi qu'il lui en coûte, Jem a décidé de découvrir
qui sont les responsables et de les faire payer, un à un,
jusqu'au dernier...

*« L'un des très grands événements de l'année 2013 !
Ce roman nous concerne tous. C'est absolument bouleversant ! »
Gérard Collard, France Info*

**Nouveau roman de l'auteur
à paraître en juin 2014 :
*A Kiss in the dark***

LES 100

de Kass Morgan

Tome 1

Depuis des siècles, plus personne n'a posé le pied sur Terre.
Le compte à rebours a commencé...

2:48... 2:47... 2:46...
Ils sont 100, tous mineurs, tous accusés de crimes
passibles de la peine de mort.

1:32...1:31... 1:30...
Après des centaines d'années d'exil dans l'espace,
le Conseil leur accorde une seconde chance
qu'ils n'ont pas le droit de refuser : retourner sur Terre.

0:45... 0:44... 0:43...
Seulement, là-bas,
l'atmosphère est toujours potentiellement radioactive
et à peine débarqués les 100 risquent de mourir.

0:03... 0:02... 0:01...
Amours, haines, secrets enfouis et trahisons.
Comment se racheter une conduite
quand on n'a plus que quelques heures à vivre ?

Découvrez sur la chaîne CW la série télé adaptée du roman par les producteurs de *The Vampire Diaries* et *Gossip Girl*

Tome 2 à paraître en octobre 2014

LA SÉLECTION

de Kiera Cass

Tome 1

35 candidates, 1 couronne, la compétition de leur vie.

Elles sont trente-cinq jeunes filles : la « Sélection » s'annonce comme l'opportunité de leur vie. L'unique chance pour elles de troquer un destin misérable contre un monde de paillettes. L'unique occasion d'habiter dans un palais et de conquérir le cœur du prince Maxon, l'héritier du trône. Mais pour America Singer, cette sélection relève plutôt du cauchemar. Cela signifie renoncer à son amour interdit avec Aspen, un soldat de la caste inférieure. Quitter sa famille. Entrer dans une compétition sans merci. Vivre jour et nuit sous l'œil des caméras... Puis America rencontre le Prince. Et tous les plans qu'elle avait échafaudés s'en trouvent bouleversés...

Le premier tome d'une trilogie pétillante, mêlant dystopie, téléréalité et conte de fées moderne. Best-seller dans 25 pays !

Tome 2 : *L'Élite*

Tome 3 à paraître en mai 2014 : *L'Élue*

Hors-série à paraître en 2014 :

La Sélection, Histoires secrètes : Le Prince & Le Garde

Nouvelle numérique inédite :

Le Prince

Night School

de C. J. Daugherty

Tome 1

Qui croire quand tout le monde vous ment ?

Allie Sheridan déteste son lycée. Son grand frère a disparu. Et elle vient d'être arrêtée. Une énième fois. C'en est trop pour ses parents, qui l'envoient dans un internat au règlement quasi militaire. Contre toute attente, Allie s'y plaît. Elle se fait des amis et rencontre Carter, un garçon solitaire, aussi fascinant que difficile à apprivoiser… Mais l'école privée Cimmeria n'a vraiment rien d'ordinaire. L'établissement est fréquenté par un curieux mélange de surdoués, de rebelles et d'enfants de millionnaires. Plus étrange, certains élèves sont recrutés par la très discrète « Night School », dont les dangereuses activités et les rituels nocturnes demeurent un mystère pour qui n'y participe pas. Allie en est convaincue : ses camarades, ses professeurs, et peut-être ses parents, lui cachent d'inavouables secrets. Elle devra vite choisir à qui se fier, et surtout qui aimer…

Le premier tome de la série découverte par le prestigieux éditeur de *Twilight*, *La Maison de la nuit*, *Nightshade* et de Scott Westerfeld en Angleterre.

Une série best-seller de cinq tomes, publiée dans plus de vingt pays !

Tome 2 : *Héritage*

Tome 3 : *Rupture*

Tome 4 à paraître en juin 2014 : *Résistance*

LA 5e VAGUE

de Rick Yancey

Tome 1

1re VAGUE : Extinction des feux. 2e VAGUE : Déferlante.
3e VAGUE : Pandémie. 4e VAGUE : Silence.

À L'AUBE DE LA 5e VAGUE, sur une autoroute désertée, Cassie tente de *Leur* échapper... *Eux*, ces êtres qui ressemblent trait pour trait aux humains et qui écument la campagne, exécutant quiconque a le malheur de croiser *Leur* chemin. *Eux*, qui ont balayé les dernières poches de résistance et dispersé les quelques rescapés.

Pour Cassie, rester en vie signifie rester seule. Elle se raccroche à cette règle jusqu'à ce qu'elle rencontre Evan Walker. Mystérieux et envoûtant, ce garçon pourrait bien être son ultime espoir de sauver son petit frère. Du moins si Evan est bien celui qu'il prétend...

Ils connaissent notre manière de penser. *Ils* savent comment nous exterminer. *Ils* nous ont enlevé toute raison de vivre. *Ils* viennent maintenant nous arracher ce pour quoi nous sommes prêts à mourir.

Le premier tome de la trilogie phénomène,
bientôt adapté au cinéma par Tobey Maguire
et les producteurs de *World War Z*, *Argo*, *Hugo Cabret*,
***The Aviator*, *Gangs of New York*, *Ali*.**

Tome 2 à paraître en septembre 2014

LA TRILOGIE DE BRAISES ET DE RONCES

de Rae Carson

Tome 1

Sera-t-elle reine au cœur de son royaume, comme au royaume de son cœur ?

Princesse d'Orovalle, Elisa est l'unique gardienne de la Pierre Sacrée. Bien qu'elle porte le joyau à son nombril, signe qu'elle a été choisie pour une destinée hors normes, Elisa a déçu les attentes de son peuple, qui ne voit en elle qu'une jeune fille paresseuse, inutile et enveloppée... Le jour de ses seize ans, son père la marie à un souverain de vingt ans son aîné. Elisa commence alors une nouvelle existence loin des siens, dans un royaume de dunes menacé par un ennemi sanguinaire prêt à tout pour s'emparer de sa Pierre Sacrée.

Une perle de l'*heroic fantasy*, pour les fans de la série *Game of Thrones*.

Le premier tome d'une trilogie « unique, intense... À lire absolument ! » (Veronica Roth, auteur de la trilogie *Divergente*).

Tome 2 : La Couronne de flammes

Tome 3 : Le Royaume des larmes

Nouvelle numérique :

Le Garde royal

Retrouvez tout l'univers de
Lucides
sur la page Facebook de la collection R :
www.facebook.com/collectionr

Vous souhaitez être tenu(e) informé(e)
des prochaines parutions de la collection R
et recevoir notre newsletter ?

Écrivez-nous à l'adresse suivante,
en nous indiquant votre adresse e-mail :
servicepresse@robert-laffont.fr

N° d'édition : 53801/01 – N° d'impression : 2007773
Dépôt légal : avril 2014
Imprimé en France